UNIDAS POR EL SOL NACIENTE

Planeta Internacional

Heather Morris

Unidas por el sol naciente

Traducción de María José Díez Pérez

Obra editada en colaboración con Editorial Planeta – España

Título original: *Sisters under the Rising Sun*

© Heather Morris, 2023
Originally published in the English language as *Sisters under the Rising Sun* in the UK by Zaffre, an imprint of Bonnier Books UK Limited.
The moral rights of the Author have been asserted.

© por la traducción, María José Díez Pérez, 2025
Composición: Realización Planeta

© 2025, Editorial Planeta, S. A. – Barcelona, España

Derechos reservados

© 2025, Editorial Planeta Mexicana, S.A. de C.V.
Bajo el sello editorial PLANETA M.R.
Avenida Presidente Masarik núm. 111,
Piso 2, Polanco V Sección, Miguel Hidalgo
C.P. 11560, Ciudad de México
www.planetadelibros.com.mx

Primera edición impresa en España: enero de 2025
ISBN: 978-84-670-7584-7

Primera edición impresa en México: enero de 2025
ISBN: 978-607-39-2397-2

La página 477 es una extensión de estos créditos.

Esta es una obra de ficción basada en eventos históricos. Los nombres, personajes, lugares y sucesos que aparecen son producto de la imaginación del autor o bien se usan en el marco de la ficción. Cualquier parecido con personas reales (vivas o muertas), empresas, acontecimientos o lugares es pura coincidencia.

No se permite la reproducción total o parcial de este libro ni su incorporación a un sistema informático, ni su transmisión en cualquier forma o por cualquier medio, sea este electrónico, mecánico, por fotocopia, por grabación u otros métodos, sin el permiso previo y por escrito de los titulares del *copyright*.

Queda expresamente prohibida la utilización o reproducción de este libro o de cualquiera de sus partes con el propósito de entrenar o alimentar sistemas o tecnologías de Inteligencia Artificial (IA).

La infracción de los derechos mencionados puede ser constitutiva de delito contra la propiedad intelectual (Arts. 229 y siguientes de la Ley Federal del Derecho de Autor y Arts. 424 y siguientes del Código Penal Federal).

Si necesita fotocopiar o escanear algún fragmento de esta obra diríjase al CeMPro (Centro Mexicano de Protección y Fomento de los Derechos de Autor, http://www.cempro.org.mx).

Impreso en los talleres de Corporación en Servicios Integrales de Asesoría Profesional, S.A. de C.V.,
Calle E #6, Parque Industrial Puebla 2000, C.P. 72225, Puebla, Pue.
Impreso en México - *Printed in Mexico*

A las enfermeras de todas partes, del presente, el pasado y el futuro: hacen que el mundo sea un lugar mejor.

A Sally y Séan Conway: gracias por compartir la historia de Norah Chambers, su madre/abuela.

A Kathleen Davies, Brenda Pegrum y Debra Davies: gracias por compartir la historia de Nesta (James) Noy, su prima.

En 1942 el ejército japonés entró en la Segunda Guerra Mundial: ocupó las islas del Pacífico y llegó a Malasia y la por aquel entonces colonia británica de Singapur, que cayó ante los japoneses el 15 de febrero de 1942.

La fuerza aérea japonesa bombardeó el *Vyner Brooke*, un buque mercante que zarpó de Singapur con refugiados desesperados. Unas horas después yacía en el fondo del mar, destrozado.

Muchos sobrevivientes consiguieron llegar a una isla remota de Sumatra, Indonesia, donde no tardaron en ser capturados por los japoneses, que separaron a los hombres de las mujeres y los niños, y los enviaron a campos de prisioneros de guerra en el corazón de la jungla, junto con cientos de personas más a las que había reunido el ejército invasor. En los campos imperaban el hambre y la brutalidad, y proliferaban las enfermedades.

Allí permanecerían, siendo trasladados de campo en campo, pugnando por sobrevivir, durante más de tres años y medio.

Esta es su historia...

Prólogo

Singapur
Febrero de 1942

Norah Chambers está sentada en la cama de su hija, Sally, esperando a que despierte. La conversación que va a mantener con ella es la más dolorosa de toda su vida. Comunicar a Sally la decisión que ha tomado con su marido, John, de que la niña se marche con su tía Barbara y sus primos recibe la respuesta esperada. Abraza con fuerza a su desconsolada pequeña, que quiere quedarse a toda costa con su madre y su padre, llora y dice que no los dejará ni ahora ni nunca. Cuando los dos primos irrumpen en la habitación contando entusiasmados que están a punto de embarcarse en una aventura y surcar los mares, nada menos, Sally apenas se percata de su presencia.

—Sally, ¡nos vamos a Australia! —corean—. ¡En un barco grande!

Singapur está cayendo, ¿qué alternativa tiene Norah? John está en el hospital, con tifus. En cuanto su padre mejore se reunirán con ella, le promete a Sally.

Durante el trayecto en coche hasta el muelle, Sally, con el rostro vuelto hacia la ventanilla para no mirar a su madre, no deja de llorar. La niña rechaza los intentos de Norah de consolarla. De camino al barco, rodea fuertemente la cintura de su madre con sus bracitos. La separación va a ser dura para ambas.

Una explosión cercana solo consigue agravar su miedo, el terror de lo que está por venir, y el llanto de Sally da paso a gritos despavoridos. Norah se queda paralizada, entumecida por el horror de lo que está presenciando, por la angustia que está causando a la persona que más quiere. Mientras el mundo salta por los aires alrededor de ellas, Barbara sujeta deprisa a Sally y corre hacia la pasarela del barco.

—Papá y yo no tardaremos. Sé buena, tesoro, estaremos contigo dentro de unos días, te lo prometo —asegura Norah a su hija.

Sally sigue sollozando, extendiendo los brazos hacia su madre. Norah da un paso adelante sin querer, pero su hermana pequeña, Ena, la agarra del brazo y la jala. Se quedan mirando a Barbara y Sally, que desaparecen de su vista en la cubierta. Nada de despedida feliz de madre e hija diciéndose adiós con la mano mientras el barco se aleja.

«¿La volveré a ver?», se pregunta Norah entre lágrimas.

PRIMERA PARTE
LA CAÍDA DE SINGAPUR

1

Singapur
Febrero de 1942

—¡No quiero irme! Por favor. Por favor, no nos obligues a irnos, Norah.

Los gritos de Ena Murray quedan amortiguados por los alaridos de mujeres y niños, las explosiones que se producen a su alrededor y el ruido estridente de los aviones de combate japoneses en el cielo.

—¡Corran! ¡Corran! —imploran los padres a sus hijos, pero es demasiado tarde. Otro proyectil da en el objetivo y el barco de los aliados fondeado en el muelle de Singapur salta por los aires.

Mientras cae una lluvia de metralla, el marido de Norah, John, y el de Ena, Ken Murray, se agachan junto a sus esposas, protegiéndolas de los restos que salen despedidos. Pero quedarse quietos no es buena idea. Ken ayuda a las hermanas a levantarse mientras John, que respira con dificultad, intenta ponerse de pie.

—Ena, tenemos que subir a bordo, ¡tenemos que irnos ahora mismo!

Norah sigue implorándole a su hermana que suba al *HMS Vyner Brooke*. A su alrededor reina la confusión, un terrible apremio por alejarse todo lo posible de ese caos, hallar refugio. Norah se permite abrazar un instante a su esposo. John aún debería estar en el hospital; se encuentra muy débil y casi no puede respirar, pero utilizaría las últimas fuerzas que le quedasen para proteger a esas dos mujeres.

—Ena, por favor, escucha a tu hermana —pide Ken—. Tienes que marcharte, mi vida. Yo volveré con tus padres, te prometo que cuidaré de ellos.

—Son nuestros padres —replica Norah—. Somos nosotras las que deberíamos cuidar de ellos.

—Tienes una hija en alguna parte, Norah —aduce Ken—. John y tú tienen que encontrar a Sally. Y también deben cuidar de Ena por mí. —Ken sabe que es el único que se puede quedar en Singapur para ocuparse de sus suegros. John está muy enfermo, igual que el padre de las mujeres, James, aunque el estado de este es demasiado grave para intentar marcharse. Margaret, la madre, se ha negado a abandonarlo.

Otra bomba cae cerca y todo el mundo se agacha. Tras ellos, Singapur arde; delante, el mar está plagado de los restos en llamas de buques y barcos, grandes y pequeños.

—¡Váyanse! Váyanse mientras puedan. Si el barco no zarpa ya, no saldrá del puerto, y ustedes tienen que estar a bordo. —Ken grita para hacerse oír. Besa a Norah, le aprieta el brazo a John y abraza con fuerza a Ena y la besa una última vez antes de empujarla hacia el barco.

—Te quiero —exclama Ena con la voz rota.

—Salgan de este infierno. Encuentren a Sally. Encuentren a Barbara y los chicos. Yo iré en cuanto pueda —asegura Ken mientras los ve alejarse.

Norah, John y Ena se encuentran ya entre la multitud de pasajeros, obligados a avanzar por el muelle hacia el barco.

—Sally, tenemos que buscar a Sally —balbucea John, a quien le fallan las piernas. Norah y Ena lo sujetan cada una por un brazo y continúan avanzando.

Norah se ha quedado sin palabras. A la cabeza le viene el llanto de su hija mientras camina a trompicones hacia su destino.

—No me quiero ir. Por favor, deja que me quede con ustedes, por favor, mami.

Unos días antes había subido a Sally, de ocho años, a un barco distinto y la había enviado lejos.

—Sé que no te quieres ir, tesoro mío —le había dicho intentando persuadirla—. Si hubiese alguna manera de estar juntos, lo haríamos. Necesito que seas fuerte por mí y te vayas con la tía Barbara y tus primos. Papá y yo estaremos contigo antes de que te des cuenta, en cuanto se ponga mejor.

—Pero me prometiste que no me mandarías fuera, me lo prometiste.

Sally estaba a su lado; tenía las mejillas congestionadas y llenas de lágrimas.

—Sé que te lo prometí, pero a veces los padres tienen que romper las promesas para que sus hijas estén a salvo. Te prometo...

—No lo digas. No digas que prometes algo cuando sabes que no lo puedes cumplir.

—Vamos, Sally, ¿le das la mano a Jimmy? —pidió Barbara, la hermana mayor de Norah y Ena. Habló con ternura a su sobrina, lo cual proporcionó cierto consuelo a Norah: Sally estaría a salvo con su familia.

—No miró atrás ni una sola vez —musita Norah para sus adentros mientras camina—. Subió al barco y desapareció.

Al otro lado de la zona acordonada del muelle se reúnen los pasajeros cuya documentación está en regla. Entre ellos hay adultos aterrorizados y niños quejumbrosos; todos cargan a duras penas con el peso de sus pertenencias más preciadas.

Un grupo de enfermeras del ejército australiano agitan sus documentos ante los funcionarios, que las instan a cruzar la zona acordonada. Se hacen a un lado mientras los civiles pasan por delante antes de que otro grupo de mujeres con el mismo uniforme franquee la reja. Las enfermeras que acaban de reunirse se abrazan y se saludan como amigas que no se ven desde hace tiempo. Entre las recién llegadas se abre paso una mujer pequeña.

—Vivian, Betty, ¡aquí! —las llama.

—Mira, Betty, ¡es Nesta!

Las tres mujeres se abrazan. Las enfermeras Nesta James, Betty Jeffrey y Vivian Bullwinkel forjaron una sólida amistad en Malasia, país al que las habían destinado para asistir a soldados aliados antes de que el ejército japonés lo invadiera. Como todos los demás, se habían visto obligadas a huir a Singapur.

—Cuánto me alegro de volver a verlas —afirma Nesta, rebosante de alegría ante sus amigas—. No sabía si habían salido con el resto ayer.

—Betty tenía que marcharse ayer, pero se las arregló para ausentarse sin permiso cuando se dirigían al barco. Las dos confiábamos en que no nos mandasen a casa, aquí hay mucho que hacer —cuenta Vivian.

—La enfermera jefe ha ido a defender nuestra causa por última vez. Todavía no estamos a bordo, así que quizá el alto mando sepa ver las ventajas de permitir que nos quedemos aquí, en Singapur, con los que están demasiado enfermos para marcharse —le dice Nesta.

—Ya están subiendo la gente a las lanchas, más vale que se dé prisa —apunta Betty mientras mira la hilera de hombres, mujeres y niños que se están acomodando en las bamboleantes barcas que los llevarán al *HMS Vyner Brooke*. Las bombas siguen acertando en los objetivos, levantando en el mar olas que rompen contra el muelle.

Nesta clava la vista en las lanchas en las que están embarcando los pasajeros.

—Creo que alguien necesita ayuda; vuelvo ahora mismo.

—¿Necesitan que les eche una mano? —pregunta Nesta a Norah y Ena, que intentan dar con la manera de ayudar a John a bajar la empinada escalera para subir a una barca. La lancha está medio llena de pasajeros angustiados, de los cuales unos lloran y otros están paralizados de miedo. Norah siente una mano en el hombro.

Al volverse, ve el rostro risueño de una mujer bajita que luce el uniforme blanco de las enfermeras. Es tan pequeña que Norah se pregunta cómo va a poder ayudarlas, ya que su hermana, su marido y ella son más altos que la media.

—Soy Nesta James, enfermera del ejército australiano. Soy más fuerte de lo que parezco y me han formado para ayudar a pacientes mucho más voluminosos que yo, así que no se preocupe.

—Creo que nos las arreglaremos —responde Norah—, pero gracias.

—¿Por qué no baja una de ustedes a la lancha mientras la otra y yo ayudamos al caballero y, a partir de ahí, ya se encargan ustedes? —insiste educadamente Nesta—. ¿Ha estado usted en el hospital? —pregunta a John mientras lo toma por el brazo cuando Norah lo suelta.

—Sí —contesta, y deja que la enfermera lo dirija hacia la barca—. Tifus.

En cuanto Norah se encuentra segura en la lancha, Ena y Nesta ayudan a John a bajar mientras su mujer lo sujeta.

—¿No viene usted con nosotras? —pregunta Ena a la joven enfermera.

—Estoy con mis amigas. Esperaremos a la siguiente lancha.

Ena mira alrededor y ve a un grupo numeroso de mujeres que lucen el mismo uniforme.

Mientras la lancha se aleja con Norah, John y Ena a bordo, oyen que alguien canta en el muelle. Las enfermeras, agarrándose por los hombros y erguidas con orgullo, cantan a pleno pulmón, lo bastante alto para acallar la explosión de un depósito de gasolina cercano, que se eleva formando una bola de fuego.

Ha llegado el momento de decirnos adiós,
pronto estarás surcando el ancho mar.
Mientras estás lejos, no te olvides de mí.
Cuando regreses, te estaré esperando aquí.

Cae otra bomba en el muelle.
Olive Paschke, la enfermera jefe, ve a Nesta.
—La enfermera jefe Drummond ha exhortado por última vez a las autoridades a que nos permitan quedarnos aquí para atender a nuestros soldados, pero el teniente le ha dicho que han denegado nuestra petición.
—Valía la pena hacer un último intento, ¿no crees? No me parece correcto abandonarlos cuando es más probable que nos vayan a necesitar. ¿Cómo se lo tomó la enfermera jefe?
—De la única manera posible, se limitó a mirarlo con las cejas enarcadas —responde la enfermera jefe Paschke—. Si hubiese dicho lo que pensaba, se habría metido en un lío.
—Lo que significa que no lo acepta, pero acatará la decisión a regañadientes. No habría esperado menos de ella. —Nesta sacude la cabeza.

—Bueno, vamos por el resto. Creo que somos las últimas en salir.

Una vez a bordo del *HMS Vyner Brooke*, la enfermera Vivian Bullwinkel las entretiene con sus conocimientos del barco.

—Se llama así por el tercer rajá de Sarawak y ahora que la Marina Real británica lo ha requisado se le añade el HMS. Por lo general llevaba únicamente doce pasajeros, pero contaba con una tripulación de cuarenta y siete miembros.

—¿Tú cómo sabes todo esto? —pregunta Betty.

—Cené con el rajá, ¿qué te parece? Ya lo sé, yo, la buena de Vivian Bullwinkel, de Broken Hill, cenando con el rajá. No sola, desde luego, había más gente.

—Ay, Bully, solo tú añadirías esa última parte; las demás lo dejaríamos en «cené con el rajá» —apunta Betty, riéndose de su amiga.

Cuando la última enfermera ha subido a bordo, el capitán da la orden de izar el ancla y avanzar con precaución. Sabe que más adelante hay campos de minas británicas y supondrán una amenaza tan grave como el enemigo que domina el cielo.

Mientras el sol se pone, los pasajeros ven cómo arde Singapur, las bombas, los proyectiles y los disparos incesantes. Norah, John y Ena se alejan de la cacofonía y escuchan la dulce voz de las enfermeras australianas, que, por encima del ruido que señala la muerte de una ciudad, cantan en cubierta. Y durante un instante es todo cuanto oyen.

2

HMS Vyner Brooke, estrecho de Banka
Febrero de 1942

—«*Vendrás a vagar por el país conmigo...*»
—Qué alegres son esas enfermeras. Tenemos suerte de que estén a bordo, visto lo visto. —Norah se esfuerza por parecer despreocupada.

Las últimas palabras de la canción *Waltzing Matilda** se ven acompañadas por el desgarrador aullido de sirenas antiaéreas que resuenan por todo el puerto y llegan hasta el barco, que se aleja despacio. Un tanque de almacenamiento de petróleo explota, lanzando al aire sus restos. A su alrededor, olas furiosas engullen embarcaciones en llamas. Solo la destreza de un capitán consumado conseguirá que atraviesen el puerto, sorteen las minas que ha colocado la Marina Real para impedir el avance de la armada japonesa y salgan al mar.

---

* Canción tradicional que se considera el himno no oficial de Australia. (*N. de la t.*)

Norah aparta la vista de las apocalípticas escenas.

—¿Quieren que bajemos a ver si hay algún sitio donde podamos descansar? —pregunta John mientras contempla el mar, aunque Norah tiene claro que su marido intenta ocultar lo mucho que lo desazona necesitar su ayuda.

—A mí no me importa quedarme en cubierta; aquí hay madres con hijos y montones de ancianos. Creo que ellos deberían ocupar los camarotes —afirma Ena.

John mira a Norah. Será ella quien decida si bajan o no.

—Muy cierto, Ena, busquemos aquí arriba un sitio donde podamos acostarnos. Todos necesitamos reposar un momento.

Norah ve el alivio reflejado en el rostro de su marido. Lo conoce bien: ahora no tendrán que ayudarlo a subir y bajar precariamente las escaleras.

Mientras recorren la cubierta en busca de un lugar donde acomodarse, se detienen un instante a mirar a las enfermeras, que se han reunido alrededor de una mujer de más edad que da instrucciones.

—Será la enfermera jefe —aventura Norah.

—Bajaremos al salón, donde el capitán nos ha dado permiso para instalarnos. Tenemos mucho que planificar y debemos estar preparadas para cualquier cosa —dice a sus enfermeras la mujer que viste el uniforme de enfermera jefe. Entre ellas hay otra enfermera jefe, radiante; el orgullo que le inspiran sus enfermeras es evidente. A todas luces se alegra de que su compañera más joven tome el mando.

Mientras las enfermeras desfilan hacia la escotilla, Norah, Ena y John se aseguran un sitio en la cubierta superior para pasar la primera noche de su huida. Los fuegos que arden a lo largo de la costa compiten con el resplandor de un sol que se pone sobre lo que un día fue un paraíso tropical y ahora se asemeja al Armagedón.

John resbala por el mamparo y acaba descansando en las tablas de madera del suelo. Indica a Norah y Ena que se le sumen, y cada una se sienta a un lado del enfermo, pegadas a él para mantenerlo erguido. John abraza a las mujeres y, juntos, ven desaparecer su mundo en silencio.

Las enfermeras entran en el salón, charlando entre ellas. Están nerviosas y aterrorizadas, y ahora mismo necesitan el consuelo que les proporcionan sus amigas y compañeras.

—¡Chsss!, muchachas. Tenemos mucho que hacer. —La enfermera jefe Olive Paschke pide silencio—. Nos vamos a dividir en cuatro equipos. Unas serán las responsables de los que están bajo cubierta y otras de los que están en cubierta. Asignaré a cada equipo una jefa que se responsabilizará de la zona adjudicada y, además, mantendrá la disciplina y la moral de su grupo. Pero primero quiero dejar claro que, si llegara a suceder lo peor y nos vemos obligados a abandonar el barco, ayudarán en la evacuación y seremos las últimas en marcharnos.

La enfermera jefe ve cómo asimilan sus palabras las

chicas, que se miran de soslayo y asienten: lo entienden perfectamente.

Nesta, segunda de la enfermera jefe Paschke, es la primera a la que se nombra jefa de un equipo. Con rapidez y eficiencia, las enfermeras se reparten los medicamentos y las vendas.

Cuando las mujeres se reúnen, la enfermera jefe Drummond se dirige a todo el grupo.

—En primer lugar, permítanme que les diga lo increíblemente orgullosa que estoy de todas ustedes. Saldremos de esta juntas. El capitán me ha notificado que a bordo no hay bastantes botes salvavidas para todo el mundo si tuviéramos que abandonar el barco. Por lo tanto, no se quiten en ningún momento el chaleco salvavidas. Duerman con él; podría suponer la diferencia entre la vida y la muerte.

—Y —añade la enfermera jefe Paschke—, si acaban en el mar, noolviden quitarse los zapatos. Muchachas, no les ocultaré el peligro que entraña este viaje. Nos bombardearán, de eso no hay la menor duda. Lo siento, pero es inevitable. —La mujer echa atrás los hombros; se yergue para demostrar fortaleza ante sus enfermeras—. Y ahora vayamos a las zonas que nos han asignado y practiquemos la evacuación. La enfermera jefe Drummond y yo pasaremos de grupo en grupo para ver cómo lo hacen. Ah, una cosa más: en caso de que tengamos que abandonar el barco, será la enfermera jefe Drummond la que dará la orden. ¿Lo han entendido?

Nesta conduce a su grupo hasta la parte superior, a

babor. Norah, John y Ena las observan mientras practican el simulacro de ayudar a las personas a bajar por el costado e identifican dónde se pueden utilizar las cuerdas. Nesta les dice a sus enfermeras que tratarán con hombres, mujeres y niños aterrorizados, posiblemente heridos. Ensayan con un tono amable las palabras de consuelo que emplearán para convencer a pasajeros reacios de que se tiren al agua.

—Recuerden que habrá personas que no sepan nadar, incluidos niños e incluso bebés. Díganles que recibirán ayuda en cuanto estén en el agua. Hay botes salvavidas que nos lanzará la tripulación.

Norah observa a la enfermera Nesta James y durante un instante se distrae de lo que la rodea para admirar cómo ejerce el mando la joven con las enfermeras a las que tiene a su cargo. Sus miradas coinciden y Nesta le dedica una ancha sonrisa. Está claro que recuerda haber ayudado a esas tres personas antes. Su sonrisa dice: «Aquí no hay nada de qué preocuparse. Todo esto forma parte de nuestro trabajo». Norah no está segura de sentirse más tranquila, pero agradece el gesto, el humor que transmite la sonrisa de Nesta mientras navegan por una zona en guerra.

Sin embargo, Norah no tarda en ser consciente de nuevo del peligro en que se encuentran. Entierra el rostro en los brazos de John, sofocando los sollozos que amenazan con salir sin freno, diciéndose que no puede llorar, no se puede comportar como una niña después de haber visto a esas valientes enfermeras demostrar su inquebrantable compromiso de salvar a quienes necesiten su ayuda.

—Estás pensando en Sally, ¿no? —musita John contra su pelo.

—¿Tuvo que pasar por esto, John? —se lamenta Norah—. ¿La tiró al agua una persona bienintencionada? Ojalá supiéramos que ha escapado, dónde está ahora mismo. Dime que se encuentra a salvo.

—Si no fuera así, lo sabría, lo presentiría —la tranquiliza John agarrándola con dedos temblorosos la barbilla, que ella había enterrado en su hombro—. Y tú también. Lo sentirías aquí. —Pone una mano en el corazón de Norah—. Nuestra Sally está a salvo, mi vida, debes creerlo. Aférrate a esa imagen y nos reuniremos con ella muy pronto.

Ena se inclina por delante de John para abrazar a su afligida hermana.

—Se encuentra a salvo, Norah. Los está esperando —la consuela.

—Bien hecho, muchachas —aplaude la enfermera jefe Drummond tras observar el trabajo que Nesta realiza con sus enfermeras—. Enfermera James, termine lo que está haciendo y lleve a su grupo abajo para que descanse. Por desgracia, hemos oído que a bordo hay escasez de alimentos, así que la enfermera Paschke y yo ya hemos dicho que cederemos a los niños lo que nos corresponde. Las veré abajo.

—Perdone, enfermera James, pero no sé nadar —anuncia una enfermera.

—Estás en buena compañía; la enfermera jefe Paschke tampoco sabe —le responde Nesta.

—¿De veras? ¿Lo sabe con certeza? —La enfermera se anima.

—Sí. Estuvimos juntas en Malaca, Malasia. Allí había unas playas increíbles, y cuando no estábamos trabajando, íbamos a nadar a menudo. Ni siquiera conseguimos que la enfermera jefe chapotease; el agua la aterrorizaba.

Son pocos los somnolientos y exhaustos pasajeros que se percatan de que el motor del barco se apaga o el ancla se echa. El capitán ha decidido no correr el riesgo de que los detecten en el desprotegido estrecho de Banka. Sin embargo, instantes después cambia de opinión.

—No podemos quedarnos aquí —dice a su tripulación—. Avancemos a toda velocidad hacia el estrecho. Lo más deprisa que podamos.

El sol despierta a quienes duermen en cubierta; el opresivo calor, a quienes están bajo cubierta. Las enfermeras se disponen a servir las exiguas raciones antes de volver al salón para recibir más órdenes.

—La enfermera jefe y yo nos hemos reunido con el capitán Borton hace un rato —informa la enfermera jefe Drummond a todo el grupo—. Por desgracia, vamos más retrasados de lo que deberíamos. Descansen mientras puedan. Que las jefas de grupo se queden y las demás vayan arriba, donde tal vez no haga tanto calor.

—No olviden recordar a sus enfermeras que lleven en todo momento el brazalete de la Cruz Roja —dice la enfermera jefe Paschke a las jefas de grupo—. Si llegara a suceder lo peor, se les podrá reconocer. Nunca se sabe, quizá los pilotos japoneses los vean y perdonen la vida al barco y a sus pasajeros. El capitán Borton nos ha dicho que si la sirena del barco emite sonidos cortos, significa que nos atacan, en cuyo caso se dirigirán a sus puestos y esperarán a recibir órdenes. Si el sonido de la sirena es continuo, significa que hay que abandonar el barco, y ya saben todas lo que hay que hacer. Ahora vayan a hablar con sus respectivos grupos; la enfermera jefe y yo iremos en breve a inspeccionar sus puestos.

La cubierta superior está llena de pasajeros que intentan escapar del calor y la humedad que hay abajo. Muchos dormitan allí donde han podido encontrar un poco de sombra. Muchos no oyen el avión que se aproxima. Los que sí lo oyen se quedan paralizados mirando el cielo, viendo que el aparato se lanza en picada hacia el mar y va directo a ellos.

—¡A cubierto! ¡A cubierto! —ordena una voz atronadora por el altavoz.

Después se desata la locura.

Los pasajeros salen en desbandada cuando la ametralladora abre fuego sobre cubierta desde el aire. Las balas golpean con fuerza; algunas rebotan en las piezas de metal del casco, en un segundo intento de alcanzar su objetivo.

—¡Corran! ¡Corran! —grita John mientras agarra

del brazo a Noah y Ena. Sin embargo, al final son ellas quienes lo llevan a él.

Las enfermeras se apresuran a sus puestos, listas para lo que pueda pasar en los próximos instantes. El ataque, no obstante, finaliza y el cielo vuelve a estar despejado. Se oye un suspiro colectivo de alivio. Los pasajeros tienen pocas heridas, pero los botes salvavidas del barco se han llevado la peor parte del ataque, y muchos han quedado inservibles.

—Aquí somos blancos fáciles; los bombarderos no tardarán en venir. Es necesario que lleguemos al estrecho si queremos tener alguna posibilidad de escapar de la que se avecina —dice el capitán Borton a su tripulación.

Mientras el barco avanza dando sacudidas, el capitán otea el horizonte y divisa tierra más adelante. Ahora, a ver si pueden salir sanos y salvos de esa.

—Haga sonar la señal de fin de la alarma. Por ahora —ordena a un oficial.

—Quedémonos aquí abajo —sugiere John; parece exhausto, y Norah le toca la frente para ver si vuelve a tener fiebre. Su marido no podrá subir esas escaleras muchas más veces.

Las enfermeras han oído la señal de todo despejado y vuelven al salón inmediatamente desde sus distintos puestos para recibir más órdenes. Por suerte, todas pueden informar de que los pasajeros solo han sufrido heridas leves, producidas sobre todo por trozos de madera astillada que salieron volando allí donde las balas impactaron contra el barco. Ahora los motores empiezan a chirriar al acometer la tarea que tienen por delante mientras el buque va directo al estrecho de Banka. No habrá más zigzagueos para sortear minas.

Poco después se oyen de nuevo las sirenas, y llegan a los oídos de quienes están bajo cubierta gritos de que «se aproximan aparatos».

Esos pasajeros no ven los aviones que se acercan, pero sí notan los efectos de la primera bomba que explota en el agua, agita las olas y hace que el barco se balancee furiosamente de un lado a otro.

—¡Una! —exclama alguien.

El capitán Borton comienza a realizar maniobras evasivas mientras intenta esquivar las bombas que ahora les llueven. Se ha corrido la voz de que más adelante hay tierra, ha llegado el momento de rezar para que se haga un milagro.

—Dos, tres... Catorce, quince... Veintiséis, veintisiete —Norah, John y Ena escuchan mientras otro pasajero cuenta las bombas que caen a su alrededor; milagrosamente, ni una sola de ellas ha dado en el barco—. Veintiocho, veintinueve...

Entonces, una explosión sacude el barco, lanzando a los pasajeros por los aires, contra las paredes, contra otros pasajeros. El pánico se desata y todos los que están bajo cubierta corren hacia los pasillos para ir arriba.

—¿Están bien? ¿Están heridas? —grita John a Norah y Ena.

—Estamos bien, pero tenemos que subir a cubierta; aquí abajo no estamos a salvo —responde Norah.

—Opino lo mismo. Vayan ustedes delante, yo las sigo.

—Ayúdalo a ponerse de pie, Ena; John va donde vayamos nosotras —dice Norah mientras mira a su marido a los ojos—. Eso fue lo que acordamos.

Las mujeres ayudan a John a levantarse, y lo colocan entre ambas.

Norah va delante, abriéndose paso entre el gentío, empujada por él. Ahora todo el mundo está desesperado por escapar de ese barco que se hunde.

—En marcha, muchachas, nos veremos arriba —dice la enfermera jefe a las enfermeras que aún están en el salón.

Nesta y su grupo se dirigen hacia la escalera más cercana, hacia la luz, más que dispuestas a realizar el trabajo para el que están preparadas. Cuando Nesta sale a cubierta, se aproxima otro avión disparando frenéticamente, alcanzando a quienes ya estaban heridos y destrozando más aún los botes salvavidas. Nesta ordena a sus enfermeras que se queden donde están hasta que el aparato se haya ido.

—Busquen a heridos, a personas a las que puedan ayudar. ¡Vamos! —grita.

Norah también va arriba, todavía agarrando a John. La subida es lenta y se ve ralentizada aún más por una chica que va delante, a la que le cuesta poner un pie delante del otro. Norah le toca el hombro con suavidad.

—Estás herida —le dice—. De gravedad. En la espalda...

—¿Herida? —repite la chica, ajena a las heridas, al vestido empapado de sangre.

Al cabo, la chica herida sale a cubierta tambaleándose y se desploma.

—¡Una enfermera! ¡Necesito a una enfermera! —grita Norah. Se sienta junto a la chica y le acomoda la cabeza delicadamente en su regazo.

Nesta es la primera en llegar. Le toma el pulso a la chica en el cuello y le mira los ojos.

—Ha muerto, lo siento. No podemos hacer nada por ella —dice a Norah.

—Tenemos que dejarla, Norah. Lo siento, mi vida, pero hay que abandonar el barco —susurra John—. Tendremos que llegar a tierra nadando.

Una vez más, las dos mujeres ayudan a caminar a John mientras los adelanta un aluvión de personas que intentan desesperadamente llegar a los botes salvavidas.

Las enfermeras jefe Paschke y Drummond aún están bajo cubierta: se asegurarán de que todo el mundo haya subido o esté subiendo antes de marcharse. Una inquietante sensación de calma impregna la estancia mientras los pasajeros avanzan lentamente, pero entonces una mujer lanza un grito.

—¡Alto! ¡Que nadie se mueva!

El mundo se halla sumido en el caos, el barco se está hundiendo, los heridos agonizan, pero todo el mundo se queda quieto al oír la estridente voz.

—A mi marido se le han caído los lentes —anuncia la mujer.

Con lo absurdo de la situación, las dos enfermeras jefe y muchos de los pasajeros rompen a reír antes de seguir subiendo por las escaleras.

Los simulacros que han practicado las enfermeras entran en juego ahora. El grupo de Nesta, menos dos enfermeras que no han logrado subir a cubierta, comienza a ayudar a mujeres y niños a bajar a los botes salvavidas. Haciéndose oír por encima del ruido, la angustia, los gritos de «¡ayuda!» de los heridos y los que están aterrorizados, la enfermera jefe Paschke da instrucciones con su voz clara y paciente. Cuando los botes salvavidas están llenos, los niños utilizan las escalas para bajar al agua, y sus padres los siguen.

—Voy yo primero —dice Ena a Norah—. Tú ayuda a John y ven después.

Ena se ayuda de una cuerda que cuelga por el costado del barco y que le raspa los dedos cuando se desliza hacia el agua. Acto seguido, John está a su lado: ha escogido la ruta más rápida y ha saltado. El chaleco salvavidas lo devuelve a la superficie y Ena extiende un brazo para agarrarlo. Profiere un grito de dolor cuando cierra la mano en torno al brazo de John: debido a la fricción de la cuerda, tiene la palma en carne viva y le sangra. Mueve los brazos frenéticamente para advertir a Norah, le grita: «¡Salta, Norah, salta! ¡No uses la cuerda!».

Al ver las señales de Ena, Norah se agarra a la cuerda, se descuelga por el costado y se desliza.

John le ve las manos a Ena y, cuando Norah entra en contacto con el agua, intenta nadar hacia ella desesperadamente, a sabiendas de que también ella sentirá el dolor de las quemaduras por la fricción y las desolladuras.

Sin embargo, no tienen tiempo de ocuparse de las heridas; han de alejarse de ese barco que se hunde. John rehúsa su ayuda: sabe que ha de valerse por sí mismo y ahora deberá reunir las fuerzas que le queden para ayudar a las hermanas.

Con el flujo continuo de hombres, mujeres y niños que se acomodan en los botes salvavidas o caen al agua, Nesta se percata de que en cubierta cada vez queda menos gente. Cerca de ella un pasajero pone a un niño pequeño en brazos de un miembro de la tripulación.

—Enfermeras, ¡aquí!, vengan a este bote salvavidas.

Nesta ve que ayudan a las enfermeras jefe Paschke y Drummond a subir al bote salvavidas que queda. El barco da sacudidas y ellas se caen. Luego se oyen sus risitas al ver las posturas tan poco femeninas en que se han quedado mientras se ayudan mutuamente a recuperar la compostura. Cuando empiezan a bajar el bote salvavidas por el costado del barco, la enfermera jefe Drummond exclama:

—¡Ha llegado el momento de irse, muchachas! ¡Abandonen el barco!

—Nos reuniremos en la costa para organizarnos —añade la enfermera jefe Paschke.

Cuando el bote desaparece por el costado, Nesta voltea hacia las enfermeras que quedan.

—Ya han oído, nos toca. Han hecho un trabajo increíble, gracias. Y ahora, quítense los zapatos, sujeten el chaleco con la barbilla y salten.

—Para qué me voy a quitar los zapatos si no sé nadar. No veo por qué no me puedo ahogar con los zapatos puestos —comenta una enfermera.

Nesta mira a su alrededor y ve parte de una puerta tirada en cubierta.

—Nadie se va a ahogar —dice a la derrotada enfermera—. Ayúdame con esta puerta. La lanzaremos por la borda y, cuando estés en el agua, podrás agarrarte a ella.

Tiran la puerta rota al mar. Nesta ve que la enfermera salta, sube a la superficie y va hacia la puerta, a la que se agarra con fuerza mientras mueve los pies.

Echando un vistazo a su alrededor por última vez, Nesta se levanta el vestido, se baja las medias, se las quita y después se deshace de los zapatos. Con el uniforme incompleto, salta al mar.

En el agua, a su alrededor, la gente llora pidiendo ayuda, llora por sus seres queridos. Las súplicas se mezclan con la sinfonía de ruidos que crea el *HMS Vyner Brooke* al crujir y partirse.

Norah, Ena y John se detienen un momento para mirar atrás, ven con horror que el buque se tumba de costado. La popa se alza en el agua, exhibiendo con orgullo la hélice antes de hundirse silenciosa y elegantemente en las profundidades marinas.

—Allá va —comenta John en voz queda.

—¡Oh, no! ¡Miren! —grita de pronto Ena.

Otras personas en el agua se han percatado también de que la aviación japonesa va directa hacia los desamparados pasajeros. A su alrededor, el mar empieza a rizarse cuando las balas acribillan el agua, algunas encontrando un objetivo. Muchos de los que han sobrevivido a ese salto a lo desconocido ahora flotan sin vida entre las olas; su lucha ha terminado.

—¡Mami, mami! ¿Dónde estás?

Ena y Norah ven que una niña que apenas ronda la edad escolar desaparece bajo una ola. Se alejan de John, olvidando el dolor de las dañadas manos, y nadan hacia los quejumbrosos gritos. Otra ola devuelve a la pequeña a la superficie y Ena extiende un brazo, la agarra y la acerca a ella.

—Te tengo, te tengo. No te pasará nada —musita.

—Agárrala bien, Ena. Volvamos con John —pide Norah.

—¿Dónde está mi mamá? No la encuentro —gime la niña, que traga agua y la escupe.

—La encontraremos, te lo prometo —responde Ena—. Tú agárrate bien a mí y flotaremos. ¿Cómo te llamas?

—June. Me llamo June; y mi mamá, Dorothy. Tengo cinco años.

—Encantada de conocerte, June. Yo me llamo Ena y esa de ahí es mi hermana mayor, Norah. Cuidaremos de ti hasta que encontremos a tu mamá.

Ena sujeta a June por la cintura y nadan despacio hacia John, que va a su encuentro. La corriente está alejando a todo el mundo del barco hundido, pero no lo bastante rápido como para evitar que algunos se vean rodeados por el petróleo que sube de los tanques fracturados del barco.

—¿Acaso podría ser peor? —se lamenta John mientras intentan quitarse el petróleo de la cara. Sin agua limpia, los intentos son inútiles—. Tratemos de llegar a la isla.

—Parece que nos estamos alejando de ella —apunta Norah.

—Es la corriente; seguirá empujándonos hacia el estrecho. Descansemos un poco para recuperar las fuerzas antes de nadar con vigor hacia tierra.

Con June agarrada a Ena, se mecen, dejando que la corriente los lleve donde quiera, que no es donde necesitan estar.

Nesta cae al agua y se hunde muy por debajo de las olas. Se deshace del chaleco salvavidas y, sirviéndose de las dos manos, pugna por subir a la superficie. Tras lograrlo, jadea, y acto seguido la golpea un cuerpo que flota. Su instinto le dice que compruebe si tiene señales de vida, pero no tarda en darse cuenta de que para ese pobre hombre ya no hay esperanza.

Al oír gritos de «ayuda», Nesta nada hacia quienes la necesitan. Ve a algunas enfermeras agarradas a una tabla, pero le aseguran que están bien. Tranquilizada, mueve las piernas y se dirige hacia un bote salvavidas que se aleja de ella. Una ola la eleva y Nesta distingue a las enfermeras jefe Drummond y Paschke, además de otras enfermeras, algunas de las cuales están heridas. Una compañera lleva a dos niños pequeños agarrados al cuello. Hombres y mujeres desesperados cuelgan de los lados del bote. A Nesta la invade el alivio: su amiga Olive Paschke está a salvo y la enfermera jefe Drummond se encuentra con ella. Todas están haciendo aquello para lo que se han formado: cuidar de los que son vulnerables.

Betty Jeffrey nada hacia ella.

—Nesta, Nesta, ¿te encuentras bien? —le pregunta.

—Sí, Betty, estoy bien, ¿y tú?

—Ilesa, intento buscar a otras. No creo que nos hayamos salvado todas —comenta Betty con la voz rota.

—¡Aquí! ¡Vengan aquí!

Las mujeres voltean y ven a otras enfermeras que se mantienen a flote en el agua. Sin decir palabra, ambas mujeres van hacia el grupo.

—¿Están todas bien, alguna está herida? —pregunta Nesta de inmediato.

Le responde un coro de noes, pero Nesta ve que la enfermera Jean Ashton sangra por la cabeza.

—Jean, estoy viendo el tajo que te has hecho en la cabeza. ¿Alguna tiene heridas que no se vean? —inquiere Nesta.

Jean sacude la cabeza y ninguna admite estar gravemente herida, aparte de los golpes y las abrasiones que el agua salada está ayudando a curar.

—¿Qué quiere que hagamos? —pregunta una enfermera a Nesta, que la reconoce como jefa incluso mientras flotan en el mar tras haber naufragado.

Agarrándose las unas a las otras y formando un círculo apretado, las enfermeras celebran una improvisada reunión para debatir las posibles formas de ayudar a los heridos y vulnerables.

—Ayuden en la medida en la que puedan, pero nuestra prioridad es ponernos a salvo —dice Nesta.

—Vamos a tierra y una vez allí ya veremos. ¿Alguna ha visto a las enfermeras jefe?

—Yo las he visto, están las dos en el mismo bote salvavidas, con otras enfermeras y civiles —informa al grupo Betty.

—Yo las vi un momento; no creo que ellas me vieran a mí antes de que el agua me arrastrara —apunta Nesta.

—La enfermera jefe Paschke parecía especialmente contenta consigo misma —comenta Betty—. Verla tan cerca del agua y sin que le entrara el pánico me resultó de lo más extraño. Nesta, ¿te acuerdas de que en Malaca ni siquiera metía los pies?

—Recuerdo cómo le tomábamos el pelo. No permitirá que olvidemos que sobrevivió en el océano después de naufragar.

—¿Nos separamos y buscamos al resto? —pregunta Betty.

—Sí, intenta agarrarte a una madera que pase flotando. Te veo en la orilla —responde Nesta mientras se deja llevar por la corriente.

—Algunos han conseguido llegar a la orilla, así que si ellos pueden, nosotros también —dice Norah a los demás.

Norah, Ena, John y June se unen a unos supervivientes que intentan llegar a una isla que aparece cada vez que una ola los eleva y desaparece cuando bajan de nuevo al mar en calma. «Gracias a Dios que el agua no está fría —piensa Norah mientras mira a su marido—. Lo último que necesita es sufrir hipotermia.»

La fuerte corriente impide que se acerquen. Durante horas descienden por el estrecho de Banka. June se queda dormida, de cansada o traumatizada. Ena la estrecha contra su cuerpo, la cabecita apoyada en su hombro mientras se mantienen a flote. El sol se acaba poniendo ese día terrible y la visibilidad en el agua cada vez es menor. Más cerca ahora, ven los fuegos que arden en la orilla a la que pugnan por llegar.

Ninguno ve la balsa hasta que pasa por delante. Unos cuantos nadan tras ella, la agarran y la llevan hasta donde están los demás para que se agarren. El agotamiento amenaza con vencer a todo el mundo. Norah y Ena se ayudan mutuamente a subir a la balsa. Todos se apiñan mientras los envuelve una oscuridad absoluta, y la mayoría de quienes ocupan la balsa se sumen en un sueño profundo.

Vagar, vagar con el hato,
vendrás a vagar por el país conmigo.
Y el vagabundo cantaba mientras se metía la oveja
   en el morral,
vendrás a vagar por el país conmigo...

Cuando cae la noche, Nesta se encuentra sola, pero se da cuenta de que cantar le proporciona cierto alivio. La madera a la que se agarró hace unas horas ahora es su hogar. Sin fuerzas ya para mantenerse a flote, toma la decisión de subirse a la madera y dejar que la corriente la lleve.

Tendida bocarriba, mira las estrellas, las mismas estrellas que tal vez estén contemplando también su familia y sus amigos en Australia. A la memoria le viene el vasto cielo de su ciudad natal, en la Victoria rural, que lleva maravillándola la mayor parte de su vida, e imagina que su madre y su padre también lo están mirando. Les envía un mensaje.

«Sobreviviré y volveré con ustedes lo antes posible. Sé que nunca quisieron que fuese a la guerra. No les he hecho la vida fácil, y lo siento mucho. Prometo que cuando vuelva a casa no los dejaré nunca más.»

También se acuerda del doctor Rick, al que conoció cuando se encontraban en Malasia para asistir a los soldados aliados que iban a rechazar al ejército japonés invasor, o eso creían ellos. Recuerda la primera y la última vez que Rick habló con ella, y se pregunta si lograría salir de Malasia sano y salvo, y dónde estará ahora...

Nesta había accedido a cubrir el turno de noche de Betty para que su amiga pudiese aceptar una invitación a cenar. La noche está cayendo mientras ella recorre la sala para asegurarse de que todos los hombres duermen, de que todos se encuentran a gusto. Cuando vuelve a su mesa para escribir sus notas de enfermería, el médico del turno de noche se une a ella.

—¿Todo en orden, enfermera James? —le pregunta.

—Duermen todos como niños. Creo que se puede dar el alta mañana a todos los hombres que tenemos aquí —responde Nesta con voz queda. No estaría bien despertar a esos soldados que duermen.

—¿Eso cree? ¿Es que quiere mi trabajo, enfermera?

Nesta cae en la cuenta de lo que acaba de decir. Avergonzada, se levanta, su metro cincuenta escaso empequeñecido por el médico, que es mucho más alto.

—Cuánto lo siento, ha sido de lo más inapropiado. Me ocuparé de anotarlo todo en cada registro para que lo lea el turno de mañana —balbucea.

—No pasa nada, estoy seguro de que tiene usted razón. Sobre todo con este concierto de ronquidos. Apuesto a que el doctor Raymond estará de acuerdo con usted. Siéntese, no hace falta que se cuadre.

—Gracias, doctor Bayley —*murmura Nesta mientras toma asiento.*

—Soy Richard, pero mis amigos me llaman Rick. Nunca he conocido a nadie que se llame Nesta, ¿le puedo preguntar de dónde viene su nombre?

Ella se ríe.

—Es galés. Nací en Gales, pero mis padres se trasladaron a Australia cuando yo era pequeña.

—Ah, eso lo explica. En Gales hay nombres muy distintos, ¿me equivoco?

—No se equivoca usted, a los galeses les gusta ser diferentes. Ningún galés quiere que lo tomen por un inglés.

Rick se sienta en el borde de la mesa, aparta unos registros de enfermería y escudriña la sala antes de volver a centrar su atención en ella.

—¿Sería una grosería por mi parte que le preguntara a qué se dedicaba antes de alistarse y de que esta noche esté sentada aquí conmigo?

—En pocas palabras, vine a Australia desde Gales cuando tenía ocho años. Vivía en Shepparton.

—Eso está en el norte de Victoria, ¿no?

—Sí, es una zona agrícola; sobre todo hay huertas de frutales.

—Continúe.

—Siempre supe que quería ser enfermera y me formé en el hospital Royal Melbourne.

—¿Estaba ahí antes de venir aquí?

Nesta se ríe de nuevo.

—No, bastante lejos: en Sudáfrica.

—Un momento, ¿dónde? Esto me interesa. Espere un minuto, que voy por otra silla. Por cierto, tiene usted una risa preciosa; la llevo oyendo semanas. Creo que nunca he conocido a nadie que se ría tanto.

Rick coloca una silla delante de la mesa y se inclina hacia delante; es todo oídos.

—Como le decía, estaba en Sudáfrica.

—¿Por qué?

—¿Me va a dejar que se lo cuente? —responde Nesta con una sonrisa descarada.

—Perdone, perdone. Continúe, por favor.

—No me malinterprete. Me encantaba trabajar en el Royal Melbourne, pero quería hacer más, utilizar mis conocimientos médicos para curar y no solo para ocuparme de los pacientes.

—Ah, conque quería ser usted médica.

—¿Me va a dejar terminar?

—Perdone.

—Vi un pequeño anuncio en el periódico en el que solicitaban enfermeras para trabajar en las minas de oro y diamantes de Sudáfrica. Yo no sabía qué conllevaba el trabajo, pero en su momento buscaba hacer más, vivir una especie de aventura. Envié la solicitud, me aceptaron y me fui. Trabajé en una mina en la zona de Johannesburgo.

—¿Fue una mala experiencia?

—Algunos días eran muy malos. Heridas de accidentes, desprendimientos, derrumbamientos, palizas. Sin duda traté heridas que no había visto nunca, y en la mina no siempre había un médico.

—Así que hizo usted lo que tenía que hacer, es decir, tomó sus propias decisiones en lo que respecta a, por ejemplo, las altas.

Nesta se ríe de nuevo.

—Algo parecido, sí. En fin, estuve allí dos años y entonces un día, un domingo, estábamos...

—Estábamos ¿quiénes?

—Ah, había enfermeras de Inglaterra y Escocia y algunas de allí, cuya formación no era tan buena como la nues-

tra. Bueno, pues estábamos en la sala del personal, almorzando, cuando una de las chicas inglesas agarró el periódico que estaba tirado por allí y nos dijo que tanto Inglaterra como Australia estaban en guerra. Tiene que entender que recibíamos muy pocas noticias del mundo exterior; la mayoría ni siquiera queríamos saber nada, lo único que queríamos era hacer nuestro trabajo y aportar nuestro granito de arena allí donde pudiéramos. Supe en el acto que tenía que ir a casa, que ahora mi cometido era ayudar a los míos. Me llevó unos cuantos meses, pero al final volví a Sídney y me alisté. Y aquí estoy. Aquí estamos.

—*Es usted toda una aventurera, enfermera Nesta James.*

—*Gracias por preguntar y escuchar. Solo le he contado mi historia a la enfermera jefe.*

—*Pues debería contarla; estoy seguro de que a sus compañeras les encantaría oír sus hazañas. Y ahora la dejo con sus rondas, vaya a verme si me necesita.*

—*Buenas noches, doctor.*

—*Rick, mis amigos me llaman Rick...*

Adormilada, Nesta no ve la playa hasta que su balsa llega a la orilla. No sabe cuánto tiempo ha estado en el agua, pero debe de ser plena noche; solo las estrellas iluminan ese cielo sin luna. Tiene muchísima sed. Se incorpora trabajosamente y escruta la negrura de la jungla, más allá de la pequeña playa. Se baja de la balsa, llega a la orilla y se desploma en la arena. Distingue una luz y, al volver la cabeza, ve un faro, un haz luminoso que gira e ilumina el mar.

Nesta se pone de pie con vacilación, yergue su metro cincuenta escaso y camina hacia el edificio. Da con la puerta y llama.

La puerta se entreabre despacio y dos malayos la miran detenidamente.

—¿Puedo pasar, por favor? —pregunta la enfermera.

La mirada perpleja de los hombres le dice que no la han entendido. Nesta empuja la puerta con suavidad y ellos se hacen a un lado. Escudriña la pequeña habitación: hay una cama, una mesa y dos sillas y un banco lleno de utensilios de cocina rudimentarios.

—¿Inglés? —pregunta.

—Un poco —contesta uno de los hombres.

—¿Viven aquí?

Los hombres se miran y hablan en malayo.

—Aquí vivía holandés. Fue.

—¿Agua? ¿Me pueden dar un poco de agua, por favor?

Antes de que puedan contestar, la puerta se abre de golpe e irrumpen dos soldados japoneses. Los malayos se estremecen. Sorprendidos al ver a Nesta, los soldados alzan los fusiles, con la bayoneta calada, a escasos centímetros de su estómago. Ella ni se inmuta.

Uno de los soldados baja el fusil y camina alrededor de Nesta despacio, mirándola de arriba abajo. Nesta mete la mano derecha en el bolsillo del uniforme y palpa el dinero, las cien libras, que siguen en su sitio, mojadas pero intactas. El soldado se percata del movimiento y le saca la mano bruscamente. La colocan de cara a la pared y se apartan, charlando y riendo. Nesta no ve que se marchan; uno de los malayos le da la vuelta.

—Fueron. Tú vas también —dice.

—Agua, por favor.

—Tú vas, vas ahora.

Los hombres le dan un poco de agua, que ella bebe con avidez antes de que la saquen fuera.

Nesta deja el faro y se aleja despacio. Se dirige hacia donde la playa se une a la jungla y se deja caer junto a un árbol grande. Escondida allí, en la oscuridad, espera a que salga el sol y le regale un nuevo día.

—Este petróleo no se va —se queja Norah mientras se frota la piel.

Cuando sale el sol, Norah, Ena, John y June pugnan, junto con los demás que ocupan la balsa, por hallar una posición cómoda. El aire frío de la mañana no tarda en calentarse bajo un sol ardiente. Antes de que se quieran dar cuenta se están abrasando. Se turnan para meterse en la fresca agua, sin soltarse de la balsa. Están muertos de sed.

—Puede que haya una regadera o un baño calientes esperándonos, con un buen jabón y toallas gruesas, cuando lleguemos a tierra. —Ena prueba a bromear, pero nadie sonríe.

—¿Cómo tienen las manos? —les pregunta John.

Las hermanas extienden las destrozadas y supurantes manos para que les eche un vistazo.

—Santo cielo, no sabía que estaban heridas —comenta una de las mujeres—. Deberían haber dicho algo.

—Estaremos bien cuando lleguemos a la orilla y, con suerte, demos con alguna de las enfermeras que iban a bordo con nosotros —contesta Ena.

Ven que el sol pasa el ecuador del cielo.

—Llevamos en el agua más de veinticuatro horas —afirma un hombre—. Y no hemos bebido ni una gota de agua.

En el grupo se hace el silencio.

Oyen el motor antes de ver la lancha que se dirige hacia ellos. Sin saber quién va a bordo, unos cuantos hombres y mujeres se meten en el agua.

Tras apagar los motores, la lancha se sitúa junto a la bamboleante balsa. A bordo van dos aviadores, uno de ellos tan joven que parece un niño; el otro, de la edad de John.

—¡Hola! ¡Hola! Nos alegramos de haberlos encontrado. Somos de la RAF. ¿Por qué no suben a bordo?

Algunas mujeres rompen a llorar; los hombres tienden la mano para estrechar la de sus salvadores.

—¿En qué barco venían?

—En el *Vyner Brooke*.

—Vaya, lamento oír eso. Pasen primero a la pequeña —pide el aviador de más edad señalando a June, que sigue aferrada al cuello de Ena.

Cuando Ena intenta soltar los brazos de June, la niña se agarra con más fuerza y le entierra el rostro en el cuello.

—No pasa nada, June. Solo te va a cargar este oficial tan amable. Yo iré detrás, no te preocupes.

—¿Podemos agilizar un poco? —pregunta una de las mujeres mientras intenta subir a la lancha.

—Quédese en la balsa, señora, primero va la niña —le dice el aviador.

June deja que la agarren y la metan en la lancha y los demás no tardan en seguirla. Tras apartarse de la balsa con suavidad, la lancha arranca y sale disparada hacia tierra. Norah ve cómo desaparece la tabla. Los ha salvado del mar, su cometido ha terminado.

—¿Agua? —pide John con voz aguda.

—Perdónenme —se disculpa el aviador mientras le da una cantimplora—. Pásela a los demás.

John bebe un trago y la cantimplora va pasando deprisa por el grupo, aplacando su sed a duras penas.

—¿Han encontrado a otros sobrevivientes? —indaga John.

—No del *Vyner Brooke*.

—¿Adónde nos llevan?

—Me temo que no tenemos muchas opciones. Muntok no está lejos y los llevaremos al embarcadero. Siento decirles esto, pero los entregaremos a los japoneses.

Se oyen gritos de miedo y rabia en el grupo. ¿Cómo pueden esos hombres ponerlos en manos del enemigo, del mismo ejército que destruyó su barco y ametralló a civiles desde el aire?

—¿No podemos ir con ustedes? No nos pueden abandonar con los japoneses —plantea Norah, horrorizada.

—Estamos rodeados. Si los agarran con nosotros, se verán en un serio aprieto. Esto es todo lo que podemos hacer, lo siento, no...

No hace falta que el aviador termine la frase. El silencio se impone en el grupo. Al menos supone cierto alivio escapar de una vez del agua.

—Ahí delante está el embarcadero. Lo haremos a toda prisa; desembarquen lo antes posible para que podamos marcharnos.

La lancha reduce la velocidad a medida que se aproximan a un recodo del estrecho. Al dar la vuelta, ven un embarcadero largo que se adentra en el mar desde tierra firme.

—¡Vamos, vamos, vamos! —pide el aviador de más edad a su compañero, que conduce la lancha.

Los sobrevivientes se pegan contra los asientos cuando la embarcación avanza a máxima velocidad. Chocan con un golpe sordo contra el embarcadero, justo al lado de la escalera de madera por la que desembarcarán.

—Deprisa, deprisa. —El aviador señala a un hombre joven—. Suba usted y le pasaré a June. ¿Te llamas así, no, cielo?

La pequeña asiente.

—Ayúdela a ella y después a los demás a medida que los vaya enviando arriba. Ahora debemos actuar con mucha rapidez.

El hombre sube por la escalera y June lo sigue con piernas temblorosas, pero con un valor y una determinación impropios de su corta edad. Ena sube, tropezando en los peldaños; tiene las piernas también como la gelatina después de tantas horas en el agua. Las heridas de las manos le causan un profundo dolor al agarrarse a cada peldaño. Cuando los últimos sobrevivientes consiguen subir, oyen gritos y un ruido de pasos que se aproximan hacia ellos.

—¡Vamos, vamos, vamos! —grita el aviador, que acerca a la escalera a los sobrevivientes que quedan.

Cuando el último pone las manos en el peldaño inferior, el aviador arranca la lancha. Una lluvia de balas los persigue. En el embarcadero, Ena, Norah y John clavan la vista en los soldados japoneses, que siguen corriendo hacia ellos, disparando con sus fusiles a los pilotos de la RAF que se acaban de ir. Detrás de los soldados, ven que el embarcadero está repleto de sobrevivientes sentados en sus maletas, en cajas, y que observan horrorizados, temiendo que los soldados estén a punto de abrir fuego contra los recién llegados. La lancha desaparece en el recodo. Los soldados japoneses dan media vuelta y se van por donde han venido, dejando que los sobrevivientes del *Vyner Brooke* se pregunten qué pasará a continuación.

—Me figuro que nos quedaremos aquí sentados a esperar, como todo el mundo —aventura John.

3

Muntok, Indonesia
Febrero de 1942

—¿Hay alguien ahí?

Cuando el sol iluminó el horizonte, Nesta se adentró en la jungla avanzando despacio, sin hacer ruido, con todos los sentidos muy alerta, asustándose con cada ruido. En la jungla todo eran sonidos: el susurro de los pájaros en las ramas, el silbido del viento en los árboles, el incesante correteo de los insectos. Pero ahora oye una voz humana; después arcadas, atragantamientos, una y otra vez.

—¿Hay alguien ahí?

Nesta se tira al suelo. El sonido procede de la playa. Avanzando a gatas por la densa vegetación, se ve de nuevo en el límite de la jungla. Con el corazón acelerado y la cabeza retumbándole, tarda un instante en entender lo que está viendo.

En la playa hay alguien que escupe, se atraganta, pugna por ponerse de pie. Es evidente que acaba de salir del agua. Una mujer joven que, incapaz de levantarse, cae al suelo.

Nesta observa y espera. La mujer se da por vencida y se queda donde está. El instinto de enfermera de Nesta se impone, un instinto que es mucho más poderoso que el miedo. Más poderoso que la espantosa sed y el cansancio mortífero que siente. Corre por la arena hacia la superviviente. La mujer está tendida de lado, tiene la ropa empapada y recubierta de un petróleo denso y negro que también le cubre el rostro, el pelo y el cuerpo. Cuando Nesta la coloca bocarriba con delicadeza, dos vivos ojos oscuros la miran y una pequeña sonrisa le da las gracias.

—Tenemos que alejarnos de esta playa —le dice Nesta, sonriendo un instante a su vez—. Estamos demasiado desprotegidas.

Mucho más alta que la enfermera, la mujer deja que Nesta la ayude a levantarse y juntas vuelven renqueando a la seguridad que les proporciona la jungla.

—¿Está herida? —pregunta Nesta.

—No, pero creo que he tragado mucha agua en el mar.

—Acuéstese y estará bien dentro de un momento.

La mujer parece estar encantada de haberse puesto de pie.

—¿Es usted enfermera? —pregunta—. Parece usted una de las enfermeras que iban a bordo del barco.

—Sí, me llamo Nesta. Nesta James.

—Phyllis Turnbridge. ¿Australiana?

—Sí. ¿Inglesa?

Phyllis asiente.

—¿Ha encontrado usted a alguien más? ¿Hay más sobrevivientes?

—No, pero estoy segura de que habrá otros; probablemente el agua los haya arrastrado y estén playa arriba o abajo.

—¿Qué vamos a hacer?

—Descansar aquí un poco; hay un faro no muy lejos. Yo ya he estado allí, pero la bienvenida no fue muy cálida.

—¿Soldados japoneses?

—Por lo visto, en el faro viven dos lugareños, pero sí tuve un encontronazo con dos soldados.

—¿De veras? Y ¿la dejaron marchar?

—No parecían muy interesados en mí. Los lugareños me dijeron que me fuera, así que me vine a este sitio a observar y esperar.

—¿Y si vamos? Necesito desesperadamente beber agua.

—¿Puede usted andar?

Por toda respuesta, Phyllis se levanta con piernas temblorosas, se estira y luego se encoge de hombros.

—Vamos.

Caminan despacio hacia el faro, sin salirse de la jungla y sin dejar de mirar a su alrededor todo el tiempo.

—¿A qué se dedicaba en Singapur? —pregunta Nesta.

—Trabajo para el servicio de inteligencia británico —contesta Phyllis.

—¿Es usted espía?

—No, estaba en administración.

A Nesta le intriga, pero decide no indagar.

Los lugareños siguen en el faro y las mujeres se señalan la boca con gesto suplicante. Los hombres entienden que tienen hambre y sed y, de mala gana, les dan un poco de arroz a cada una y agua.

—No quedar, ir —insiste uno de los hombres.

—¿Adónde? ¿Adónde nos sugieren que vayamos? —inquiere Phyllis envalentonada.

—Muntok. Ir a Muntok.

Los dos hombres sacan a las mujeres del faro y les enseñan un sendero que se interna en la jungla.

—Muntok.

—Bien, supongo que vamos a Muntok —dice Phyllis sin mostrar emoción alguna.

—No tengo más ideas y no pienso volver al mar —afirma Nesta.

Poco después Nesta y Phyllis ven en el sendero a un pequeño grupo de sobrevivientes del *Vyner Brooke*. Están aturdidos y desorientados y discuten por el camino que hay que seguir. Antes de que Nesta pueda decir algo, una de las mujeres profiere un grito estridente. El grupo se sobresalta y empieza a escudriñar la jungla de manera frenética en busca de la amenaza. Entonces la ven: hacia ellos avanzan soldados japoneses con la bayoneta en alto. Los soldados se mueven deprisa para formar un círculo alrededor de los sobrevivientes. Les indican por dónde ir con los fusiles. Los sobrevivientes no pueden hacer nada, así que caminan, y no mucho después entran en Muntok.

Los conducen por el pueblo, que no es más que un puñado de chozas con vendedores callejeros que ofrecen fruta y hortalizas sobre tapetes en el suelo. Hay madres con hijos, rostros que miran desde las ventanas, hombres que escupen a los sobrevivientes para demostrar su apoyo a los japoneses. En el otro extremo del pueblo, un embarcadero se adentra en el mar y entonces Nesta ve a cientos de hombres, mujeres y niños sentados bajo el implacable sol. Allí hay más soldados, que vigilan a los sobrevivientes desplazados. Nesta busca desesperadamente entre el grupo un rostro conocido, un uniforme conocido, pero hay demasiada gente. A Nesta, Phyllis y el resto de su pequeño grupo los conducen hasta un edificio cercano. Uno de los sobrevivientes traduce el letrero que hay sobre la puerta: es la aduana.

—¿Y si nos sentamos, mi vida? ¿Qué te parece si nos sentamos todos? —pregunta John, y Norah ve que está a punto de desmayarse.

Norah, Ena, John y June están bajo el sol abrasador intentando asimilar lo que los rodea. Norah observa a los soldados que tiene cerca, desesperada por recibir una señal de lo que el destino les tiene reservado.

Le toma la mano a su marido y lo ayuda a sentarse en los tablones del embarcadero. June se acurruca contra John; por suerte, da la impresión de que la niña se siente segura con cualquiera de sus tres salvadores. Se sientan muy juntos, intentando proteger a John y a June del sol.

—Tienes un aspecto terrible —dice Norah a Ena para intentar distraerlos de lo que se avecina.

—Gracias, Norah. Deberías verte tú; ya sabes, le dijo el sartén al cazo... —replica Ena, y las hermanas comparten una sonrisa forzada pese al dolor que sienten en las manos y la tremenda sed—. ¿Cómo podemos quitarnos esta grasa de encima? —plantea.

—Intentemos ayudarnos mutuamente. Las manos me fallan, pero los pies no. John, ¿nos das la camiseta, por favor? Te puedes quedar con la camisa —pide Norah con una sonrisa pícara.

John empieza a desabrocharse la camisa, pero las manos le tiemblan y, al ver lo mucho que le cuesta, June le aparta los dedos, le quita la camisa y después lo ayuda a despojarse de la camiseta. Le da la prenda a Norah y a continuación ayuda a John a ponerse la camisa.

—A ver, ¿cómo podemos hacer esto? —sopesa Norah mientras mira a Ena y empuja la prenda hacia sus pies.

Agarrando la camiseta con los dedos de los pies, Norah intenta quitarle el petróleo de los brazos a Ena. Las hermanas se retuercen y contorsionan, y consiguen retirar parte del tizne de los brazos y las piernas de la otra. Sus risas se extienden por el embarcadero, donde la gente observa divertida. Cuando Norah trata de limpiarle el rostro a Ena, casi caen las dos al agua. Mientras recuperan la compostura, June toma la camiseta, que ahora está muy negra, y limpia con delicadeza el rostro de las dos hermanas, que la recompensan con abrazos.

Otros a su alrededor comparten el divertido momento, riendo y señalando los cómicos intentos de las hermanas por lavarse.

—Esas manos necesitan cuidados —les advierte John, que se ha sumado a las risas.

Norah está encantada de que, al parecer, la absurda escena haya animado a John. Debe de sentirse mejor si se puede tomar un momento para apreciar lo disparatado de sus actos en ese idílico paraje de exuberante jungla y radiantes flores tropicales que sirve de telón de fondo a las serenas aguas azules y la playa de arena blanca. Norah tiene la sensación de que están en un cuadro.

—Tanto si vivo poco como si vivo mucho, recordaré este momento siempre: cómo, en las peores circunstancias posibles, dos mujeres a las que quiero más que a la misma vida dieron con la manera de reírse y de hacerme reír. Gracias, queridas mías.

Ena y Norah interrumpen sus intentos de limpiarse para darle a John un beso en cada mejilla.

Cuando la camiseta está demasiado impregnada de petróleo para que se pueda seguir utilizando, Norah y Ena se sientan con John y June, y observan la ingente masa humana que se agolpa en el embarcadero.

—No reconozco a nadie, pero tienen equipaje y ropa limpia. Me figuro que son de otro barco —razona Norah.

—¿Y si voy a hablar con alguno? —sugiere Ena.

—Chicas, por favor, no hagan nada peligroso —suplica John.

—Naturalmente que no haremos tal cosa —asegura Ena—. No hay soldados cerca y los que están ahí no prestan mucha atención. No tardaré.

Llega un grupo nuevo de soldados y Ena se acerca corriendo a los prisioneros que tiene más cerca. Norah ve que su hermana habla un momento con ellos y vuelve con la información de que atacaron su barco, el *Mata Hari*; metieron a los pasajeros en las lanchas del barco, y los trajeron aquí. Hombres, mujeres y niños, rodeados de sus pertenencias, se sientan, se acuestan, se levantan para estirar las piernas.

—¿Alguno sabe lo que va a ser de nosotros? —pregunta Norah.

—No saben más que nosotros, o sea, nada. Supongo que habrá que esperar a ver.

—John necesita medicamentos, estoy muy preocupada por él —asegura Norah mientras mira a su marido, que ahora duerme. Tiene la cabeza apoyada en su regazo y ella le acaricia el cabello con ternura—. Está ardiendo, y este sol lo empeora todo.

—¿Quieres que le pregunte a algún soldado si nos pueden dar una gorra o algo?

Antes de que su hermana pueda contestar, June, que también está profundamente dormida, llama su atención.

—¡Mami! ¡Mami! —grita.

Ena la carga en brazos y susurra palabras reconfortantes; la mece; la estrecha con fuerza contra ella cuando la pequeña se despierta, desorientada. Sus gritos no tardan en tornarse sollozos y después se vuelve a dormir.

—¿Qué vamos a hacer con ella? —plantea Ena mientras le acaricia el brazo a la niña.

—Cuidarla, quererla y confiar en que encontremos a su madre pronto.

John se despierta al oír la angustia de June, pero no durante mucho tiempo.

—No sé si está dormido o inconsciente —dice Norah en voz baja.

Ena lo mira; su respiración es entrecortada pero regular.

—Ahora está durmiendo, no te preocupes —la tranquiliza.

Las hermanas guardan silencio; el sol es implacable en su intento de abrasarlos vivos. Ven que otras personas del embarcadero tienen gorras y ropa extra para taparse y proteger la piel y el rostro. Las miradas tácitas que intercambian confirman que sienten la misma desesperación.

Norah extiende el brazo, le agarra la mano a Ena y se acuesta para dormitar. Sin embargo, escasos minutos después se produce una conmoción y ambas despiertan sobresaltadas. Miran instintivamente a June y John, que siguen durmiendo. Soldados japoneses caminan por el embarcadero pegando gritos y golpeando a los sobrevivientes con la bayoneta. El mensaje es claro: arriba, hay que moverse. Como están al final del embarcadero, Norah y Ena tienen tiempo de despertar con suavidad a John y June y ayudarlos a levantarse. Mientras otros cargan a duras penas con sus pertenencias, ellos caminan libres de todo peso.

—¿Adónde nos llevan? —se pregunta Nesta en voz alta.

A Nesta y a Phyllis las hacen salir de la aduana para que se sumen a los cientos de hombres, mujeres y niños que están abandonando el embarcadero.

—Parece un cine —observa Phyllis. Es un cine, un edificio de un solo piso de madera y hierro. Dentro solo hay una estancia amplia y un pequeño receptáculo para un proyector.

—No se separe —advierte Nesta, y le toma la mano a Phyllis mientras los sobrevivientes se disputan el espacio—. ¡Eh! —exclama. Al otro lado de la sala ha visto a algunas compañeras. Corren a abrazarse y empiezan a narrar lo que les ha sucedido.

—¡Agua! —grita Phyllis cuando los soldados empiezan a repartir entre los sobrevivientes arroz en saquitos hechos con hojas de plátano y vasos de agua.

Les infunde ánimo ver que a lo largo de ese día y durante la noche por la puerta entran más sobrevivientes. Amigos y familias que se separaron cuando el *Vyner Brooke* se hundió se reúnen y protagonizan emotivas escenas que conmueven a todo el mundo.

Norah, Ena, John y June se han hecho con algo de espacio junto a la pared. No hay sitio para acostarse, pero al menos ya no sufren los rigores del sol.

Cuando cae la noche y la estancia queda a oscuras,

Norah ya no es capaz de distinguir a las demás personas, pero sigue oyendo a los bebés y los niños pequeños que lloran de hambre. Tiene la sensación de que les dieron un puñado de arroz hace siglos. No es capaz de ponerse cómoda; no puede abstraerse del ruido y el constante movimiento que reinan a su alrededor. Cuando por fin se duerme, el descanso es breve y Sally puebla sus sueños.

Al despuntar por fin el día, Norah observa el rostro de los sobrevivientes y sabe que se sienten como ella: afortunados y agradecidos por seguir vivos. John, Ena, June y Norah se ponen de pie y estiran las extremidades y los músculos, agredidos por días de castigo. En ese momento las puertas de la estancia se abren de par en par.

—Gracias a Dios —dice—. Por fin podemos salir de aquí.

—¡Fuera! ¡Fuera! —vocifera un soldado japonés.

Varios soldados entran en la sala, empujando y golpeando con los fusiles y los puños a todo el que se interpone en su camino. Norah y el resto de la gente salen del edificio a trompicones. Una vez fuera, Norah mira atrás y ve salir del cine al último superviviente; al hombre le corre sangre por el rostro de un golpe que ha recibido en la cabeza, y su anciana esposa, consternada, lo sostiene. Los obligan a todos a caminar por el pueblo, y Norah se pregunta qué les deparará su incierto futuro.

4

Muntok, Indonesia
Febrero-marzo de 1942

—Ena, ¿qué vamos a hacer? No podemos perder a John. No sobrevivirá sin nosotras —musita Norah.

A pleno sol, los prisioneros, después de andar o de dar traspiés con sus hijos, llegan a un recinto similar a un cuartel. Les ordenan entrar y acto seguido separan a los hombres de las mujeres.

—Puede que solo sea para dormir, Norah. Procura no perder la calma hasta que averigüemos qué está pasando. —Ena trata de apaciguar a su hermana sensatamente, pero está igual de nerviosa.

Suponen que construyeron el edificio para alojar a lugareños que trabajaban en la mina de estaño que hay cerca y ahora está desmantelada. Los barracones para dormir rodean un espacio central abierto cuya única fuente de agua es un pozo. Les dicen que se asearán en un lavadero alargado de cemento que hay en las proximidades. Algunas mujeres ya se están echando agua por la cabeza para refrescarse. En el espacio que se abre detrás de los barracones están los retretes: agujeros alargados excavados en la tierra.

A las mujeres y los niños, que superan en número a los hombres, les ordenan que ocupen los barracones de la izquierda del edificio. A John lo separan de Norah sin contemplaciones y lo meten en un barracón del lado opuesto. Norah da un empujoncito a su hermana y, junto con June, se dirigen hacia un barracón que está casi enfrente del de John.

—Pero ¿dónde vamos a dormir? —pregunta una mujer.

Contra la pared hay bloques de cemento inclinados, similares a estantes.

—En eso de ahí, supongo —responde otra voz.

Tras escoger un lugar para ellas y June, las mujeres empiezan a presentarse. Hay algunas madres con hijos. June descubre a una niña de su edad y se pone a jugar con ella animadamente.

Una mujer de más edad se presenta: se llama Margaret Dryburgh y cuenta que es misionera y maestra, y que se formó en enfermería.

—También me apasiona la música —dice a las mujeres que se reúnen a su alrededor.

—Mi hermana Norah se formó en la Real Academia de Música de Londres —cuenta Ena.

Margaret se acerca a las hermanas.

—Encantada de conocerlas. Nunca se sabe, quizá algún día nos reunamos y cantemos canciones sobre esta experiencia.

—Suena interesante, pero no creo que aquí vayan a hacer falta los conocimientos de música que pueda tener —responde Norah inspeccionando los oscuros rincones del barracón.

—Nunca se sabe, pero algún día me gustaría que me hablaras de tu formación. —Margaret se dirige al grupo—. Veo que muchas no tienen pertenencias —dice mientras observa los andrajos manchados de petróleo que llevan algunas y los elegantes vestidos de otras—. ¿Solo tenéis la ropa que llevan puesta?

—Y la vida —añade Ena.

—Y la vida, tienen mucha razón; siento parecer insensible. Señoras, estoy segura de que podemos compartir ropa y otras cosas necesarias con quienes lo necesiten. ¿Qué me dicen?

Las mujeres que llevan maletas empiezan a revolver entre sus pertenencias y a sostener en alto faldas, blusas, vestidos.

—¿Son hermanas? —pregunta Margaret.

—Sí. Yo soy Norah y esta es mi hermana Ena.

—¡Las manos! ¿Qué demonios les ha pasado?

—Cuando tuvimos que abandonar el barco, cometimos el error de agarrarnos a la cuerda para deslizarnos al mar. No sé por qué, pero no se me pasó por la cabeza que me fuera a despellejar. Después Norah hizo lo mismo —le cuenta Ena.

—¿Les puedo echar un vistazo?

Las hermanas extienden las manos para que se las mire. Margaret se las gira para ver si se ha extendido al dorso algún daño o infección.

—¿Cuánto tiempo estuvieron en el agua?
—No lo sé con seguridad; fue después de comer...
—Una comida que no hicimos —tercia Ena.
—Una comida que no hicimos, y supongo que fue al final de la mañana siguiente o alrededor de la hora de comer otra vez cuando nos recogió una lancha y nos dejó en el embarcadero —concluye Norah.
—Estoy muerta de hambre —afirma Ena.
—Seguro que nos dan algo de comer dentro de poco. Pero saben que el agua salada les hizo bien en las manos. No parece que se hayan infectado. Sin embargo, siento tener que decirles que las quemaduras que causó la cuerda tardarán algún tiempo en curarse y, hasta que sea así, les recomendaría que no hicieran nada con ellas.
—¿Durante cuánto tiempo? —quiere saber Ena.
—En condiciones normales, con cuidados médicos, sería cuestión de semanas. Todavía se están pelando, y esa piel tiene que caer por completo para que la de debajo se pueda curar. Me temo que les quedarán cicatrices, pero, teniendo en cuenta dónde estamos, creo que ese es el menor de nuestros problemas. —Margaret hace una pausa y mira alrededor de la habitación—. Me gustaría encontrar algo para vendarles las manos, y habrá que cambiar el vendaje a diario. En este clima es imprescindible que las heridas se mantengan limpias y secas. Supongo que tener las manos vendadas les recordará que no las utilicen. Somos bastantes para cuidar de ustedes y de su hija...

—No es nuestra hija. Encontramos a la niña en el mar. Se separó de su madre, así que la hemos estado cuidando —cuenta Ena a Margaret.

—Oh. Es que parece que está tan unida a ustedes que pensé que una de las dos sería su madre.

Ena mira a Norah, que ha volteado la cabeza. Abraza a su hermana.

—Sally estará bien, Norah.

—Perdonen, ¿he dicho algo indebido? —inquiere Margaret.

—Norah tiene una hija pequeña, Sally, de ocho años. Unos días antes de que zarpásemos nosotras, se fue en otro barco con nuestra otra hermana y su familia —cuenta Ena a Margaret.

Norah recuerda la angustiosa decisión de sacar de Malasia a Sally antes que ellos para huir a Singapur. Ya en Singapur, se separaron de su hija por segunda vez, en aquellos días desesperados en los que la isla que pensaron que era un puerto seguro no tardó en caer en manos de los japoneses.

Kuala Terengganu, Malasia
Diciembre de 1941

Norah está metiendo ropa, libros y muñecas en las maletas. Voltea para mirar a John, que está junto a la ventana, con la vista clavada en lo que quiera que esté pasando en el jardín trasero. Cierra las maletas y se une a él; con gesto alentador, le pasa un brazo por la cintura y juntos miran a

Sally, que está llenando de agua unos cuencos no muy hondos. El jardín linda con la jungla y todos sus peligros.

—Tendrá que entrar dentro de nada; los cachorros van a venir y la mamá tigresa no andará lejos —dice Norah con voz queda.

Sin embargo, permanecen donde están mirando a su hija, que sigue con lo que está haciendo.

—Ojalá no tuviéramos que marcharnos —se lamenta Norah.

—Lo sé —conviene John sin apartar los ojos de Sally—. Lo sé.

—Es tan pronto. —Los ojos de Norah se llenan de lágrimas—. No estoy preparada —musita.

Ahora John voltea hacia ella y la abraza.

—Nunca estaremos preparados, mi vida, pero no podemos quedarnos aquí. Los japoneses ya están cerca. La subiremos al autobús mañana; nosotros iremos campo a través y nos reuniremos con ella en Kuala Lumpur. Todo irá bien, te lo prometo.

Permanecen así, abrazados, alentándose mutuamente para seguir adelante.

Al cabo, John se separa, se gira hacia la ventana y la abre.

—¡Sally! Sally, cielo, ahora tienes que meterte en casa. El sol casi se ha puesto ya. Puedes ver cómo beben los cachorros desde la ventana, con nosotros.

Sally deja el último cuenco en el suelo y escudriña el denso follaje de la jungla, tratando de percibir movimiento, cualquier movimiento. Al no ver ninguno, mira a sus padres y contesta:

—Voy.

Acomodada en brazos de su padre, Sally ve que cinco pequeños cachorros de tigre salen de la seguridad que les proporciona la jungla y entran en su jardín. Juegan, se pelean, dan con el agua y beben con avidez.

Norah se percata de que John no aparta la vista de la tigresa, que vigila a sus crías desde la densa hierba. No quita los ojos de los cachorros y John no quita los ojos de ella.

Norah sabe lo que está pensando: que un padre no debería separarse nunca de sus hijos, que han de mantener a Sally a salvo a toda costa.

—Toca algo —le pide su marido.

Norah no necesita preguntar qué o por qué. Toma el violín, que nunca está lejos de sus manos. No puede detener las lágrimas que brotan mientras las hermosas notas de la Canción de cuna de Brahms tranquilizan a Sally, que, adormilada, apoya la cabeza en el hombro de su padre.

—Estoy segura de que está bien. Y ahora, vamos, a ver qué puedo encontrar para hacer esas vendas. —El instinto le dice a Margaret que un poco de actividad es la forma de que Norah olvide la tristeza que siente.

El ambiente se vuelve más distendido mientras Margaret saca camisones y ropa interior de su maleta, además de blusas y faldas almidonadas. Sujetando un camisón de algodón con las manos y los dientes, rasga tiras de tela.

A Nesta y las demás enfermeras se les asigna un barracón propio. Por primera vez están solas, sin saber bien dónde se encuentran o quién falta. Nesta comienza a contar deprisa.

—Somos treinta, y a bordo del *Vyner Brooke* íbamos sesenta y cinco. Esperemos que otras se sumen a nosotras cuando las encuentren; rezaremos por que así sea. Vamos, chicas, pongámonos manos a la obra para sacar el mayor partido de nuestro nuevo hogar.

—¿Y si vamos a ver qué hay fuera? Necesitamos encontrar un lavabo y agua —apunta otra.

—Tampoco es que tengamos maletas que deshacer —añade una tercera—. Lo que daría por un uniforme nuevo, aunque fuera sin fondo.

Las enfermeras de la unidad de Nesta rompen a reír; las demás las miran con cara de desconcierto.

—¿Qué pasa? —pregunta una.

—Dilo tú, Jean. Eres la que mejor lo cuenta —pide Nesta.

—A ver, la cosa fue que, cuando llegamos a Malasia, teníamos el uniforme de casa, que era pesado y daba calor. No resultaba nada apropiado para llevarlo en el trópico. A la enfermera jefe le dieron permiso para que un sastre del lugar nos hiciera un uniforme más adecuado, más ligero, vamos. De algodón, con manga corta.

—¿Y?

—Ah, el uniforme era precioso, nos gustaba mucho, hasta que...

Las enfermeras ríen a carcajadas de nuevo.

—Hasta ¿qué?

—Sucedió a la semana o dos de llevarlo. Nos dimos cuenta de que en el turno de noche los soldados de los que cuidábamos no paraban de llamarnos y cuando llegábamos a su cama no necesitaban nada. Pensamos que solo querían compañía y no le dimos más vueltas. El caso es que una noche estaba trabajando y la enfermera jefe pasó por allí. Me ordenó inmediatamente salir de la sala y me dijo que la iluminación nocturna de la habitación de los soldados hacía que el uniforme se nos transparentase: los hombres nos veían la ropa interior.

—Adivinen quién se ofrecía siempre para cubrir el turno de noche —aventura otra enfermera.

—¿Tú? ¿Eras tú, Nesta? Dios mío, ¿cómo te sentiste cuando te enteraste?

—Bueno, ya conocerán a la enfermera James; comprobarán que se lo toma todo a risa. Nadie se ríe tanto como ella —fue la respuesta.

Cuando las enfermeras vuelven de inspeccionar el campo, algunas cuentan que hay un dormitorio compartido que podría hacer las veces de hospital. Allí hay ya tres médicos y las mujeres les han preguntado si podrían trabajar con ellos. Al oír la noticia, las que se han quedado en el barracón corren a ese lugar desocupado para presentarse a los doctores y, con una energía que en realidad ninguno tiene, comienzan a preparar el sitio.

—Hablaré con los soldados japoneses para ver si nos pueden dar algunas camas y sábanas y, por supuesto, instrumental y medicamentos —dice uno de los médicos.

—¿Usted cree que le darán algo? —duda una de las enfermeras.

—No lo sabré hasta que no preguntemos, pero así sabremos cómo esperan que cubramos las necesidades más básicas; desde el punto de vista médico, me refiero.

Cuando están transmitiendo esta información a las enfermeras en el barracón, entra una mujer de más edad.

—Hola a todas. Soy Margaret Dryburgh y estoy dos barracones más abajo.

Nesta se adelanta y le tiende la mano.

—Encantada de conocerla, Margaret. Yo soy Nesta, somos...

—Enfermeras australianas, lo sé. Se ha corrido la voz. Es un placer conocerlas.

—Ojalá pudiera ofrecerle algo, pero, como ve, no tenemos gran cosa.

Margaret esboza una sonrisa irónica.

—Gracias, creo que tenemos el mismo alojamiento, pero quizá haya algo que podamos darles nosotras.

Las enfermeras se miran.

—Dejen que me explique. Sé que solo tienen ustedes la ropa que llevan puesta. Yo iba en el *Mata Hari* y tuve la suerte de no naufragar. Nos permitieron agarrar algunas pertenencias. Otras tienen un montón de ropa, zapatos y artículos de aseo. Ahora que las veo, puedo decir con absoluta seguridad que nada de lo que yo tengo les valdría o les sentaría bien a ninguna, pero muchas de las otras mujeres tienen más de lo que necesitan y nos gustaría ofrecerles a todas ustedes ropa. Algunos soldados de los que ocupan los barracones de enfrente tienen pantalones cortos y camisas de más. No parecerán uniformes, pero es ropa limpia y en buen estado y no se ha empapado en el mar.

—En nombre de todas, gracias. Si hay algo que podamos hacer por ustedes, no tienen más que pedirlo —responde Nesta, demasiado conmovida para decir más.

—Algo me dice que serán ustedes nuestras salvadoras. Hay mujeres y niños que necesitan su ayuda ya. Pero ahora vengan conmigo a elegir algo de ropa.

Siguen a Margaret hasta su barracón, donde sus ocupantes se hallan de pie junto al pasillo de tierra que discurre por el centro de la estancia; en los bloques de cemento de ambos lados en los que dormirán hay una gran cantidad de ropa.

—Esto es mejor que el departamento de señora de Grace Brothers —exclama una de las enfermeras más jóvenes.

—¿Eso qué es? —pregunta Margaret.

Más risas.

—Son unos grandes almacenes de Melbourne —responde Nesta.

—Bien, señoras, pues compren lo que deseen, y recuerden que aquí no tendrán que pasar por caja.

Las enfermeras enfilan el pasillo despacio, mirando las prendas que les ofrecen, pero no hacen ademán de tomar ni una sola de ellas.

—Vaya, vamos a ver cómo le sienta esto —se anima una de las mujeres. Y toma un vestido y se lo coloca delante a una enfermera joven. Otras siguen su ejemplo y pronto el barracón parece una fiesta.

Una de las prisioneras inglesas anuncia que una mujer de otro barracón, donde se alojan las holandesas, le ha dado un costurero. Si es necesario, se pueden hacer arreglos.

—¿Son las mujeres a las que vimos cuando llegamos aquí? —pregunta una enfermera.

—Sí, me he enterado de que había muchas familias holandesas viviendo en este sitio. No sé qué fue de los hombres, pero sacaron a las mujeres y los niños de sus casas y los trajeron aquí —cuenta Margaret.

—¿Viven aquí? ¿Permanentemente? —pregunta Nesta.

—Es probable que los maridos dirigieran las minas, así que sí, estaban aquí antes de que llegaran los japoneses y, en fin, ahora son como nosotras, prisioneras de guerra.

Margaret observa la diversión. Ve que Nesta ha elegido un *sarong* y unos pantalones cortos blancos de la Marina.

—Perdone, Nesta, ¿la puedo llamar por su nombre o debería decir «enfermera»?

—Sería enfermera James, pero Nesta es perfecto.

—Gracias. Es posible que oiga que me llaman señorita Dryburgh: aquí hay algunas mujeres que me conocen de mi vida anterior y se niegan a llamarme por mi nombre de pila.

—¿Le puedo preguntar a qué se dedicaba en Singapur?

—Era misionera y maestra. Llevo muchos años fuera de Inglaterra: primero estuve en China y después en Singapur. Pero basta de hablar de mí; aquí hay dos mujeres a las que me gustaría que viera usted. Tienen unas quemaduras espantosas que les produjo una cuerda cuando abandonaron el barco.

—¿Iban en el *Vyner Brooke*?

—Sí y, al igual que ustedes, solo tienen lo puesto.

—¿Me lleva usted con ellas?

Las hermanas sostienen vestidos en alto, examinándolos para ver si les quedarán.

—Norah, Ena, esta es la enfermera James...

—Nesta, por favor.

—Es usted una de las enfermeras australianas; nos ayudó en el muelle con mi marido y las vimos a ustedes a bordo. Cantaban esa preciosa canción cuando nos íbamos de Singapur —dice Norah.

—Por supuesto, me acuerdo de ustedes. —Nesta hace una pausa y mira a su alrededor.

—John, mi marido, está aquí; en el barracón de enfrente —explica Norah.

—Me alegra mucho saberlo. ¿Se encuentra bien? Y ¿le puedo preguntar qué le pasa?

—Tiene tifus. Lo mordió una rata en la jungla cuando escapábamos por tierra para llegar a Kuala Lumpur y desde allí viajar a Singapur. La herida se infectó y él enfermó.

—Aquí hay algunos médicos y estamos montando un pequeño hospital. Llévelo cuando pueda.

—¡Gracias! —exclama Norah agradecida—. Ah, y

gracias por cantar. Fue de lo más extraño ver cómo ardía Singapur mientras nosotros escuchábamos sus bonitas voces.

—¿*Waltzing Matilda* es su himno nacional? —pregunta Ena.

—A muchas personas les gustaría, pero no, nuestro himno es el mismo que el suyo. ¿Me permiten que les vea las manos?

Margaret retira con delicadeza el vendaje de las manos de Norah.

—Me formé como enfermera, pero hace mucho que no trabajo en una clínica o un hospital —le cuenta a Nesta.

Esta mira con atención las heridas supurantes y en carne viva de las manos de Norah y se gira hacia Ena.

—¿Usted las tiene igual?

—Sí.

—Entonces, no quite el vendaje. Puesto que no tenemos medicamentos ni vendas esterilizadas, me temo que lo único que podemos hacer es mantenerlas vendadas y cambiarlas tan a menudo como sea posible hasta que empiecen a cicatrizar. Después dejaremos que el aire se encargue de hacer el resto. Margaret, este barracón no nos necesita; cuenta con la gran suerte de tenerla a usted.

—Quería una segunda opinión —dice Margaret.

—Mi opinión es que a ambas deberían enviarlas de inmediato al hospital más cercano para que recibieran tratamiento, pero eso es algo que no va a pasar. Estoy segura de que Margaret se ocupará debidamente de ustedes dos, y si hay algo que yo pueda hacer por cualquiera de ustedes, vayan a buscarme. Sin embargo, por el momento no sabemos si tendremos acceso a medicinas o vendas.

—Quiero ir a ver a John, ¿me acompañas? —pregunta Norah a su hermana. Desde que Nesta se ha ido, en su cabeza solo hay un pensamiento.

—No estoy segura de que podamos entrar en el barracón de los hombres.

—Lo voy a intentar. Necesito verlo.

—Si vas, voy contigo —tranquiliza Ena a su hermana—. June estará bien aquí, jugando con los otros niños.

Al salir de su barracón, se detienen para ver quién hay alrededor, quién vigila. Un puñado de hombres y mujeres pasea arriba y abajo por el camino que divide los barracones de los hombres de los de las mujeres. No hay soldados a la vista.

—Creo que lo mejor será que vayamos directamente a los barracones, como si tuviésemos todo el derecho del mundo a estar allí —sugiere Ena.

Con la cabeza alta y los hombros atrás, las dos mujeres cruzan el camino y entran en el barracón en el que vieron desaparecer a John antes. Sus ojos tardan unos instantes en adaptarse a la oscuridad. Todas las miradas se centran en ellas antes de que un soldado se adelante.

—¿En qué puedo ayudarlas, señoras?

—Estamos buscando a mi marido, John. Lo vimos entrar en este barracón —responde Norah.

—Ah, John, sí. Vengan conmigo. Creo que está durmiendo. Le dimos ropa para que se cambiase e intentamos que estuviera cómodo, porque es evidente que no se encuentra bien.

Al fondo del barracón, Norah y Ena se arrodillan junto a John, que duerme aovillado en el frío y húmedo cemento. Norah le pone el brazo en la frente y el roce lo despierta.

—Hola, mi vida. ¿Cómo te sientes? —le pregunta Norah.

John intenta incorporarse, así que las mujeres lo ayudan como pueden antes de sentarse una a cada lado.

—Estaba dormido —contesta.

—Lo necesitabas. Tienes que recuperarte, y dormir es la mejor forma —aconseja Ena.

—Parece que te has alistado —comenta Norah.

John se mira la camisa y el pantalón corto.

—Sí, en la Marina británica, por lo visto. En fin, dada la cantidad de tiempo que he pasado últimamente sobre el agua y dentro de ella, creo con firmeza que estoy capacitado.

—Cuánto me alegra ver que aún conservas el sentido del humor —observa Ena con una ancha sonrisa—. Bueno, los dejaré unos minutos a solas.

Mientras Ena se aleja, Norah intuye que está pensando en su propio marido, el maravilloso Ken, y el corazón se le encoge por su hermana.

—¿Qué sucede, querida? —pregunta John.

—Debe de resultarle duro vernos juntos. No le hizo ninguna gracia dejar a Ken.

—Bueno, te tiene a ti.

—No es suficiente, John. Ken no está aquí y ella no sabe cuál es su paradero.

—Seguro que está con tus padres, cuidando de ellos como prometió.

—Pero ¿durante cuánto tiempo? ¿Y Sally?

John reúne la fuerza necesaria para rodear con el brazo a Norah, que apoya la cabeza en su hombro.

Cuando el sol se pone el primer día que pasan en los barracones, llegan unos soldados japoneses con varios cazos grandes de arroz y una pequeña cantidad de tazas de hojalata.

—¡No hay bastante comida! —se repite una y otra vez mientras las mujeres reciben en las tazas una sola porción de arroz. Cuando una mujer se queja directamente a un soldado, este la cachetea y la tira al suelo.

Margaret Dryburgh va pasando por la fila de mujeres y niños.

—Tomen lo que les den y no digan nada —repite.

—¿Se espera que vivamos solo con esto? —espeta una de las mujeres.

—Todavía no lo sabemos. Solo es nuestro primer día; tendremos que ser pacientes y ver qué pasa mañana.

Un par de días después las enfermeras aclaman cuando Betty Jeffrey y Blanche Hempsted, que estaban con ellas en el *Vyner Brooke*, entran en el campo. Betty tiene terribles quemaduras de cuerda en las manos y las dos mujeres presentan muchos rasguños.

—Vengan conmigo —les dice Nesta—. Hemos montado un pequeño hospital. Quiero que uno de los médicos las revise.

—¿Un hospital? —pregunta Blanche.

—Bueno, hago un uso muy libre de la palabra. Hay un barracón que intentaremos convertir en hospital cuando nos den camas y suministros. Mientras tanto lo llamamos hospital; en realidad es donde se alojan los tres médicos y donde vamos a ayudar.

—¿Qué suministros tenemos?

—Ninguno. Hervimos toda el agua que podemos conseguir, que no es mucha, y hemos hecho jirones algunas prendas, sobre todo camisones. Aquí nadie necesita un camisón, y con ellos se hacen buenas vendas.

Con las manos de Betty vendadas y las demás heridas tratadas, vuelven al barracón de las enfermeras, donde todas se reúnen a su alrededor para que les cuenten cómo han sobrevivido.

—Nos subimos a una balsa que estaba abarrotada —empieza Betty—. Algunos nos turnamos metiéndonos en el agua, pero avanzábamos muy despacio. Nosotras dos y la enfermera jefe Paschke estuvimos remando por turnos toda la noche. Cuando Blanche y yo no remábamos, nos metíamos en el agua. —Betty hace una pausa para extenderle una mano a Blanche—. Nunca olvidaré cómo cuidaste de todos. Fue maravillosa —cuenta Betty a las demás enfermeras—. Siempre que no estaba remando se iba al agua y comprobaba cómo se encontraban las personas agarradas a la balsa, sustituyéndolas por otras que iban a bordo para que descansaran. Si no las podía acomodar en la balsa, las animaba, les enseñaba cómo mantenerse a flote para ahorrar energía e insistía en que no tardarían en rescatarnos.

Blanche abraza a Betty y se seca las lágrimas que le corren por el rostro sin vergüenza alguna. Las demás se enjugan sus propias lágrimas.

—Vimos que en las playas había fuegos —continúa Betty—. Y humo de lo que me figuro eran otros barcos, pero ninguno se nos acercó. Me dije que seguramente la Marina británica nos estaba buscando, que no tardarían en dar con nosotros. Un barco incluso se aproximó lo bastante para que gritásemos pidiendo ayuda, pero no nos vieron. Cada vez que nos acercábamos a la orilla y yo pensaba: «Seguro que esta vez llegamos a tierra», la corriente nos apresaba y nos llevaba mar adentro de nuevo.

—¿Vieron a alguien más en el agua? —pregunta Nesta.

—Un oficial de la Marina pasó subido a algo que flotaba y nos dijo hacia dónde debíamos dirigirnos para llegar a tierra firme. Nos deseó suerte y la corriente lo arrastró —cuenta Blanche.

—Por fin vimos el faro e intentamos ir desesperadamente hacia él —prosigue Betty—, pero la corriente era demasiado fuerte. Después nos sorprendieron unas cuantas lanchas motoras grandes con soldados japoneses. Nos rodearon, una se acercó mucho, y después todas ellas dieron media vuelta y nos dejaron allí. Vimos y oímos disparos y estuvimos atentos cuando pasamos por Muntok. Nos dimos cuenta de que no estábamos yendo a ninguna parte, pero intentamos que las conversaciones fuesen animadas. Estábamos las dos en el agua, agarradas a la balsa, cuando una ola enorme nos arrolló y nos soltamos. Todavía oigo a la enfermera jefe llamándonos mientras la balsa se alejaba y... y ellas no están aquí.

Blanche la releva.

—Nos costó permanecer juntas en el agua. No parábamos de hacernos señales con los brazos, para no perdernos de vista. Al final la corriente me arrastró hacia un manglar. Me agarré a un árbol caído y Betty me vio y se dirigió hacia mí. Las dos estábamos agotadas. Nos abrazamos al árbol muerto y nos quedamos dormidas. Cuando nos despertamos, bromeamos diciendo que ahora podíamos entrar en el equipo de natación australiano.

—Resistencia, no velocidad —precisa Betty.

—Sí, larga distancia, sin duda. Nos mantuvimos a flote y nadamos entre los manglares durante horas, por eso tenemos todos estos cortes. Cuando la marea bajaba, nos agarrábamos a lo que podíamos y esperábamos a que subiera para poder nadar de nuevo. Vimos unos cuantos cocodrilos, y fue aterrador, pero acabamos encontrando un río y lo remontamos hasta que vimos tierra. Nos hicimos una cama con hojas de palmera e intentamos dormir toda la noche.

Ahora es Betty quien retoma el relato.

—Al día siguiente encontramos una aldea y nos dieron agua y comida. Un señor chino que hablaba bien inglés se ofreció a llevarnos con él a Java, pero teníamos que subirnos otra vez a una barcaza, y no estábamos dispuestas. Entonces nos dijo que había oído que en Muntok había bastantes blancos a los que los japoneses habían hecho prisioneros. Luego llegó un camión y cuando nos quisimos dar cuenta estábamos rodeadas por soldados japoneses. Nos obligaron a subir al camión con ellos y aquí estamos.

Por la habitación se extiende el silencio. Nadie sabe qué decir. Al final es Nesta la que lo rompe.

—Creo que las dos necesitan descansar.

—¿Alguien sabe qué ha sido de las demás, de las enfermeras jefe? —inquiere Betty.

—No, pero ustedes han sobrevivido y están a salvo. Confiamos en que las demás aparezcan pronto —les dice con firmeza Nesta.

Después, mientras comen la ración de arroz que reciben a media tarde, Nesta aprovecha para hablar del aseo con las enfermeras.

—A partir de ahora no iremos solas, por muchas ganas que tengan de lavarse. No quiero que los soldados las miren.

—Pensaba cambiarme el vendaje de las manos más tarde y se me ocurrió que podía hacerlo mientras me lavaba —dice Betty.

—Pues iré contigo —afirma Nesta.

—¿Por qué no van ahora, mientras todo el mundo está comiendo? —sugiere Blanche—. Yo iré también. Con suerte todos los soldados estarán ocupados aún repartiendo arroz.

Al ver que en el lavadero solo hay una mujer, Betty se desviste mientras Nesta le retira con cuidado las vendas. Betty se muerde el labio para aguantar el dolor que siente cuando se le despega piel de las manos.

—Tiene buen aspecto, Betty —asegura Nesta—. No parece que se hayan infectado, pero no quiero que se te mojen con esta agua. A saber las bacterias que hay ahí.

Betty se mete en el lavadero. Agarra torpemente un cazo y lo llena de agua, que se echa por los hombros, por la espalda.

Oyen el crujido de una rama tras ellas. Al voltear, ven a dos soldados japoneses a escasos metros, mirando cómo se lava Betty.

—¡Fuera de aquí! ¡Largo, cerdos pervertidos! —grita Nesta mientras sale corriendo hacia ellos.

Los soldados, a los que sorprende la furia de la mujer, intentan apuntarla con sus fusiles, pero ahora Nesta está justo delante de ellos y se ven obligados a retroceder. Ella avanza a medida que los hombres retroceden y, al cabo de un rato, se dan media vuelta y se alejan a la carrera.

Betty se viste deprisa y las mujeres celebran la pequeña victoria con un abrazo.

—¿Cómo eres tan valiente, Nesta? —le pregunta

Betty, admirada del coraje que ha demostrado su amiga.

—No es así como me he sentido, si quieres que te diga la verdad —reconoce Nesta con aire sombrío—. Y tú habrías hecho exactamente lo mismo y lo sabes. De cerca, muchos de esos soldados son solo niños asustados.

—¡Ha llegado Bully! ¡Ha llegado Bully! —se oye.

La siesta de Nesta se ve interrumpida por gritos de alegría. Llevan dos semanas en ese sitio y empezaba a perder la esperanza de volver a ver a otra enfermera del *Vyner Brooke*.

Se desata el caos cuando las enfermeras se reúnen para abrazar a Vivian Bullwinkel y la instan a contar su historia. ¿Dónde ha estado? ¿Se encuentra bien?, le preguntan.

Descalza y con el uniforme manchado de tierra y petróleo del *Vyner Brooke*, Vivian se tambalea y Nesta la agarra.

—Vivian, siéntate. Chicas, denle un poco de espacio. Ay, no te imaginas cuánto me alegro de verte. —Nesta se arrodilla en el suelo junto a su silla y le aprieta la mano—. Cuéntanoslo todo, ¿quieres? —Pero entonces Nesta le ve los pies a Vivian—. Dios mío, ¿qué te ha pasado en los pies?

—No lo sé, Nesta. Santo cielo, pensé que no las volvería a ver a ninguna. ¿Quién más está aquí? —balbucea Vivian.

Un coro de «yo, yo, yo» le arranca una sonrisa

mientras saluda con la cabeza a cada una de las enfermeras.

—¿Y la enfermera jefe Paschke? ¿Está aquí? —quiere saber Vivian.

En el barracón se hace el silencio.

—No, todavía no —responde Nesta—. Y la enfermera jefe Drummond tampoco.

—Eso te convierte en la jefa, enfermera James —le dice Vivian.

—Supongo, pero por el momento aquí no hay ninguna jerarquía.

Nesta se da cuenta de que Vivian no ha soltado su cantimplora. La lleva en bandolera y la agarra con fuerza al costado.

—¿Estás sola, hay alguna más contigo? —sondea Nesta.

Vivian no puede hablar. Nadie habla. Todas contienen la respiración, esperanzadas.

—Han muerto todas —musita Vivian.

—¿Cómo? ¿Cómo pueden haber muerto todas? —pregunta una de las enfermeras.

—Hay algo que necesito contarles y no sé cómo hacerlo —dice Vivian mientras mira a cada una de las mujeres y ve cómo asoma el miedo a sus ojos.

—Vamos a sentarnos al fondo, donde no te pueda oír nadie. —Nesta la agarra del brazo, la lleva hasta el extremo del barracón y la acomoda en un bloque de cemento. Las enfermeras forman un círculo apretado alrededor de Vivian.

Todos los ojos están fijos en ella. Lo único que se oye

en la habitación es un sollozo quedo por las amigas que han muerto. Las mujeres se acurrucan para reconfortarse mutuamente cuando Vivian empieza a hablar.

—Todavía estábamos en el barco cuando oí que la enfermera jefe Paschke nos decía que había llegado el momento de irnos. Me quité los zapatos y recordé que la enfermera jefe nos había dicho que sujetásemos bien el chaleco salvavidas con la barbilla cuando saltáramos. Cuando subí a la superficie, el casco del barco estaba tan cerca que podría haberlo tocado. Alguien me gritó que me alejara de él, así que nadé al estilo perrito lo más rápido que pude. Encontré un bote salvavidas dado la vuelta y me agarré a la cuerda que llevaba. Poco después otros se unieron a mí; se aferraban adonde podían del bote. Rosetta y Clarice estaban conmigo, y antes de que nos diéramos cuenta, había anochecido. —Vivian enmudece, se enjuga una lágrima.

Las enfermeras se miran. Saben que Rosetta y Clarice no están con ellas.

Vivian continúa. Se deja llevar por la historia y la revive.

Historia de Vivian
Playa de Radji
Febrero de 1942

—*Creo que veo una luz. Allí, en la playa. ¡Es un fuego! Alguien ha encendido un fuego.*

—¿Dónde, Bully? Yo no lo veo.

—Detrás de ti, Rosetta, date la vuelta. Vamos, todo el mundo a nadar. Adelante.

—¿Estás segura? Yo sigo sin verlo.

Vivian le da la vuelta a Rosetta.

—Ahí. ¿Lo ves ahora?

—Ahora sí —afirma Rosetta, de pronto animada—. Vamos, Clarice.

Con renovada energía el grupo empieza a nadar con brío hacia la playa. La luz del fuego cada vez está más cerca.

—¡Bully! Creo que tengo apoyo. Noto la arena del fondo. Vamos, todo el mundo. Desde aquí podemos ir andando.

Vivian agarra del brazo a Rosetta para ayudarla a llegar a la playa, pero entonces repara en las heridas de la espalda y el hombro. Tiene el uniforme rasgado y la luz de las estrellas le permite ver la carne destrozada.

—Rosetta, estás herida. Deja que eche un vistazo.

—Estoy bien, estoy bien. Creo que me alcanzó la metralla, la verdad es que no puedo mover nada el brazo derecho.

—Espera un momento. ¡Clarice! Clarice, ¿dónde estás?

—Estoy aquí, Bully. Aquí. —Pero la oscuridad es absoluta; ella solo es una voz.

—No vemos el fuego, pero sigue hablando y nos guiaremos por tu voz.

Rosetta y Vivian van dando tumbos hacia Clarice, que ha empezado a cantar con una voz sonora y clara, sin pausa.

—¡Te encontramos! —exclama Vivian—. Rosetta está herida. ¿Tú estás bien?

Clarice ha dejado de cantar. Se toca un instante el pecho.

—Me duele un poco aquí y creo que tengo una herida en la cabeza. ¿Y tú?

—Las piernas flojas, pero ninguna herida —cuenta Vivian.

—¿Rosetta? —pregunta Clarice al ver que a su amiga le cuesta seguir de pie.

—Señoras, ¿se encuentran bien? —inquiere una voz en la oscuridad.

—¿Quién es usted? —pregunta Vivian.

—Soy Miller. He ido a ver cómo estaban los demás: algunas heridas leves, todos agotados. Nos hemos pasado el fuego que vimos, por poco.

—¡Jimmy! Estamos bien.

—¿Es usted, enfermera Bullwinkel?

—Dada la situación en la que nos encontramos, creo que me puede llamar Vivian, Jimmy. ¿Qué tenemos que hacer?

—Encontrar el fuego. Se me ocurre que podemos ir dos en busca de quien lo haya encendido.

—Ve tú, Bully, yo me quedaré esperando con Rosetta —insiste Clarice.

—¿Están seguras?

—Vete, estaremos bien.

Jimmy y Vivian echan a andar por la playa. Por suerte, el cielo está despejado y las estrellas los iluminan lo suficiente para que no acaben de nuevo en el mar.

—Confío en que estén a la vuelta de ese recodo —dice jadeando Jimmy—. Caminar por la arena cuesta y ya están agotados.

—¡Mire! —exclama Vivian—. ¡Tenía usted razón! Ahí está... Una hoguera, un farol. ¡Eh, aquí, aquí!

Una voz resuena en la oscuridad.

—Enfermera Bullwinkel, ¿eres tú?

—¡Enfermera jefe Drummond! Sí, sí. Dios mío, los hemos encontrado.

—Es Bully, todo el mundo. Bully está aquí.

—Enfermera jefe, este es Jimmy (el señor Miller). Es oficial del barco.

—Era oficial —la corrige risueño Jimmy—. Hola, enfermera jefe. Caray, me alegro mucho de verla.

—Y yo a usted, señor Miller. ¿No hay nadie más con ustedes?

—Sí, no están lejos, al otro lado del recodo, en la playa.

—Clarice y Rosetta están conmigo, pero heridas.

—Bien, por suerte tenemos entre nosotros a un médico o dos. Adelante, vayamos a buscar a nuestras muchachas para traerlas aquí.

—Hay más personas. No he podido ver cómo se encontraban; está demasiado oscuro.

—Pues las traeremos a la luz. —La enfermera jefe Drummond se dirige a un hombre de mediana edad que se acurruca junto al fuego—. Doctor, necesitamos que nos acompañe hasta el lugar al que han llegado unos sobrevivientes heridos; no tendrá que caminar mucho.

—No tengo intención de ir a ninguna parte —dice el médico sin rodeos—. Si hay sobrevivientes heridos, tráigalos.

—Pero, doctor —suplica Vivian—, necesitan ayuda cuanto antes, y no estoy segura de que puedan andar todos. Por favor, no está lejos.

Sin embargo, el médico insiste con malas maneras.

—Enfermera jefe, diga a su subordinada que no recibo

órdenes de una enfermera. Si hay heridos, tráiganlos aquí. No me separaré del grueso del grupo.

La enfermera jefe se yergue cuan alta es.

—¿Y se hace llamar usted médico? Iré por mis muchachas.

Vivian, la enfermera jefe y Jimmy se alejan y echan a andar playa abajo. Caminan en silencio, los tres consternados por la hosquedad del médico.

—Ahí están —exclama Vivian, al cabo, al ver a su pequeño grupo—. Ya vamos —anuncia.

—Enfermera jefe, ¿es usted?

—Sí, enfermera Halligan. Vamos, te llevaremos junto al fuego para ver cómo están las cosas.

El nuevo grupo de sobrevivientes avanza despacio hacia la hoguera. Rosetta cojea ostensiblemente, pero Clarice y Vivian la sostienen hasta que le encuentran un sitio cerca del fuego.

—¿Están bien, enfermeras?

—Sí, gracias, Jimmy —responde Clarice.

En la playa hay alrededor de ochenta sobrevivientes en total: hombres, mujeres, niños y enfermeras.

La enfermera jefe señala un nutrido grupo de soldados británicos.

—Creo que están planeando qué hacer cuando salga el sol.

Uno por uno, todos empiezan a quedarse dormidos. Han sobrevivido a un naufragio y a la traicionera corriente. Por el momento se encuentran a salvo y la playa no tarda en llenarse de suaves ronquidos.

—¡Arriba! Todo el mundo arriba. Tenemos que hablar.

La enfermera jefe es la primera en despertarse. El sol se está elevando sobre el mar. Será otro día de calor abrasador; es lo único de lo que puede estar segura.

—Y usted ¿quién es? —pregunta.

—Buenos días, enfermera jefe. Soy Bill Sedgeman. Era primer oficial del Vyner Brooke —contesta, y después voltea hacia el grupo—. ¿Podrían prestarme atención un momento, por favor? Es evidente que los japoneses están en esta isla, pero nuestra prioridad es encontrar comida y agua dulce. Necesito voluntarios, un pequeño grupo será suficiente, para adentrarnos en la jungla y ver qué ¿Es posible eliminar la cola?

—Yo voy —se ofrece alguien.

—Y yo —anuncia otro.

—Cuente conmigo.

—Vamos.

—Ya somos cinco, con eso bastará —decide el primer oficial—. Los demás intenten ponerse a la sombra; nosotros volveremos lo antes posible.

—Muy bien, enfermeras, ayudemos a todo el que no se pueda mover por sí mismo.

El alba trae consigo un calor intenso y, a lo largo de la hora que sigue, las enfermeras ayudan a los que están demasiado débiles o heridos para que se protejan a la sombra del denso y fresco follaje. Por el momento lo único que se puede hacer es esperar.

—Enfermera jefe, han vuelto, los hombres han vuelto.
—Vivian sale corriendo de la jungla a la playa, desesperada

por tener noticias—. ¡Oh, no! —dice al grupo—. Hay soldados japoneses con ellos. El señor Sedgeman está hablando con ellos.

—Estas son las personas de las que le he hablado —explica el primer oficial—. Nos rendimos y queremos ser prisioneros de guerra.

—¿Qué ha dicho? —*Un murmullo de confusión se extiende por el grupo.*

Los soldados se encuentran cara a cara con el grupo de exhaustos sobrevivientes y levantan las bayonetas. Todo el mundo se pone de pie despacio. Les ordenan que salgan de la jungla.

—¿Qué se cree que está haciendo? —*El primer oficial está indignado*—. Le acabo de decir que nos rendimos. No necesita esas armas.

Los soldados no le hacen el menor caso y comienzan a separar a los hombres de las mujeres.

—Enfermera jefe, ¿por qué hacen eso?

—Por favor, que todo el mundo mantenga la calma —*pide la enfermera jefe, aunque la voz se le está quebrando.*

—¡Se los llevan! —*exclama Vivian cuando el grupo de hombres empieza a alejarse*—. ¡Jimmy!

—No pasa nada, Vivian —*asegura Jimmy*—. Por favor, cuídese, ha sido un placer conocerla.

Jimmy, los soldados y los demás hombres desaparecen a la vuelta del recodo en la playa. Lo que sigue son sonidos que Vivian no olvidará nunca.

—¡NO! ¡NO! ¡DIOS MÍO, NO!

—¡Deprisa! —*grita la enfermera jefe*—. Enfermeras, tápenles los oídos a los niños; no deberían oír esto.

El rumor de las olas que lamen la playa, el sonido de los pájaros y los insectos que proviene de la densa jungla, todo ello se ve acallado por el feroz staccato de disparos que hiende el aire.

—¡Enfermera jefe! ¡Los están matando, están matando a los hombres! —chilla Vivian llorando.

—Que nadie se separe ahora —ordena la enfermera jefe—. Debemos hacer exactamente lo que nos digan.

Una enfermera alza la voz entre la aturdida multitud.

—¿Por qué no corremos? Los que sepamos nadar bien podemos ir al agua; los demás, a la jungla. Así quizá podamos escapar al menos algunos.

—No, enfermera, no iremos a ninguna parte. ¿No ves que aquí hay personas que nos necesitan? Sí, probablemente hayan matado a los hombres, pero nuestra formación y todo cuanto representamos llevan aparejado que no abandonamos a quienes necesitan nuestra ayuda. Quiero que todas recuerden que mientras hay vida hay esperanza.

—Lo siento, enfermera jefe —solloza la enfermera—. Lo siento.

—Todos estamos asustados, enfermera, pero estamos asustados juntos.

Los soldados han vuelto y avanzan sin tregua hacia el grupo. Algunos limpian la bayoneta con trapos manchados de sangre. Indican a todo el mundo que vaya hacia el mar, señalando primero a la gente y después al agua.

—Muy bien, Vivian, tú y la enfermera Kerr ayuden a las enfermeras Halligan y Wight a ponerse de pie. Hagamos lo que nos dicen —insiste la enfermera jefe—. Todas juntas, muchachas, tómense de la mano.

Una por una las mujeres se meten en el mar. Tienen tanto calor que el frescor del agua supone solo un alivio momentáneo.

—*Un día tan bonito, un lugar tan bonito. ¿Cómo ha podido pasar algo tan espantoso en este sitio?* —*Vivian pugna por conjugar la realidad del deslumbrante paisaje con la brutal matanza de los hombres. Los imagina ahora, heridos de muerte, a escasos metros.*

Un miedo cerval se apodera de las mujeres. La pesadilla no ha terminado aún.

—*Ay, madre* —*musita Vivian*—, *cuánto siento que no llegues a saber nunca lo que me pasó. Te quiero, y supongo que será estupendo volver a ver a papá.*

—¡*MUCHACHAS!* —*grita la enfermera jefe Irene Drummond*—. *Las llevaré a todas en el corazón. No saben lo orgullosa que estoy de todas y cada una de ustedes.*

Antes de dejar de mirar la playa y centrar toda su atención en el horizonte, Vivian se ha percatado de que han instalado una ametralladora en el borde del agua. Gira la cabeza: no tiene ninguna necesidad de ver eso. Por segunda vez esa mañana los disparos atraviesan el sereno cielo.

Vivian vuelve en sí despacio. Primero abre los ojos y ve el deslumbrante azul por encima de su cabeza y un resplandeciente sol blanco. Parpadea, cegada por su luz. «¿Estoy viva?», se pregunta con incredulidad. Se encuentra bocarriba en la parte poco profunda.

No se mueve; le aterroriza que los soldados sigan cerca. Cierra los ojos e intenta calmar la respiración. Siente dolor, sabe que está herida, pero ahora mismo no es capaz de decir dónde. «Hazte la muerta», se dice.

Cuando abre los ojos de nuevo —¿se ha quedado dormida?—, el sol está más bajo en el cielo. No oye a nadie más y se arriesga a levantar la cabeza para escudriñar la playa: está desierta.

Es entonces cuando el dolor la golpea con dureza. Le han dado en el costado y en la espalda. Se pasa las manos con cuidado por el cuerpo. No tiene herido ningún órgano vital, gracias a Dios, se dice tranquilizándose. Cuando levanta la cabeza de nuevo para mirar a su alrededor ve a sus amigas flotando en el agua. Es un momento terrible y se pregunta si conseguirá reunir las fuerzas necesarias para salir de ese cementerio y ponerse a salvo.

Despacio, centímetro a centímetro, se incorpora. Tiene que encontrar algún lugar donde se pueda esconder. Lejos de la playa.

¡La jungla!

Vivian sale del mar, camina por la arena y se adentra en las sombras de la selva. Tiene mucha sed; en ese momento apenas puede pensar en otra cosa que en agua fría bajándole por la garganta.

Desde la protección que le ofrecen los árboles, se estremece al oír voces japonesas, pero acto seguido desaparecen. Esperará, descansará y después volverá al mar para ver si hay algún superviviente.

Vivian aguza el oído y entonces lo oye: el borboteo de un riachuelo. Olvidando las heridas, se levanta y avanza tambaleándose hacia el agua. Y cuando llega, hunde el rostro en la fresca corriente.

—¿Dónde estaba usted?

Una voz la saca de su ensimismamiento.

Vivian gira y ve a un hombre joven, claramente del ejército británico y herido, al borde de la jungla, con la mitad del cuerpo en la arena.

—¿Quién es usted? —*pregunta ella, espantada.*

—Kingsley, soldado Kingsley.

—Está herido.

—¿No es evidente, enfermera? Cuando vieron que no me habían liquidado de un disparo, un soldado me atravesó con la bayoneta. Dos veces. Conseguí llegar hasta aquí a rastras cuando se fueron.

Con la sed ya aplacada, Vivian se levanta y se acerca al joven soldado.

—¿Me permite revisarlo? —*pregunta con suavidad.*

—Se lo agradecería. Pero ¿no está herida usted también?

Vivian logra esbozar una sonrisa. Las heridas le causan dolor, pero en ese momento tiene un paciente.

—Sí. Pero primero veamos qué tiene usted.

—¿Cómo se llama? —*pregunta el soldado cuando Vivian se arrodilla a su lado.*

—Vivian, Vivian Bullwinkel. Soy enfermera en el ejército australiano.

Vivian le retira la casaca y la camisa ensangrentadas al soldado. Lanza un suspiro.

—Estas heridas de bayoneta me temo que están empezando a infectarse. Necesita un médico.

—Bien, ahora mismo todo lo que tengo es usted. —*El soldado Kingsley intenta reírse, pero la risa da paso a un ataque de tos. Vivian le pone una mano en la suya.*

—Necesito vendar esas heridas, pero, como ve, no tengo

nada que me pueda servir de vendaje. Iré a la playa a ver qué encuentro.

—¡¿A la playa?! —exclama él—. No creo que sea buena idea que vaya allí.

—Bueno, aquí no nos podemos quedar; vuelvo ahora mismo, se lo prometo.

—La jungla todavía está llena de japoneses. ¿No podemos esperar un poco?

Sin embargo, Vivian ya se ha levantado y se dirige al mar. El dolor del costado es intenso, pero al menos de la herida ya no sale sangre. Si no piensa en ello, puede seguir andando, seguir poniendo un pie delante del otro, seguir ocupándose de quienes la necesitan. Eso, cuando menos, sabe hacerlo.

En la playa no hay soldados, de hecho no hay nadie. Vivian no se atreve a mirar al mar: ver sus amigas flotando en el agua podría destrozarla.

Donde la playa se une a la jungla encuentra dos chalecos salvavidas y una cantimplora. Se adentra un poco en el follaje y empieza a arrancar fibra de los cocoteros. «Esto servirá», se dice, y vuelve con su paciente.

El soldado Kingsley está dormido cuando ella llega, y no se despierta mientras Vivian le venda las heridas utilizando lo poco que ha podido encontrar. Después, cuando se siente satisfecha con su trabajo, se acuesta junto al soldado y se queda dormida también.

Vivian despierta con un sobresalto, desorientada y dolorida. Sin embargo, lo primero en lo que piensa es en el soldado, que está despierto, mirándola.

—¿Cuánto he dormido? —Se incorpora despacio, con rigidez.

—No lo suficiente, pero está claro que necesitaba usted descansar.

—Lo que necesitamos es comida, Kingsley. Voy a ver si puedo dar con algo. Quizá haya alguna aldea cerca.

—¿Y si los aldeanos la entregan?

—Estoy dispuesta a correr el riesgo —asegura Vivian con firmeza. Su razonamiento es que, si no lo hace, morirán de hambre en esa jungla.

Se va de nuevo, débil pero resuelta a volver con algo. Es temprano; el sol todavía no ha empezado a golpear con su implacable fuerza. Vivian deduce que la aldea que encontró el primer oficial Sedgeman no puede estar muy lejos. Probablemente a menos de un kilómetro. No ha recorrido ni quinientos metros cuando un olor a comida renueva su determinación de continuar.

Vivian nota que las lágrimas le asoman a los ojos cuando divisa las afueras de la aldea. Cuando entra, le sorprende que nadie preste mucha atención a una mujer herida, desaliñada y medio muerta de hambre. Sin embargo, ¡necesita que le hagan caso! Confía en haberse hecho entender con una combinación de las pocas palabras que conoce en malayo y señalarse repetidamente la boca y el estómago. Y, por si no ha sido así, dice una y otra vez: «Comida, comida. Hambre».

No entiende lo que le dicen, pero los ancianos de la aldea están enojados; le indican que se vaya por donde ha venido. Al final dos mujeres van tras ella con paquetes de comida y Vivian regresa a la jungla sintiéndose victoriosa.

—¡Kingsley! Despierte, traigo comida.

El soldado se ha vuelto a quedar dormido; a Vivian le preocupa que se le hayan infectado las heridas. Pero ¿qué puede hacer?

El hombre abre los ojos despacio y mira a Vivian. Hace un esfuerzo por incorporarse.

Vivian abre dos hojas de plátano que contienen arroz hervido y rodajas de piña. Imagina que puede estirar la escasa comida para que les dure al menos un par de días.

—¿Se encuentra bien? —le pregunta Kingsley.

Vivian se enjuga las lágrimas antes de que los dos se abalancen sobre la comida. Ella sacude la cabeza.

—No me encuentro bien, Kingsley. Mírenos. Mírese. —Deja su hoja de plátano en el suelo y señala la playa—. A mi enfermera jefe y mis amigas las han cosido a disparos a mi lado. Lo veo una y otra vez, una y otra vez. Sabíamos que íbamos a morir y ¿qué hicimos? No gritamos, no salimos corriendo (aunque habría sido un intento inútil); nos limitamos a mirarnos. Si teníamos que morir, al menos moriríamos juntas. Y luego... —Vivian reprime un sollozo—. La ametralladora... —Levanta la vista y mira al joven soldado; las lágrimas le corren sin trabas por las mejillas—. ¿Por qué estoy viva, Kingsley? ¿Por qué yo?

—No lo sé, enfermera —responde el soldado con voz queda.

—Estoy muy preocupada por usted. No creo que podamos seguir aquí.

—¿Qué está diciendo?

—Tenemos que rendirnos. Tenemos que buscar a los japoneses y poner nuestra vida en sus manos.

—No lo dirá en serio.

Vivian sabe que si a ella le aflige la matanza de sus amigas a él le pasará otro tanto.

—Solo somos dos, Kingsley. Tenemos que confiar en que nos hagan prisioneros. No les podemos decir que sobrevivimos a la carnicería de la playa, porque probablemente nos liquiden; si decimos que naufragamos, tal vez tengamos una oportunidad. Pero lo que sí sé es que, si nos quedamos aquí, moriremos.

—Casi no puedo andar.

—Le haré una muleta para que la utilice con el lado bueno y yo lo sujetaré por el otro.

Está decidido.

—Llenaremos de agua la cantimplora y saldremos mañana a primera hora —resuelve Vivian.

Cuando Vivian deja de hablar, el llanto de las mujeres inunda el barracón. Las enfermeras se abrazan para consolarse, compartiendo el dolor que sienten y apoyándose. Sin embargo, a Nesta le preocupa que Vivian agote las pocas fuerzas que le quedan antes de que les pueda contar qué pasó cuando fue en busca de ayuda. Necesitan oír el resto de la historia.

Vivian aprieta con fuerza una cantimplora con agua contra su estómago.

—Los japoneses llegaron después de que nos rindiéramos en la aldea. Nos registraron para ver si llevábamos algún arma, pero no encontraron nada, naturalmente. Nos interrogaron durante horas y después llegó un coche que me trajo hasta aquí.

—Vivian —empieza Nesta mientras le sujeta una mano—, no me imagino lo que estarás sintiendo... después de todo lo que has sufrido. Es espantoso. Y necesitamos revisar esas heridas. —Nesta mira a su alrededor, a las demás enfermeras—. Pero primero tú, yo, todas nosotras, hemos de hacer una promesa. Lo que nos acaba de contar Vivian no se lo podemos contar a nadie. Nunca. —Hace una pausa para confirmar que sus palabras están surtiendo el efecto deseado—. Vivian es testigo de un asesinato brutal, y si los soldados japoneses llegaran a saber que ha sobrevivido, la matarían. Y si piensan que nosotras lo sabemos, podemos contar con que correremos la misma suerte. ¿Estamos todas de acuerdo?

Las cabezas asienten vigorosamente cuando asimilan la realidad de las palabras de Nesta.

—Y ahora ven conmigo, enfermera Bullwinkel —dice Nesta con algo más de alegría en la voz—. Necesitas acostarte para que podamos examinar esas heridas. —Le tiende una mano a Vivian, que se pone de pie con vacilación, todavía con la cantimplora contra la tripa.

—¿No deberíamos llevarla al hospital para que la examine uno de los médicos? —pregunta Jean.

—No podemos arriesgarnos —replica Nesta—. Es preciso que nadie sepa lo que pasó, y eso incluye a los médicos. Podemos cuidar de las nuestras, ¿no, Bully?

—Gracias, enfermera James, no podría estar en mejores manos que las de todas ustedes.

Nesta le quita la cantimplora con delicadeza.

—No pasa nada, Bully, ha cumplido con su cometido; te la daré cuando hayamos terminado.

Vivian suelta la cantimplora a regañadientes y ellas echan la primera ojeada a la herida del estómago, por suerte con orificio de salida.

Las enfermeras forman un círculo a su alrededor.

Tras vendarla con tiras sacadas de una camisa de la Marina, Nesta dictamina que la herida no está infectada y cicatriza bien. Le dice a Vivian que siente no tener nada de comida que darle; con suerte llegará algo dentro de unas horas.

—No pasa nada, a Kingsley y a mí nos dieron algo de beber y comer en la aldea mientras nos interrogaban. Si no les importa, me gustaría dormir, aunque sea sobre cemento. Por fin estoy con amigas y me siento segura por primera vez desde hace mucho tiempo.

—Muy bien, chicas, vámonos de aquí para que Bully pueda descansar un poco —ordena Nesta.

Antes de irse, cada mujer da a Vivian un abrazo y un beso y le dedica unas palabras de apoyo.

Nesta se queda en la puerta del barracón, sumida en sus pensamientos.

—¿En qué piensas, Nesta? —Jean también está allí, igual de conmocionada por lo que les ha contado Vivian.

—Estoy pensando que sí tenemos que contarle a alguien lo que sucedió, por si...

—¿... por si no sobrevivimos? ¿Es eso lo que estás pensando?

—Sí. Vivian fue testigo de una masacre de personas desarmadas. Es un crimen grave, brutal. Cuando llegue el momento, los responsables deberían responder de sus actos, y si nadie puede contar la historia de Vivian, no será así.

—¿Con quién sugieres que hablemos?

—Todavía no lo sé, pero daré con las personas adecuadas.

Esa noche una de las enfermeras despierta con delicadeza a Vivian.

—Ven conmigo; hay alguien que te quiere ver en el hospital.

Una enfermera británica recibe a Bully en la puerta.

—Gracias por venir, enfermera Bullwinkel, hay alguien que pregunta por usted. Me temo que lo estamos perdiendo —informa la enfermera.

Hacia la mitad del barracón, Vivian se detiene junto a la cama de un paciente al que reconoce de inmediato: Kingsley. Se sienta a su lado y le toma la mano.

—Estoy aquí, Kingsley, estoy aquí. Soy Vivian.

El soldado despierta y abre despacio los ojos.

—¿Enfermera?

—Sí, Kingsley, soy la enfermera Vivian.

—Gracias... por todo... Gracias —balbucea.

—¿Ha llegado el momento, Kingsley? —pregunta Vivian con voz queda. Sin un hospital de verdad, el joven soldado no saldrá de esa, ella lo sabe.

—Sí —contesta él con un suspiro.

—En ese caso, gracias, Kingsley. Nunca lo olvidaré.

—Ahora... debería... irse —pide el joven soldado, cerrando los ojos. Vivian siente una leve presión cuando él le aprieta la mano.

Vivian permanece a su lado hasta que, al cabo de un rato, la enfermera regresa y le toma el pulso al soldado con suavidad.

—Ha muerto —dice.

—Lo sé —responde Vivian, y profiere un suspiro—. Murió hace unos veinte minutos. ¿Le importa si me quedo con él un poco más?

—Desde luego que no. Pero no mucho, necesita usted dormir.

—¡Déjenlo! —grita Norah—. ¿Es que no ven que está enfermo? Tenemos que estar juntos.

A la mañana siguiente, se informa a los hombres, las mujeres y los niños de que los van a trasladar; los llevan al muelle y, una vez más, los soldados japoneses empiezan a separar a los hombres de las mujeres. Norah no puede evitar protestar en el momento en que se acercan a John.

Ena sujeta por el brazo a su hermana y la separa cuando el soldado levanta la mano para golpearla. Una vez que Norah ha soltado a John, lo jala y lo llevan con el grupo de los hombres.

—¡Ena! ¡Haz algo! Tenemos que impedírselo —exclama Norah.

—Norah, por favor. No empeores las cosas o la tomarán con él.

—¡John! —grita Norah.

Él gira la cabeza y levanta el brazo despacio para despedirse.

—Cuídate mucho, mi vida. Cuídate, yo estaré bien.

Después, él y los demás hombres desaparecen.

Norah cae al suelo sollozando. Mujeres y niños la esquivan; nadie dice o hace nada para consolarla. Todos sienten el mismo dolor.

Ena ayuda a levantarse a Norah, que sabe que tienen que seguir moviéndose. Se unen a la multitud de mujeres y niños que caminan por el embarcadero. Ya no sabe por quién llora: por su hermana, por ella, por su marido o por su querida hija.

5

Campo II, Irenelaan, Palembang, sur de Sumatra
Marzo de 1942-octubre de 1943

—¿Cuánto vamos a tener que quedarnos aquí? —se queja Jean.

—Jean, por favor, piensa en otra cosa, ¿quieres? —le pide Nesta.

Nesta es consciente de las horas que van pasando en el embarcadero; es consciente del sol que las abrasa, sometiéndolos y dejándolos sin esperanza. No hay nada que pueda hacer por nadie.

A la mañana siguiente aún están allí. Nesta contempla un bonito arcoíris en el cielo cuando amanece. Dos cargueros viejos y destartalados se aproximan al muelle y echan el ancla no muy lejos. Cuando algunas lanchas pequeñas avanzan hacia el embarcadero, los soldados japoneses se ponen nerviosos y se abren paso a empujones entre el gentío, levantando de malas maneras a todo el que sigue sentado.

—Bueno, al menos dejaremos de estar bajo el sol

—comenta Nesta intentando tranquilizar a las enfermeras, que están demasiado exhaustas para contestar.

A medida que cada lancha llega al embarcadero, obligan a avanzar a los prisioneros empujándolos, los suben a ellas y los llevan a los cargueros. El proceso continúa hasta que no queda nadie en el muelle, y los buques empiezan a desplazarse por el río Musi, navegando despacio por la jungla. Mientras se deslizan por el agua manchada de petróleo, Nesta no puede apartar la vista de los cascos de barcos medio hundidos, preguntándose qué historias podrían contar.

A media tarde llegan a otro muelle, el de Palembang, en Sumatra. El enfermo y lastimoso cargamento humano baja de los barcos arrastrando los pies. Los llevan hasta una zona despejada al final del embarcadero.

Una vez más, las horas pasan, pero Nesta y sus enfermeras permanecen sentadas en silencio, sabiendo que recibirán una cachetada o un bayonetazo sin contemplaciones si asoman la cabeza por encima del parapeto. Justo cuando todo el mundo piensa que se va a desmayar, llega un convoy de camiones y hacen subir a ellos a las mujeres y los niños. Atraviesan aldeas y enfilan carreteras polvorientas a cuyos lados los lugareños ovacionan y ondean banderitas en las que se ve un disco rojo del que salen rayos de sol: la bandera del sol naciente.

—¡Buu, buu! —grita una de las enfermeras.

—¡Buu, buu! —corean voces valientes.

Los lugareños dejan de mofarse, pasmados ante el

desafío. Algunas enfermeras les sacan la lengua y hacen gestos que en cualquier otro momento considerarían vulgares. Los soldados japoneses se acercan a los conductores de todos los camiones, gritan a las mujeres y ordenan a los conductores que vayan más deprisa.

Ha oscurecido cuando los camiones se detienen a la puerta de lo que a todas luces es una escuela. Por primera vez desde hace casi dos días, les dan algo de comer y beber antes de encontrarles un aula para que pasen la noche. Sin embargo, el sueño no llega con facilidad: los soldados insisten en que todas las luces permanezcan encendidas, y los mosquitos son implacables.

Esa misma noche, un soldado británico aparece en la puerta del aula. Una de las enfermeras avisa a Nesta, que sale a su encuentro.

—Hola, soy la enfermera James.

—Encantado de conocerla, enfermera. Tengo entendido que quiere hablar con el comodoro.

—En efecto. ¿Podría gestionarlo usted?

—Ya lo he hecho. Hablé con él hace un rato y ha accedido a verla a usted mañana. Por lo visto, también hay algo de lo que le quiere hablar.

A la mañana siguiente piden a las enfermeras que se reúnan en el extremo de la escuela. No tarda en llegar un oficial británico de aspecto imponente.

—Soy el comodoro Modin, Charles Modin.

Nesta se adelanta.

—Señor, soy la enfermera Nesta James, del Cuerpo de Enfermería del Ejército Australiano.

—Siento que tengamos que conocernos en estas circunstancias, enfermera James.

—Yo también, señor.

—Me informaron de su llegada ayer por la noche. Hablé inmediatamente con el oficial japonés al mando en este lugar y solicité que a las enfermeras se les trate como personal militar, no como civiles. Existe una diferencia entre ser prisionero de guerra y prisionero a secas y deberían tener derecho a gozar de ciertas medidas de protección, así como acceso a la Cruz Roja.

—Gracias, señor, nos...

—Enfermera James, lamento decir que rechazaron mi petición. Hice y dije todo cuanto pude para convencerlos, pero no hubo manera.

Todas se sienten desmoralizadas en el acto. Las breves sonrisas que esbozaban se desvanecen y, una vez más, la desesperación se extiende entre las mujeres.

—¿Podríamos hablar con ellos? —inquiere Nesta.

—No hablarán con ustedes, enfermera. Por desgracia, la opinión que tienen los japoneses de las mujeres... En fin, digamos que no es la misma que la mía, la nuestra.

Nesta mira a sus enfermeras. Sabe perfectamente lo que tienen en la punta de la lengua; si guardan silencio es solo por su disciplinada formación.

—Una vez más, lo siento. Lo único que puedo hacer es desearles suerte.

—No estoy segura de que vayamos a tener la suerte

de nuestra parte, pero agradecemos que lo haya intentado. Antes de que se vaya, comodoro, ¿me permite recordarle que solicité reunirme con usted?

—Ah, sí —responde el comodoro, y Nesta pide a todas las enfermeras, salvo a Vivian y Jean, que vuelvan al aula.

—Señor, permítame que le presente a las enfermeras Jean Ashton y Vivian Bullwinkel. Vivian tiene algo que contarle.

—No estoy seguro de que pueda hacer algo para ayudar, pero adelante, por favor, enfermera Bullwinkel.

—No queremos que haga nada, solo queremos que escuche.

Vivian empieza a contar la historia de la masacre en la playa y, a medida que va hablando, el comodoro palidece. Su firme porte militar se hunde, pero el hombre guarda silencio respetuosamente hasta que Vivian termina de hablar.

—No sabemos qué será de nosotras, pero es crucial que alguien más sepa lo que sucedió en la playa de Radji —afirma Nesta con aire sombrío.

—Gracias, enfermera Bullwinkel. Lo que le pasó a usted, a sus compañeras y a las demás personas que estaban en esa playa es un crimen. Matar a prisioneros de guerra desarmados va en contra de las normas de este condenado conflicto. No sabe cuánto siento oír lo que le ha pasado. No tengo palabras. Pero ha sido usted muy valiente y el ejército le está agradecido por ayudar al soldado Kingsley. —Al comodoro le brillan los ojos. Le pone una mano en el hombro a Vivian—.

Ni siquiera le puedo pedir que me facilite una lista de todas las personas a las que asesinaron: si los japoneses la encontraran, ninguno de nosotros saldría de aquí con vida.

Nesta observa a Vivian mientras el comodoro habla. Su amiga tiembla visiblemente: contar la historia otra vez le ha pasado factura. Nesta la reconforta rodeándola con el brazo y sosteniéndola con firmeza.

El comodoro Modin se sitúa delante de Vivian y se yergue cuan alto es antes de hacer el saludo militar. Luego le estrecha la mano.

—Combatí en la Gran Guerra y llevo dos años luchando en esta. Creía que había visto y oído lo peor de la raza humana. Pero hoy, ahora mismo, me ha demostrado usted que la brutalidad del ser humano no conoce límites. Lo que sucedió en esa playa no caerá en el olvido. Encontraré la manera de que se sepa y lo único que le pido a usted es que no diga nada a nadie hasta que regrese a casa y esté a salvo.

Vivian no puede hablar, pero asiente, y el comodoro da media vuelta y se marcha.

—Bien hecho, Bully —susurra Nesta—. Sé que no ha sido fácil, pero estamos muy orgullosas de ti.

—Vamos, Norah, tienes que levantarte —suplica Ena. Su hermana y ella están en una de las pequeñas aulas, junto con muchas otras mujeres y niños.

—¿Qué sentido tiene? —balbucea Norah. Está tendida bocarriba, mirando al techo—. Sally no está, John no está. Mi familia...

—Tiene el sentido de que has de recuperarlos y la única forma de hacerlo es levantándote y no dándote por vencida.

June está acostada junto a Norah, acurrucada contra ella.

—Por favor, levántate —pide la niña—. Tengo mucha hambre y hay que salir para comer.

—June tiene razón, Norah; han dispuesto la comida fuera. Sabes tan bien como nosotras que debemos comer cuando podamos.

Norah se sienta despacio y toma la mano que le tiende Ena, quien la ayuda a levantarse y la abraza con fuerza. June les rodea la cintura con los brazos.

—Lo siento, Ena —se disculpa su hermana, lanzando un suspiro—. Sobre todo porque sé lo preocupada que estás por Ken. Estoy siendo egoísta.

—Mi querida hermana, conmigo no hace falta que te disculpes nunca. Siempre que me necesites estaré aquí.

—Yo también —se suma June, y las dos mujeres le acarician el pelo a la niña.

—Pequeña mía, gracias —responde Norah.

Justo mientras las dos mujeres y la niña comparten ese bonito momento de afecto aparece Margaret Dryburgh.

—Señoras, les he reservado un poco de arroz. ¿Vengan? —Margaret espera en la puerta y toma de la mano a Norah—. No soy capaz de imaginar cómo te estarás sintiendo ahora mismo, pero quiero que sepas que estoy aquí para ayudarte.

—Gracias —contesta Norah, y añade—: ¿Hay alguna novedad?

—Sí. Al parecer nos vamos dentro de poco. Esta solo es una parada temporal.

—¿Adónde? —quiere saber Ena.

—Lo único que nos han dicho es que nos marchamos. Ojalá alguno supiera algo de inglés, pero es todo lo que he podido entender.

A la mañana siguiente ordenan a las mujeres y los niños que se pongan en fila y salgan del recinto escolar. Miradas curiosas los siguen cuando atraviesan el pueblo y se dirigen al campo. Al final llegan a una aldea en la que dos hileras de casas frente a frente flanquean una calle principal. Los soldados empiezan a dividir a los prisioneros en grupos.

—¿Nos van a dar casas de verdad? —pregunta Nesta. Un soldado se ha acercado a las enfermeras y las cuenta por encima antes de apuntarles con el fusil e indicarles por gestos que formen dos grupos.

—Eso parece —contesta Jean—, pero es una lástima que no podamos estar todas juntas.

Un grupo, a cuyo frente está Nesta, entra en una casa que tiene el número 24 en la puerta, y Jean guía al segundo grupo a una casa que se encuentra dos puertas más abajo. Las casas debían de ocuparlas colonos holandeses antes de que ellas llegaran, y es evidente que los han trasladado deprisa y corriendo. Sus pertenencias están por todas partes. En las cocinas, las enfermeras encuentran algunas latas de comida europea; en los dormitorios hay ropa de niños colgada en los armarios. Se oyen gritos de alegría cuando en los cuartos de baño hallan jabón y cepillos de dientes, y más alegría incluso cuando encienden las luces y ven que hay electricidad. Puesto que la comida es la más urgente de sus necesidades, Jean ordena a sus enfermeras que construyan un fogón de piedra delante de la casa para poder hacer lumbre y cocinar.

Nesta sale de su casa para unirse a Jean y juntas ven cómo va tomando forma el fogón. Confían en que les den algo más que las pocas latas que han encontrado en la cocina.

—¿Podemos reunirnos todas cuando hayan terminado? Me gustaría hablar de cómo deberíamos utilizar nuestros conocimientos durante el tiempo que estemos aquí —dice a Jean.

—Una idea excelente, reuniré a mi grupo dentro de un rato y nos sumaremos a ustedes.

Cuando vuelve a su casa, Nesta ve que su grupo completo la está esperando.

—¿Qué pasa? —pregunta, incapaz de interpretar las sonrisas bobaliconas que ve en los rostros.

—Tenemos una cosa para ti —anuncia Betty, reprimiendo la risa.

—¿Qué?

—Está en uno de los dormitorios. Es una cama de verdad y todas queremos que te la quedes tú.

—Ajá. Es todo un detalle, pero estoy encantada durmiendo en el suelo. Quédensela una de ustedes.

—No, no podemos. Es para ti, tú ve a verla.

Siguiéndoles la corriente, Nesta va tras ellas a la habitación. Hay varias chicas delante de la «cama», tapándola, y, con un gesto teatral, se apartan y dejan a la vista una cuna.

—Eres la única que cabe —asegura Betty mientras las demás rompen a reír a carcajadas.

Nesta echa un vistazo a la cuna, presiona el pequeño pero firme colchón.

—¿Cómo me voy a meter ahí? No pienso saltar.

—Eso podemos arreglarlo —afirma una de las enfermeras mientras se pone a retirar un lateral con ayuda de dos más.

Nesta tantea la cunita antes de subirse y acostarse.

—Es perfecta —decide—. Me la quedo.

Las enfermeras de la casa número 26 se reúnen en el número 24. Nesta pide silencio y ellas la rodean.

—Jean y yo hemos estado hablando de cómo podemos ser útiles. Averiguaremos si hay un hospital o algo que se le parezca y ofreceremos nuestra ayuda, pero tenemos en mente algo más en la línea de los servicios comunitarios. Todas saben lo que esto significa. Visitaremos las otras casas e identificaremos cualquier motivo de preocupación, por pequeño que sea, que tengan las mujeres antes de que se convierta en un problema grande.

Llaman con fuerza a la puerta y todas las cabezas se giran. Jean va a abrir y entran cuatro mujeres, cada una de las cuales lleva una gran cesta de comida.

—Bienvenidas —dice una de ellas con un fuerte

acento holandés—. Estamos en el número 25, la casa que hay entre las de ustedes. Esperamos que esta pequeña aportación las ayude a instalarse.

Las enfermeras se apartan cuando las mujeres llevan las cestas a la cocina.

—Aquí también hay jabón y artículos de aseo básicos —observa una de ellas.

—¿Cuánto tiempo llevan aquí? —pregunta Nesta.

—Vivimos aquí, bueno, en Palembang. Nuestros maridos dirigían las minas, pero cuando los japoneses nos invadieron, se los llevaron. Se llevaron a todos los hombres. Ahora solo estamos nosotras y el grupo de monjas de la misión.

—¿Les dejaron traer sus pertenencias con ustedes?

—Algunas: ropa, cacerolas, sartenes, platos, cosas así. Estamos bastante bien instaladas, teniendo en cuenta las circunstancias.

—¿Vivía alguien en esta casa antes de que llegáramos nosotras?

Dos de las mujeres se miran. A Nesta le cuesta interpretar su expresión.

—Sí. Nuestras amigas. No sabemos por qué se las llevaron a ellas y no a nosotras.

Esa noche, las enfermeras cenan juntas, reacias a estar separadas. La tentación de un pequeño espacio para acostarse es lo único que hace que al final algunas vuelvan a su propia casa.

Cuando Nesta se mete en su cuna, manifiesta lo culpable que se siente por tener un colchón mullido mientras sus amigas están aovilladas en el suelo, a su lado.

—No te sientas mal, ninguna de nosotras tiene el menor interés en intentar encajar en ese espacio pequeño. Es toda tuya.

Cuando las enfermeras están instaladas, meten al resto a empujones en otras casas sin tener en cuenta la nacionalidad o la familia. Norah ha acabado en una llena de desconocidos, pero ahora que los soldados se han ido, ella y las demás salen a buscar a sus seres queridos y se reorganizan para estar con sus amigas.

Al cabo, reunida con su hermana y la pequeña a la que rescataron, las tres se acurrucan en un rincón de la estancia, desnuda pero de alguna manera sofocante.

—¿Cuánto tiempo nos vamos a quedar en este sitio? —susurra June mientras se arrima a Ena.

—No lo sé, tesoro. Esperemos que no mucho y que todos podamos irnos a casa.

—¿Sabes dónde está mi papá?

—No. Ojalá que en Singapur esperando a su hijita.

—Ojalá.

—Duerme un poco, June. Mañana saldremos a explorar este sitio y a buscar a los niños con los que has estado jugando.

Norah oye esta conversación y el corazón se le parte. Piensa en Sally, en dónde estará y, lo más importante, en si estará a salvo.

6

Campo II, Irenelaan, Palembang
Abril de 1942-octubre de 1943

—Tenemos una cosa para usted. —Una de las monjas holandesas, la hermana Catherina, para en la calle a Nesta, que se dirige a efectuar sus rondas por el campo.

Ese mismo día, antes, ha organizado a las enfermeras en parejas de cara a establecer turnos para visitar a sus vecinas, con la intención de trabar amistad con ellas y tratar dolencias menores. De alguna manera, sabe que el espíritu comunitario va a ser fundamental si quieren sobrevivir al cautiverio.

La hermana Catherina pertenece a la Orden de la Caridad, que dirige el hospital de Palembang. Su superiora es la madre Laurentia, le cuenta a Nesta.

La monja se mete la mano en los bolsillos del hábito y saca tres rollos de vendas y unos calmantes. Nesta se muestra encantada. Esto es mejor que los plátanos; ahora cuenta con algunas cosas propias de su oficio para ayudar a quienes lo necesitan.

—Debemos tener cuidado, y no es mucho —afirma la monja—, pero traeremos lo que podamos.

—Buenos días. Soy Ah Fat, traductor de capitán Miachi, comandante de campo.

Ah Fat es un hombre de corta estatura y lentes, con ropa de civil, que tiene la costumbre de subirse los lentes por la nariz mientras habla.

Han pasado dos semanas desde que llegaron y las mujeres se habían volcado en la rutina de sobrevivir hasta que una mañana empezó a correrse la voz de que tenían que reunirse al día siguiente a mediodía. No se les dio más información, aunque los rumores abundaban. ¿Las iban a liberar? ¿A trasladar de nuevo? Pero, ¡ay!, no era nada de eso.

—Doctora McDowell es su comandante —continúa Ah Fat mientras señala a una mujer que se encuentra cerca—. Si alguien tiene problemas, acudirá a ella y ella hablará conmigo y yo lo comunicaré al capitán. ¿Entendido?

El uniforme del capitán exhibe insignias de distintos colores. De estatura baja, con la raya del pelo impecable, el hombre se pavonea con seguridad mientras sonríe a las mujeres.

Ellas guardan silencio, y Ah Fat hace un gesto afirmativo al capitán para que continúe.

—Habrá algunos cambios —traduce Ah Fat a las mujeres—. Cuando oigan la palabra *tenko*, saldrán fuera. Una de ustedes contará a las personas de su casa y nos dará el número a nosotros. ¿Entendido?

Nadie dice nada. El capitán se aleja a buen paso mientras otro soldado se adelanta.

—*Tenko!* —exclama.

Durante un instante las mujeres se miran, sin saber qué hacer.

—*Tenko!* —repite.

La doctora McDowell da un paso adelante.

—Señoras, soy la doctora McDowell —dice con un suave acento escocés—. Aquellas de ustedes que han tenido la mala suerte de necesitar tratamiento médico ya me conocen. Estoy segura de que acabaré conociendo al resto, pero ahora mismo ya han oído la orden, así que, antes de que haya problemas, les sugiero que vuelvan a sus respectivas casas y se pongan a contar.

Al oír la palabra «problemas», la orden acaba por entenderse. Se desata el caos cuando las mujeres salen en desbandada para volver a sus casas correspondientes.

Norah localiza a Ena y June, regresan deprisa a casa y esperan fuera a que lleguen las demás. Margaret es la última, camina tranquilamente; no tiene ninguna prisa por obedecer las órdenes de los japoneses a la carrera.

—Bien, ¿quién se quiere ocupar de efectuar este desagradable recuento? —pregunta.

Nadie dice nada, hasta que finalmente Norah da un paso al frente.

—Lo haré yo.

Una llamada al número 24 despierta a sus moradoras. Es temprano, aún reina la oscuridad. Nesta sale de su cuna y, con las demás a su lado, va a ver qué pasa. Son sus vecinas holandesas, las cuatro mujeres que les dieron comida el primer día.

—Hemos venido a despedirnos —dice una.

—¿Adónde van? —pregunta Nesta.

—No lo sabemos. Como de costumbre, nos han ordenado que agarremos solo aquello con lo que podamos cargar y estemos listas para salir a la hora del desayuno.

—Lo siento mucho. Pueden estar seguras de que nunca olvidaremos su amabilidad. No podríamos haber tenido vecinas mejores.

—Hemos dejado en la casa algo de ropa y otras cosas que tal vez les sean de utilidad. Por favor, vayan por ellas antes de que los soldados lo tiren todo.

Las enfermeras abrazan a las mujeres y, con lágrimas en los ojos, las holandesas dan media vuelta para marcharse.

Mientras preparan el desayuno, las enfermeras del número 24 debaten quiénes podrían ser sus nuevas vecinas y si moralmente es lícito saquear la casa antes de que lleguen. Nesta les dice que hablará con Jean y elaborarán un plan que contemple qué se pueden llevar.

Antes de que las enfermeras puedan seguir con su día, un oficial japonés irrumpe en la casa de Nesta. Va acompañado de Ah Fat, el intérprete del capitán Miachi. Tras él están las enfermeras del número 26.

—Nos han ordenado que vengamos aquí, sin darnos ninguna explicación —susurra Jean a Nesta.

Ah Fat empieza a traducir las palabras del oficial.

—Se tienen que ir. Capitán Miachi tiene dos casas nuevas para ustedes. Unas puertas más abajo. Prepárense. Deprisa, deprisa.

Nesta ve que varias enfermeras abren la boca para protestar, pero sacude la cabeza una vez con energía y las bocas se cierran de nuevo. Pueden llevar sus pertenencias, pero han de dejar las casas limpias y ordenadas.

Las casas desocupadas serán un club de oficiales, sigue traduciendo Ah Fat para el oficial. Cuando se establezca el club, las enfermeras serán... acompañantes.

Nadie dice nada hasta que el oficial y el intérprete se han ido.

En cuanto se marchan, la habitación estalla un parloteo airado. El grupo expresa su rebeldía.

—¡No pienso hacer tal cosa!

—¡Ni hablar!

—¡Prefiero morir!

Las enfermeras se despachan a gusto ante las miradas de Nesta y Jean.

—Chicas..., por favor, chicas. Calmémonos todas —pide Nesta.

—Nesta, me da igual lo que digas, no pienso dejar que uno de esos malnacidos me toque —exclama una.

—Nadie nos va a tocar. No permitiré que se nos acerquen; por encima de mi cadáver. Sin embargo, ahora mismo tenemos cosas más urgentes de las que preocuparnos: el traslado.

—¿Qué nos llevamos? —pregunta una enfermera.

—Todo, maldita sea, todo —responde con enojo Nesta.

—¿Incluye eso la cocina? —pregunta de broma Betty.

—Incluye la cocina y, por supuesto, mi cama.

Cuando las mujeres están agarrando todo lo que pueden, desconectando el fogón y moviendo la cuna de Nesta para el traslado, aparece Margaret con Norah y Ena.

—Se ha corrido la voz, así que hemos venido a ayudar —informa Norah a las enfermeras.

—¡Gracias! Tres pares de manos más es justo lo que necesitamos —afirma Nesta.

Margaret abre la puerta por completo.

—Somos más de tres.

Docenas de mujeres esperan delante de las casas de las enfermeras, dispuestas a echar una mano.

—Tengo un plan —anuncia Margaret.

—Somos todas oídos —contesta risueña Nesta.

—Formar una cadena humana del número 26 hasta esta casa y después otra de aquí a las casas nuevas. Nos ahorraremos un montón de idas y venidas.

—Una gran idea —aplaude Betty, y el humor de las enfermeras empieza a cambiar al ver la amabilidad y los esfuerzos de las voluntarias.

Nesta voltea hacia sus chicas.

—Cuando he dicho todo, señoras, me refería a todo. Si no forma parte de la estructura, llévenselo.

—No estoy segura de poder levantar en vilo el fogón o la cuna —duda Betty, con una ancha sonrisa en la cara.

—No te preocupes. Las dejaremos para el final y las llevaremos entre todas.

Al cabo de un rato pasan la primera cacerola y empieza la procesión.

Se ve un rayo, se oye un trueno ensordecedor y el cielo se abre y descarga un aguacero tropical sobre las mujeres. Sin embargo, ni una sola deja la cadena humana. Cuando pasan por delante del hogar de las monjas holandesas, la hermana Catherina sale a preguntar qué está pasando. En cuestión de minutos ha reunido a veinticinco monjas, incluida la madre superiora, para ayudar en la mudanza. Se suman a la fila sin que parezca que les importe que los pesados hábitos se les empiecen a empapar.

La hermana Catherina no ha tardado en convertirse en un personaje favorito entre las mujeres y los niños. Tiene veintipocos años y dedica su energía y su curiosidad a ayudar a los demás. No se limita a ocupar un sitio en la fila, sino que corre arriba y abajo, echando una mano con los objetos más pesados. Los niños corretean alrededor de la cadena, persiguiéndose entre las voluntarias. Pequeñas manos se alzan para pasar cosas. De vez en cuando alguien canta o bromea sobre trabajar en la construcción cuando vuelvan a casa; todo ello ayuda a que el trabajo se realice deprisa y, en un abrir y cerrar de ojos, las casas nuevas tienen todo lo que necesitarán las enfermeras. Tras desearles suerte, las mujeres y las monjas vuelven a sus respectivas casas, escurriendo, con la ropa empapada.

A lo largo de los días que siguen, las enfermeras pasan por delante de sus antiguas casas para informar de la actividad que están realizando en ellas. Camas, divanes e incluso un piano llegan al «club de oficiales».

Mientras el trabajo continúa, Nesta recibe la visita de dos ingleses, los señores Tunn y Stephenson. También son prisioneros; están encerrados en la cárcel del pueblo junto con otros ingleses que vivían y trabajaban allí antes de la invasión. Se les ha pedido que hablen con las enfermeras.

—Ve a buscar a Jean y a las demás —pide Nesta a Vivian—. Es preciso que todas oigamos esto.

Cuando están reunidas todas, el señor Tunn empieza.

—Lo siento, señoras, pero hemos venido a transmitir órdenes de nuestros captores. —Se interrumpe, a la espera de escuchar una respuesta, pero no obtiene ninguna, de manera que continúa—: Exigen que cinco de ustedes acudan al club. Esta noche. —Hace otra pausa, pero, de nuevo, nadie dice nada—. Lo siento mucho, pero amenazan con graves consecuencias si no obedecen. Si les sirve de ayuda, el señor Stephenson y yo haremos las veces de meseros en cada casa y, de ese modo, podremos cuidar de ustedes.

—No sirve de ayuda —exclama una voz entre las enfermeras.

—Si no acuden ustedes esta noche, amenazan con

empezar a ejecutar prisioneras. —El señor Tunn saca un papel del bolsillo del pantalón—. Estos son los nombres de las enfermeras que han elegido. —Lee cinco nombres, incluido el de Nesta.

El señor Stephenson no ha levantado los ojos del suelo durante toda la visita. Nesta ve que tiene los puños apretados e intenta contener la ira que siente.

—Gracias, caballeros. Conocemos el camino —les dice Nesta.

Cuando los dos hombres se retiran deprisa, Jean sugiere que salgan al jardín trasero de la casa para debatir los próximos pasos.

—¿Puedo empezar señalando el que a mi juicio es el denominador común entre las elegidas? —observa Jean.

Todos los ojos se vuelven hacia las cinco enfermeras cuyo nombre figura en la lista.

—¿Que somos las más guapas? —contesta una, sin tan siquiera ocultar una sonrisa.

—Bien, está eso, pero yo más bien estaba pensando en su estatura y en el color de su pelo. Casi todas miden poco más de un metro cincuenta y todas tienen el cabello oscuro.

—Eh, yo casi mido uno sesenta; más incluso, con unos buenos tacones —objeta otra.

—Entiendo lo que quieres decir. Somos demasiado *petite* para intimidarlos físicamente, y me figuro que no les gustan las rubias —bromea Nesta.

—Podrían ser quintillizas —opina Vivian.

Todas sueltan una risita. La tensión se afloja, pero el problema sigue presente.

—Solo han pedido cinco —apunta otra enfermera—, pero ¿y si vamos todas? Ya saben, la unión hace la fuerza y tal. A ver qué hacen.

Durante unos instantes nadie dice nada; después empiezan a murmurar entre sí. Irán todas, sonreirán y serán agradables; se pegarán las unas a las otras como lapas y obligarán a los japoneses a echarlas.

—O nos ensuciamos y nos presentamos lo menos atractivas posible —añade la enfermera mientras recoge un puñado de tierra y se embadurna con ella la cara y el cuello.

—Y vamos descalzas y con los pies llenos de lodo y la ropa hecha jirones —dice Betty.

—Hagámoslo. Que todo el mundo se afee todo lo que pueda; nos vemos aquí cuando se ponga el sol. Demostremos a esos japoneses con quiénes están tratando —ordena Jean.

Cuando el sol empieza a ponerse, las enfermeras se reúnen y comienzan a desgarrarse la ropa y mancharse de tierra toda la piel que queda a la vista.

—Ejem, tenemos un problema. ¿Te importa dar un paso adelante, Pat? —pide Jean.

Todo el mundo busca a su alrededor a la enfermera llamada Pat.

—¿Qué he hecho?

—Que tienes la mala fortuna de ser demasiado guapa por mucho que intentes no serlo —le dice Jean.

—No es verdad. Soy tan fea como ustedes.

—De eso nada —coincide Nesta.

—A ver, denme un minuto. —Pat agarra un puñado de tierra y se lo restriega por el pelo, que le llega por los hombros—. ¿Mejor?

—No... Si acaso ahora estás más espléndida incluso —asegura Vivian.

—Lo siento, Pat —decide Nesta entre risas—, pero por lo visto no puedes hacer nada para ocultar tu belleza. Quiero que te quedes en casa.

—¿Y perderme la diversión? —se queja Pat.

—Te lo contaremos todo, no te preocupes. Y dejaré a unas cuantas más para que te hagan compañía. A ver, ¿quién no ha conseguido parecer suficientemente repugnante?

Algunas más acceden a regañadientes a quedarse con Pat y, de nuevo, las enfermeras comienzan a escudriñar a sus amigas, añadiendo un poco más de lodo aquí, unas ramitas en el pelo allá. Cuando todas están satisfechas con su aspecto, enfilan la calle orgullosas; algunas mujeres, incluidas Norah, Ena y Margaret, salen de casa para animarlas. Miradas curiosas atisban desde las ventanas; se ha corrido la voz.

Al llegar a la puerta de la que era su casa y que ahora es un club de oficiales, las enfermeras se miran entre sí.

—¿Listas? —pregunta Nesta.

—¡Listas, listas, listas! —exclaman.

El oficial japonés que abre la puerta del club se queda estupefacto al ver a las risueñas y sucias enfermeras.

Antes de que pueda decir algo, Nesta pasa por delante de él y entra en la casa, las demás pisándole los talones. Una vez dentro, forman un grupo compacto. Los oficiales presentes las miran boquiabiertos. Al cabo, en un inglés mal hablado, un oficial japonés pregunta balbuceando:

—¿Q-quieren beber algo?

—No, gracias —contestan todas las enfermeras al unísono.

—¿Qué les gusta beber a mujeres australianas un sábado por la noche? —insiste el oficial.

—Leche —afirma Jean.

El oficial traduce la respuesta al resto.

Antes de que puedan decir algo más, el señor Stephenson aparece con una bandeja de refrescos, que reparte entre ellas.

—Sigan así, enfermeras. Su aspecto es realmente nauseabundo.

Después de que los japoneses hablen entre sí, el oficial que habla inglés alza la voz de nuevo:

—¿Por qué tan sucias? Tienen que poner polvos en la cara, labial en los labios. Si no tienen, las llevaremos a Palembang para que compren.

—No, gracias —le dice Nesta con una sonrisa—, las enfermeras no tenemos necesidad de maquillarnos.

Un silencio largo sigue al comentario. El señor Stephenson vuelve con una bandeja de galletas y cacahuates. La resistencia de las enfermeras cede cuando toman la comida y se la llevan a la boca. Los japoneses siguen mirándolas en silencio.

La comida relaja a las mujeres, que hablan entre sí, ignorando abiertamente a sus anfitriones. Al cabo de un rato también los hombres se ponen a hablar entre ellos.

Poco después, tanto las enfermeras como los soldados japoneses están exhaustos.

El oficial que habla inglés voltea entonces hacia las mujeres.

—Ahora todas fuera. Que solo se queden cinco.

—O nos vamos todas o nos quedamos todas —responde Nesta con firmeza.

El oficial levanta la voz, sin molestarse ya en ocultar su desagrado, y repite la orden.

Las enfermeras forman un círculo apretado, incapaces ya de disimular el miedo que sienten.

—¡Deprisa! —grita un oficial.

Cinco enfermeras salen del grupo y se adelantan.

Nesta saca a las demás de la habitación. La última en marcharse voltea hacia las cinco voluntarias, que esbozan sonrisas tranquilizadoras. El señor Stephenson se acerca a Nesta.

—No las perderé de vista.

Cuando Nesta se une a las mujeres de fuera, Betty está furiosa.

—¿Qué vamos a hacer? No podemos dejarlas ahí dentro.

—No vamos a hacer tal cosa —replica Nesta enérgicamente—. Venga, iremos enfrente. Si oímos algo que no nos guste, entramos, ¿de acuerdo?

Las enfermeras se colocan detrás de las matas y los

arbustos que festonean la calle. En silencio, clavan la vista en la puerta, que se abre al cabo de poco tiempo dando paso a cinco oficiales japoneses, cada uno con una enfermera del brazo.

—Las llevan de vuelta a casa —susurra Jean.

Antes de que Nesta pueda contestar, una de las enfermeras rompe a toser escandalosamente, doblándose sobre sí misma, como si fuera a vomitar. Las otras siguen su ejemplo, tosen, se atragantan y profieren sonidos guturales acercándose a sus captores. Los japoneses apartan a las chicas de inmediato mientras echan mano del pañuelo y se tapan con él la boca y la nariz. Las toses se intensifican y los cinco oficiales no tardan en dar media vuelta y salir corriendo.

Las mujeres que estaban escondidas tras las matas salen y corren al encuentro de sus amigas, incapaces de contener la risa. Las imitan y pronto todas están escupiendo y fingiendo arcadas.

—Vamos a casa —dice, al final, Jean.

A la mañana siguiente ninguna enfermera quiere hacer las rondas. Les aterroriza que su comportamiento pueda tener repercusiones, pero el oficial japonés que habla inglés no entra en casa de Nesta hasta por la tarde. Ella se levanta y va hacia él.

—Enviará cuatro chicas al club esta noche. Estarán limpias y aseadas. A las ocho.

El hombre no espera a que le conteste; se va tan deprisa como llegó.

—Ve a buscar a las demás a la otra casa —pide Nesta a Betty.

Una vez más, las enfermeras están en el jardín trasero hablando en voz baja entre ellas.

—Chicas —dice Jean llamando su atención—, tenemos que hablar de esto como grupo.

—¿De qué hay que hablar? No vamos a ir, ¿no? —dice una.

—Y ¿estamos todas de acuerdo? —inquiere Nesta. Todas lo están.

—¿Qué sugieres que hagamos? —pregunta Jean a Nesta—. ¿Decirles que no vamos o no aparecer sin más?

—Creo que deberíamos hacerles llegar un mensaje. Hablaré con la doctora McDowell y le pediré que se encargue.

Esa noche les cuesta conciliar el sueño. La doctora se mostró de su parte sin fisuras, y deseosa de transmitir el mensaje, cuando Nesta le dio a conocer la decisión que habían tomado. Nadie fue a golpearles la puerta esa noche, cosa que Nesta considera una buena señal. Sin embargo, al día siguiente, cuando no reciben comida, tienen claro que han empezado las represalias.

—Para ustedes no hay comida. Saben lo que tienen que hacer —les grita un soldado que se detiene antes de entregar comida en las otras casas.

Sus vecinas han salido a recoger lo suyo.

—Toda la que les dé comida será castigada. ¡Nada de comida para las enfermeras!

Más tarde, la doctora McDowell llama a la casa de Nesta.

—Hola, doctora. Esperábamos tener noticias suyas. —Nesta la invita a pasar.

—Ay, enfermera, no sé qué decir.

—Solo díganos qué ha pasado.

—Lo siento muchísimo, pero mis exigencias y mis amenazas han caído en oídos sordos. —La médica parece disgustada de verdad—. Me ordenaron que saliera del despacho de Miachi, amenazando con cerrar el hospital si no me iba inmediatamente.

—¿Qué me dice?

—No sé qué sugerirle, no sé cómo puedo ayudarlas. Pero, por favor, entienda que no le estoy diciendo que vayan con ellos. No lo hagan. Manténganse alejadas y sigan desafiándolos.

—No pasa nada, doctora. —Nesta le pone una mano en el brazo—. Gracias por intentarlo.

—Por favor, no me dé las gracias; no he podido hacer nada. Me siento tan inútil, y tan furiosa, y no sé qué hacer con esa ira.

—Este sería un buen momento para tomarse una copa bien cargada; ojalá tuviésemos algo de beber —tercia Betty—. Pero ni siquiera le puedo ofrecer alcohol para friegas.

La doctora esboza una sonrisa triste; el calor le ha alisado un poco los rizos del pelo.

—Son todas ustedes muy valientes —musita, y después se va.

Las enfermeras se miran, resueltas y, sin embargo,

atemorizadas por lo que pueda pasar al día siguiente.

Por la mañana, cuando aparece el carro de la comida, el oficial repite sus órdenes.
—Nada de comida para las enfermeras. —Después señala a Nesta—. Usted, venga.
Cuando Nesta hace ademán de ir detrás del soldado, Jean la agarra del brazo.
—¿Qué haces? ¡No puedes ir con él!
—Debo ir. ¿Acaso no queremos saber lo que tienen que decir? —Mientras se aleja, voltea la cabeza y le dedica una gran sonrisa—. Si no vuelvo, no se peleen por la cuna.
—No tiene gracia —asegura Jean.

Ahora está ante el capitán Miachi y Ah Fat. El capitán da la vuelta a la mesa para plantarse frente a Nesta, que solo mide unos centímetros menos que él. Dice unas palabras que Ah Fat se apresura a traducir.
—Le ordenan enviar chicas a nuestro club de oficiales y, sin embargo, no van.
Nesta no dice nada.
—Es su obligación hacer lo que le ordenan —le dice Ah Fat—. Servirán a nuestros gentiles oficiales.
—¿Servir a sus oficiales? —Nesta apenas es capaz de contener la repugnancia que siente—. Con todos mis respetos, eso no va a pasar. ¡Somos enfermeras!
—Pese a lo cerca que está el capitán, ella se niega a mirarlo a la cara.

—Insulta usted a nuestro emperador y al ejército japonés, ¡y no lo toleraremos! —traduce Ah Fat.

—Deseo ponerme en contacto con la Cruz Roja —responde Nesta, haciendo acopio de valor.

Sin embargo, no es preciso que Ah Fat traduzca lo que acaba de decir Nesta, el capitán sabe perfectamente lo que es la Cruz Roja. Escupe unas palabras más.

—Su Cruz Roja está lejos de aquí, así que no tiene poder. Obedecerá usted las órdenes del capitán —insiste Ah Fat.

—No, señor, no haremos tal cosa.

—Entonces, morirá. ¿Está preparada para morir, enfermera?

—Sí, lo preferiría.

Con la cabeza aún gacha, Nesta no ve que el capitán levanta la mano. El golpe la lanza al otro lado de la estancia.

—No pasa nada. Solo es un golpe.

Todas las enfermeras de las dos casas han estado esperando a que vuelva Nesta. Esta tiembla, pero se siente extrañamente tranquila cuando entra por la puerta principal.

—Pero tu cara —comenta Jean—. Te ha pegado.

Nesta prefiere pasar por alto la violencia y continúa.

—Insisten en que cuatro de nosotras vayamos al club esta noche.

—¿Tú qué dijiste? —inquiere Betty.

—Que por encima de mi cadáver.

—Dime que no es cierto —tercia Vivian.

—Eso dije, y lo mantengo. Fui muy clara con él: estoy dispuesta a morir antes que someterme.

Al día siguiente, ninguna de las enfermeras se molesta en salir cuando llega el carro de la comida, de manera que no se dan cuenta de que el carro no ha acudido.

Esa tarde Norah y Margaret llaman a su puerta. Margaret nota en el acto el rostro rojo e hinchado de Nesta, la huella de una mano aún visible.

—Oh, querida. ¿Se encuentra bien?

—Sí —responde Nesta—. Por ahora.

—No me puedo creer lo que les están pidiendo. No es justo. ¿Qué podemos hacer? —le pregunta Norah.

—Nada. Nadie puede hacer nada. Intentarán matarnos de hambre, porque, en fin, como le dije a Miachi, moriré antes que someternos a ellos.

Nesta capta la mirada nerviosa que intercambian fugazmente Norah y Margaret.

—¿Qué sucede?

—No se lo puedo decir —afirma Norah, mordiéndose el labio.

—Dígamelo, Norah —insiste Nesta.

—No es solo a ustedes a las que intentan matar de hambre, me temo —responde Margaret.

—¿Qué significa eso?

—Han dejado de traer comida al campo. Al parecer, pasaremos hambre todas hasta que...

—Hasta que nosotras nos rindamos y les demos lo que quieren —apunta Betty.

—Eso me temo, y hemos venido a decirles que, si ha de ser así, que así sea. Esperemos que no les nieguen la comida a los niños; no es posible que sean tan inhumanos —contesta Margaret.

—No sabemos qué decir. —Nesta está visiblemente conmovida—. No se me pasó por la cabeza que castigarían al resto. —Voltea hacia sus enfermeras—. Creo que tenemos que hablar.

—¡No! —exclama Norah—. No es necesario. Las cosas están bien o están mal, y en estas circunstancias no hay ambigüedad posible. He hablado con la madre superiora y me ha pedido que transmita el mensaje de que sus monjas y ella también están con ustedes.

—Sus palabras exactas fueron: «Unidas venceremos, divididas caeremos; caeremos juntas, unidas» —añade Margaret.

Algunas enfermeras empiezan a sorberse la nariz. Norah abraza con fuerza a Nesta.

—Gracias. Por favor, den las gracias a todas —les dice Nesta antes de acompañar a la puerta a sus amigas.

Cuando Margaret y Norah ya se han ido, Vivian habla:

—Todo el mundo fuera.

Esta vez se sientan formando un círculo apretado en el jardín, tomadas de la mano.

—¿Alguna sugerencia? —pregunta Nesta.

—No podemos permitir que castiguen a los niños —es la primera opinión, que se recibe con aplausos—. Dios sabe que la comida que les dan ya es escasa de por sí.

—No puedo creer que estén haciendo esto. Una cosa es castigarnos a nosotras, pero ¿cómo han podido llegar a tal punto? ¿Cómo se atreven? —Betty está furiosa—. Ha de haber algo que podamos hacer.

Nesta y Jean permiten que todas las enfermeras expresen su opinión. Despotrican y rabian, muchas lloran, pero sigue resonando una afirmación:

—Prefiero morir.

—¿Es eso una opción? —inquiere Jean, y todas guardan silencio.

—¿Si es una opción qué? —inquiere Vivian.

—Bueno, si no estamos aquí, no podrán castigar al resto —razona Nesta.

—¿Quieres decir si estamos todas muertas?

Nadie dice nada aún. Nesta recorre el círculo con la mirada para ver cuál es el estado de ánimo de las mujeres. Ella también lo siente, siente el precipicio a cuyo borde se hallan. Pero ¿de verdad morirían por esta causa?

—Yo digo que sí —afirma, al cabo, Betty.

—Espera un momento... —empieza Nesta.

—Yo también.

—Yo también.

—Adelante.

Las enfermeras corean su conformidad.

Cuando todas acuerdan sacrificar la vida, Nesta nunca se ha sentido más orgullosa. No ha derramado una sola lágrima desde que bombardearon el *Vyner Brooke*, pero ahora... ahora está llorando.

Después, todas las cabezas voltean cuando una enfermera se levanta y anuncia:

—No tienen por qué morir. Yo lo haré.

Tras un momento de silencio, Vivian dice en voz muy baja:

—Que harás ¿qué?

—Ir al club. Someterme. Lo que sea que quieran.

—¡No! No harás tal cosa, no puedes —exclama Betty levantándose de un salto.

Otra enfermera se ha puesto de pie.

—Yo iré contigo.

Todas las miradas se centran en la nueva voluntaria.

—Yo también iré. Y haz el favor de sentarte, Betty —dice una tercera.

—Yo seré la cuarta. —Otra enfermera se levanta y extiende las manos a las demás voluntarias.

Ahora todas están de pie, desafiando a voz en grito a las mujeres que están dispuestas a sacrificarse por el campo. Nesta y Jean las dejan unos instantes más antes de pedir silencio.

—¿Son conscientes de a qué se están ofreciendo voluntarias? —inquiere Jean.

Las cuatro mujeres se miran.

—Sí —asegura una.

—Entonces, ¿por qué lo hacen?

—Las miro y veo que son muy jóvenes. Saldrán de este sitio, se enamorarán, se casarán, tendrán hijos. Son cosas que yo nunca me he planteado para mí.

—Pero si solo tienes tres años más que yo —objeta Vivian.

La enfermera se ríe.

—Conque solo tres años, ¿eh? Vivian, por favor,

deja que lo haga, no solo por ustedes, sino por las demás mujeres y por los niños. Me reafirmo en la decisión que he tomado.

Durante horas, las cuatro enfermeras defienden lo que están dispuestas a hacer frente al resto del grupo y, por fin, con el corazón encogido, su gran sacrificio es aceptado.

—Betty, ¿podrías hacerme un favor? —pide Nesta.

—Lo que quieras.

—¿Te importa ir a casa de Margaret a pedirle una Biblia?

—¿Por qué? —inquiere perpleja Jean.

—Quiero que todas y cada una de nosotras juremos que lo que hemos acordado hoy no será revelado a ninguna otra persona. Guardaremos el secreto de... —a Nesta se le quiebra la voz al pronunciar el nombre de las cuatro mujeres— hasta el día que muramos.

Betty corre a buscar la Biblia y está a punto de chocar con la hermana Catherina, que va a llamar a la puerta.

—Lo siento, lo siento —se disculpa Betty.

—Enfermera Betty, venía a verlas. Tenemos que hablar de lo que les piden que hagan los japoneses.

—Muy bien, pero no ahora, hermana, tengo prisa.

—¿Adónde va?

—Necesito una Biblia; voy a pedirle la suya a la señorita Dryburgh.

—En ese caso, venga conmigo —sugiere la monja, tomándola del brazo—. Si hay algo que tenemos de sobra es Biblias.

Van a la casa de la hermana Catherina. En la mesa de la cocina hay un montón de Biblias. La monja agarra una y se la da a Betty.

—Se la pueden quedar.

Cuando regresa, Betty ve que todas las enfermeras han entrado en la casa. Todas las puertas y las ventanas están cerradas.

Jean toma la Biblia que trae Betty y, sosteniéndola en alto, comienza:

—Juro que ni las decisiones que hemos tomado hoy ni el sacrificio de las cuatro voluntarias se revelarán jamás a ninguna otra persona. El nombre de las cuatro irá con nosotras a la tumba. Lo juro.

Betty va pasando por la habitación, ofreciendo la Biblia a cada una de las enfermeras, que apoya la mano derecha en el sagrado libro y repite: «Lo juro».

Después de prestar juramento, Nesta le pide la Biblia a Betty y pasa unas páginas.

—Betty, ¿de dónde has sacado esta Biblia?

—Ah, me tropecé con la hermana Catherina; ella me la ofreció.

—¿Sabías que estaba en holandés? —pregunta Nesta.

El sombrío ambiente que reina en la habitación se anima un poco y, después, una de ellas formula la pregunta que tienen todas en mente:

—¿Sigue siendo válido jurar sobre algo que no se entiende?

—Es una Biblia —afirma Betty—. Es una Biblia, caray. ¿Qué más da en qué idioma está escrita?

—Da absolutamente lo mismo, Betty —responde Nesta, y la abraza.

A la mañana siguiente, Nesta informa de la visita que ha realizado a la doctora McDowell.

—Bueno, ha prometido hacer llegar un mensaje al médico jefe del campo de hombres cercano y confía en que él pueda contar lo que está pasando aquí exactamente a algún superior en la cadena de mando.

Cada noche, apesadumbrada, Nesta ve salir a las cuatro voluntarias para ir al club de oficiales, pero ni siquiera el hecho de que regresen sanas y salvas le proporciona un gran alivio.

¿Cuánto más podrán soportar?

7

Campo II, Irenelaan, Palembang
Abril de 1942-octubre de 1943

—Vamos a utilizar el garaje del número 9, que ahora se llama «el Cobertizo», para celebrar servicios religiosos los domingos —cuenta a las enfermeras Margaret Dryburgh, que va recorriendo el campo para hacer saber a todas que, si así lo desean, tendrán a su disposición consuelo espiritual.

—Gracias, Margaret —responde Nesta—. Dios sabe que necesitamos una bendición.

El domingo las enfermeras van al servicio religioso. Es la primera vez que Nesta oye las bellas voces del pequeño coro que forman Margaret, Norah y Ena. Ve, también por primera vez, la brillantez musical que ha de mantenerse en secreto. No cabe la menor duda de que las castigarían por hacer algo que les proporciona tanto placer. Durante unos instantes, Nesta olvida dónde está y los sacrificios que han hecho las enfermeras y se abandona a la música.

—Como comandante del campo, ha llegado el momento de que nombremos a una vicecomandante —anuncia la doctora McDowell a las mujeres, que se han reunido en el espacio abierto del centro del campo—. Yo estoy demasiado ocupada con el hospital para hacerlo todo sola. Necesito ayuda.

—¡La señora Hinch! —exclama alguien entre la multitud.

—Sí, la señora Hinch —corea otra mujer, y otra, y pronto todas ellas aclaman a la señora Hinch.

—Creo que han elegido bien —afirma la doctora McDowell—. Es la diplomacia personificada, además de encantadora a más no poder.

Las mujeres se ríen.

—Será un honor —acepta amablemente la señora Hinch.

—¿Qué tiene que la hace tan distinta de las demás señoras inglesas? —se pregunta Nesta en voz alta mientras va de camino a su casa con Jean—. Es muy divertida y, además... —Nesta no termina la frase; admira la confianza que tiene esa mujer, su dignidad en la miseria.

—Bueno, para empezar no es inglesa —apunta entre risas Jean.

—¿Cómo? Pues australiana no es.

—Es americana, Nesta. Está casada con un inglés y ha vivido muchos años en Singapur, rodeada de ingleses. Incluso la han nombrado oficial de la Orden del Imperio Británico, lo creas o no, por la labor que ha realizado en la Asociación Cristiana de Mujeres Jóvenes. Es posible que se le haya pegado un poco el acento inglés, pero no la rigidez de la gente.

—Y ¿tú cómo sabes todo esto?

—Porque he tomado el té con ella unas cuantas veces después de tratar a una de las señoras que viven en su casa.

Nesta sacude la cabeza y sonríe.

—Sin duda no es alguien a quien querría enfrentarme. Me alegra saber que está en nuestro bando. Me pregunto cuál será su nombre de pila.

Jean se ríe de nuevo.

—Aunque lo supiera, jamás tendría el valor de utilizarlo, a menos que ella me diera permiso. ¿Te imaginas?

Nesta también se ríe, y, durante un instante, a las dos mujeres las anima el hecho de que al frente del campo estén dos personas cabales y capaces.

—Debo decir que es un auténtico puntal, ¿no te parece? —confía Norah a Ena una tarde que se dirigen, en compañía de la pequeña June, a la casa de la señora Hinch para asistir a la reunión de un comité.

—Eso me parece, sí.

En cuanto la nombraron vicecomandante, la señora Hinch empezó a organizar comités y a nombrar capitanas en cada casa para abordar la dirección diaria del campo. Reconfortaba tener algo que hacer, mantener un poco de orden en unas circunstancias que, por lo demás, escapaban al control.

—Ha establecido turnos de trabajo y ahora las monjas darán clases a los niños. No sé de dónde saca tanta energía.

Cuando llegan, encuentran la casa rebosante de conversaciones y buen humor.

—Su energía es contagiosa, ¿no? —observa Ena.

—A mí ya se me está pegando —contesta Norah, que pellizca a Ena—. A ti también, mi querida hermana; te lo veo en la cara.

—Necesito una voluntaria para el comité de entretenimiento —pide la señora Hinch, tras declarar abierta la sesión.

—Yo me ocupo —se ofrece Margaret.

—Creo que debería ser usted la coordinadora —sugiere Norah, y todas se muestran conformes.

Muchas mujeres del campo que no acuden al servicio religioso de Margaret comparten su pasión por el canto. Norah y Ena van a la iglesia con asiduidad y poseen dos de las mejores voces de entre todas las prisioneras. Y con lo que no contaba ninguna de las mujeres era con el aburrimiento diario que acompaña a los trabajos manuales en el campo. ¿Qué mejor que utilizar su talento? De modo que la señora Hinch, con la sencillez que la caracteriza, ha decidido que hay que organizar un comité de entretenimiento.

—Bien, ¿qué nos gustaría hacer? —pregunta Margaret a las mujeres.

No tardan en aportar numerosas sugerencias, de coros a conciertos.

—Me encantan todas sus ideas y, en función del tiempo que nos quedemos en este sitio, deberíamos ser capaces de satisfacer a todo el mundo. Sin embargo, si me permiten la sugerencia, ¿por qué no empezamos con algo completamente distinto, algo que no requiera ensayos, pero sí la participación de todas ustedes?

—¿Con qué? —quiere saber Norah.

—Creo que deberíamos escribir un periódico —anuncia Margaret—. Es algo que podemos crear juntas y repartir a todo el mundo. En una de las casas hay una máquina de escribir y algo de papel. Además de compartir noticias, podemos señalar los cumpleaños.

—Con todas las que somos, ¿no podemos organizar el periódico y un concierto? —sugiere Norah.

—Podemos —confirma Margaret—. Y Norah y Ena, ustedes deben estar en el comité de música. Sus conocimientos y sus preciosas voces han de ser escuchados.

—¿Y yo? ¿Yo también puedo cantar? —inquiere June, mirando alternativamente a Ena y a Margaret.

—Por supuesto, pequeña: crearemos un papel especial solo para ti —le asegura Margaret.

De camino a casa, June se adelanta para jugar con sus amigos.

—Estoy preocupada por June —comenta Ena.

—¿Sí? Yo la veo bien. —Norah mira a la pequeña, que está jugando a las traes.

—Lleva unas semanas sin mencionar a su madre —explica Ena—. Antes me preguntaba unas diez veces al día si pensaba que su madre vendría pronto, pero hoy, antes, me llamó «mami».

—Y tú ¿qué hiciste?

—Nada. —Ena parece afligida—. No supe qué decir. Le di un abrazo.

Norah lo siente por las dos, por Ena y por la pequeña June. Los lazos que las unen son muy fuertes, pero la madre de la niña podría estar en alguna parte, echando de menos a su hija y desesperada por saber qué ha sido de ella. A Norah la asalta la imagen de Sally y se le forma un nudo en la garganta. Sin embargo, se sobrepone: su hermana necesita su consejo.

—¿Quieres que le diga algo?

—¿Como qué?

—Pues no lo sé. Quizá algo como «La tía Ena y yo estamos muy contentas de que vayas a participar en el concierto. Si nos dices cuál era la canción preferida de tu mamá y tu papá, podríamos cantarla para ellos».

Ena asiente.

—Conque crees que si me mencionas a mí como tía y a sus padres en la misma frase ella captará el mensaje, ¿no?

—Por intentarlo no se pierde nada, y siempre que pueda, me referiré a ti como tía Ena. —Norah le aprieta un brazo a su hermana.

Ena la abraza.

—Sabía que tendrías una respuesta.

Una semana después se publica la primera edición del *Camp Chronicle*, las crónicas del campo. Coinciden en que solo se pongan en circulación dos ejemplares: no hay bastante papel para más, sobre todo si pretenden continuar. El periódico se pasará de casa en casa y, en la primera de las dieciocho páginas, se solicitarán contenidos e ideas. Una de las mujeres ha puesto a su servicio su talento para el dibujo y ha creado una cabecera. El nombre del periódico está rodeado por alambre de espino.

En su casa, Margaret sostiene uno de los dos primeros ejemplares y lo hojea. Lee en alto varios titulares.

—«Receta: sopa de cabezas de pescado.» Mmm, qué rica. Solo nos hacen falta las cabezas de pescado. «Cuidados infantiles: el sistema holandés.» Ah, veo que es la primera de una serie que consta de tres partes. Vaya, me pregunto a quién se le ocurrió la idea de escribir una columna de chismes.

Margaret mira a las mujeres que conforman el comité del periódico, que sonríen y poco a poco voltean la cabeza hacia Betty.

—Cómo no se me ha ocurrido —afirma Margaret—. El título te delata: «Diario de la señorita Sabelotodo». Intuyo que esta columna cada vez será más larga.

—No has dicho nada del titular de la portada —apunta Norah.

Margaret lee en voz alta.

—«El coro cantará un himno especial en el servicio dominical.» —Margaret dedica una sonrisa radiante a las mujeres—. Gracias por mencionarlo. Será un día muy importante cuando entonemos el himno por primera vez. Puede que las palabras las haya escrito yo, pero cobrará un significado nuevo gracias a la preciosa música que ha compuesto Norah. Gracias, mi querida amiga.

—Ha sido un privilegio poner música a tus palabras; unas palabras que subirán hasta el cielo el domingo, que nos darán a todas fuerza y esperanza. Y sé cómo deberíamos llamarlo. —Norah tiene una ancha sonrisa en el rostro—: *El himno de los cautivos*.

Y, al unísono, las mujeres corean:

—¡*El himno de los cautivos*!

—¿Han visto cuánta gente hay aquí? —pregunta Norah, nerviosa, al coro mientras observa la cantidad de mujeres y niños que se dirigen al Cobertizo mucho antes de la hora a la que empezará el servicio. Muy pronto el pequeño espacio se llena y la gente ocupa el modesto jardín delantero y la calle.

—Lo he visto, sí. Para entrar tuve que abrirme paso entre el gentío —responde Betty.

—Será como cantar en la catedral de San Pablo —menciona otra, haciendo reír a carcajadas al resto.

—Este sitio no podría ser más distinto de San Pablo aunque lo intentase. ¿Dónde están nuestros vitrales? —bromea Norah.

—Para estar en comunión con el Señor no hacen falta ladrillos milenarios ni bonitos vitrales —afirma Margaret.

—Si me dieran a elegir entre cantar en San Pablo o aquí, con todas ustedes, es aquí donde querría estar —asevera Betty.

—Vamos, señoras, ha llegado el momento —les avisa Margaret—. Mi sermón inicial será breve; al fin y al cabo, esta gente no ha venido a oírme a mí, sino a ustedes. Gracias por el regalo que están a punto de hacernos a mí y a todas las demás.

La multitud se abre cuando el coro se dirige hacia el pequeño espacio desocupado al fondo del garaje, donde unas cajas de madera dadas la vuelta hacen las veces de inestable escenario para que las mujeres se suban precariamente a él. Antes, Norah y la señora Hinch han ido a buscar sillas a todas las casas para formar tres hileras de asientos. La madre superiora y la hermana Catherina, junto con las demás monjas, ocupan la primera fila, dejando libre el asiento central. La señora Hinch, que también ejerce de acomodadora, sienta a los niños en el suelo, insistiendo en que dejen de empujarse y zarandearse. Nadie cuestiona su autoridad.

Cuando la señora Hinch avanza hacia Margaret y el coro, las conversaciones enmudecen y los niños de fuera dejan de corretear. Norah, Ena y los demás miembros del coro se sitúan en semicírculo detrás de Margaret. Van tomadas de la mano. Nadie ve que June sube con disimulo al escenario, por detrás de Norah y Ena, y se hace un hueco entre ellas. Las hermanas se sonríen mientras June evita mirar a la cara a sus tías: no quiere que la hagan bajar.

La señora Hinch ocupa su silla en la primera fila; por el momento su labor ha terminado.

—No soy tan ingenua como para pensar que han

venido a oírme hablar de los caminos del Señor —empieza Margaret con una gran sonrisa—. Muchas gracias a todos y cada uno de ustedes por estar hoy aquí para oír a estas increíbles mujeres cantar mis humildes palabras, cuya bella música es obra de la talentosa Norah Chambers. Con todos ustedes: *El himno de los cautivos*.

Margaret se gira hacia el coro y levanta la mano derecha. Cuando la baja con suavidad, el coro entero respira hondo y empieza a cantar.

Padre, en nuestro cautiverio,
a ti elevamos nuestra oración,
bríndanos siempre tu amor.
Haz que a diario podamos demostrar
que quienes en ti depositan su fe
más que vencedores serán.

La intensidad y la fuerza de las voces del coro aumentan cuando cantan los cuatro versos restantes. Quedos sollozos recorren el Cobertizo y salen al jardín y a la calle.

Cuando suenan las últimas notas, Margaret baja la mano y la cabeza. Al final, mira al coro, y las lágrimas le corren por el rostro sin vergüenza alguna. El coro estrecha el círculo a su alrededor mientras todas ellas lloran; la importancia de las palabras, de la música que se acaba de oír ha conmovido profundamente a cada una de ellas. Margaret les acaricia la mejilla una por una y finalmente voltea hacia la congregación.

—En nombre de todas nosotras, gracias, gracias de todo corazón. No creo que haga falta que diga nada más hoy. Gracias.

El coro tarda más de una hora en salir del Cobertizo, ya que las mujeres abrazan a sus integrantes buscando consuelo, intentando encontrar palabras que expresen lo que significa para ellas estar en ese sitio hoy. Margaret se ríe en respuesta a comentarios como «Yo no creo en Dios, pero hoy me han dado esperanza, confianza en mí misma y en todas las que estamos aquí». Frases similares se repiten una y otra vez.

Aceptando los abrazos y las palabras de los últimos miembros de la congregación, Margaret divisa a tres soldados japoneses al otro lado de la calle. Clava la vista en ellos, desafiándolos a que hagan algo. Norah y Ena, con June aún entre ambas, rodean a Margaret. Uno de los soldados saluda con la cabeza a las mujeres antes de que los tres se marchen.

—¿Han estado ahí todo el tiempo? —inquiere Margaret.

—Sí —confirma una mujer a su lado—. Yo incluso he visto a uno secarse una lágrima.

Enjugándose las propias lágrimas, Nesta mira a las enfermeras, que están cerca y lloran abiertamente. Jean la mira y señala con la cabeza a las cuatro enfermeras que se han sacrificado haciendo de «acompañantes» para salvar al resto. Nesta ve que se abrazan, sollozando en silencio y consolándose mutuamente.

Jean se abre camino entre la multitud para ir con Nesta.

«No sé cuánto más voy a poder soportar esto», susurra.

8

Campo II, Irenelaan, Palembang
Abril de 1942-octubre de 1943

—Cielo santo, ¿cómo se supone que vamos a elegir lo que publicaremos en el periódico?

Desde que se anunció la creación del *Camp Chronicle* no han parado de llegar aportaciones, y las mujeres se han reunido en una de las casas para poder clasificarlas.

—Dios mío, miren esto. —Una voluntaria sostiene en alto docenas de papeles llenos de artículos garabateados deprisa y corriendo, reseñas de libros, acertijos, cuentos infantiles y recetas.

Otra voluntaria está leyendo:

—«Cien maneras de cocinar arroz.» Dice cien, pero solo ha escrito tres.

El artículo da pie a una conversación sobre comida y las editoras evocan recuerdos felices de cenas, banquetes navideños y almuerzos dominicales. Y, curiosamente, en cuanto empiezan a hablar de comida, da la impresión de que no pueden parar, pese al hambre persistente que tienen siempre.

Sin embargo, es Betty, la editora responsable del «Diario de la señorita Sabelotodo», la que recibe más contribuciones.

—Bueno, los japoneses no nos dejarán poner esto en el periódico. —Betty está leyendo un relato del traslado al campo de una de las sobrevivientes—. Tendremos que usar la creatividad. —Los ojos le brillan un poco—. Vamos a tener que ayudar a nuestras lectoras a leer entre líneas —decide—. Nunca pensé que querría llevar un periódico, pero esto es muy divertido.

—Resulta extraño decirlo —opina Jean—, pero a lo largo de las últimas semanas las cosas han cambiado mucho aquí.

—Yo también lo noto —coincide Betty—. Me refiero a que el único problema que vamos a tener es encontrar papel.

—Ah, hemos encontrado un montón de papeles en la basura que tiran en la parte de atrás del edificio de administración —le cuenta Jean.

—Así que ahora tenemos un periódico, una compañía de teatro y un coro —enumera Betty—. Dios mío, ¿pueden creer que hemos tenido que trasladar el Cobertizo a nuestra casa porque allí no cabe todo el mundo?

Jean señala el piano que ocupa el rincón de su sala de estar.

—Y también tenemos eso.

Las enfermeras están exaltadas, se preparan afanosamente para sus interpretaciones. Lo que empezó siendo un único concierto ha ido a más, ya que tanto los cantantes como el público disfrutan de lo lindo con los espectáculos musicales. Nesta ve el creciente entusiasmo que despiertan los conciertos y algo ensombrece su rostro.

—Chicas, ¿pueden dedicarme un minuto?

Todos los ojos se giran hacia ella.

—Lo que Margaret, Norah, Ena y las demás nos han dado es, sin lugar a dudas, un gran regalo. Hemos sido capaces de olvidar dónde estamos y disfrutar de verdad, pero me preocupa que nos estemos dejando llevar. Es preciso que no olvidemos nunca que estamos aquí a merced de los japoneses, que nos han demostrado una y otra vez que controlan todos los aspectos de nuestra vida. Hasta ahora han permitido los conciertos, pero es importante que recuerden que todo esto podría cambiar de un momento a otro.

—Lo que Nesta está diciendo, y yo estoy completamente de acuerdo con ella, es que seamos cautas con nuestros captores, que no les demos ningún motivo para que nos quiten esto —agrega Jean.

—No quiero ser aguafiestas, solo que estén a salvo. Y ahora vayan y pásenla bien —dice Nesta con una gran sonrisa.

—¿Han visto cuánta gente hay ahí fuera? —Norah está sin aliento—. Nunca había habido tanta, así que vamos a tener que cantar a pleno pulmón para que nos oigan fuera.

—Bueno, eso es lo que se nos da bien —apunta Ena, guiñándole un ojo.

El concierto del sábado por la noche es un gran éxito y el de mayor afluencia hasta el momento, con la participación del coro, de cantantes y de bailarinas, con números cómicos y recitales. La casa bulle dentro y fuera, y los que no han tenido la suerte de encontrar sitio dentro, se suman a las canciones desde la calle.

—¡Vaya noche! —exclama Margaret al final—. Hacía mucho que no me reía tanto, y sé que todos sienten lo mismo. Quiero darles las gracias a estas artistas increíbles que nos han entretenido hoy y dárselas también a todos por venir y formar parte de esta velada tan especial. La recordaremos mientras vivamos. Creo que lo propio es que pongamos fin a esta noche cantando *God Save the King*, *Land of Hope and Glory* y el himno nacional de Holanda.

El aplauso es largo y sentido cuando cada uno de los himnos se canta con brío al agradable aire nocturno.

Cuando se dejan de oír las últimas notas, un silencio envuelve a la multitud. Acto seguido, las mujeres empiezan a estampar los pies contra el suelo, aplauden y se vuelven a abrazar a la mujer que tienen al lado. Es una noche que recordarán siempre.

—Viva poco o mucho —se dice Nesta—. Por favor, que no sea poco.

9

Campo II, Irenelaan, Palembang
Abril de 1942-octubre de 1943

—Han hecho que cambien tanto las cosas en el campo... Lo saben, ¿no? —dice Nesta a Norah.

—Confío en que así sea —contesta Norah—. He ido escuchando por el campo sus ensayos de *El himno de los cautivos*, qué maravilla.

La semana previa, Norah ha estado reuniendo papel desechado para hacer copias tanto de la partitura como de la letra, que ha distribuido felizmente entre las mujeres.

—Norah, hace unos días hablé de los conciertos con las enfermeras.

—¿Y?

—Nada, que les recordé lo deprisa que pueden cambiar las cosas los japoneses y que no debemos dar por sentada su aprobación. Me preocupa que alguien pueda decir o cantar algo que los ofenda.

—Mmm, creo que tienes razón. Debo reconocer

que me he vuelto autocomplaciente al ver a los soldados entre el público, y sí, me sorprende un tanto que nos hayan dejado continuar. Creo que deberíamos hablar con las demás para recordarles que hay que andarse con pies de plomo.

Norah se despide de Nesta. Hablará con las demás, pero ahora mismo es otra cosa la que ocupa su cabeza, algo tan importante que no es capaz de guardárselo más tiempo.

—¿Qué sucede, Norah, te encuentras bien? —Margaret está saliendo de casa justo cuando llega Norah.

—¿Está Ena dentro? —pregunta.

—Sí, ¿la necesitas?

—Las necesito a las dos.

Margaret entra de nuevo y reaparece al cabo de un momento con Ena.

—¿Qué ocurre? —pregunta Ena poniendo una mano en el hombro de su hermana, con cara de preocupación.

—Tengo una idea y necesito compartirla con ustedes. Quiero saber si piensan que es una locura —dice Norah pronunciando las palabras atropelladamente.

—Nunca dices locuras, mi querida hermana. Cuéntalo ya —la anima Ena.

—En nuestros conciertos falta una cosa.

—¿Qué? —preguntan a la vez Ena y Margaret.

—Una orquesta. No tenemos orquesta.

Ena y Margaret guardan silencio un instante, estupefactas.

—¿Estás sugiriendo que pidamos a nuestros captores que nos den instrumentos? —pregunta, al cabo, Margaret—. Porque deberías saber que no creo que lo vayan a hacer. —Se ríe. La idea es absurda.

—Estaría bien, pero no, yo tampoco los veo haciendo algo así. Así que se me ha ocurrido una alternativa.

—Bien, pues dinos de qué se trata —pide Ena, que se está preguntando si, después de todo, su hermana no estará un poco loca.

—Quiero formar una orquesta. Una orquesta de voces. Voces que pueda convertir en instrumentos.

Margaret y Ena nuevamente guardan silencio mientras intercambian miradas de auténtico desconcierto.

—Bien, ¿qué les parece? —inquiere Norah, un tanto impaciente.

—Querida, nunca he conocido a un músico tan brillante y capaz como tú. La forma que tuviste de tomar mis palabras y darles alas componiendo una música de lo más emotiva fue de una genialidad absoluta. No sé cómo lo harás, lo confieso, pero si es algo que quieres intentar, cuentas con todo mi apoyo —contesta Margaret.

—No se limitará a intentarlo, Margaret; lo hará. No hay nada que mi brillante hermana no pueda hacer. Si dice que va a formar una orquesta de voces, Dios sabe que la formará.

—¿No les suena estúpido? —pregunta Norah con nerviosismo.

—Puede que un poco loco —asevera Ena con una sonrisa—, pero estoy impaciente por oír a «tu orquesta». ¿No te parece que suena genial?

En ese momento June sale corriendo.

—Tía Ena, ¿estás llorando? ¿Te pasa algo?

Ena se pone de rodillas para abrazar a la niña.

—Es una lagrimita de alegría, June. Son las mejores lágrimas.

—Nesta, ¿qué ocurre? ¿Ha pasado algo? —Margaret pregunta a la enfermera en la calle; no falta mucho para que empiece la actuación.

El sol se ha puesto y los pocos faroles del campo empiezan a encenderse. Alrededor de la «sala de conciertos» comienza a respirarse un aire de entusiasmo. Las artistas se han reunido fuera de la casa y charlan nerviosamente de las inminentes actuaciones. Para algunas es la primera vez que cantan, bailan o actúan delante de un público.

—¿Es que no lo has visto? —responde Nesta con los ojos muy abiertos—. Tenemos visitantes.

—¿Visitantes? ¿Buenos o malos? —quiere saber Margaret.

—Malos, creo.

—Será mejor que me cuentes qué está pasando.

—Hace unos minutos seis soldados, entre los cuales se encuentran Miachi y Ah Fat, entraron en la casa y ordenaron a las mujeres que ocupaban la primera fila que se levantaran para que pudieran sentarse ellos.

Las otras mujeres se han reunido a su alrededor y escuchan con atención.

—Me figuro que también querrán entretenimiento —opina Margaret—. Y si es lo que quieren, se lo daremos. —Sin embargo no parece segura.

La estancia está en silencio cuando entran las intérpretes. La presencia de los japoneses ha supuesto un duro golpe para el público, que no sabe si la noche terminará en una celebración o con palizas.

Margaret sube al improvisado escenario y saluda con una inclinación de cabeza a los soldados que ocupan la primera fila.

—Esta noche contamos con invitados; bienvenidos —saluda—. Empezaremos la velada con la primera canción del programa.

Las mujeres comienzan a cantar *El himno de los cautivos* y, con aire vacilante en un primer momento, el público se une a ellas. Cuando se cantan las últimas palabras, todo el mundo aplaude y los oficiales japoneses se suman educadamente a la ovación.

Y la noche continúa. Quienes escuchan se olvidan de que sus captores están unos asientos más allá y ríen, cantan, aplauden los bellos bailes y la poesía. Cada actuación recibe el aplauso de los oficiales, que incluso se ríen cuando así lo hacen las mujeres. Es evidente que se están divirtiendo.

Cuando la velada termina y los aplausos cesan, Margaret sube de nuevo al escenario.

—Gracias a todos y gracias, especialmente, a nuestros invitados —dice Margaret con una inclinación—. Y ahora concluiremos, como de costumbre, con nuestros himnos nacionales.

God Save the King se ejecuta con brío y, a continuación, el himno nacional holandés, *Wilhelmus*, se entona con la misma energía bulliciosa. El grado de pasión aumenta cuando todo el mundo canta *Land of Hope and Glory*. Al final, los oficiales japoneses se levantan y aplauden con entusiasmo.

—Otra vez, otra vez —dice Miachi.

—¿Perdone? —pregunta Margaret, acercándose al capitán.

—Canten. Por favor, canten otra vez —pide este.

—¿Qué canción?

Miachi balbucea unas palabras a Ah Fat.

—A capitán gusta la última canción. Muy bonita. Por favor, canten otra vez.

En la sala se hace el silencio; todos los ojos están puestos en Margaret.

—Señoras, el capitán Miachi ha pedido que cantemos de nuevo nuestra última canción. Dice que es bonita. ¿Preparadas?

Los oficiales japoneses permanecen de pie mientras las mujeres cantan con orgullo lo que ahora llaman «el himno del campo» y, una vez más, suman sus voces en *Land of Hope and Glory*. Los oficiales aplauden antes incluso de que terminen.

Miachi se acerca a Margaret.

—Gracias —traduce Ah Fat—. Muy entretenido, volveremos el próximo sábado por la noche.

Las mujeres se apartan para que pasen los soldados, saludando con la cabeza mientras ellos avanzan entre el gentío. Para su sorpresa, los oficiales sonríen.

—Vaya, eso ha sido inesperado —observa Norah.

Margaret y Norah se han quedado en casa de Nesta cuando todo el mundo se ha ido.

—Inesperado, sin duda, pero también bueno. Significa que podemos continuar; está claro que han disfrutado. No sabía qué cara poner cuando Miachi ha pedido el bis —reconoce Margaret.

—Yo podría tener un problema —comenta Betty avergonzada.

—¿Un problema? —pregunta Nesta.

—Bueno, la cosa es que he estado trabajando con algunas de las chicas. —Mira en la habitación a las demás implicadas, todas las cuales intentan reprimir la risa—. He, o sea, hemos escrito y ensayado una versión nueva de una canción muy conocida. Es posible que a ellos no les guste la letra.

—Creo que la letra no les gustará de ninguna manera —precisa una de las enfermeras—. Estoy segura de que Ah Fat traducirá todo lo que digamos.

—¿Nos cuentan lo que dice esa letra? —pregunta Nesta.

—No, no. Creo que, dadas las circunstancias, es posible que tengamos que hacerle algunos cambios —decide Betty.

—Bien, conozco la canción que han presentado para el programa; confío en que no hagan o digan nada que pueda molestar a los oficiales —recuerda Margaret.

—¿Podemos ver la letra con antelación? —pregunta Norah—. Tal vez debamos revisar todas las interpretaciones del próximo concierto.

—Por desgracia, estoy de acuerdo contigo. La censura va en contra de nuestros principios, pero no podemos correr riesgos —añade Margaret.

Cuando las enfermeras se encuentran a solas de nuevo, Nesta se percata de que sus cuatro compañeras «acompañantes» se sientan apartadas del resto. Hace dos semanas que empezaron sus visitas nocturnas al club de oficiales.

—¡Oh, no! —Nesta habla con Jean—. ¿Cómo se sentirán con sus violadores entrando en su casa? Tengo que hacer algo. Tengo que hablar con ellas.

—Salgamos al jardín —sugiere Jean—. Las llevaré fuera.

Las seis mujeres van al fondo del jardín. Nesta empieza disculpándose por no haberse dado cuenta en el acto de lo doloroso que debe de haber sido ver a los soldados japoneses en el concierto.

—¿Cómo ibas a saber tú que se presentarían? —inquiere una de las enfermeras.

—No lo sabíamos, pero es un problema serio y debemos solucionarlo.

—Podrían quedarse en nuestra casa la semana que viene y saltarse el concierto —sugiere Jean.

—De eso nada —contesta otra—. ¿Es que no nos

han quitado ya bastantes cosas? También es nuestro concierto, pero no quiero actuar para ellos.

Esa noche a Nesta le cuesta dormir. Sigue regañándose por el dolor que ha causado a las cuatro enfermeras que han hecho un sacrificio que ninguna mujer debería hacer nunca. La asaltan las dudas, que hasta ahora ha mantenido a raya, sobre su capacidad de ser una buena líder para unas compañeras que primero pasaron a ser sus amigas y ahora son su familia. Nada en su formación la ha preparado para asumir este papel.

10

Campo II, Irenelaan, Palembang
Abril de 1942-octubre de 1943

—¿Cómo van los ensayos del sábado? —pregunta Nesta a Norah. Caminan por el campo y miran cómo juegan los niños.

—He censurado la letra de Betty —cuenta Norah—. Pero creo que todo saldrá bien. Ena ha revisado las demás actuaciones y digamos que ha hecho algunos cambios.

—¿Vas a cantar este sábado, June? —pregunta Nesta.

—No, esta semana no. Mira, ¡ahí está Bonnie!

—¿Quién es Bonnie?

—Una perrita callejera de la que June y otros niños se han hecho amigos —aclara Ena.

—¡Bonnie! Bonnie, ven, bonita —la llama June.

Al campo han llegado algunos perros y, al igual que las mujeres y los niños, están muertos de hambre. Los niños se hacen amigos suyos compartiendo con ellos sus escasas raciones. Las madres se privan de las suyas para dárselas a sus hijos. Ver las sonrisas en el rostro de los pequeños pesa más que la preocupación por las posibles enfermedades que puedan traer los animales. A las niñas se les ve cantando a los perros; los niños hacen lo que hacen los niños cuando tienen un perro: lanzarle ramas y palos para que vayan por ellos. En general, los soldados japoneses hacen caso omiso de ellos; los niños aprenden deprisa a qué soldados han de evitar y consiguen que los perros se alejen de la amenaza de una bayoneta.

June y dos de sus amigos tienen un perrito especial del que cuidan, al que dan comida y acarician.

Ese día, mientras camina con Norah y Ena, June ha estado buscando a su amiga Bonnie.

La perrita reacciona al oír su nombre y voltea hacia las mujeres, pero se asusta al ver a un soldado que va hacia ella y la apunta con el fusil, gritando. Detrás del perro hay otro soldado, inmóvil.

—¡Nooooo! —exclama Ena, abalanzándose sobre June. Ambas caen al suelo a la vez que se oye un disparo.

Nesta y Norah voltean y ven que la perra ha salido corriendo, pero el soldado que estaba detrás cae, llevándose las manos al pecho. June chilla mientras Ena la abraza. Nesta corre donde el soldado caído.

—Llévala a la casa —pide Norah a Ena, y a June le dice—: Bonnie está bien; ha salido corriendo.

Ena levanta a June del suelo y se aleja abrazada a la niña.

Norah mira al soldado que ha disparado, que ahora permanece inmóvil, y acto seguido se une a Nesta y el herido mientras otros soldados llegan a la calle. Unos van con el soldado herido, otros hacia el hombre que aún intenta entender lo que ha hecho.

—¿Cómo está? —pregunta Norah, que se arrodilla junto a Nesta.

—Ha muerto.

Los soldados agarran a Nesta y la apartan, pero Norah la sujeta del brazo y las dos mujeres se marchan deprisa, advirtiendo a quienes han salido de casa al oír un disparo que vuelvan dentro. «Esto es un aviso», piensa Norah, más alerta que nunca al peligro en que se encuentran. Un aviso y una lección: la vida de cualquiera de ellos se podría ver truncada por una bala perdida, y las repercusiones serían escasas, si no nulas.

A Nesta le complace comprobar que el concierto del sábado es un éxito. Ha sentido desprecio por Miachi y sus soldados, que, sentados en primera fila, aplaudían con ganas cada número, y también ha sentido que el corazón se le encogía.

Sus cuatro enfermeras voluntarias han permanecido al margen de la multitud, en la puerta de la cocina, desde donde podían disfrutar de la velada sin que sus violadores las observaran. Nesta vio, con lágrimas de agradecimiento, que cantaban a pleno pulmón un bis de *Land of Hope and Glory*.

11

Campo II, Irenelaan, Palembang
Abril de 1942-octubre de 1943

—Ojalá se dieran prisa, tanto suspenso me está matando —susurra Betty a las demás enfermeras.

—Chsss, Betty, no quiero que te metas en un lío por hablar —le advierte Nesta.

—Está hablen todo el mundo —apunta Vivian.

—Pues hablad en voz baja. Tengo los nervios de punta, no sé lo que va a pasar.

—Los que están a la puerta del edificio de administración no son soldados, ¿no? —inquiere Jean.

—Parecen más bien lugareños. Y no llevan fusiles, sino solo revólveres —responde Betty.

La agitación de la noche anterior persistía entre las mujeres al día siguiente, hasta que la señora Hinch anunció que debían reunirse a mediodía, ya que se les iba a comunicar algo. Los rumores abundan entre el gentío. Cuesta no concebir la esperanza de que las vayan a liberar.

Mucho antes de la hora señalada, las mujeres forman filas ante el edificio de administración, al final de la calle.

El silencio se extiende en el campo cuando la puerta del edificio se abre. Miachi sale dando zancadas con Ah Fat y rodeado de hombres jóvenes que visten un uniforme sencillo, sin adornos. El capitán se detiene frente a las mujeres. Le colocan delante una caja, se sube a ella y empieza a hablar. Ah Fat traduce a grito pelado a Miachi. Las mujeres que ocupan las primeras filas entienden lo suficiente para transmitir el mensaje al resto.

—Los honorables y valientes soldados japoneses han ido a combatir y ahora nos vigila la policía local, a la que trataremos como si fuesen japoneses. Que no quepa la menor duda de que castigarán todo mal comportamiento.

Las enfermeras se reúnen en la sala de estar de Nesta y se calman cuando Jean y ella les piden que guarden silencio.

—Bueno, ¿acaso no es la mejor noticia que hemos tenido en bastante tiempo? —plantea Nesta.

Le responde un coro de «¡Sí, desde luego!» y «¡La mejor!».

—Entre nosotras hay cuatro mujeres para las que significa mucho más.

Cuatro enfermeras se miran, enjugándose las lágrimas, mientras sus compañeras van a abrazarlas y ofrecerles palabras de consuelo.

—Tenemos, y no me refiero únicamente a las que estamos aquí, sino a todas las mujeres y niños de este campo, una deuda con ustedes que jamás podremos saldar. Si hay algo que podamos hacer por ustedes, no tienen más que pedirlo —añade Jean.

—Gracias. No sabemos cómo nos sentiremos dentro de unas semanas o unos meses, pero tengan la seguridad de que podremos hablar con cualquiera de ustedes si llegamos a sentir esa necesidad, es lo mejor que nos pueden dar.

—Y llevarse a la tumba nuestro nombre —observa otra de las cuatro.

Las demás enfermeras contestan:

—A la tumba.

Las interrumpe una llamada a la puerta. La señora Hinch entra en la habitación.

—Bueno, ¿no ha sido la mejor noticia que nos podían dar? —pregunta con una sonrisa radiante.

—La mejor, sin duda —coincide Nesta.

—He venido a buscarla, Nesta. La doctora McDowell y yo nos hemos reunido con el capitán, y la doctora tiene algo que decirle.

—Gracias, señora Hinch. Voy ahora mismo.

—Siento que se haya tardado tanto tiempo en liberar a tus enfermeras, Nesta —dice la doctora McDowell en cuanto Nesta entra en su pequeño «despacho» sin ventanas del improvisado hospital—. Debería haber hablado contigo antes, pero quería que supieses que ayer recibí noticias del médico del campo de los hombres.

Habló con el comodoro Modin, que montó en cólera al enterarse de lo que se les ha obligado a hacer a tus enfermeras. Por lo visto, el comodoro salió como una exhalación para ir a ver al general japonés y elevar una protesta ante él. Al parecer le espetó: «Esto es ser doble cara». ¿Te lo imaginas diciendo tal cosa? No creo que el general japonés supiera a qué se refería, y ahora ya no tiene importancia, puesto que se han marchado, pero tus enfermeras están a salvo. Aunque vuelvan.

—No se imagina el alivio que sentimos todas —asegura Nesta.

—Lamento que haya sucedido y que haya tardado tanto en resolverse. Las admiro a todas profundamente.

Nesta vuelve para transmitir la información. Nadie puede evitar reírse con el «Esto esser doble cara» del comodoro.

—De haber sido yo, habría utilizado otras palabras —asegura Betty.

—Y ¿qué habrías dicho tú? —quiere saber Vivian.

—Habría amenazado con causarles un importante dolor físico y habría especificado dónde se lo infligiría.

Una noche que regresan a casa después de ensayar, Norah toma del brazo a Ena.

—¿Qué pasa? —pregunta esta.

—Nada, solo quería sentirte cerca.

—Bien, pero algo te ronda la cabeza.

—Cómo me conoces. Seguro que estoy pensando en lo mismo que tú.

—¿Ken y John?

—Sí. ¿Crees que John estará bien? Me parece que, si no fuese así, algo me lo diría. O al menos quiero pensar que sería así.

—Seguro. Del mismo modo que yo lo sabría si a Ken le sucediera algo.

—Pero estaba tan enfermo cuando lo dejamos. Necesitaba un hospital.

—Sabes lo fuerte que es John y que tiene mucho por lo que vivir, las tiene a ti y...

—A Sally. Estoy convencida de que está a salvo con Barbara, pero la echo mucho de menos. Debería ser Sally la que estuviera aquí con nosotras. No June.

Ena se para y voltea hacia su hermana.

—Cuánto lo siento, Ena; no quería decir eso, de verdad, no quería decir que no debamos cuidar de June. Dios sabe que merece que la queramos y nos ocupemos de ella.

—Sé lo que querías decir; es solo que me acabo de dar cuenta de lo duro que debe de ser para ti verme con ella todo el tiempo. Pero, Norah, me alegro de que Sally no esté aquí con nosotras; no querríamos que viviera así. Dios sabe que no queremos que June viva así. Ninguna de nosotras debería estar en este sitio.

—June no debería estar aquí, tienes toda la razón. Y es nuestra responsabilidad cuidar de ella hasta que pueda volver con su padre, ya que no con su madre.

—Las dos saben que es poco probable que la madre de June sobreviviera al hundimiento del *Vyner Brooke*.

Norah hace una pausa; algo atrae su mirada al otro

lado de la calle—. Hola, Nesta —saluda—. ¿Has salido a dar un paseo?

—Pues sí. Necesitaba un poco de tiempo para mí. Pero están muy serias, ¿está todo bien?

—Sí, estupendamente, solo estamos hablando de los hombres de nuestra vida y lo mucho que los echamos de menos —explica Norah.

—John y Ken, ¿no?

Ena asiente.

—¿Y tú? ¿Hay algún hombre especial en tu vida?

Nesta sonríe.

—No, la verdad es que no.

—Ajá, esa sonrisa me dice que hay alguien. ¿Nos lo cuentas? —le pide Norah con una sonrisa afectuosa.

—No es alguien especial; lo cierto es que nuestra relación no llegó a despegar. Pero es alguien de cuya compañía disfrutaba y, en fin, quién sabe, si las cosas fueran distintas, si no hubiésemos tenido que huir de Malasia, tal vez... —Nesta no termina la frase. ¿Qué sentido tienen los tal vez en ese sitio?

—¿Por qué no nos dices cómo se llama? Puede que decirlo te dé algo a lo que agarrarte.

—Doctor..., esto, Rick; se llama Richard, pero todo el mundo lo llama Rick.

—Y ¿es médico?

—Sí. Nos tocó compartir a menudo turnos de noche y, bueno, ya saben, teníamos todas esas horas sin nada que hacer aparte de sentarnos a hablar.

—Mira las estrellas, Nesta —dice Ena.

Las tres mujeres miran hacia arriba.

—Todos estamos bajo el mismo cielo y ¿quién sabe? Quizá en alguna parte John esté viendo las estrellas y pensando en Norah, en alguna parte Rick esté pensando en ti y en alguna parte Ken esté pensando en mí —reflexiona Ena.

Durante unos instantes, las tres mujeres contemplan el resplandeciente despliegue de estrellas en el cielo meridional.

—¿Saben qué? —dice Ena.

—¿Qué? —contesta Norah.

—Me voy a sentar en el jardín y voy a escribirle a Ken a la luz de la luna llena. Es nuestro aniversario.

—Oh, mi querida hermana —dice Norah con emotividad—. Cuánto siento haberlo olvidado.

—No te preocupes, no pasa nada. ¿Te encargas de June?

—Claro, tómate todo el tiempo que necesites.

A la mañana siguiente, Norah ve un papel junto al tapete en el que duerme Ena. Lee la primera línea antes de doblarlo y meterlo debajo de la almohada de su hermana.

«Mi querido Ken —ha escrito—. Hoy hace ocho años que nos casamos...»

—Miren lo que tengo —susurra Betty a un puñado de enfermeras que están sentadas fuera.

—Es un trozo de madera —señala Vivian desconcertada.

—Bueno, me preguntaba si podríamos hacerle un regalo a Nesta entre todas.

—¿Quieres darle a nuestra jefa un trozo de madera?
—No, quiero hacer algo con este trozo de madera.
—¿Como qué? —pregunta Jean.

Norah observa a las enfermeras y sonríe al ver el amor que profesan a su jefa. Puesto que se acerca su primera Navidad —ya hay en marcha planes para celebrar un concierto—, todas convienen en que cada mujer y cada niño debería recibir un pequeño regalo. Las que llegaron con maletas llenas de prendas inútiles como elegantes vestidos de baile las ceden para confeccionar vestidos. Los pañuelos de seda se convertirán en valiosos presentes. Norah y Ena tienen un plan especial para June.

—Cuando vivíamos en Malasia —continúa Betty—, mientras la mayoría íbamos a la playa los días libres, Nesta pasaba el tiempo con algunos pacientes y médicos jugando al mahjong. ¿Y si le hacemos un juego de fichas de mahjong?

—Me gusta la idea, pero ¿cómo lo haremos? No tenemos nada con que cortarlas —objeta Vivian.

—Tenemos cuchillos de cocina, ¿no? Y esta madera es bastante blanda: era una viga que debe de haberse caído de un techo. Hace tiempo encontré dos limas de metal viejas. Las podemos utilizar para lijar las fichas, y estoy segura de que las monjas holandesas nos prestarían pinturas del aula para pintar los caracteres.

—¿Sabes cómo son los caracteres?
—Claro. ¿Qué dicen?
—Yo digo que lo hagamos —afirma Vivian con entusiasmo, para alivio de Betty—. Estableceremos tur-

nos para hacerlas, pero es preciso que lo mantengamos en secreto. Creo que deberíamos darle una sorpresa.

Se ensaya a diario para el concierto de Navidad, pero una mañana el ensayo se ve interrumpido cuando unas cuantas prisioneras holandesas irrumpen en la habitación.

—Ingleses... Ingleses en la trasera de nuestra casa —anuncia una de las mujeres.

—¿Qué estás diciendo? —pregunta Norah mientras las cantantes se agrupan a su alrededor.

—¡Hablaban en inglés! Los vimos caminando entre los árboles detrás de nuestra casa.

—Por favor, llévanos allí ahora mismo —pide Norah.

Todas van hacia la puerta, se dirigen a las casas en las que viven las holandesas y entran en la primera. Atraviesan la sala de estar y la cocina, y salen al jardín trasero.

—¡Estamos aquí! ¡Estamos aquí y somos inglesas! ¿Hay alguien ahí? —grita Norah.

Escudriñan la densa jungla que pugna por invadir los jardines traseros. No ven a nadie.

De pronto se oye un vozarrón con acento *cockney*.

—Mañana a la misma hora, chicas.

Acto seguido oyen voces japonesas airadas, insistentes, y las mujeres se meten en la casa corriendo.

No tarda en correrse la voz y todo el mundo va a la casa holandesa. Las mujeres hacen toda clase de conjeturas, hasta que la señora Hinch, con su proceder tranquilo pero firme, da un paso al frente y levanta las manos.

—Señoras, señoras, por favor. No podemos hablar todas a la vez. ¿Por qué no dejamos que las que estuvieron presentes nos cuenten qué pasó?

La primera holandesa, que no está acostumbrada a ser el centro de atención, incómoda con su dominio del inglés, se adelanta.

—Estaba fuera y oí algo entre los árboles. Pensé que sería un animal y estaba a punto de entrar en casa cuando oí una voz, a un hombre que hablaba en inglés, y después otro hombre le contestó. Me acerqué y, al mirar entre los árboles, vi a montones de hombres con palas. Y a japoneses que les gritaban. Pasaron justo por detrás de nuestra casa y volvieron a la jungla. Entonces corrí a buscar a Norah.

—¿Qué sucedió a continuación? —pregunta la señora Hinch.

—A eso puedo contestar yo —afirma Margaret, al tiempo que da un paso adelante—. No fui la primera en llegar. Estoy segura de que todas se han dado cuenta de que no puedo correr tanto como las jóvenes. No vi a nadie, pero llamamos a los hombres y uno nos respondió.

—¿Qué dijo? —pregunta alguien.

—Dijo: «Mañana a la misma hora, chicas» —cuenta Norah—. Deberíamos volver mañana para ver si podemos hablar con ellos.

—Bien —empieza Margaret con un tono de advertencia en la voz—. Sé que todas quieren estar aquí, pero debo advertirles que a esos hombres los vigilan soldados japoneses, y lo último que queremos es poner en peligro su vida.

—Bueno, que vengan no más de cinco o seis mujeres, tal vez. Confío en que podamos intercambiar algunas palabras en voz baja con los hombres cuando pasen —sugiere la señora Hinch.

—Y ¿quién decide quiénes deberían ser esas mujeres? —pregunta alguien.

—Lo haré yo —afirma la señora Hinch con una autoridad que las demás saben que no hay que desafiar—. Les prometo que si logramos entrar en contacto con ellos lo sabrán todas inmediatamente. Pueden venir todas y esperar en la parte de delante.

Estrujada entre las mujeres, Norah se agarra a su hermana.

—¿Crees que John estará con ellos? Dios mío, Ena, ¿es posible que esté aquí, al otro lado de la alambrada?

—No lo sé, confiemos en que así sea, y pronto lo averiguaremos.

Al día siguiente las mujeres se reúnen. La señora Hinch ha elegido a unas pocas, entre las que se encuentra Norah, para que se acerquen a los prisioneros, con Margaret a la cabeza. El resto del campo espera fuera de la casa a que regresen.

Norah se alegra de que los hombres estén a la grata sombra de los árboles, en vista del sofocante calor que hace.

A la media hora han vuelto dentro. Margaret se adelanta para comunicar la noticia.

—¡Los hemos visto! —empieza—. Había docenas de ellos avanzando entre los árboles. Un soldado japonés caminaba delante, así que esperamos un poco antes de llamarlos. Fue un inglés el que nos dijo que hay holandeses en el grupo.

—Están en una prisión y cada día los sacan para trabajar en un campo situado a unos kilómetros, al que se trasladarán pronto —agrega Norah. Los expectantes rostros la miran con una sonrisa radiante, como si ella los estuviese liberando—. Llevan trabajando algún tiempo y el campo casi está listo —prosigue—. No nos han dado ningún nombre, y de todas formas era demasiado arriesgado que hablásemos más de la cuenta, pero no veo por qué no podemos venir todos los días.

—Gracias, Norah —dice la señora Hinch—. Todavía no hemos averiguado a qué hora regresan por la tarde; algunas podríamos turnarnos en el jardín trasero para esperar a ver qué pasa —propone.

A la mañana siguiente Norah y las mujeres se reúnen de nuevo ante la casa holandesa. Entran ordenadamente, salen al jardín y esperan en silencio. Las enfermeras se quedan al fondo: entre los prisioneros no habrá nadie a quien ellas conozcan, pero hoy quieren formar parte de ello. Dan gracias por que sus padres, hermanos y novios estén a salvo en Australia. Una vez más, Nesta piensa en Rick y se pregunta cómo sería estar de pronto tan cerca de volver a verlo.

Un crujido de pasos en la jungla rompe finalmente el silencio. Cuando aparece el soldado japonés que vigila a los hombres, Margaret levanta el brazo y luego lo baja despacio: va a dirigir a las mujeres para que canten.

Al otro lado de la alambrada los hombres escuchan las dulces voces que se elevan hacia el cielo, solo para ellos.

*Vayamos, cristianos,
llenos de alegría...*

Norah tiene el corazón henchido de júbilo al cantar un villancico navideño para los prisioneros, con los que se comunican de la única manera posible.

Los hombres que van delante se detienen un instante antes de que los obliguen a continuar a empujones. Norah ve que miran entre los árboles, confiando en vislumbrar a las mujeres que les cantan. Otros soldados japoneses se detienen y voltean hacia donde oyen cantar. A través de las hojas y las ramas, las mujeres ven que los hombres se quitan el sombrero y la camisa para ondearlos a modo de saludo.

—Gracias —oyen que dicen los hombres, tanto en holandés como en inglés, antes de que los empujen para que sigan andando.

Consternada, Norah dice después a su hermana:

—No he visto a John.

—Yo no fui capaz de distinguir a nadie; es imposible saber si estaban allí o no —la tranquiliza su hermana. Norah sabe que Ena abrigaba su propia y febril esperanza de ver a Ken.

El día siguiente a la misma hora las mujeres se reúnen de nuevo, esperando en silencio el momento en que oirán el crujido de pasos que se acercan y su voz enviará el mensaje de esperanza a esos hombres desconocidos.

Mientras aguzan el oído para percibir cualquier ruido en la jungla, la voz de los hombres se cuela entre los árboles. Con el corazón rebosante de esperanza y miedo, ellas empiezan a cantar.

> *Vayamos,*
> *vayamos con fe*
> *a Belén...*

Una vez más, los hombres se detienen, pero son siluetas en la luz moteada de la jungla. Norah no es capaz de distinguir un solo rostro, pero canta con toda su alma. Cuando suenan las últimas notas, cantan la canción de nuevo, esta vez en holandés.

Las mujeres lloran, abrazándose, desesperadas por llamarlos, pero haciendo caso a las palabras de la señora Hinch:

«No hagan nada que pueda poner en peligro a los hombres».

La Navidad de 1942 ya es como ninguna otra que haya vivido Norah; ha sido un momento maravilloso, poderoso y alentador, pero, cuando termina, todas se ven atrapadas de nuevo en la cruda realidad de sus circunstancias.

Cuando pasan por delante al día siguiente, los hombres se despiden: es la última vez que recorrerán la senda que va desde la prisión hasta el nuevo campo en la jungla. Esta vez las mujeres no se refrenan y les dicen adiós a su vez.

—¡John! —grita Norah desesperadamente—. John, soy yo, Norah. ¿Estás ahí? Por favor, dime que estás ahí.

Contagiada por la emoción, Ena exclama también:

—¡Ken, mi querido Ken! Soy Ena. Estoy aquí, estoy aquí.

Sin embargo, nadie les contesta.

12

Campo II, Irenelaan, Palembang
Abril de 1942-octubre de 1943

—¡Es Navidad! ¡Es Navidad! —chilla June, despertando no solo a Ena y Norah, sino a todas las mujeres de la casa.

—En efecto, pequeña —confirma Ena, dándole un gran abrazo—, y mira lo que tenemos para ti.

Ena y Norah le entregan un pequeño regalo. June se muestra encantada con la muñeca que Norah ha hecho con un saco de arroz y que luce una gran sonrisa de lapiz labial en la cara y el bonito vestido de encaje que Norah ha confeccionado con sumo esmero. Para una niña de cinco años los regalos lo son todo en Navidad.

Ena ve que Norah se seca una lágrima y musita:

—Mi querida hermana, Sally está a salvo. Te está esperando, a ti y a John. Lo sé.

Norah gira la cabeza mientras se sorbe la nariz, entregada a los recuerdos.

—Mami, papi, ¡ha venido!, Santa ha venido, miren lo que me ha dejado —dice Sally a Norah y a John cuando bajan por la escalera la mañana de Navidad.

—Feliz Navidad, Sally. ¿Qué te ha traído Santa? —pregunta Norah mientras carga a su hija y John las abraza a ambas.

—Un cochecito y una muñeca y una casa de muñecas. Es todo muy bonito.

—No es ni la mitad de bonito que tú, vida mía, feliz Navidad —dice John.

Norah voltea hacia Ena y se refugia en los brazos de su hermana.

—Feliz Navidad, Ena —susurra—. Qué suerte tengo de que estés aquí conmigo, aunque ojalá no fuera así; ojalá ahora mismo estuvieses con Ken, estuviéramos todos juntos.

—Lo estaremos, confiemos en que así será el año que viene por estas fechas.

Algunas mujeres se acercan a June con pequeños regalos. Mientras se los dan, Margaret interviene:

—Más tarde tendrás tiempo de sobra, June. Ahora hay que prepararse para ir al servicio matutino. Vamos.

Cuando las mujeres se alejan, debidamente disciplinadas, Margaret se acerca a June.

—Feliz Navidad, pequeña; traes mucha alegría a nuestras vidas, gracias —dice, y le da un precioso pañuelo de encaje.

June la abraza.

—Gracias, tía Margaret. ¡Feliz Navidad!

Nesta y sus enfermeras se han saltado el servicio navideño para empezar a cocinar, utilizando la creatividad con las raciones extras que les han dado los policías locales. Sin embargo, los preparativos se detienen cuando los policías les piden que salgan a la calle.

—Salgan fuera. Por favor, señoras, salgan fuera.

Las enfermeras se suman a las demás mujeres, que salen con cautela de sus casas. Alrededor de una docena de lugareños está en medio de la calle con grandes cestos llenos de comida. Se percatan de que en algunos hay pollos desplumados y carne de ternera.

Uno de los hombres intenta dar una explicación.

—De hombres ingleses.

—¿Cómo que de hombres ingleses? —pregunta Norah.

—Hombres ingleses de otro campo enviar ustedes. Pedir guardias enviar comida a mujeres cerca.

Dicho eso, los lugareños dejan los cestos en el suelo y se apartan.

Las mujeres se aproximan despacio a lo que les ofrecen.

—Miren cuánta comida hay.

—¿Cómo han hecho esto? ¿Ellos no pasan hambre como nosotras?

—Seguro que es de los hombres a los que les cantamos, deben de estar cerca.

—Cielo santo, es el mejor regalo navideño que me han hecho nunca.

—Comprar vendedores locales —explica un policía.

Cuando las demás mujeres y niños salen del servicio religioso, se quedan anonadados al ver los rebosantes cestos de comida.

A la señora Hinch le complace ver que todo el mundo reconoce la inconmensurable generosidad de los hombres.

—Señoras, hemos tenido la suerte de recibir un regalo magnífico. Mientras cantábamos y dábamos gracias al Señor, hemos sido honradas con este espléndido obsequio.

Margaret se suma a la señora Hinch.

—Señoras, inclinemos la cabeza y recemos por los hombres que han tenido la generosidad de compartir su comida en este día de dar y recibir.

—Bienvenidos a nuestra casa —anuncia Nesta—. Confío en que hayan disfrutado todos del servicio; nosotras hemos disfrutado preparando para ustedes este espectacular banquete, que ha sido posible gracias a la comida que nos han regalado.

Las enfermeras han invitado a ocupantes de otras casas a compartir sus raciones y unirse a ellas en lo que hasta no hacía mucho suponían que sería una humilde comida. Se han sacado mesas al amplio jardín trasero y los invitados toman asiento, expectantes con el festín del que van a disfrutar.

Nesta sujeta la puerta trasera y las tres enfermeras que la han ayudado a cocinar salen con cazuelas humeantes, tazones y cuencos. Tras dejarlo todo en la mesa, van a la cocina por más aún.

—No lo puedo creer, voy a comer papas con ternera —comenta emocionada Betty.

—A mí me ha tocado cebolla, ¿no es increíble? Ternera con cebolla. Es la mejor cena de Navidad de toda mi vida —comenta, asimismo entre lágrimas, Vivian.

Jean pide silencio.

—Antes de que empecemos a comer seriamente, demos las gracias a Nesta y las demás, que han dedicado horas a la preparación de lo que Nesta ha llamado, con gran propiedad, un banquete. Muchas gracias a todas, es una maravilla.

Y todo el mundo brinda por las cocineras con vasos de agua templada.

Después de comer, quitan la mesa y se reúnen para cantar villancicos. Las mujeres no tardan en acusar el cansancio y cada cual se va a su casa. Las enfermeras se retiran a sus habitaciones, a un rincón tranquilo de la sala de estar, al jardín trasero, ahora mojado y embarrado, pues ha caído un breve aguacero tropical. Ha llegado el momento de que estén a solas para recordar a la familia, los amigos y los seres queridos, en casa o en otros campos como el suyo.

Antes de irse a la cama, por fin se intercambian los regalos navideños. El mahjong de Nesta recibe ruidosas ovaciones. Nesta gira una y otra vez las fichas talladas y pintadas a mano, incapaz de decir un solo «gracias», pues llora a lágrima viva.

—No es así como ninguna pensaba que celebraría este 1943. Ojalá les pudiera decir que este año será mejor que el anterior. Pase lo que pase, es importante que no perdamos la esperanza de que esta guerra termine y el año que viene por estas fechas estemos en casa con nuestra familia. Quiero que sepan lo increíblemente orgullosas que estamos Jean y yo de todas ustedes. Para mí ha sido toda una lección de humildad ver cómo hacían un hogar de este sitio, se integraban en el campo, trabajaban en el hospital, y todo ello sin oír una sola queja —dice Nesta a sus enfermeras.

—He oído a Betty quejarse muchas veces —bromea Vivian.

El Año Nuevo no se celebra. Las mujeres han soportado el peor año de su vida, y las esperanzas que pueda traer 1943 se expresan en voz queda en pequeños grupos, en las casas que han intentado convertir en hogares. Las enfermeras más jóvenes aceptan una invitación para acudir al Cobertizo, la sala de conciertos original. Se improvisan obras de teatro espontáneas, se cantan canciones y se otorga un premio a la mujer capaz de hacer el mejor sonido de un animal. La noche se interrumpe un poco antes de lo que les habría gustado cuando un policía que pasa por delante les dice que se vayan a la cama.

Nesta cierra la puerta cuando vuelve la última de sus enfermeras. Todo el mundo sigue despierto.

—Sí, bueno, todas nos hemos quejado de vez en cuando, gracias, Vivian. Incluida yo. Pero eso no ha impedido que cumplamos con nuestra obligación, que nos cuidemos y cuidemos de los demás.

—Tú estás tan ocupada cuidando de todas nosotras que me pregunto cómo te encuentras, enfermera James —observa Vivian.

—Bien, Bully, más o menos como el resto de ustedes. Estoy cansada, hambrienta; tengo más hambre que cansancio, la verdad, a pesar del banquete navideño.

—No se te nota —apunta Betty.

—Eso no significa que no sea así. Pero, sobre todo, estoy muy enojada. Enojada por que esta guerra haya estallado, para empezar; enojada por que nos echaran de Malasia; enojada por haber perdido a tantos de nuestros soldados en Singapur. Furiosa con lo que sucedió cuando intentábamos irnos. Sin embargo, nada de esto consigue expresar cómo me siento al pensar en las amigas con las que huimos de Singapur y que no están con nosotras ahora.

—¡Ay, Nesta! Nesta, cuánto lo siento. Todas compartimos la ira y la frustración contigo todo el tiempo; eres tan fuerte por nosotras, y nunca te hemos preguntado cómo estás, lo siento —se disculpa Betty, y abraza a su jefa, su compañera, su amiga.

Todas en la habitación se agrupan alrededor de Nesta, enjugándose las propias lágrimas, enjugando las de Nesta, prometiendo cuidarla del mismo modo que Nesta las cuida a ellas.

Nesta intenta disculparse por ser tan poco profesional, pero las demás la hacen callar y le recuerdan que es tan humana como el resto.

—Ha sido bonito escuchar *Auld Lang Syne* —susurra Ena a Norah al acostarse.

Cuando las puertas del Cobertizo se cerraron tras ellas después del concierto, las mujeres cantaron *Auld Lang Syne* de vuelta a casa. No tardaron en oír la misma canción cantada en cada casa, tras las puertas cerradas.

—Me habría gustado mucho cantarla con ustedes, pero no quería despertar a June —dice Norah.

—La cantaremos otra vez, y otra.

—¿Recuerdas la fiesta de Nochevieja en Singapur cuando John y yo llevábamos un año casados?

—¿Cómo podría olvidarla? Los amigos, la comida, el champán; fue una noche espectacular. Éramos todos tan felices, ¿no? Y papá no paraba de sacar a bailar a mamá, incluso cuando ya estaba agotado.

—Eso es porque a mamá le encantaba bailar.

—Ken y yo todavía nos estábamos conociendo. Me pidió matrimonio unas semanas después.

—Lo que recuerdo vivamente es que no te separaste de él en toda la noche.

—Y yo el pánico que te entró cuando a medianoche John fue por una bebida o algo así y tú estabas muerta de la preocupación de que no volviera a tiempo para besarte cuando sonaran las campanadas de medianoche.

—Lo sé. Lo único que veía era a Ken abrazándote, a papá abrazando a mamá, y cuando el reloj dio las doce yo estaba sola.

—No por mucho tiempo. Después de que Ken me besara, giré la cabeza y ustedes dos estaban abrazados.

—Fue una noche increíble.

—Y habrá más; este año no, pero las habrá. Parece absurdo decir feliz Año Nuevo, dadas las circunstancias, pero feliz Año Nuevo, mi querida hermana.

—Feliz Año Nuevo, Ena —dice Norah. Sin embargo, sus gratos recuerdos se desdibujan al dormirse, y sueña con soldados que esgrimen bayonetas mientras la persiguen.

13

Campo II, Irenelaan, Palembang
Abril de 1942-octubre de 1943

—Y ahora ¿qué? —Nesta está indignada porque, una vez más, Miachi ha ordenado que se reúnan para comunicarles algo.

—Quizá se marche y se quiera despedir —aventura esperanzada Vivian mientras las enfermeras salen a la calle.

—Cuidado con desear que Miachi se vaya, chicas. Ya saben, más vale malo conocido —les recuerda Nesta.

La calle se va llenando a medida que las mujeres forman pequeños grupos delante de sus casas. Nesta ve a Norah y Ena y va con ellas.

—¿Tienen idea de qué va a comunicarnos hoy? —les pregunta.

—No. Corre el rumor de que Miachi no está contento con la falta de rigor de los policías locales; por lo visto pasan demasiado tiempo mirando a las mujeres más jóvenes que van ligeras de ropa —les cuenta Ena.

—Bueno, de ser ese el caso, me atañe. No tenemos más ropa que la que nosotras mismas nos hacemos, y de todas formas hace demasiado calor.

—Creo que se refiere a las que van en sujetador y pantalón corto —puntualiza Norah.

Margaret se acerca a las mujeres.

—Todo el mundo está muy asustado de que puedan volver los soldados japoneses. No he sabido qué decirles —confiesa.

—Es una idea espantosa. Todo ese miedo y esa intimidación, que nos apunten con las armas sin ningún motivo.

—Ah, aquí viene —dice Nesta al ver a Miachi, con Ah Fat detrás, salir del edificio de administración. Cruza deprisa la calle para ir con las demás enfermeras.

Las mujeres oyen despotricar a Miachi antes de verlo. El japonés enfila la calle ladrando órdenes, con Ah Fat corriendo a su lado.

Ah Fat traduce y repite las órdenes de Miachi mientras los dos hombres recorren la calle.

—Limpiarán el campo. Cortarán la hierba, recogerán basura, juguetes. Fuera no quedará nada. Nadie recibirá comida hasta que el campo entero esté limpio. Capitán Miachi pasará revista mañana a primera hora. Mañana por la tarde viene visitante especial; todas las mujeres irán bien vestidas, nada de piel —enumera Ah Fat.

Tras bajar hasta el final de la calle, Miachi da media vuelta y sube repitiendo sus órdenes. Los niños se ríen del minúsculo intérprete que camina por la calle dando traspiés. Su mensaje ahora se reduce a: «Cortar hierba. Nada de piel. Limpiar albañales. Nada de piel». Las madres les tapan la boca a sus risueños hijos y no los sueltan hasta que Miachi ha pasado.

Norah mira a un grupo de policías y le da un golpecito a Ena, que suelta una carcajada: los javaneses se llevan las manos al estómago mientras se ríen abiertamente del espectáculo que también ellos han presenciado.

La señora Hinch llama a Nesta para que vaya con Margaret y con ella.

—Creo que será mejor que convoquemos una reunión para organizar todo lo que hay que hacer. Miachi iba en serio con lo de querer el campo impecable.

—Ha sido una de las actuaciones más divertidas que hemos visto —asegura Margaret—. Me preocupaba que los niños no fueran capaces de controlarse.

—Creo que deberíamos estar muy agradecidas por que se hayan ido los soldados; es posible que no hubiesen sido tan tolerantes como los policías locales —reflexiona la señora Hinch.

—No sé muy bien cómo vamos a cortar la hierba si no tenemos cortacéspedes —apunta Nesta.

—Inchi, Inchi, ¿dónde está? —pregunta Ah Fat mientras corre hacia ellas.

—Vaya por Dios, ha vuelto —se lamenta la señora Hinch, lanzando un suspiro.

—¡Inchi! ¡Inchi!

Volteando hacia el exhausto Ah Fat, que avanza trastabillando, la aludida contesta:

—Y ahora ¿qué quiere? Hemos recibido el mensaje.

—Inchi, por favor, que mujeres limpien bien. Capitán Miachi se enojará mucho si no lo hacen.

—Lo intentaremos, pero no tenemos herramientas. ¿Cómo quiere que cortemos la hierba?

El hombre se mete una mano en el bolsillo, la saca y la abre.

—Tome, tiene esto.

—¿Tijeras? ¿Me está dando dos tijeras para cortar la hierba de todas las casas?

—Compartir, cortar toda la hierba de los jardines delanteros.

—Ah, así que no tenemos que cortar la del jardín trasero, ¿es eso?

—Solo delante, y limpiar albañales. Que en la calle no se vea nada, ¿bien?

—Váyase, Ah Fat.

—Gracias, Inchi.

—A ver, ¿quién quiere cortar la hierba primero? —pregunta la señora Hinch blandiendo las tijeras.

Nesta agarra una.

—Bromea, ¿no?

—No lo creo. Así que, vamos, desarrollemos un plan.

—Bien —dice Norah a los grupos a los que se les ha asignado la limpieza de las zonas comunes—. Empecemos.

Norah y las voluntarias limpian los albañales y el tramo de calle que hay frente a su casa y después se ofrecen a continuar por el resto del campo para ayudar a sus vecinas. Otros grupos reciben cuchillos y salen a cortar la hierba a gatas.

—Vaya, pero si tienes unas tijeras —dice Norah a Betty, que se esfuerza por recortar la hierba del jardín delantero de su casa.

Nesta se une a Norah, que está retirando inmundicias de los albañales por los que corren aguas negras.

—Bonito trabajo —comenta Nesta.

—Mmm. —Norah está utilizando hojas de plátano para llevar los desechos al final del campo.

El sol quema sin piedad y el trabajo empieza a pasar factura a las mujeres.

Nesta reparte preciada agua para que se comparta entre todas mientras los policías recorren la calle señalando montones de basura y hierba mal cortada. Nesta ve que rondan su casa. Sigue su mirada y descubre que el objeto de su atención es una enfermera joven, Wilma. De pronto, Nesta se da cuenta de que Wilma se ha quitado la blusa y se ha puesto a trabajar en sujetador.

—¡Wilma! Wilma, ¿tienes un minuto? —la llama Nesta.

—Voy. Lo siento si somos lentas, pero es imposible cortar hierba con un cuchillo; no hay manera.

—Están haciendo un buen trabajo, no te preocupes, pero tienes que ponerte la blusa.

—¿Por qué? Hace mucho calor, y no soy la única que está en sujetador.

—La señora Hinch y las demás capitanas de las casas hablarán con esas mujeres. Sé que nos hemos salido con la nuestra y nos han permitido llevar poca ropa, que bien sabe Dios que no es que tengamos mucha, pero ¿puedo pedir que te tapes hoy y mañana?

—Lo siento, no pretendía molestar a nadie.

—No es que estés molestando a nadie, más bien al contrario. —Nesta señala con la cabeza a los hombres, que siguen pendientes de Wilma.

Esa noche, una representante de cada casa acude a la de Nesta. Las mujeres que llegaron al campo con maletas llenas de ropa llevan consigo vestidos, faldas y blusas.

—Revisen la ropa de todo el mundo mañana a primera hora; manden aquí a cualquiera que crean que no va debidamente vestida. La equiparemos con algo más recatado. —La señora Hinch hace un pequeño guiño.

—*Tenko!* —gritan los policías al día siguiente por la mañana.

Al cabo de unos minutos, Miachi, con Ah Fat corriendo para seguirle el ritmo, baja por la calle, deteniéndose en cada casa para inspeccionar a las mujeres y los niños. Golpea en la cara a aquellas cuyo atuendo considera inadecuado.

Las mujeres que necesitan cambiarse corren a la

casa de las enfermeras a escoger prendas que resulten más modestas.

—He venido a probarme —dice una nada más entrar en la casa.

—Pase por aquí, *madame*. Contamos con una exquisita selección a su disposición, si tiene la bondad de decirnos cuál es la ocasión para la que desea vestirse —bromea Nesta.

—Bueno, tengo una cosita esta tarde. No sé muy bien qué es, pero quiero estar fabulosa. Una nunca sabe a quién va a conocer en estos eventos.

—Bully, ¿te importaría ayudar a *madame* a elegir el conjunto perfecto?

—Si tiene la bondad de acompañarme, señora —dice Vivian mientras hace una pequeña reverencia—. Se me ocurre que el chic francés con un toque del Londres conservador podría ser perfecto.

—Vaya, cómo me conoce usted.

El ambiente en la casa es de júbilo mientras las enfermeras embellecen a las mujeres que han sido objeto de la ira de Miachi. Una lleva capas de prendas blancas y un broche de encaje prendida en el pelo.

—No creo que lo estén tomando en serio —comenta Jean a Nesta—. Parece que está a punto de casarse.

—Tienes razón, pero ¿a quién le importa, mientras salgan de aquí bien tapadas?

A la hora del almuerzo no hay comida. Poco después se oye en toda la calle:

—*Tenko! Tenko!*

Las mujeres y los niños se ponen firmes.

Miachi sale del edificio de administración con unos oficiales japoneses que exhiben profusión de condecoraciones. Una escolta de soldados enérgicos y bien vestidos, con el fusil en alto, acompaña a Miachi y los oficiales mientras recorren el campo con parsimonia. Nadie habla, nadie da órdenes. Cuando el grupo finalmente se dirige hacia el edificio de administración, las mujeres siguen de pie, en silencio, sin saber qué hacer, hasta que la señora Hinch sale de la fila.

—A casa, señoras, vuelta a la normalidad.

—No creo que pueda soportar más esta lluvia —se queja Jean mientras, asomada a la ventana, ve caer otro aguacero del monzón.

—Ni yo —conviene Nesta, profiriendo un suspiro—. Estuvo bien al principio lo de poder darnos un baño tibio, pero ya no tiene ninguna gracia.

—Todo el mundo se siente igual —añade Jean, suspirando también—. Estamos hartas. ¿Qué sentido tiene limpiar cuando el suelo se va a llenar de lodo al instante?

Cuando enero da paso a febrero, regresa un contingente de soldados japoneses. Miachi convoca una de sus reuniones para dirigirse a las mujeres. Esta vez se apiñan frente al edificio de administración, chapoteando en la tierra mojada. Miachi aparece con Ah Fat. Detrás de ellos hay una hilera de soldados a los que no conocen. Subido a su caja, Miachi lanza su mensaje a gritos. La cara de exasperación y fatiga de Ah Fat mientras trata de gritar más que el capitán hace que a las mujeres de las primeras filas, las únicas que lo pueden ver, les cueste guardar la seriedad.

—Estos soldados adiestrarán a lugareños que dejan que ustedes sean perezosas y desordenadas y vistan de manera inapropiada. *Tenko* se gritará a diario, y si alguien llega tarde a la fila recibirá castigo. Las órdenes de alto mando japonés serán obedecidas. Vuelvan a sus casas. *Tenko! Tenko!*

Las mujeres corren de vuelta a su casa y se ponen en fila. Los nuevos soldados japoneses comienzan la inspección por el principio del campo. Betty cuenta deprisa a las enfermeras de su casa. Enfrente, Nesta ve que Margaret hace lo mismo con las de la suya.

Los soldados avanzan hacia ellas despacio. Nesta ve al otro lado de la calle a un soldado más o menos de su misma altura, pero como un barril. Les grita a las mujeres en japonés, las zarandea y las empuja mientras intenta efectuar su propio recuento.

—A ese lo llamaremos Gruñón —le susurra Betty.

Nesta reprime una sonrisita mientras observa al soldado, que ahora está en la casa de al lado. Se sobresalta cuando el hombre levanta la mano y golpea a una de las mujeres mientras grita en un inglés mal hablado:

—¡No lápiz labial! ¡No lápiz labial!

Intenta mirar a sus enfermeras, algunas de las cuales parece que han utilizado labial de color claro. Acto seguido el hombre está frente a ella.

—¿Cuántas? —vocifera.

—¡Dieciséis! —grita Nesta.

El soldado sigue hasta la casa de Jean y se detiene delante de una de las enfermeras más jóvenes. Nesta la mira de soslayo, ve que no tiene los labios pintados y profiere un suspiro de alivio. No ve que la mano del soldado se alza para darle un golpe a la enfermera.

—¡Más ropa! ¡Más ropa! —espeta.

Nesta deja la fila cuando el hombre se aleja. Le pasa una mano por la espalda a la mujer, reconfortándola de la única manera que puede ahora mismo. A continuación sale detrás del agresivo soldado. Uno de los policías locales se interpone en su camino para intentar detenerla, pero ella lo aparta y va tras el soldado, que ahora está mirando atentamente a otra mujer. Nesta ve que levanta la mano y se interpone ágilmente entre ambos, recibiendo el fuerte golpe. Cae al suelo, pero se levanta deprisa y mira a los ojos al soldado, que se aleja, haciendo caso omiso de ella.

—Nesta, ¿qué estás haciendo? —le pregunta Jean.

—A este lo vamos a tener que vigilar —es todo cuanto dice.

Ven que el japonés reprende a otra mujer por llevar lápiz labial. Todo el mundo contiene la respiración.

—¡No lápiz labial! —le grita.

Sin embargo, esta vez no hay golpe y el soldado continúa andando.

Cuando el proceso termina, las mujeres entran en las casas. Las enfermeras se reúnen alrededor de Nesta y la otra enfermera agredida. Humedecen paños que colocan en las mejillas rojas e hinchadas.

—Creo que vamos a volver a los viejos tiempos de maltrato y castigo —aventura Vivian.

—Puto Fastidioso Labial —exclama Betty, haciendo reír a las enfermeras; sin embargo, todas están de acuerdo en que es buena idea tener un nombre en clave para cuando el soldado esté alrededor—. ¿Qué más creen que harán?

Las sonrisas se desvanecen mientras todas miran a las cuatro enfermeras que tanto han sacrificado ya.

—¡No! ¡Eso no volverá a pasar! —afirma Nesta con vehemencia.

—Tiene razón. No lo permitiremos. En cualquier caso, la doctora McDowell intervendrá —asegura Jean—. En esto nos mantendremos firmes, ¿no, chicas?

Vivian abre la boca y empieza a cantar *Waltzing Matilda*, y en un abrir y cerrar de ojos la casa se llena con sus voces.

Las mujeres que están fuera oyen la espléndida canción. En el jardín delantero, no tardan en reunirse Margaret, Norah, Ena, la hermana Catherina y docenas más, y este homenaje musical a la unidad y la solidaridad acaba inundando la calle.

—Tengo noticias —anuncia Nesta cuando entra en la casa. La acaban de llamar para que acuda al despacho de Miachi y las enfermeras esperaban su regreso—. ¿Alguien sabe cómo se dice enfermera en japonés? —les pregunta con una ancha sonrisa en la boca.

Le contesta un coro de noes.

—Bien, el capitán no paraba de llamarnos «*kangofu*». No sabía muy bien si la palabra significaba enfermera o si nos estaba llamando canguros —continúa Nesta—. Quiere una lista completa de nuestros nombres para enviarla a casa, ¿no es increíble? Nuestras familias no saben nada de nosotras desde hace un año y él nos ofrece enviarles un mensaje. Como es natural, le di lo que necesitaba, incluido el nombre de las que ya no están con nosotras. Bully, no le conté cómo sabía que algunas habían muerto, así que en ese sentido no tienes de qué preocuparte. Por suerte, él no preguntó. En cuanto al resto, solo podemos confiar en que las rescataran o las capturasen y estén a salvo en algún lugar. Miachi también dijo que podemos escribir una carta a casa, que pronto nos dará lapiceros y papel.

—¿Confías en él? —le pregunta Jean.

—Fue bastante agradable, pero no sé. Yo solo les puedo contar lo que me ha dicho. Supongo que tendremos que esperar a ver si aparecen los lapiceros y el papel.

—Aunque sea así, ¿cómo sabemos que enviarán a casa las cartas? —plantea una enfermera.

—No lo sabemos —responde Nesta.

Sabe que es un ofrecimiento generoso, pero no tiene ni idea de si llegará a informarse a las autoridades australianas de su existencia.

Para las mujeres que tienen hijos, en concreto las que tienen varones, no hay tanta generosidad de espíritu, se percata lamentablemente Nesta cuando, a la mañana siguiente, durante *tenko*, ordenan que todos los niños varones formen una fila delante del resto de los ocupantes de las respectivas casas. Todas observan horrorizadas mientras piden a cada niño que se baje el pantalón para que le examinen los genitales. Con independencia de la edad o la estatura, cualquier niño que presente el menor indicio de vello púbico es apartado de inmediato de su madre.

—Demasiado mayores. Van a campo de hombres —informa un soldado japonés al llevarse a los muchachos. Cuando sus madres salen tras ellos, las golpean y caen al suelo. Todo el mundo presencia la barbarie de separar a niños pequeños de sus madres, pero nadie mira hacia otro lado.

June entierra la cabeza en la falda de Ena. La pequeña está a salvo, por ahora, gracias a su sexo, pero no se libra de sentir el dolor de sus amigos y vecinos.

14

Campo II, Irenelaan, Palembang
Abril de 1942-octubre de 1943

—¿Alguien sabe qué está pasando? —pregunta Nesta a Margaret y la señora Hinch.

El sonido de camiones que entran en el campo ha hecho salir a muchas mujeres a la calle.

—No, pero creo que no tardaremos en averiguarlo. Cielo santo, ¿cuántos camiones hay? —se pregunta la señora Hinch.

—Yo cuento siete, pero tal vez haya más al otro lado de la cerca —contesta Margaret.

Los camiones se estacionan, y soldados y policías empiezan a dar órdenes a gritos mientras obligan a mujeres y niños a salir de los vehículos.

En poco tiempo descienden cientos de mujeres asustadas que llevan de la mano a un niño o una bolsa con sus pertenencias, o sostienen a alguien de más edad. Sin explicación alguna, los soldados y los policías les ordenan que caminen calle abajo y empujan a unos cuantos cada vez hacia cada casa por la que pasan.

—¿Qué sucede? —inquiere Jean.

—Ojalá lo supiera, pero parece que tenemos compañía.

—Tenemos que hacer algo.

—Estoy de acuerdo. Antes de que la gente se ponga demasiado cómoda, ve a decirles a tus enfermeras que agarren todas sus cosas y vengan a nuestra casa. Acomodemos a nuestras nuevas vecinas en la otra casa. Si son como nosotras, creo que estarán más contentas si no las separan nada más llegar.

Norah ha hecho amistad deprisa con Audrey Owen, una neozelandesa con la que comparte la casa. Las noches sin nubes las dos mujeres se sientan fuera y Audrey le habla de las constelaciones; en esos breves momentos de respiro ambas olvidan dónde están, y viven entre las estrellas.

Esa noche Norah y Audrey salen de casa para hacerse una idea de cuántos prisioneros están llegando al campo y cuáles pueden ser las nacionalidades. Ven que los soldados tienden la mano a las mujeres del último camión para ayudarlas a bajar.

—Qué extraño —comenta Audrey—. Me pregunto quiénes serán.

—Van bien vestidas, ¿no te parece? —se percata Norah.

—Y también maquilladas. No sé, míralas, son muy guapas.

—Me pregunto... —Norah empieza la frase, pero no la termina.

—¿Qué?

—¿Tú crees que están aquí para..., en fin..., para «entretener» a los oficiales?

—¿De veras piensas eso? Mira, se las están llevando. Sigámoslos.

—Pero mantengámonos a una distancia prudencial, no nos vayan a tomar por una de ellas, si es a eso a lo que han venido.

—¡Norah!

Norah y Audrey pasean como si tal cosa, lo suficientemente lejos, mientras a las mujeres las sacan del campo y las hacen bajar por una ladera de suave pendiente. Desaparecen un instante de su vista, pero acto seguido ven que cruzan un arroyo estrecho y suben por el otro lado. En lo alto de la loma hay unas cuantas cabañas pequeñas. Una por una las mujeres van entrando y los soldados las siguen con sus bolsas.

—Creo que es un nuevo club de oficiales —apunta Audrey.

—Un club en la colina. Bien, sin duda será un alivio para las enfermeras. Nesta estaba diciendo que a todas les aterrorizaba que Miachi volviese por ellas.

Poco después Norah y Audrey van a casa de Nesta, donde les sorprende ver que en ella se han instalado las enfermeras de la casa contigua. Están ocupadas organizando cómo dormirán.

—¿Podemos contarles una cosa? —pregunta Norah a Nesta.

—¿A mí o a todas? —inquiere Nesta.

—Creo que todas deberían oír lo que tenemos que contar.

Las enfermeras dejan lo que están haciendo. El miedo impregna la estancia. Ahora ¿qué?

—Bueno —empieza Norah—. Sentíamos curiosidad por los recién llegados y salimos a dar un paseo para echar un vistazo. Entonces llegó un camión, el último, supongo, y ayudaron a bajar de él a unas cuantas mujeres.

—Quieres decir que las sacaron a rastras, ¿no? —interrumpe Betty.

—No. Eso es lo curioso. Como decía, las estaban ayudando. Y les llevaban las bolsas. Me figuro que las mujeres eran de Singapur. Iban bien vestidas y maquilladas —continúa Norah.

—Como es natural, nos picó la curiosidad —añade Audrey—, así que las seguimos. Las llevaron a las cabañas que hay al otro lado del arroyo, que supongo que es donde vivirán.

—¿Quiénes son? —pregunta Vivian.

—Creemos que tal vez hayan venido para entretener a los oficiales —responde Norah, que intenta interpretar la reacción de las enfermeras.

—¿En serio? —pregunta Nesta.

—Es evidente que a ciencia cierta no lo sabemos, pero creo que sí. De lo contrario, ¿por qué les iban a llevar las bolsas los japoneses? —plantea Norah.

—Y todas eran mujeres jóvenes y muy guapas, creo que singapurenses chinas. No es mi intención cuestionar a qué se dedicaban antes, pero vimos a muchas señoras en Singapur que ejercían de acompañantes de los colonos —afirma Audrey.

—¿Por qué no vamos a hablar con la señora Hinch? A ver si ella puede averiguar qué está pasando —propone Norah.

—Señoras, gracias. Esta podría ser una buena noticia para nosotras —les dice Nesta.

—Pero tal vez no tan buena para esas pobres mujeres —agrega Vivian, que mira de soslayo a las cuatro voluntarias. Seguro que ellas saben mejor que nadie lo que les espera a esas mujeres y, tanto si están allí voluntariamente como si no, para ellas dista mucho de ser una buena noticia.

—¡Inchi! ¡Inchi! —grita Ah Fat mientras asoma la cabeza en la casa de la señora Hinch.

—¿Qué quiere, Ah Fat? —La señora Hinch no está de humor para oír uno de los despotriques de Miachi. Se acaba de ver obligada a dejar su casa y casi no hay espacio suficiente para que pueda dormir todo el mundo.

La llegada de nuevos prisioneros ha aumentado la tensión que se vive en el campo. Las casas están abarrotadas y el idioma es un problema. Los recién llegados son, principalmente, mujeres chinas de Singapur que hablan un inglés limitado. A lo largo de los últimos días, las prisioneras se han organizado para vivir más o menos con quienes hablan su propio idioma. La comida, que siempre es un motivo de preocupación, se ha vuelto una cuestión conflictiva; su reparto suscita disputas. Fastidioso Labial y Gruñón encuentran fácilmente motivos para reprender y golpear a las mujeres que se pelean.

—Capitán quiere verla.
—¿Por qué?
—Venga ahora, capitán se lo dirá.
—Iré dentro de un momento. Váyase.
—Inchi, venga ahora.
—Dentro de un momento, he dicho —espeta ella. No quiere que Ah Fat piense que está a su entera disposición, de manera que la testarudez a veces sirve de ayuda.

Consternado, Ah Fat sale de la casa.

La visita de la señora Hinch a Miachi trae buenas y malas noticias. Se corre la voz de que a un vendedor local se le va a permitir que entre en el campo dos días a la semana para vender comida, artículos de aseo y algunas pequeñeces más que podrían ser de utilidad. Está dispuesto a intercambiar sus productos por cualquier cosa de valor. Naturalmente, ello hace que el entusiasmo se extienda por el campo. La posibilidad de comprar comida parece un sueño.

Al día siguiente por la tarde, Gho Leng entra en el campo con su carro jalado por bueyes. Las mujeres se amontonan a su alrededor mientras el hombre exhibe plátanos, mangos, limas, chícharos y alubias. Hay té, mantequilla, harina y un arroz que viene cargado de proteína gratuita en forma de gorgojos. Las mujeres que tuvieron la suerte de traer su equipaje disponen de dinero o joyas para intercambiar por comida. Todas las demás miran con anhelo el rebosante carro. Nesta casi puede saborear los mangos, la boca se le hace agua, pero, de alguna manera, es incapaz de apartar la vista.

—Bueno —decide, con los ojos clavados en la madura fruta anaranjada—, si no tenemos dinero, habrá que ganarlo.

Norah encuentra a June encerrada en casa, aovillada en su cama, en lugar de estar jugando fuera con sus amigos.

—¿Qué pasa, tesoro? ¿Te encuentras bien? —Norah le pone una mano en la frente a la niña, pero no tiene fiebre.

—Estoy bien.

—¿Seguro? Porque no lo parece.

—Es que... Es solo que Charlie no me ha dado un poco del plátano que tenía. Seguro que estaba muy rico y yo pensaba que era mi amigo y que me daría un mordisco.

Norah abraza a June.

—Pequeña mía, cuánto lo siento. ¿Tienen comida especial algunos de tus amigos?

—¡Sí! Hoy Charlie tenía un plátano y ayer Susan tenía un mango. Y sus mamás les dijeron que no los compartieran.

Ena entra en la habitación y ve la cara de preocupación de Norah.

—¿Está todo bien?

—Charlie tenía un plátano y no le dio un poco a June —le cuenta Norah.

—¿Me pueden dar un plátano, tías? Yo lo compartiría.

—Sé que lo harías, tesoro. ¿Por qué no vas fuera a jugar? La tía Ena y yo intentaremos dar con la manera de conseguirte un plátano.

Segura de que es posible que pronto también ella tenga un plátano, June se muestra encantada de salir de nuevo.

—Es increíble —se lamenta Norah—. No poder conseguirle algo tan simple como un plátano a la niña. Solo pensar en los miles que veíamos pudriéndose en el suelo antes de venir a este sitio... Y ahora daría cualquier cosa por tener uno solo, aunque estuviera marchito.

—Encontraremos la manera, Norah —tranquiliza Ena a su hermana—. June tendrá su plátano. Pero esto empieza a ser ridículo; nos hemos convertido en un campo de quienes tienen y quienes no tienen.

A Ena no le falta razón, en el campo hay desigualdad y ella quiere hacer algo al respecto. Se convoca una reunión urgente del comité del campo y Margaret y Nesta van a la casa de la doctora McDowell. Otras capitanas se van sumando a ellas por el camino.

—Tenemos que hacer algo para controlar el ambiente que reina en el campo. No hace mucho nos apoyábamos y nos cuidábamos mutuamente y ahora todo el mundo está tenso y molesto —afirma la doctora McDowell.

—Es por Gho Leng —observa una capitana.

—Es porque hay quien puede comprar cosas y hay quien no —añade Margaret.

—No es culpa nuestra que algunas tengamos cosas de valor, o ¿sería mejor que se las diésemos a los japoneses? —señala otra.

—No, desde luego que no. Pero no estaría de más que compartieran lo que tienen con las que no tienen nada. Eso es lo único que estoy diciendo. —Aunque Margaret no levante la voz, resulta más que evidente cuándo se enoja.

—Estás defendiendo a las enfermeras, eso es lo que estás haciendo —le dicen a Margaret—. Pero ¿no es verdad también que las enfermeras llegaron prácticamente sin ropa?

—Somos perfectamente capaces de defendernos solas —espeta Nesta—, pero no somos las únicas que llegamos aquí sin nada. Lo poco que tenemos hemos de agradecérselo a la generosidad de otras.

—¿Cuántas han recibido la visita de una enfermera en su casa? ¿A cuántas las han asistido, a ustedes o a su familia? —inquiere Margaret.

Nadie contesta.

—Y ¿cómo se sentirían si ahora les quisieran cobrar por cuidar de ustedes o de sus hijos?

—¡No lo harían! Las enfermeras no hacen tal cosa —exclama una mujer.

—Exacto. Así que esperamos que ellas den y que ustedes reciban, y ¿es eso justo? ¿Es lo que están pensando algunas?

—Si me lo permiten, tengo una sugerencia —afirma la señora Hinch, que no quiere que la reunión acabe en una pelea—. ¿Por qué no formamos un comité de compras? Creo que tenemos que acordar ahora mismo, antes de que las cosas vayan peor, que cada vez que Gho Leng venga al campo todo cuanto compremos se distribuya de manera equitativa.

Las mujeres, algunas a regañadientes, se muestran conformes y la reunión finaliza. Se nombra un comité de compras de seis miembros.

Las visitas de Gho Leng al campo se vuelven regulares y en aldeas cercanas se corre la voz de que las prisioneras tienen «dinero» para gastar. Pronto otros vendedores de la zona abordan al capitán Miachi: ellos también quieren un trozo de ese pastel.

Al final, Miachi accede a que un segundo vendedor visite el campo dos veces a la semana, siempre que las mujeres continúen compartiendo lo que compren, confirma.

Cuando llega el momento, las seis compradoras designadas cuentan con la ayuda entusiasta de otras mujeres, que se reúnen para ver lo que se ofrece.

—Cielo santo, Betty. Miren esto, ¡si tiene labiales! ¿Se imaginan que nos pintamos los labios todos, incluso los niños? ¿Qué haría Fastidioso Labial? —plantea Vivian.

—Le daría un ataque al corazón —responde entre risas Nesta—. No sabría a quién pegarle primero.

—Creo que deberíamos limitarnos a comprar comida —interrumpe secamente una mujer.

Norah aparece junto a Betty.

—¿Hay plátanos?

—Sí, y nos los vamos a quedar todos.

—Si pudieras darme uno para June. No necesitamos nada más, solo un plátano.

Betty arranca un plátano del racimo y se lo da a Norah.

—Dime, ¿eres buena cocinera? —le pregunta Betty.

—Lo cierto es que sí. Yo era quien lo cocinaba todo cuando invitábamos a gente a cenar. ¿Por qué lo preguntas?

—Esta noche damos una clase de cocina en nuestra casa para unas señoras de Singapur: quieren aprender a preparar platos ingleses. Y también pagan. ¿Te gustaría ser una de las chefs? Te daremos tu parte del dinero.

Norah abraza a Betty, poniendo buen cuidado en no aplastar la preciada fruta.

—¿A qué hora? —pregunta guiñando un ojo.

—Sé que hemos estado hablando mucho de hacer una ceremonia por el aniversario de nuestra salida de Singapur, pero para Vivian lo único importante es superar lo que sucedió en la playa de Radji. Deberíamos hablar con ella —dice Nesta a Jean.

Nesta se ha dado cuenta de que Vivian no socializa

ni juega a las cartas con ellas. Siempre ha sido la primera en ofrecerse voluntaria para realizar las tareas más desagradables o cuidar de un niño enfermo en plena noche, pero ahora se pasa la mayor parte del día sentada sola y en silencio.

Encuentran a Vivian sentada debajo de un árbol al fondo del jardín; parece ajena al aguacero que ha caído y le ha empapado por completo el fino vestido que lleva.

—¿Te importa que te acompañemos? —le pregunta Nesta.

—Si quieren. Pero saben que está lloviendo, ¿no? —responde Vivian.

—Bien, me alegra que sepas que está lloviendo. Cuando hemos salido no estaba muy segura. Pareces ausente de un tiempo para acá —observa Jean.

—En el lugar del que soy pueden pasar meses sin que veamos la lluvia, así que no me importa.

—Hemos estado hablando —empieza Nesta—, y no creemos que debamos hacer una gran celebración para señalar el año que hace que salimos de Singapur, pero ¿qué te parece si compartimos historias de quienes ya no están con nosotras? En particular, de quienes estaban contigo en la playa.

Jean sigue el hilo.

—Nos gustaría que dirigieses un servicio, si te sientes con ganas.

Vivian mira a ambas mujeres y se sorbe la nariz mientras se limpia una lágrima.

—No puedo creer que haya pasado un año; todavía

veo sus caras. Nos metimos en el agua y nos miramos, y recuerdo que todas estábamos sonriendo. Sabíamos lo que iba a pasar, que ese era el final, pero nos daba lo mismo, estábamos juntas.

—A eso exactamente es a lo que me refiero —insiste Nesta con suavidad—. Queremos que compartas sus historias, volver a oír las últimas palabras de la enfermera jefe Drummond.

—Estoy segura de que a las chicas también les encantaría compartir anécdotas sobre esas mujeres. Hay tantos recuerdos divertidos y bonitos de los que hemos hablado desde que salimos de casa. ¿Qué me dices? —pregunta Jean.

—Digo que gracias, que me gustaría —asegura Vivian con una pequeña sonrisa.

Ahora de pie, Vivian tiende las manos para ayudar a Nesta y Jean a que se levanten.

—Pongámonos a cubierto de esta lluvia —propone.

Por el campo se corre la voz de que las enfermeras tienen pensado celebrar el día del recuerdo. Son muchas las mujeres que abordan a Nesta y Jean para unirse a ellas, en particular Norah, Ena y otras sobrevivientes del *Vyner Brooke*.

La noche previa a la celebración, Nesta y Jean reúnen a las enfermeras.

—Tenemos un dilema: sé que todas han oído que muchas mujeres, y las inglesas sobre todo, quieren sumarse mañana a nuestro día del recuerdo —comienza Nesta—. Sé que es algo que pensábamos hacer en privado, pero Jean y yo hemos estado hablando y creemos que sería injusto no incluir a quienes estaban con nosotras a bordo del *Vyner Brooke*. ¿Qué opinan?

—Yo opino que es buena idea —afirma Vivian.

—Que venga todo el que quiera venir. Y cuando se haya ido todo el mundo, compartiremos nuestros recuerdos en privado, ¿están de acuerdo?

Todas las enfermeras sin excepción coinciden en que es la mejor manera y la más segura de entregarse al recuerdo.

Cuando llega el día, la casa de las enfermeras está llena a rebosar. Han abierto las ventanas, ya que fuera hay muchas más mujeres. Algunas de las monjas holandesas han traído las velas que se vieron por última vez el día de Navidad. Margaret y la madre Laurentia dirigen la oración antes de invitar a hablar a toda la que lo desee. Ena dice unas breves palabras en su nombre y en el de Norah, John y la pequeña June. Otras pasajeras del *Vyner Brook* recuerdan a familiares y amigos que ya no están con ellas. La noche cae lentamente y Margaret habla en nombre de todas las mujeres y los niños que, si bien no estaban a bordo del *Vyner Brooke* aquel día fatídico, llegaron al campo por barco y por tierra. Llegaran como llegasen, lo que importa es que ahora están todos aquí, juntos.

Cuando todo el mundo ha dicho lo que quería decir, la celebración toca a su fin. Se intercambian adioses y abrazos.

—Bien hecho, chicas, estoy muy orgullosa de ustedes —dice Nesta a las enfermeras. Se percata de lo cansadas que parecen, pero todavía hay muchas cosas que es preciso decir.

Con las ventanas ahora bien cerradas, se sientan en círculo y se toman de las manos.

—Bully, nos vas a hablar ahora, y te quiero dar las gracias por tu valor —añade afectuosamente Nesta.

Mientras Vivian recuerda el tiempo que pasó en el agua, cómo llegó a la playa a duras penas y se reunió allí con amigas y compañeras, todas las enfermeras lloran quedamente. Cuando repite las palabras que pronunció la enfermera jefe Drummond al meterse en el agua, se oyen sentidos sollozos, pero Vivian no flaquea.

—Llegué a la orilla cuando oscureció y ahora estoy aquí con ustedes. —No es de extrañar que a Vivian le tiemble la voz. A Nesta le sorprende que haya sido capaz de revivir el terrible episodio de un jalón.

Se acerca a Vivian y la abraza con fuerza, dándole pie a que se sume al resto y no contenga más sus lágrimas.

Nesta espera a que las mujeres lloren todo lo que tengan que llorar y pregunta si a alguna le gustaría compartir una anécdota de alguien que ya no esté con ellas.

Es tarde cuando se escucha la última anécdota. Las lágrimas ahora son de risa con las disparatadas aventuras que vivieron en Malasia y Singapur las amigas caídas.

Al terminar, las enfermeras van a sus improvisadas camas, exhaustas, pero cada una de ellas da un abrazo a Vivian antes de acostarse.

—Tengo hambre, tía Norah, ¿me das otro plátano? —suplica June.

—Lo sé, tesoro. Te prometo que intentaremos conseguirte más comida esta tarde. Ahora deberías dormirte.

—Debería estar jugando fuera, pero está demasiado débil —dice Ena. La preocupación se refleja en su voz mientras acaricia con ternura el pelo de June.

—No entiende que hace tan solo unas semanas tuviéramos tanto, o bueno, lo suficiente, y ahora nada.

—Que se coma mi ración esta tarde, a mí no me hace falta —decide Ena.

—¿Y si cada una le da la mitad de su ración? Necesitamos comer algo para seguir en pie, por ella.

Al otro lado de la calle Nesta está abordando el mismo problema con Jean.

—No me puedo creer que hayamos vuelto al punto de partida del primer campo: no hay suficiente comida para sobrevivir.

—Lo sé, pensé que Gho Leng seguiría viniendo siempre, pero ha desaparecido.

—Tendríamos que haber sabido que solo puede hacerse con alimentos de temporada, así que nos toca esperar a que la fruta madure. Mientras tanto, empiezan a preocuparme algunas de las enfermeras más jóvenes. Míralas, se están quedando en los huesos y están en la flor de la vida.

—Vivian me contó que sorprendió a un par de ellas llevando sus raciones al hospital para dárselas a los pacientes.

—No me sorprende. Me dan una lección de humildad a diario, visitando y yendo al hospital pese a estar tan débiles, pero no sé cómo podemos ayudarlas a ellas, cuando todo el mundo está en el mismo barco —dice Nesta.

En ese momento la puerta se abre con brío y entra una joven enfermera.

—Nesta, ¿puedo hablar contigo un momento?

—Claro, ¿te quieres sentar?

—No, creo que como me siente no me vuelvo a levantar.

Nesta se pone de pie.

—Ven, vamos fuera. —Tras cerrar la puerta al salir, Nesta pregunta—: Dime, ¿cómo te sientes?

—Igual que todo el mundo, pero estoy preocupada.

—¿Por?

—Acabo de estar con una de las familias chinas; una madre me llamó cuando hacía mis rondas y me pidió que fuera a ver a sus hijos.

—¿Están enfermos?

—Me gustaría que los vieras tú, pero creo que podrían tener tifus.

Nesta traga saliva: es lo último que necesitan sus extenuados cuerpos.

—De acuerdo, esto es grave. Llévame a la casa y

después ve a buscar a la doctora McDowell. Pero sé discreta, no queremos asustar a nadie.

Al rato, la doctora McDowell se presenta en la casa de la familia china con la joven enfermera detrás. Nesta ha mandado salir a todo el mundo salvo la madre de los dos niños, que están acostados en el suelo sudando, tiritando y gimiendo en su delirio.

—¿Cuánto llevan así? —pregunta la doctora McDowell arrodillándose deprisa para examinar a los pequeños.

Nesta tiene que obligar a la madre a que se centre en las preguntas que le formula la médica.

—Dos o tres días —contesta.

La doctora McDowell se pone de pie y voltea hacia la joven enfermera.

—¿Cómo te llamas?

—Eileen, doctora.

—Fuiste tú la que le dijo a Nesta que quizá estos niños tuvieran tifus.

—Sí. Lo siento, ¿me equivoqué?

—En absoluto. Quiero darte las gracias por reaccionar con tanta rapidez. —La doctora se dirige a Nesta—: Tenemos que trasladar a estos niños al hospital de inmediato, pero también hay que advertir a Miachi. Voy en busca de ayuda. ¿Podrías ir a decirle a la señora Hinch que es preciso que localice a su amigo preferido, Ah Fat, y lo informe de la gravedad de la situación para que pueda transmitir el mensaje? Intentaré poner a los niños en cuarentena, junto con su madre, como buenamente pueda. Eileen, ¿te importaría quedarte aquí hasta que yo vuelva?

—No, doctora.

—Vamos, Nesta.

Antes de marcharse, Nesta se voltea la joven enfermera:

—Buen trabajo, Eileen, muy buen trabajo. Puede que les hayas salvado la vida a estos niños.

En cuestión de días, se diagnostica tifus a más prisioneros de la misma casa. Para proteger al resto del campo, ponen la casa en cuarentena; las enfermeras se ocupan de proporcionar los cuidados necesarios las veinticuatro horas. La doctora McDowell acude varias veces al día.

Sin embargo, el pánico cunde entre los soldados japoneses, que temen la enfermedad tanto como a su enemigo humano. Miachi pide ver a la señora Hinch y a Nesta en su despacho.

—Capitán Miachi quiere saber si la enfermedad es muy peligrosa —comunica Ah Fat a las mujeres.

—La hemos contenido en una única casa, pero dentro hay catorce casos confirmados de tifus —responde Nesta.

—Capitán quiere saber qué podemos hacer para frenarla.

—Necesitamos agua limpia, no el agua contaminada que se saca del pozo. Necesitamos más leña para hervir el agua y limpiar superficies.

Miachi se toma su tiempo antes de contestar.

—Y lo necesitamos ya —añade la señora Hinch.
Miachi habla rápidamente con Ah Fat, que traduce.
—Capitán permitirá que mujeres salgan del campo a buscar agua al arroyo. También pueden recolectar madera de la jungla para encender fuego.

Que las dejen salir del campo para ir por agua y leña levanta la moral a las mujeres, que aprovechan la situación en beneficio propio y eligen zonas para bañarse riachuelo abajo. Los fuegos arden todo el día; hierven el agua que beben y la que utilizan para lavar la comida. El brote de tifus sigue limitándose a una casa, y sobreviven todos salvo una abuela anciana.

Miachi y sus oficiales han estado manteniendo las distancias en el campo y durante un glorioso aunque demasiado corto periodo de tiempo no hay *tenko* ni maltrato, y Fastidioso Labial ni se acerca.

—Quiero que la hermana Catherina me dé todas las clases —anuncia June a Ena y Norah una mañana.
—Tesoro, es la maestra de dibujo —le dice Ena.
—Es mi preferida.
—Es la preferida de todo el mundo, incluidas las personas adultas. Creo que también podría ir yo a su clase de dibujo, ¿qué te parece? —plantea Norah.
—Pero, tía Norah, eres demasiado mayor para ir a la escuela.
—Es verdad. Y ahora vamos, que te llevo a clase. Y, quién sabe, puede que más tarde, o mañana, tengas clase de dibujo.

Vivian y Betty también están saliendo de casa cuando Norah sale con June.

—Hola, enfermera Betty y enfermera Vivian, voy a la escuela, pero la hermana Catherina solo me da clase de dibujo —les cuenta June.

—Hola, June, Norah, que tengan un día estupendo —les desea Betty.

—¿Hoy también nos van a dar clases ustedes? —pregunta June mientras todas van calle arriba, hacia las casas de las holandesas, donde se imparten las clases.

—Pues es que hemos decidido que aquí hay un montón de niños que son ya muy listos, así que nosotras seremos maestras de diversión y lo que haremos será jugar —contesta Vivian.

—¿En serio? ¿Podemos jugar en vez de ir a clase?

—Después de clase. Pero hay unos niños que no quieren ir a la escuela ahora mismo, así que vamos a jugar con ellos.

—¿A qué? —pregunta June, mirando a Vivian.

—Vamos a trazar unas líneas en el suelo para jugar a un juego que se llama rayuela y después probaremos con las traes.

—¡Yo sé jugar a esos juegos!

Norah se detiene un instante para presenciar la conversación que mantiene Vivian con los niños reacios a ir a clase.

—¡Eh! ¡Vengan! —llama Vivian a un grupo de preadolescentes que holgazanean al fondo del campo dando puntapiés al suelo, con las manos metidas en los bolsillos; ninguno mira a la cara a Betty ni a Vivian.

—Veamos, ¿alguno ha hecho alguna vez una resortera? —les pregunta Betty.

—¿Qué es una resortera? —se interesa uno.

—Algo parecido a un arco con flechas, pero con una piedra en lugar de una flecha y una honda en lugar de un arco. —Betty se da cuenta de que no está describiendo muy bien el juguete—. Vamos a buscar todos juntos unas ramas con forma de Y y les voy contando.

—Buscaremos las cosas que necesitamos y después Betty y yo les ayudaremos a hacerlas. ¿Qué nos dicen? —añade Vivian.

Los muchachos se encogen de hombros.

—Es un arma, ¿saben? —precisa Vivian con una sonrisa.

Con eso ha captado su atención. La miran fijamente.

—Les va a encantar. Ahora, divídanse en dos grupos y nos pondremos a buscar lo necesario. El primero que haga un arma gana.

—¿Yo también puedo hacer una resortera, tía Norah? —pregunta June cuando reanudan la marcha.

—Tal vez —responde Norah—. Cuando seas mayor. —Se le forma un nudo en la garganta. No quiere que la pequeña crezca en este campo.

—Vamos, June. Es hora de levantarse. Esta mañana tienes tu clase preferida: dibujo con la hermana Catherina —dice Ena para convencer a la niña.

A medida que van pasando las semanas, la asistencia a las clases decae, algo que se debe, sobre todo, al hecho de que los niños no tienen fuerzas para salir de casa. A los que consiguen ir a la escuela les cuesta retener lo que aprenden, ya que se distraen con el rugido de su estómago. En junio de 1943, la escasez de comida, sumada a la falta de leña para hervir el agua contaminada, ha empezado a pasar factura a todo el campo.

—Estoy muy cansada y me duele la tripa.

—Lo siento, mi amor. Iré a ver si la tía Norah ha encontrado algo de arroz.

Norah está fuera, limpiando con Audrey los albañales que pasan por delante de su casa. A Ena se le parte el corazón al ver a su hermana a gatas sacando lodo y aguas negras a la calle, a sabiendas de que cuando llueva habrá que volver a hacerlo.

—Hola —saluda tiñendo su voz de falsa alegría.

—Hola, Ena, estamos terminando —contesta Audrey.

—Iré por una cubeta de agua para que se laven las manos —se ofrece Ena, y camina hacia el pozo.

—Algo le preocupa —comenta Audrey.

—Yo también lo creo, pero seguro que me lo dirá cuando vuelva.

—¿Por qué no acabo yo con esto y tú vas a hablar con ella?

Norah se encuentra con Ena cuando esta vuelve con un pequeño recipiente de agua. Se acercan al final de la calle, donde el albañal fluye libremente. Ena vierte el agua sobre las manos de su hermana, que se frota para limpiárselas.

Mientras se las sacude para secarse, Norah dice:
—Estás preocupada por June, ¿no?
—Cómo me conoces. No se quiere levantar, está muy débil. No sé qué hacer, casi ni la puedo mirar a la cara. ¿Qué clase de cuidadora soy yo si ni siquiera puedo darle de comer lo mínimo que necesita para sobrevivir?
—Ena, eres lo mejor que le ha pasado en la vida desde que tuvimos que abandonar el barco. No es culpa tuya que no haya comida, pero es cierto que necesitamos buscar algo que darle. Iré a ver si a Nesta se le ocurre algo.
Las hermanas se abrazan.
—Ah, una cosa más —comenta Norah antes de separarse—. Audrey ha oído el rumor de que Miachi se marcha.
—¿En serio? ¿Y ha oído cuándo?
—No y, como te digo, solo es un rumor.

Betty abre cuando llama Norah.
—Hola, Betty —saluda, y después mira por detrás de ella, a la sala de estar. Las enfermeras parecen un poco avergonzadas—. ¿Está Nesta? Quería hablar un momento con ella.
—Pues... no, ahora mismo no, pero no creo que tarde en volver.
—Bueno, pues paso más tarde. ¿Te importaría decirle que he venido?
—Claro que no. ¿Podemos ayudarte alguna de nosotras?

—No, gracias. Hablaré con Nesta.

Cuando Norah da media vuelta para marcharse, Nesta entra como una exhalación en la sala de estar por la puerta trasera.

—Vivian tenía razón —exclama en la habitación llena de enfermeras—. ¡Se está celebrando un entierro ahora mismo! —Entonces ve a Norah en la puerta principal—. Ah, Norah, hola. No sabía que estabas aquí.

—No pasa nada, ya me iba. ¿Te veo luego?

—No, espera, espera. ¿Qué dicen, chicas? —pregunta Nesta a los rostros expectantes.

—Bien, contémosle lo que hemos descubierto. Todavía no sabemos si es factible, así que ¿por qué no? —propone Jean.

—¿Qué está pasando? —Norah entra de nuevo y cierra la puerta.

—Hace unas semanas Vivian estaba buscando comida detrás del hospital...

—No sabía que podíamos ir por detrás del hospital, pensaba que la cerca llegaba hasta allí —comenta Norah.

—Y llega, pero ahora estoy tan flaca que conseguí entrar por la trasera. Quería ver si podía echar mano de algo al otro lado de la cerca, y entonces vi una cosa —cuenta Vivian.

—Distinguió a unas personas que caminaban entre los árboles —continúa Nesta—. Estuvieron parados un rato y, cuando se alejaron, Vivian vio que era un cementerio: acababan de enterrar a alguien.

—¿Y?

—Vi que habían dejado comida y fruta en una tumba —agrega Vivian.

—Creemos que era una ofrenda al difunto —afirma Nesta—, y la comida se pudre o se la comen los animales. Así que cada día a la misma hora una de nosotras se acerca a la trasera del hospital y espera para ver si entierran a alguien. Hoy me tocó a mí, y ahora mismo están celebrando un entierro.

—¿Qué piensan hacer? —pregunta Norah.

—Hemos hecho un pequeño orificio en la cerca por el que creo que me puedo introducir sin problema. Esperaremos una hora más o menos, hasta que se hayan marchado todos, e iré por esa comida —responde Nesta con aire triunfal.

—Nesta, el motivo por el que he venido era preguntarte si tienen algo que les sobre para June. Cada día está más débil.

—¿Por qué no vienes conmigo? No sé cuánto habrá, pero pienso tomarlo todo.

—¿No te preocupa que sea una falta de respeto al difunto?

—No, me preocupan los niños de este campo y lo que podemos hacer para ayudarlos a que sigan vivos —asegura Nesta.

—En ese caso, sí, me encantaría ir contigo.

—Después repartiremos lo que podamos conseguir entre quienes tienen niños. Adelante, vamos a echar un vistazo. La espera en ese sitio es agradable, hay mucha sombra.

Nesta y Norah caminan como si nada por el centro de la calle hacia el hospital, cada una balanceando una cubeta. Al aproximarse a la puerta, comprueban que no haya gente cerca. No hay nadie, de manera que corren pegadas a la pared del hospital hacia la trasera del edificio. Nesta se detiene junto a una pequeña abertura y las dos mujeres se agazapan.

—Ya se van —susurra Nesta.

Nesta mira entre la densa maleza y distingue movimiento a escasa distancia. Permanecen observando un rato, intentando vislumbrar la tumba.

—Veo un montón de algo. No sé si de comida o flores —musita Norah.

—Iré a echar una ojeada, quédate aquí.

Norah ve que Nesta se introduce por el agujero de la cerca y avanza hacia el cementerio arrastrándose entre la maleza. Tras desaparecer unos minutos, Norah la vuelve a ver. Ahora su amiga viene hacia ella, cargada de... algo.

—Toma, Norah. Agarra esto, deprisa; voy por más.

Nesta le pasa mangos, papas y cebollas antes de escabullirse otra vez. Regresa unos minutos más tarde con dos plátanos, una cesta de arroz hervido y dos frutas extrañas pero bastante grandes. Norah agarra la comida y la mete en las cubetas.

De vuelta en la casa, reciben a Norah y Nesta como si fuesen heroínas. Norah agarra uno de los plátanos y deja a las enfermeras, que repartirán el resto de la comida entre las familias con hijos.

—June, despierta, cielo. La tía Norah tiene una cosita para ti.

—No quiero nada.

—¿Ni siquiera un plátano? —la tienta Norah enseñando la fruta, que escondía a la espalda.

Los ojos de la niña se iluminan con satisfacción. No es más que un pequeño respiro, pero proporciona un gran disfrute.

—Este es sargento mayor Kato, su nuevo comandante. Por favor, pórtense bien y no les pasará nada —dice Ah Fat a las mujeres.

Cuando las mujeres acuden a la orden de *tenko*, descubren que el rumor que corría sobre Miachi era cierto.

Al finalizar el comunicado, Kato y Ah Fat regresan a buen paso al edificio de administración y las mujeres vuelven a sus casas o van al pozo con la esperanza de que haya algo de agua que puedan sacar.

—Vaya, me pregunto cómo será este —comenta la señora Hinch a Norah.

—Tal vez nos dé más comida, pero apuesto a que no cambiará nada.

—Solicitaré hablar con él y recalcaré que necesitamos que nos den más comida o que vuelva algún vendedor de la zona —decide la señora Hinch.

—Bien, buena suerte —le desea Norah, que abriga pocas esperanzas de que vaya a conseguir algo.

—Si alguien me hubiese dicho hace dos años que estaría revolviendo en la basura, buscando larvas que se puedan comer, no lo habría creído. Pero ¿sabes qué?, que no me disgusta. —La señora Hinch esboza una ancha sonrisa.

—Doctora McDowell ¿tiene un momento? —pregunta Nesta a la médica, que corre frenética entre habitaciones para ocuparse de sus febriles pacientes.

Las condiciones han empeorado en el campo, con brotes tanto de tifus como de dengue. El hospital no ha tardado en llenarse de personas enfermas de gravedad. Las enfermeras alternan las visitas a las casas con el trabajo en el hospital, que carece de recursos y cuyas medidas de higiene son insuficientes. Nesta, sin embargo, hace todos sus turnos en el hospital.

—¿En qué puedo ayudarte?

—Hay una paciente que llegó con otros, pero no sé si tiene tifus o dengue.

—Dime qué síntomas presenta —pide la médica con aire cansado.

—Dolores de cabeza intensos; la erupción es leve, pero no para de quejarse de que le duele el estómago.

—El dolor de estómago ¿no podría deberse al hambre?

—Todos pasamos hambre y nadie más se queja de que le duela el estómago en concreto.

—Mmm, ojalá pudiera decir de manera concluyente que es dengue; de todas formas, parece bastante serio. De momento, procura que esté cómoda, y avisaré a todo el mundo que esté atento a dolores estomacales. Podría ser el síntoma distintivo.

La moral en el campo alcanza su punto más bajo. Se ve a muchas mujeres dando vueltas por la calle como aturdidas, sin molestarse mucho en evitar las lluvias torrenciales que caen cada tarde. Los albañales se llenan de lodo y se obstruyen, haciendo que rebosen aguas negras y basura. Sin que nadie se lo pida, Norah y Audrey se encargan de limpiar los albañales de su lado de la calle mientras dos de las monjas hacen otro tanto al otro lado. A menudo son las únicas mujeres que se ocupan.

Margaret recorre el campo durante los aguaceros y habla con las numerosas mujeres cuya estupefacción resulta tan preocupante como cualquier enfermedad física. Un día, Norah y ella abordan a una joven que va dando tumbos por la calle. Norah se percata de que no mira al frente como muchas otras, sino a los albañales embarrados por los que camina. Margaret la sujeta por el brazo.

—Dime cómo te llamas, querida —le pregunta.

La mujer con los ojos sin vida voltea hacia Margaret; tiene en la cara una expresión de perplejidad mientras intenta entender la pregunta.

—Sonia.

—Se me ocurre una cosa, Sonia —dice Margaret con suavidad—, ¿por qué no miras al cielo, querida?

La aludida alza la cabeza despacio. La lluvia le empapa el rostro, sacándola de su estupor.

—¿Qué dice? ¿Qué quiere de mí?

—Solo que levantes la vista.

Sonia se gira contra Margaret, la agarra por los

hombros y empieza a zarandearla. Norah intenta apartarla de su amiga.

—Norah, por favor, déjala —pide Margaret, que tropieza y a su vez se agarra a los brazos de la joven.

—¡No necesito sus sermones! —grita Sonia a Margaret—. ¿Dónde está su Dios? Porque aquí no, eso seguro. ¿Por qué no va a salvar a alguien que quiera que lo salven? —Se zafa de Margaret y mira de nuevo el lodo que rodea sus empapados pies.

—Lo siento, querida. No es eso lo que intento hacer; no quiero que mires al cielo para encontrar un poder superior, un Dios. Solo quiero que veas el cielo, las copas de los árboles, los pájaros. Dentro de poco, las nubes habrán desaparecido y saldrá el sol. Hay más cosas que el lodo y la mugre que tienes bajo los pies.

La mujer mira al cielo mientras comienza a escampar. En ese preciso instante, las nubes se abren y aparece el sol. De los árboles cercanos una bandada de aves alza el vuelo ruidosamente hacia el campo. Sonia sonríe y a continuación las lágrimas le corren por el rostro. Margaret abraza a la mujer con cuidado.

—Es bonito —solloza—. Siempre me ha encantado estar al aire libre. En Malaca, alrededor de nuestra casa, la jungla era magnífica. Mi marido... Mi marido... Solíamos...

—Lo sé..., lo sé, pero esta belleza aún nos rodea, solo tenemos que mirar al cielo.

Sonia ve en la calle a la hermana Catherina y deja a Margaret para correr hasta la monja.

—¡Hermana! Hermana, mire, mire el cielo. ¿No es precioso?

Margaret ve que la hermana Catherina levanta la vista, que una sonrisa le asoma a los labios y que las dos mujeres se abrazan.

Norah toma del brazo a Margaret y continúan andando.

—¿Me lo prestas? —pregunta Norah.

—¿Prestarte qué?

—Lo de «mira al cielo». Creo que esas tres palabras podrían cambiar mucho las cosas en este sitio. Gracias.

—¿Por qué me das las gracias?

—Por enseñarnos otra manera de vivir, de aguantar, de superar estos condenados días. Nos has dado tanto a todos... y lo sigues haciendo. ¿Cómo vamos a poder pagarte lo que estás haciendo?

—Mi querida Norah, aquí nadie me debe nada. Tu hermana y tú, junto con tantas otras, con su música, hacen que al menos durante un rato podamos escapar de este campo, y eso es tan valioso como cualquier mensaje espiritual que pueda transmitir yo.

Norah asiente. Sabe que Margaret es sincera, pero se pregunta si la música y el alimento espiritual serán suficientes.

Segunda parte
En el corazón de la jungla

15

Campo III
Octubre de 1943-octubre de 1944

La señora Hinch sale despacio del despacho del sargento Kato y vuelve a su casa con los hombros caídos. Norah la ve entrar.
—Señora Hinch, ¿qué sucede? ¿Ha pasado algo?
—Acabo de ver a Kato. Me ha dicho que prepare a las mujeres. Dejamos este campo.
—¡Oh, no! Otra vez no. ¿Se sabe adónde vamos?
—Quiere que las enfermeras y las tres primeras casas de ambos lados de la calle estén listas para salir dentro de una hora. El resto nos iremos mañana por la mañana. Sé que todas estamos cansadas y hambrientas, pero tenemos que empezar a recoger nuestras cosas. Norah, ¿podrías decírselo a Nesta? Yo iré a avisar a las otras casas y después hablaré con las demás.
—Tengo que ir por Ena y June; después informaré a las enfermeras —dice Norah—. Por Dios, otra vez no.

—Que nadie se olvide de agarrar sus cosas.
—¿Qué cosas? Solo tenemos lo puesto.

Norah llama y abre Jean, que le pide que pase.
—¿Dónde está todo el mundo? —pregunta Norah.
—En el hospital o visitando casas. ¿Qué ocurre?
—Me temo que se van. Bueno, nos vamos todos, pero a la señora Hinch le han ordenado que les diga a ustedes y a unas cuantas casas que salen dentro de una hora y que recojan sus cosas.

Jean palidece.
—¿Estás bromeando?
—Ojalá. ¿Necesitas que te ayude a recoger? Nosotras nos vamos mañana.
—Necesito ir por las demás y traerlas. —Jean sacude la cabeza, visiblemente disgustada—. No lo puedo creer.
—¿Dónde está Nesta?
—En el hospital; se pasa allí todo el día y la mayoría de las noches. Yo he venido a descansar un poco. —Jean suspira, y Norah no puede evitar ver lo cansada que parece su amiga—. ¿Se lo puedes decir mientras yo busco al resto?
—Claro.

Las dos mujeres se saludan con la cabeza en un gesto de adusta solidaridad antes de ir a realizar sus correspondientes cometidos. Es todo lo que pueden hacer.

Norah entra en el hospital y frena en seco: está rodeada de enfermos. Sentados de cualquier manera en sillas, tendidos en el suelo. Las enfermeras se mueven entre ellos calmando frentes, ofreciendo agua. La doctora McDowell y Nesta están hablando en el otro extremo de la estancia. Giran la cabeza al ver que ella se acerca.

—Norah, ¿te encuentras bien? Estás muy pálida.

—No me pasa nada, es solo que tengo malas noticias. —Lanza un suspiro al ver la cara de interrogación de la doctora McDowell y de Nesta—. Es... En fin, hace un rato llamaron a la señora Hinch al despacho de Kato y le dijeron que nos trasladan a otro campo.

—¿Cuándo? —pregunta Nesta.

—Ustedes y unas cuantas casas salen dentro de una hora; las demás, mañana por la mañana.

—¡Imposible! —exclama la médica—. Esto es ridículo, no podemos marcharnos sin más. Tengo que hablar con Kato.

—No creo que vaya a cambiar de opinión. Iré a hablar con la madre Laurentia para que le busque ayuda durante las próximas veinticuatro horas. Me figuro que Kato quiere que las enfermeras se marchen hoy para que puedan preparar el hospital en el nuevo campo antes de su llegada.

—Gracias, Norah. Nesta, reúne a tus enfermeras y váyanse. Las veré mañana.

Nesta pide discretamente a cada una de sus enfermeras que está trabajando que la acompañe y, junto con Norah, van a la casa de las enfermeras.

Llegan a tiempo de ayudar a las demás compañeras a recoger la cocina, además de la poca ropa que comparten. Los uniformes los doblan con cuidado y los colocan en una sábana, con la que hacen un hato.

—¿Qué quieren que hagamos? —pregunta Audrey cuando entra por la puerta principal.

—Pueden empezar por la cocina. El problema es que no tenemos cajas ni bolsas para meter las cosas.

—Las pondremos en sábanas a modo de morral —sugiere Betty.

—¿De morral? —inquiere Norah.

—Ah, eso sé lo que es —apunta Audrey con una sonrisa de orgullo—. Es un paquete que se hace con las pertenencias y se lleva a la espalda.

—¿También los tienen en Nueva Zelanda? —pregunta Vivian.

—No, pero sé que los australianos sí. Vamos, hagamos unos cuantos morrales.

El sonido del claxon de un camión hace que las enfermeras salgan a la calle con los cacharros de cocina y los cubiertos que han ido reuniendo, y unos cuantos libros prestados que no han devuelto. En el arranque del campo, mujeres y niños suben a dos camiones. Todos los demás salen de sus casas para despedirlos.

—Nos vemos mañana —grita Norah mientras los camiones empiezan a alejarse.

Al cabo de diez minutos, las mujeres llegan a su nuevo campo en la jungla. Bajan trastabillando de los camiones y miran el lugar. Están solo a alrededor de un kilómetro y medio de Irenelaan. El campo —que es más parecido a una prisión que las casas en las que estaban viviendo— es un conjunto de barracones rodeados de alambre de espino, con cuatro miradores, uno en cada esquina, y una caseta para el centinela junto a las puertas, por las que hacen pasar a las mujeres.

—¿Dónde demonios nos han traído? —pregunta Betty.

—Parece un basurero. Y, santo cielo, ¿qué es este olor? —pregunta Jean horrorizada.

Los pasillos entre los barracones están llenos de muebles rotos, de basura y montones de restos de comida putrefactos. Hay ratas por todas partes.

Los soldados se acercan e indican a las mujeres con bayonetazos que sigan andando y entren en uno de los numerosos barracones que se alinean a ambos lados de la pequeña calle.

—¿Quién diantres vivía en este sitio? —pregunta Jean a nadie en particular.

Cerca, uno de los soldados japoneses empieza a reírse tontamente y las mujeres se dan cuenta de que ha entendido lo que ha dicho Jean.

—¿Hablas inglés? —le pregunta Nesta.

—Poco, algo.

—¿Por qué te ríes?

—¿Quién vivía aquí antes? Ingleses, holandeses, otros hombres blancos. Destrozan esto al ir.

—No lo creo. Miren cómo está este sitio —dice Betty.

—Estoy segura de que no vivían así —afirma Jean.

—Yo tampoco lo creo. No lo habrían destrozado todo si hubiesen sabido que cabía la posibilidad de que nos trajeran aquí —opina Nesta—. Vamos, saquémosle todo el partido que podamos a esto, veamos qué tenemos.

—Escojamos un barracón y vayamos a echar un vistazo —coincide Jean.

—Parece que hay un edificio de mayor tamaño atrás del todo; quizá pueda hacer las veces de hospital, así que instalémonos en un barracón que esté cerca —sugiere Nesta.

Mientras caminan hacia la parte trasera del campo, el mismo soldado las sigue y señala dos edificios abiertos por delante.

—Ahí para lavar.

Las enfermeras echan una ojeada a las construcciones: cada una tiene un lavadero alargado de cemento para asearse y una hilera de agujeros abiertos en la tierra a lo largo de la pared del fondo a modo de retrete. Cerca hay tres pozos. Cuando se asoman, ven que están llenos de basura y que la pequeña cantidad de agua que hay al fondo desprende un olor fétido. Tras dejar los hatos en el barracón que Nesta ha elegido para las enfermeras, examinan el edificio más grande de al lado. Es una estancia alargada en la que hay unas cuantas camas rotas. Desperdigados por el suelo ven colchones rajados.

—Tenemos mucho que hacer antes de que lleguen los demás —afirma Nesta.

Al día siguiente llega el resto del campo. Norah, Ena y June se ven en un barracón con otras sesenta mujeres y niños. Apenas hay sitio para acostarse.

—Estaremos como sardinas —observa June, sin soltarse de la mano de Ena ni un solo segundo.

—Pero como sardinas juntas —la tranquiliza Ena.

—La lluvia entra por el tejado, tía Ena. —Norah y Ena miran el tejado de paja y ven que se cuelan por él gotas de agua que forman un reguero continuo.

—Buscaremos unas hojas de palma —le dice Norah, que intenta mostrarse optimista, pero no lo consigue—. De ese modo nos libraremos de la peor parte.

—Creo que este sitio no me va a gustar —decide June—. Parece una cárcel.

«Tiene razón», piensa Norah mientras observa una hilera de hormigas minúsculas que suben por la pared. En cuestión de pocos días todo el mundo tendrá cuidado con esos insectos mordedores, cuyos ataques son tan dolorosos que lo único que pueden hacer sus víctimas es rascarse con furia las heridas. Al poco tiempo, las infecciones abundan.

Cuando es consciente de que ese es su hogar por el momento y es necesario que haga cuanto pueda para que la vida sea más fácil, Norah habla con Audrey.

—Tenemos que hacer algo para mejorar el saneamiento en este sitio, ¿me ayudas?

—¿Se te ocurre alguna idea?

—Es preciso que limpiemos los albañales a diario; de lo contrario enfermaremos todos. Echemos un vistazo a ver qué podemos encontrar que nos sirva de ayuda. ¿Estás conmigo?

—Por supuesto. Vamos.

Norah y Audrey recorren el campo entero y más allá. Descubren unas cuantas latas muy abolladas que en su día contenían queroseno y las recogen. Luego parten ramas largas, que miden de brazo a brazo. De palmeras cercanas arrancan tiras largas de las hojas para hacer cuerdas. Mientras descansan a la sombra de un árbol después del esfuerzo realizado bajo el calor tropical, ambas admiran los resultados.

—Entonces, el plan es llenar las latas de queroseno con las aguas residuales y atar una a cada extremo de la rama para que podamos cargar con ella, ¿no? —pregunta Audrey.

—Creo que funcionaría, ¿no te parece?

—Yo diría que sí, pero hay un problema: ¿cómo llenamos las latas?

—Mmm, no podemos utilizar las cacerolas que tenemos, nos hacen falta para cocinar y agarrar agua. Tendremos que pensar en otra cosa.

Permanecen sentadas un rato, disfrutando del alivio que supone apartarse del calor y el trabajo.

—¡Lo tengo! ¿Debajo de qué estamos sentadas? —quiere saber Audrey, y enseguida esboza una ancha sonrisa.

Norah mira hacia arriba y ve los cocos suspendidos sobre su cabeza.

—Eres un genio. ¡Pues claro! Ahora solo tenemos que hacerlos caer del árbol, partirlos por la mitad y listo.

—¿Te importa si nos quedamos aquí un ratito más? Este calor me deja sin fuerzas.

—Tengo una idea. Quédate aquí, ahora mismo vuelvo.

Norah no tarda en volver con Jack, un niño al que le falta poco para entrar en la adolescencia. El muchacho parece entusiasmado y va corriendo junto a ella.

—Hola, Jack, ¿en qué te ha metido esta revoltosa? —dice Audrey.

—No pasa nada; le preguntó a mi madre, y mi madre le dijo que yo podía ayudar —explica Jack.

—Me figuro que te va a hacer subir al árbol para que nos bajes unos cocos.

—Eso ha dicho, sí. Es eso, ¿no? —Jack se gira hacia Norah.

—Sí. Vamos, que te aúpo.

—Les ayudo —se ofrece Audrey, que entrelaza las manos para que Jack ponga el pie en ellas.

Jack mira a Audrey antes de dirigirse de nuevo a Norah.

—Soy más alto que ella.

Norah se ríe.

—Sí lo eres. Lo siento, Aud, no es culpa tuya que no llegaras a dar el estirón. Yo me ocupo.

—Eh, mis padres eran tirando a bajos, ¿qué posibilidades tenía yo?

Norah y Jack se acercan al árbol.

—Para variar, mi estatura será algo bueno —comenta ella mientras flexiona las rodillas y entrelaza las manos para que se suba Jack.

Este apoya una mano en el hombro de Norah, toma impulso y, tras poner un pie en las manos de Norah, se eleva y trepa hasta sujetarse de la rama más baja. Después se encarama a ella y dedica una sonrisa radiante a las mujeres.

—Todo bien.

—Bien, pero no hagas ninguna tontería, jovencito. Agárrate fuerte e intenta alcanzar el coco más cercano —indica Audrey.

No hace falta que se lo digan dos veces: Jack avanza por la rama y echa mano de un coco que ve más arriba. Le cuesta un tanto arrancarlo, pero, al cabo, la fruta cae al suelo.

—¿Cuántos quieren? —pregunta.

—Todos los que puedas arrancar, por favor. Así te ahorrarás tener que volver a hacerlo —responde Norah.

Al cabo de un rato, en el suelo hay un montón de cocos. Jack rehúsa la mano que le tiende Norah para ayudarlo y baja de un salto.

—Ha sido genial, me ha encantado estar ahí arriba; se ven kilómetros y kilómetros.

Norah y Audrey lo abrazan.

—¿Nos ayudas a llevarlos a nuestro barracón? —pide Audrey.

—También puedo pedir a unos amigos que les ayuden a abrirlos, si quieren —se ofrece el muchacho.

Mientras Jack y sus amigos parten los cocos, Norah y Audrey trenzan las tiras de palma para formar cuerdas. Cuando tienen bastantes, atan una lata de queroseno a cada extremo de la rama. Ena ha reunido un grupo de mujeres que están raspando la pulpa de coco de la cáscara. Parte del preciado líquido se salva, pero la mayor parte se pierde, ya que los exaltados chicos parten los duros frutos por la mitad con demasiado entusiasmo.

—¿Por qué hacen esto? —pregunta una mujer a Norah y Audrey.

—Alguien lo tiene que hacer, así que ¿por qué no nosotras? —responde Norah.

—¿Necesitan ayuda?

Cuando levantan la vista de lo que están haciendo, Norah y Audrey ven a Nesta, Betty, Vivian y algunas enfermeras más, que les sonríen.

—No es justo que solo se diviertan ustedes —observa Betty.

—Busquen una rama puntiaguda y pónganse a rascar la pulpa —indica Norah.

A la mañana siguiente las mujeres salen de los barracones y ven que Norah y Audrey dejan las ramas con las latas en el suelo y, con ayuda de media cáscara de coco, van metiendo en las latas las inmundicias de los albañales. Cuando las llenan todo lo que pueden cargar, se colocan la rama atravesada sobre los hombros y llevan el hediondo contenido lo más lejos posible del campo, para verterlo en una zona en la que correrá colina abajo.

Con el brillante ejemplo que dan Norah y Audrey, las mujeres comprenden que, si quieren sobrevivir y conseguir que el campo sea un lugar habitable, deben sumarse al esfuerzo.

—Que salga todo el mundo, por favor —va avisando Norah por el campo. Cuando todas las mujeres están presentes, anuncia—: Es hora de que decidamos quién hará qué.

—Muy bien —responde la señora Hinch—. Dinos qué hay que hacer.

—Hay que partir leña, limpiar los pozos para que podamos tener agua. Y, si a alguien quiere, nos puede ayudar a limpiar el albañal.

Solo unas pocas levantan la mano para ocuparse del albañal.

—Es estupendo que estemos limpiando el campo —comenta Nesta a Jean una mañana mientras suben por la calle—. Pero para algunos es demasiado tarde.

—Son esas condenadas hormigas —contesta Jean—. Y la comida, que está podrida.

—Me preocupan más las infecciones que la diarrea —afirma Nesta cuando ve a una mujer que se rasca con saña las piernas, dejando de hacer lo que estaba haciendo—. La doctora McDowell no ha tenido suerte; los japoneses no le han dado ningún medicamento. Y estos condenados mosquitos —exclama mientras da manotazos al aire.

—Voy al hospital —dice Jean—. Te veo allí más tarde.

Nesta está a punto de entrar en los barracones de las holandesas cuando Norah la intercepta.

—¡Nesta, por favor! ¡Tienes que ayudarla! —pide.

—¿A quién? Deprisa, dime qué pasa.

—Es Margaret, está enferma. Una de las mujeres de su barracón ha venido a decirme que no es capaz de despertarla; está ardiendo.

—Vamos —contesta la enfermera mientras echa a correr para ver a su amiga.

Dentro, hay algunas mujeres alrededor de Margaret, que gime. Una de ellas, Marilyn, le refresca la frente con un paño mojado. Todas se apartan cuando ven a Nesta.

Sin instrumental, sin suministros, valiéndose únicamente de lo que aprendió en Melbourne, mejoró en una mina de Sudáfrica y perfeccionó en los campos de batalla de Malasia y Singapur, Nesta examina con delicadeza a Margaret. Le abre la ropa para dejar al descubierto el ardiente torso, la gira con suavidad para ver el sarpullido que le cubre la espalda.

—¿Cuánto tiempo lleva así?

—Estos dos o tres últimos días ha estado más apagada y lenta que de costumbre —contesta Marilyn.

—Ayer le pregunté si se encontraba bien y me dijo que no era nada, que solo le dolía un poco la cabeza. Parecía frotarse los ojos como si el dolor estuviera ahí —añade otra mujer.

—¿Me traen unos trapos y toda el agua que puedan? Hay que intentar refrescarla y que beba algo.

Nesta levanta la falda de Margaret y confirma que la erupción del torso y la espalda se ha extendido a las piernas. Cuando le llevan una cubeta de preciada agua y unas prendas hechas jirones, en primer lugar Nesta introduce en la cubeta un extremo de la tela y le abre la boca con cuidado a Margaret. A continuación le coloca la punta del trapo en la boca, aprieta y deja caer gotas de agua en la boca de su amiga.

—Es la mejor forma de hidratarla sin que se desperdicie nada —explica.

Cuando le satisface ver que Margaret ha tragado un poco de agua, Nesta mete los trapos en la cubeta, los escurre y cubre con ellos el cuerpo prácticamente desnudo de Margaret.

—Cuanto antes logremos bajarle la temperatura, mejor. Deben cubrirla con estos trapos por completo, no solo la frente.

—¿Qué le pasa? —pregunta Marilyn.

—Tal vez sea malaria, pero creo que es más probable que sea dengue. Vi casos en Malasia.

—¿Es contagioso? —inquiere otra mujer al tiempo que se aparta.

—No, no lo contraerán, al menos no por Margaret. La picó un mosquito que estaba infectado.

Sin previo aviso, Margaret comienza a estremecerse y tiritar.

—Ayúdenme a quitarle los trapos y tráiganme todo lo que puedan para taparla: mantas, abrigos, lo que sea.

Una de las mujeres le da un pesado abrigo de pieles.

—Tengo esto. Últimamente no he sentido la necesidad de ponérmelo, así que ¿por qué no darle un buen uso? —asegura, arrancando algunas risas.

Nesta agarra el abrigo y envuelve con él a Margaret. Después, para sorpresa de todas, se acurruca con ella y rodea con sus brazos el cuerpo de la mujer, que delira y tiembla violentamente. Nesta se queda con ella hasta que las convulsiones cesan.

Luego, Margaret se sume en un sueño profundo y Nesta se levanta y se estira.

—Me temo que estará así unos cuantos días. ¿Pueden cuidar de ella o prefieren que les ayudemos a trasladarla a nuestro barracón?

Se escucha un coro de «nosotras la cuidamos» y «estará bien con nosotras ahora que sabemos lo que tenemos que hacer».

—No lo olviden: si ven que está ardiendo, utilicen los paños mojados. Sería mejor si pudiésemos usar agua fría, pero así son las cosas. Denle de beber lo más a menudo posible y abríguenla cuando empiece a tiritar. Alguien debería estar con ella en todo momento.

—Nos turnaremos —le asegura Marilyn—. No te preocupes.

—Volveré luego para ver cómo está —promete Nesta.

—Estoy muy preocupada por ella —reconoce Norah cuando se alejan.

Nesta sonríe.

—Le esperan unos días complicados, pero nunca he conocido a nadie tan fuerte como Margaret Dryburgh.

—Cuidaré de ella —le dice Norah—, no la dejaré sola.

Al cabo de dos días, Ena y Audrey entran en el barracón de Margaret y ven que Norah, que dormitaba en el suelo junto a la enferma, se despierta.

—Norah —dice Ena mientras le pone una mano en el brazo y la ayuda a levantarse—. Tienes que ir a descansar un poco, a descansar de verdad.

—No... No puedo... Tengo que...

—No tienes que hacer nada, ya has hecho bastante —insiste Audrey—. Casi no has pisado tu barracón; estás aquí todo el tiempo.

—Y ¿cómo crees que se sentirá Margaret cuando se despierte y vea que has enfermado por no cuidarte? —añade Ena—. June te necesita en casa, conmigo.

—Pero tengo que ayudarla —se lamenta Norah.

—¿Qué puedes hacer tú que no puedan hacer las demás? —le pregunta Audrey.

—No lo sé, pero ha de haber algo.

—Tiempo... Necesita tiempo —le asegura Ena.

Norah permanece en silencio unos instantes y después se le iluminan los ojos.

—¡Ya lo tengo! ¡Música! Llegaremos a ella a través de la música.

—¿Quieres que reunamos al coro y le cantemos? —pregunta Ena con el mismo entusiasmo.

—No, es preciso que sea algo diferente, algo especial. Con ustedes dos ya es un comienzo. Tengo una idea y solo necesito a dos personas más. Están en uno de los barracones de las holandesas. Vamos, ¿por qué siguen ahí sentadas? Andando.

—Se hace tarde, Norah. ¿No puede esperar a mañana? —plantea Audrey.

—No.

Ena sabe por propia experiencia que con su hermana no se discute y Audrey también ha aprendido que Norah es una fuerza imparable, de manera que ambas la siguen, cruzan la calle y entran en un barracón donde se alojan algunas holandesas.

Por suerte, dos de las mujeres que están allí formaban parte del coro original: Margarethe y Rita, que miran risueñas mientras Norah explica la idea que ha tenido.

—Voy a cantar el *Andante cantabile* para cuarteto de cuerda de Chaikovski —dice Norah.

—¿Cómo que vas a «cantarlo»? La pieza se compuso para violines y un chelo, y no tenemos instrumentos —aduce Rita.

—Lo sé. Ustedes serán mis instrumentos. Escuchen.

Con delicadeza y suavidad, Norah convierte la sencilla melodía en ohs y ahs. Las demás mujeres del barracón la rodean. Tras abrir los ojos, Norah mira a las elegidas.

—¿Qué opinan?

—Pues que suena genial cantado por ti, pero nosotras no podemos hacer eso —apunta desconcertada Margarethe.

—Si yo puedo, ustedes también. Tienen una voz mucho mejor que la mía. Por favor, ¿pueden intentarlo al menos?

—¿Es esto lo que quieres que le cantemos a Margaret? —inquiere Audrey.

—Sí, tenemos que darle algo especial, algo único. Creo que si nos escucha cantar esta pieza, despertará.

—Me parece bien. ¿Qué dicen ustedes? —Audrey voltea hacia las otras tres integrantes del coro.

—¿Cuánto tenemos para aprenderlo? —pregunta Rita.

—Esta noche y mañana. Pero pasado mañana quiero que vayamos a ver a Margaret.

—¡Hagámoslo! —exclama Ena.

—Creo que deberíamos empezar tarareando solo la primera frase. Quiero oír los matices y los ritmos de sus voces.

Después cantan la segunda frase, y la tercera, y continúan hasta que las cuatro mujeres crean un sonido que no se parece a nada que su público haya oído nunca.

—Ahora las uniremos —pide Norah, y levanta el brazo.

Al día siguiente, cuando Norah, Ena y Audrey llegan al barracón holandés, las mujeres las están esperando. A lo largo de las horas que siguen, perfeccionan sus partes con el objeto de estar preparadas para interpretar a Chaikovski.

Tras despedirse de Margarethe y Rita, Norah manda a casa a Ena y Audrey. Ella quiere pasarse a visitar a Margaret, a pesar de que es tarde, pero necesita verla.

Llama con suavidad y, cuando le abren, va de puntitas con Marilyn hasta donde está acostada Margaret.

—No hay ningún cambio —cuenta Marilyn.
—Pero tampoco está peor, ¿no?
—No, que Nesta haya visto. Si acaso, descansa durante periodos de tiempo más largos entre las tiritonas y las convulsiones.
—¿Les importa si vuelvo mañana con cuatro amigas? Nos gustaría cantarle una cosa.
—Claro que no, seguro que mal no le hace.

A la mañana siguiente Norah, Ena, Audrey, Rita y Margarethe esperan a la puerta del barracón de Margaret para que Nesta les informe del estado en el que se encuentra su amiga. Dan vueltas, preocupadas, arrastrando los pies descalzos. Nesta aparece por fin. No sonríe, pero tampoco frunce el ceño, cosa que Norah toma por una buena señal.

—No ha empeorado; no le sube tanto la fiebre por la noche, pero eso es lo que cabría esperar. Esta enfermedad requiere un largo periodo de recuperación. Adelante, vayan a verla. ¿Les importa si paso a escuchar?

Norah se agarra del brazo de Nesta y las seis mujeres entran en el barracón. Dentro aguarda un nutrido público: se ha corrido la voz de que Norah y el coro van a cantar para Margaret y todo el mundo quiere estar allí, presenciar un milagro que confían en que se haga y por el que rezan.

Alrededor del tapete, Norah coloca a su coro. Nesta

se sienta junto a Margaret, le pone un paño húmedo en la frente y le aparta del rostro el cabello sudado. Tras subir y después bajar lentamente la mano, las primeras notas salen de los labios de Margarethe, y las demás se suman a ella. Suave y dulcemente, los armoniosos sonidos de las voces de las mujeres vuelan para llegar al alma de todas las presentes. Nesta le aprieta la mano a Margaret sin querer. Las notas fluctúan, suben y bajan. El aire vibra con sus voces y, cuando finaliza la breve pieza, cada una de las cinco mujeres se agacha para besar a Margaret en la mejilla. Nesta sale con ellas. No ha dicho nada cuando estaba dentro del oscuro barracón infestado de ratas, pero fuera, bajo el brillante sol matutino, se gira hacia las mujeres.

—No hay medicina ni tónico que se pueda comparar con lo que acabo de oír. Gracias, nunca lo olvidaré.

Cuando Nesta se aleja, las cinco mujeres se toman del brazo y se disponen a cumplir con sus respectivos cometidos.

—Hay unos cuantos albañales que tenemos que limpiar —dice Audrey a Norah.

Esa noche Audrey irrumpe emocionada en el barracón de Norah.

—Tienes que venir, ¡deprisa! Está despertando. ¡Lo consiguieron! Santo cielo, mis dos hermosas mujeres, lo consiguieron, nos han devuelto a nuestra guía.

—Ve a buscar a Nesta —le pide Norah mientras las demás y ella corren al barracón de Margaret.

La puerta está abierta y, al entrar, las recibe un parloteo de voces entusiastas. Las mujeres se apartan para que pasen las cinco cantantes y les dan palmaditas en la espalda y les acarician los brazos a medida que avanzan.

Margaret yace en silencio, parpadeando. Norah se arrodilla a su lado. Es vagamente consciente de que Nesta ha entrado en el barracón, pero por el momento su atención se centra en la mujer de mayor edad.

—Hola, qué feliz me hace verte, amiga mía. ¿Cómo te va? —dice Margaret.

—¡Cuánto me alegra que hayas despertado! Dinos cómo te encuentras, anda —pide Norah.

—Oh, algo cansada. Creo que he contraído algo, pero pronto estaré bien.

—Ya lo creo —corrobora Nesta, que extiende un brazo para tocarle la frente a Margaret—. La temperatura parece normal. Bienvenida, Margaret.

—¿Dónde he estado? —inquiere una perpleja Margaret.

—Has estado muy enferma, pero te estás recuperando. Vas a tener que tomarte las cosas con calma durante un tiempo, pero te pondrás bien. Que alguien me traiga un vaso de agua, por favor.

Nesta le levanta la cabeza con sumo cuidado a Margaret y la ayuda a beber.

—¿Qué ha sido? —se interesa Margaret.

—Dengue, creo. No lo sé con seguridad, pero yo diría que fiebre del dengue.

—Si tú lo dices, así es. Gracias por cuidarme.

—No me las des a mí, son tus compañeras de barracón las que te han cuidado y han conseguido que salgas de esta; yo solo venía a verte de vez en cuando.

—Más de diez veces al día —precisa Marilyn.

Margaret mira a su alrededor con expresión de preocupación.

—Música, ¿alguien trajo un tocadiscos? Tengo el vago recuerdo de oír unas voces muy bellas.

—Lo que oíste... —empieza una de las mujeres.

—Ya hablaremos de eso cuando hayas recuperado las fuerzas —se apresura a decir Norah.

—Sé lo que hicieron, me lo contó Marilyn. Era Chaikovski, ¿no? —dice Margaret, y le aprieta el brazo a Norah.

Margaret ha seguido mejorando. La ayudan a salir cada mañana para que se siente a la sombra de un cocotero. Norah la visita a diario. Unas veces hablan, otras permanecen sentadas en un silencio apacible, agradable. Ese día hablan.

Norah se ríe.

—Me imaginé que alguien te lo contaría, antes o después. Y sí, el *Andante cantabile* para cuarteto de cuerda. ¿Le das el visto bueno?

—Querida mía, ¿cómo podré agradecértelo? Es sencillamente el mejor regalo que me han hecho nunca; pensar que hicieron eso por mí... —Margaret extiende la mano y aprieta la de Norah—. Pero dime, ¿qué piensas hacer con esta... esta orquesta vocal que has creado?

—Ah, me alegro de que lo preguntes. Estaba pensando que quizá podría... podríamos, me refiero, ir más allá; probar con algo que suponga un desafío mayor. ¿Qué opinas? —Norah mira a su amiga con nerviosismo.

Margaret sonríe.

—Creo que si alguien en este mundo puede hacerlo eres tú.

—Iré poniéndolo en marcha mientras espero a que te recuperes.

—No es preciso que esperes por mí —asegura Margaret—. Toma la formación que recibiste en la Real Academia de Música y súmala a ese don divino que tienes. Estaré muerta de impaciencia por escuchar el resultado.

Norah encuentra a Ena y Audrey limpiando el arroz de la cena. Lo escogen y desechan las piedrecitas y los gorgojos.

—Necesito gente —dice Norah.

—Yo sí la necesito —replica Ena—. Puedes echar una mano con el arroz.

—Olvídate del arroz, Ena. Necesito gente para la orquesta vocal.

Ena levanta la vista, perpleja.

—¿La orquesta vocal?

—Sí, así es como la llamo. Margaret coincide conmigo en que deberíamos ampliar el repertorio. ¿Qué me dicen?

—Yo digo que es una idea estupenda. ¿Cuándo empezamos? —contesta Audrey.

Esa noche Ena pide a una compañera de barracón que se ocupe de June mientras Norah, Audrey y ella están fuera un par de horas. Cuando llegan al barracón holandés, reciben una cálida bienvenida. El pequeño espacio no tarda en llenarse de voluntarias.

—Gracias a todas por venir —empieza Norah—. Estoy abrumada, de veras. Si pudiera, las escogería a todas y formaría una orquesta sinfónica, pero me temo que por el momento solo puedo dirigir un coro de cámara, confío en que lo entiendan.

Pasa la hora que sigue haciendo pruebas a las mujeres. Norah no quiere tener más de treinta miembros. Cuando alguien sugiere que deberían preguntar a las mujeres de los barracones ingleses y a las enfermeras si quieren formar parte del grupo, Norah les asegura que en cuanto se hayan establecido buscarán a otras, tal vez otras diez o así.

Cuando tiene el número deseado, echa a las demás de la cocina. Pueden escuchar desde la habitación contigua.

—Bueno, necesito que nos organicemos en secciones. Tenía en mente tres grupos de seis mujeres cada uno, quizá más en las cuerdas.

—¿Has pensado en lo que vamos a interpretar? —pregunta Rita.

—¿Si ha pensado en ello? ¿Tú qué crees? —bromea Ena.

Cuando las risas cesan, Norah responde tímidamente.

—Pensaba en algo de la *Sinfonía del Nuevo Mundo* de Dvořák.

—¿Qué movimiento? —pregunta Rita.

Norah se saca algo del bolsillo. Es un papel arrancado de un viejo cuaderno, pero que, con la más exquisita de las letras, está repleto de barras, acordes y corchetes. ¿Qué les parece el «Largo»? ¿Empezamos con el «Largo»?

Norah tararea la melodía y a las mujeres se les empiezan a iluminar los ojos.

—¿De verdad crees que podemos hacer esto? Me refiero a que ¿por dónde empezamos? —inquiere Margarethe.

—Empezamos por confiar en que Norah nos enseñe, nos eduque la voz para sacarle las mejores armonías —las tranquiliza Ena.

—Necesitamos un sitio para ensayar —apunta Rita.

Alguien exclama desde la sala de estar:

—¡Aquí! ¡Pueden ensayar aquí!

—Gracias. Esta cocina será la sala de ensayos de la orquesta vocal inaugural —decide Norah.

Todas rompen a reír y el público grita entusiasmado, puesto que de ese modo tienen asientos en primera fila para asistir a la creación de una interpretación única.

—Empezamos mañana por la noche —dice Norah, y se vuelven a escuchar gritos de alegría.

16

Campo III
Octubre de 1943-octubre de 1944

—Nos reuniremos dos veces a la semana para ensayar —explica Norah a su orquesta vocal—. Las dividiré en tres secciones, en función del tono y el timbre de su voz.

—¿Nos puedes aclarar eso? —pide Margarethe.

—Claro. Lo siento, se me olvida que no todo el mundo está familiarizado con los términos musicales. Las que tengan voz de soprano y contralto serán los instrumentos de cuerda; las voces algo más graves serán los de viento madera, y las que tengan la voz más grave conformarán la sección de viento metal. ¿Todo claro?

Las mujeres asienten y los ensayos dan comienzo.

Un par de semanas después, Norah está dirigiendo las melódicas voces cuando mueve una mano para interrumpir el ensayo.

—Audrey, ¿qué pasa?

—Nada, no pasa nada.

—¿Estás llorando?

—No, no está disgustada, mi querida hermana —tercia Ena—. Sino conmovida. Y todas sentimos lo mismo. No puedo creer que estemos creando unos sonidos tan bellos.

Norah mira a Audrey, que se sorbe la nariz.

—¿Es eso?

—¡Sí! Cielo santo, el sonido es tan increíble, tan poderoso. Sé que estoy cantando con ustedes, pero me están transportando a otro lugar.

Norah mira a su orquesta, que asiente y se sorbe asimismo la nariz.

—¿Quieren hacer un descanso?

Todas niegan con la cabeza.

—¡Cielos! —exclama Ena señalando la ventana. No son solo las mujeres que se encuentran presentes las que lloran sin disimulo con la emotiva interpretación de la sinfonía de Dvořák; todo el que pasa por delante del barracón y se detiene a escuchar nota que los ojos se le llenan de lágrimas.

—Entonces, ¿empezamos otra vez? ¿Desde el principio? —Norah sonríe, se siente orgullosa de que la orquesta ya esté cumpliendo con su cometido: entretener a las prisioneras.

La sección de viento metal comienza con un tarareo grave, los vientos madera esperan a que les den la entrada y funden de manera imperceptible sus voces con la música. Norah indica a las cuerdas que entren y ahora la orquesta entera vibra. El nudo que se le ha formado en la garganta a Norah crece hasta que también ella llora.

—¡Norah! Norah, ¿te encuentras bien? —pregunta Ena, y jala a su hermana para abrazarla.

—He oído lo que han oído ustedes —musita contra el hombro de Ena.

Durante un instante las mujeres lloran a lágrima viva y se reconfortan mutuamente.

—¿Tenemos que empezar otra vez desde el principio? —pregunta al final Audrey.

—Necesito recomponerme para poder dirigirlas —explica Norah con una sonrisa.

Cuando pone punto final al ensayo, pregunta a las mujeres si están preparadas para aprender otra pieza.

—¿No sería estupendo dar un concierto entero, en lugar de interpretar una sola pieza?

Entusiasmadas, todas se muestran conformes.

Al día siguiente, Norah visita a Margaret, que se recupera bien.

—Necesito consejo —dice mientras se acomoda en una esquina del tapete en el que duerme Margaret—. Hemos decidido ampliar el repertorio y estaba pensando en interpretar las *Romanzas sin palabras* de Mendelssohn, algún vals de Brahms y el *Londonderry Air*.

—Perfecto —exclama Margaret—. Absolutamente perfecto.

—Pero tendré que adaptarlas a la voz femenina.

—Bueno, si alguien puede hacerlo, esa eres tú, querida mía.

Norah copia concienzudamente las partituras en papeles con los que consigue hacerse. Pregunta a Ena si quiere cantar la última canción con el respaldo de la orquesta. Su preciosa voz de soprano complementará la interpretación de la orquesta de la «Faery Song», de *The Immortal Hour*. Ena acepta humildemente.

También escribe y copia esa pieza a mano, una y otra vez. Sin acceso a la partitura original, la memoria eidética de Norah para las partituras asombra a todo el mundo.

—Ninguna esperaba pasar aquí una segunda Navidad y, sin embargo, aquí estamos —anuncia Nesta a una habitación llena de enfermeras—. No tendremos un festín y nadie recibirá regalos, pero así y todo es Navidad, y creo que deberíamos celebrarla de alguna manera.

Las chicas se miran.

—¿Alguna sugerencia? —pregunta Jean.

—Bueno, a mí me gustaría que estuviésemos aquí todas juntas un rato —responde Betty.

—Puede que alguna quiera compartir cómo solía ser un día de Navidad en casa —añade Vivian.

—Es una idea preciosa, Vivian. ¿Por qué no empiezas tú?

—Bueno, lo primero que recuerdo de las Navidades cuando era pequeña es que en Broken Hill hacía un calor infernal.

—Ya lo creo, Bully. Dinos qué hacían —la anima Betty.

—No lo van a creer, pero mi madre seguía insistiendo en mantener la tradición inglesa de servir un asado caliente a mediodía, seguido de un pudin más caliente aún. Solo estábamos los cuatro: mi madre, mi padre, mi hermano John y yo. Con mi padre siempre se podía contar; se comía todo lo que mi madre le ponía delante. John y yo nos quejábamos del calor que hacía y movíamos la comida por el plato, pero sabíamos que, si queríamos que nos dieran nuestros regalos, teníamos que comérnoslo todo. Cosa que hacíamos, con un poco de ayuda de Joey, nuestro perro, que se escondía debajo de la mesa. Mi padre nos sorprendía a menudo, pero nunca decía nada; solo nos guiñaba un ojo de vez en cuando. Lo que daría por estar sentada a esa mesa ahora, hiciera el calor que hiciese y por muy caliente y pasada que estuviese la comida de mi madre, y, créanme, lo estaba.

El día siguiente el campo se llena de los sonidos de niños que juegan y comparten los sencillos juegos y juguetes que han hecho con amor para ellos. Norah se sienta debajo de un árbol con Ena y Margaret, y las tres miran a June, que juega con los otros niños.

—¿Están listas para mañana? —les pregunta Margaret.

—Llegó el momento —contesta Norah.

—Llegó el momento de que nuestra orquesta vocal les enseñe lo que es capaz de hacer —añade Ena.

—Bueno, pues mañana será el día —concluye Margaret.

—Esta noche tenemos algo especial para ustedes —anuncia Margaret a las mujeres, que, reunidas, están deseosas de escuchar la tan esperada interpretación—. Ni siquiera a mí se me ha permitido escuchar todo lo que estamos a punto de disfrutar. Después de semanas de ensayos, les quiero presentar a la incomparable Norah Chambers. Norah tenía la sensación de que en nuestro programa de entretenimiento faltaba algo. Junto con algunas mujeres dotadas de un talento increíble, ha creado para todas ustedes... una orquesta vocal. Por favor, démosles la bienvenida por primera, pero no última, vez.

La interpretación se va a realizar en el espacio central del campo. El gentío se aparta cuando la orquesta de Norah se abre paso entre las impacientes mujeres.

Norah organiza a sus cantantes en un semicírculo y el público las ovaciona y aplaude con entusiasmo.

De espaldas al público, Norah musita unas palabras de aliento a sus cantantes antes de levantar despacio el brazo derecho.

Norah Chambers, prisionera del ejército japonés, que sobrevive a duras penas en la jungla de Sumatra, cierra los ojos. Baja lentamente el brazo y las notas claras, conmovedoras, del comienzo del *Largo* de la *Sinfonía del Nuevo Mundo* de Dvořák recorren las primeras filas de mujeres y llegan como una explosión al fondo. A medida que la pieza cobra ímpetu, subiendo y bajando, yendo de un lado a otro de la escala, el público se queda boquiabierto, sorprendido. Las cantantes, con los ojos fijos en Norah, siguiendo cada uno de sus gestos, no titubean. Sustentadas por la belleza y la fuerza de esta música, que se ha compuesto en un momento y un lugar inimaginables para el público..., ahora mismo son libres.

Cuando deja caer el brazo, Norah baja la cabeza, cierra los ojos. El silencio en el campo parece prolongarse una eternidad. Norah se voltea al oír aplaudir a una persona y después, al unísono, las mujeres prorrumpen en aplausos y ovaciones, secándose las lágrimas que han empezado a caer desde la primera nota que han oído. La orquesta también llora, sus integrantes se abrazan.

Margaret se adelanta, conteniendo sus propias lágrimas, pero temblando con la emoción que siente otro músico cuando escucha algo extraordinario. Estrecha contra sí a Norah, que se refugia en sus brazos, abrumada por la emoción.

—¡Otra! ¡Otra!

El público no se cansa de pedir que continúen. Norah mira a su orquesta, preguntándole con los ojos. Todas sus integrantes asienten.

—¡Sí!

—¿Chopin? —pregunta ella.

Las mujeres asienten una vez más.

Margaret levanta de nuevo las manos. Es todo cuanto necesita para hacer callar al público.

—Creo que va a ser Chopin, ¿me equivoco? —pregunta mirando a Norah, que sonríe.

—Señoras, para todas ustedes el preludio de la *Gota de lluvia* de Chopin —anuncia Margaret, y a continuación se retira.

Mientras las últimas notas flotan en el aire, suspendidas aún sobre las mujeres, Norah musita:

—Mendelssohn.

Flotando, cayendo, la delicada introducción de las *Romanzas sin palabras* eleva a las mujeres por encima de la mugre y la miseria del campo en el que viven. Ahora lucen sus mejores galas, se encuentran en las óperas más famosas de Italia, París y Londres. El corazón de las mujeres sube hasta el cielo, obviando el dolor que sienten. Norah se pregunta cómo unas simples notas musicales pueden ser tan tristes, tan bellas, alentadoras y transformadoras.

La última nota es tan serena, tan delicada que solo la oyen las que tienen la suerte de ocupar las primeras filas. Norah baja la cabeza. Exhausta, abrumada por la emoción, su orquesta y ella experimentan su propia huida de ese lugar y ese momento. Regresan despacio, y el ruido es estruendoso, los sollozos acallan los aplausos y las ovaciones. Ya sean sus vidas largas o cortas, cada una de las mujeres que se encuentran presentes recordará la noche en la que los ángeles visitaron ese lugar desolado para darles esperanza y una belleza inigualable.

—Señoras —Margaret se dirige al público—, la de esta noche es, sencillamente, la música más bella y extraordinaria que he escuchado y que escucharé en mi vida.

Voltea para dedicar una ancha sonrisa a la orquesta.

Norah susurra algo a Margaret.

—Señoras, nuestras extraordinarias intérpretes nos reservan una última sorpresa. Antes de que cantemos nuestros respectivos himnos nacionales, tienen una interpretación más para ustedes.

Se vuelven a oír aplausos.

Ena se desmarca de la fila y Norah y ella se sonríen. Norah hace un gesto afirmativo con la cabeza a su hermana para preguntarle si está preparada. La mirada de esta le dice que sí.

Ejecutando los bellos sonidos del arpa, Betty se lanza a interpretar la música y las demás voces se suman a la suya antes de que la gloriosa voz de soprano de Ena cante las primeras palabras de la «Faery song», de *The Immortal Hour*.

*Qué bellas son
esas criaturas grandiosas...*

Todas las mujeres del público, que estaban de pie, se arrodillan, elevan la vista a las estrellas y los sollozos cesan bruscamente: necesitan escuchar esas palabras, la majestuosidad que Ena les está confiriendo.

...que moran en las colinas huecas...

Ena sostiene la última nota mucho después de que dejen de oírse las otras voces, mucho después de que Norah baje la mano.

La orquesta vocal contempla los rostros exultantes del público. Han visto por sí mismas el efecto que han causado en todas las presentes. Han puesto el alma en ello, y ahora acogen los aplausos y los sollozos de gratitud, y permiten que las envuelvan y sean su refugio durante unos breves instantes.

June se hace sitio entre Norah y Ena.

—¿Por qué lloran, tías?

La niña rompe el hechizo y ahora las hermanas se ríen y la abrazan.

Sin que nada parezca indicar que los aplausos vayan a cesar, una vez más Margaret levanta una mano y se hace el silencio.

—Dentro de cuatro días empezará 1944. Confío en que sea un año mejor para todas nosotras. No tengo palabras, al igual que tampoco ustedes, para dar las gracias a la orquesta por lo que nos han regalado esta noche. Se me ocurre que podemos intentarlo cantando para ellas nuestros himnos nacionales.

—«*Dios salve a nuestro glorioso rey...*» —resuena su potente voz.

El público se levanta y se suma a ella.

—«*...Larga vida a nuestro noble rey.*»

Antes de regresar a sus barracones, las mujeres rodean a las integrantes de la orquesta y las abrazan, derramando unas lágrimas que creían haber agotado, para darles las gracias personalmente. Después, Norah y Ena acompañan a Margaret hasta su barracón, con June dando saltitos tras ellas.

—¿Puedo preguntar qué es lo siguiente en lo que están trabajando? —se interesa Margaret.

—Es una pieza difícil, pero son tantas las holandesas que han venido a los ensayos que he estado probando el *Bolero* con ellas —responde Norah.

—Oh, querida, no creo que Ravel se planteara nunca que esta pieza se pudiese interpretar únicamente con la voz. Pero si alguien puede lograrlo, eres tú, y ya estoy impaciente por escucharla.

—Voy al pozo. ¿Alguien me acompaña? —pregunta una mañana Nesta.

Ha dado comienzo el nuevo año y el estado de ánimo entre las prisioneras es muy distinto del que tenían cuando llegaron al campo hace tres meses. Se han redoblado los esfuerzos para mantener limpios los pozos; la estación lluviosa ha vuelto y los pozos se están llenando de preciada agua.

—Sí, yo. Espera un momento, que voy por una cacerola —responde Vivian.

Nesta y Vivian se ponen a la fila de mujeres que esperan para agarrar agua. Nesta ata la cuerda a la cubeta que lleva y la baja despacio por el pozo. Se asoma para ver cuánto más tendrá que bajarla para que llegue al agua, pero basta con que la cubeta golpee con suavidad la pared para que la cuerda no aguante. La cubeta cae al agua y da contra los demás cacharros que descansan en el fondo.

—¡No! No lo puedo creer. Otro —se lamenta Nesta mientras sube la cuerda.

—¿Crees que puedo agarrarlo? —pregunta Vivian.

—No, es demasiado profundo.

—Enfermera James, solo se puede hacer una cosa —dice la hermana Catherina, que también hace fila para agarrar agua.

—¿De veras? ¿Qué? —inquiere Nesta.

—Es usted bastante pequeña, ¿no? —pregunta la monja mientras observa el pequeño cuerpo de Nesta.

—¿Ahora se da cuenta? —exclama Vivian.

—No, pero es la primera vez que se me ocurre que podría ser muy útil.

—Útil ¿para qué? —recela Nesta.

—Ayudaría encantada a la enfermera Bullwinkel a bajarla a usted al pozo, ¿qué me dice, enfermera?

—Desde luego, cuente conmigo: nada me gustaría más que bajar a mi jefa cabeza abajo a un pozo —contesta risueña Vivian.

—Es broma, ¿no? —Nesta está horrorizada.

—En absoluto. Ah, y ya que baja, ¿podría recoger alguna otra cubeta o cacerola? Todo el mundo estaría muy agradecido.

Mientras Vivian ata una cuerda deshilachada a la cintura de Nesta, llegan otras mujeres y se unen también a la aventura, ofreciendo sugerencias y palabras de ánimo.

Cuando salva el brocal del pozo, Nesta dice con nerviosismo:

—Por favor, sujétenme bien. ¿Necesitan que les ayude alguien, Bully?

—Yo puedo echar una mano —se ofrece Margaret,

que acaba de llegar—. Ya se ha corrido la voz en el campo de que la enfermera James va a bajar al pozo. Pensé que necesitaba verlo con mis propios ojos. ¡Te tenemos, Nesta!

—Pues adelante —dice Vivian—. Agarre el extremo de la cuerda conmigo.

—Despacio, vayan despacio —pide Nesta mientras Vivian, la hermana Catherina y Margaret la bajan por el oscuro pozo. La pequeña enfermera mira hacia arriba y ve que docenas de rostros le devuelven la mirada—. No veo nada. Me tapan la luz. ¡Apártense todas! —grita Nesta.

Se oye un arrastrar de pies cuando todas dan un paso atrás.

—Ya he llegado, ya casi estoy en el agua —informa Nesta.

—Agarra todos los recipientes que puedas y te subimos.

—Bien, denme un minuto.

—Da un grito cuando estés lista, ¿de acuerdo?

—¡Despacio! Despacio, ¡aahh! Me he dado la vuelta, ¡estoy bocabajo! —se lamenta Nesta.

—Te tenemos, aguanta.

—Dense prisa.

—¿Tiene los recipientes? —le pregunta la hermana Catherina.

—Sí, un montón. Por eso me he dado la vuelta.

—Ya le veo las piernas. Cielo santo, si parece un niño que viene de nalgas —comenta alguien con atrevimiento.

Las mujeres que rodean el pozo ríen a carcajadas mientras sacan a Nesta con el vestido por encima de la cara. Lleva colgando de los brazos y las manos multitud de cubetas. Dos mujeres la agarran por la cintura y la sacan, dejándola en el suelo bruscamente.

Vivian se abre paso entre las mujeres y ayuda a Nesta a liberarse de la cuerda, devolviéndole la dignidad.

—Las demás se van a dar de golpes por haberse perdido esto —afirma Vivian.

—Me alegro de haberlas entretenido —responde Nesta mirando a las sonrientes mujeres que tiene a su alrededor.

Nesta y Vivian vuelven al barracón, la primera con una cubeta llena de agua y la segunda con su cacerola.

—Me figuro que no hay forma de mantener en secreto este pequeño incidente y que quede entre tú y yo, ¿no? —pregunta esperanzada Nesta.

—Va a ser imposible, enfermera James, imposible.

—Han dicho que podemos tener un huerto —anuncia Nesta a sus enfermeras—, así que unamos esfuerzos para empezar cuanto antes.

—Gracias a Dios —responde Jean—. Prácticamente estamos muertas de hambre.

—Betty, Vivian, nos toca trabajar en el huerto; tenemos el turno de mañana. Jean, ¿puedes dar con dos más a las que no les toque visita de casas para que nos sustituyan esta tarde?

—Por supuesto, Nesta. Yo esta tarde estoy libre, iré con ellas.

Cuando llegan al lugar designado, le dan a cada una la cáscara de medio coco.

—¿Tiene alguien las herramientas? —quiere saber Vivian.

—Si te refieres al mango del hacha y a la hoja de la pala, sí. El resto tenemos los cocos —contesta Betty.

—A gatas, chicas —indica Nesta mientras se arrodilla en la tierra y empieza a removerla con el coco.

Han tenido que sacrificar una pequeña porción de las raciones que reciben para conseguir pepitas y semillas, que plantarán esa tarde.

—¿De verdad piensan que nos dejarán comer lo que cultivemos? —pregunta Vivian.

—Esperemos que sí —responde Betty, lanzando un suspiro—. Nos hemos dejado la piel despejando este sitio, seguro que podemos comer los frutos de nuestro esfuerzo.

—Lo cierto es que no hay manera de saberlo, así que lo único que podemos hacer es poner todo nuestro empeño —concluye Nesta—. De todas formas, no quiero que a nadie le dé un patatús con este calor. Si necesitan descansar, díganlo.

—Pararemos cuando pares tú —decide Betty, dándole un empujoncito a su amiga.

En esta ocasión, las mujeres experimentan las ventajas de vivir en el trópico; una vez sembrados, los alimentos brotan deprisa y se comparten entre todas. También buscan en las inmediaciones otras plantas comestibles y corteza de árboles que puedan hervir hasta que se ablande para acompañar las espinacas y los frijoles que han crecido. Como siempre, los primeros bocados son para los niños.

Un día, cuando Norah está trabajando fuera, June se acerca corriendo con la mano cerrada.

—Mira, tía Norah. Mira lo que tengo.

La pequeña abre la mano con delicadeza y deja a la vista unos preciados granos de arroz hervido.

—¿De dónde los has sacado?

—Fui con los niños y los encontramos debajo del barracón.

—¿De qué barracón? Y, ya puestos, ¿con qué niños?

—Pues con mis amigos. Normalmente solo van los niños, pero les dije que si no me dejaban ir con ellos me ponía a gritar. Nos metimos debajo del barracón de los soldados; en el suelo se han formado unos huequecitos y, cuando los soldados comen, se les cae arroz al suelo y se cuela por los huecos. Nosotros nos quedamos acostados con las manos abiertas y esto es lo que he agarrado —cuenta June con el orgullo de un cazador que regresa a su cueva.

Norah no sabe qué decir. Mira a su alrededor para ver si alguien está oyendo hablar a June del riesgo que está corriendo junto con los niños. Le quiere decir que no lo va a poder hacer otra vez, que no ha estado bien acercarse a los barracones de los soldados, pero ve la mirada risueña de la niña y de nuevo el orgullo, y se le parte el corazón. Lo único que puede hacer es abrazarla con fuerza e intentar ocultar su dolor, el dolor de no poder dar de comer y cuidar a esa niña que no es la suya, pero cuya responsabilidad ha aceptado por propia voluntad y cuyo amor la ha conquistado.

June se separa de Norah y comenta emocionada:

—Lo voy a compartir con Sammy, que no fue, ¿está bien?

Cuando la saltarina June se marcha, Norah se derrumba y entierra el rostro entre las manos mientras solloza quedamente. Vivian es la primera que la encuentra.

—Norah, ¿qué ocurre?

Norah ve la mirada afectuosa de una mujer a la que, en circunstancias normales, no habría conocido, una mujer de otro país, una mujer a la que ahora llama amiga. Una amiga que no solo entiende su dolor, sino que lo comparte.

—No estoy herida, no te preocupes, es solo que...

—Ay, Norah. Ven, vamos a tu barracón; hablaremos allí.

Cuando Norah entra en su casa, con el solidario brazo de Vivian por los hombros, Ena, que está cosiendo, levanta la vista.

—¿Qué ocurre? ¿Ha pasado algo?

—Tu hermana está bien —la tranquiliza Vivian—. No está herida.

En el barracón hay otras mujeres, que la miran preocupada, pero Norah cabecea.

—Estoy bien, de verdad. Solo me estoy portando como una tonta —asegura con una sonrisa llorosa.

—Vamos fuera —sugiere Ena.

En el pequeño jardín buscan una sombra bajo la que sentarse y Norah descansa la cabeza en el regazo de Ena.

—¿Tú sabes qué ha pasado? —pregunta Ena a Vivian.

—No. Vi que hablaba con June y, cuando la niña se fue corriendo, Norah se derrumbó.

—¿Le pasa algo a June? —pregunta Ena con nerviosismo—. ¿Se encuentra bien?

—Eso parecía. Como te digo, se fue corriendo.

—Norah, por favor, dime qué ha ocurrido —le pide con suavidad su hermana.

—¿Que qué ha ocurrido? Deja que te cuente: June y un grupo de chicos se esconden debajo del barracón de los soldados con la esperanza de agarrar los pocos granos de arroz que se les caen del plato al suelo y se cuelan por las rendijas. Eso es lo que ha ocurrido. No podemos darle de comer, así que la niña se arriesga a recibir una paliza, a perder la vida, por un puñado de arroz infestado de bichos.

—¿Eso te contó? —se asegura Ena.

—Me lo contó y me enseñó los siete... Sí, los conté, los siete granos de arroz que tenía en la mano.

—Ay, Norah, no sé qué decir —se aflige Vivian.

—Es más —continúa Norah—, los quería «compartir» con un amigo suyo. ¿Qué se puede decir, Vivian? Le hemos fallado a esta pequeña.

Norah se cubre el rostro con una mano y llora, con la cabeza aún en el regazo de su hermana. Ena y Vivian se miran: no están acostumbradas a verla derrumbarse así.

—Por favor, no pienses eso, Norah —pide Ena, acariciándole el pelo a su hermana—. Es prácticamente seguro que su madre haya muerto y, de no ser por nosotras, quién sabe dónde estaría ella, si habría logrado sobrevivir al mar. No soporto verte así. Hacemos todo lo que podemos, y no creas que no sé que algunos días le das toda tu comida a la niña.

—Igual que tú. Ay, Ena, tendrías que haberle visto la cara; estaba feliz, entusiasmada. Era como si hubiese salido de caza y hubiese vuelto con un alce. Solo estoy preocupada por ella.

Las tres mujeres permanecen sentadas allí, cada una sumida en sus propios pensamientos. Harían cualquier cosa por June y, sin embargo, ante la desesperación que se vive a diario, todo parece muy poco. ¿Saldrán algún día de ese campo?

—Señoras, tengo algo para ustedes. —Ah Fat está en las puertas con dos soldados. Han pasado semanas desde que las mujeres plantaron frijoles y espinacas, se lo han comido todo y en el huerto no hay nada. Les han prohibido, por capricho de Kato, volver a sembrar.

Norah y Ena, que están dando un paseo a media tarde, se quedan mirando a Ah Fat, demasiado estupefactas para hablar.

—Arroz. Arroz para compartir —anuncia el hombre con una sonrisa radiante.

Los soldados dejan en el suelo dos saquitos y retroceden. Las hermanas corren a recoger lo poco que les ofrecen.

—Tengo otra cosa para ustedes —continúa Ah Fat, que empuja hacia ellas una lata de queroseno—. Aceite —informa—. Aceite para ustedes.

—Gracias —logra decir Norah, que toma la lata. Mira a Ena y exhala un suspiro de alivio—. Falta nos hace —observa—. Estoy harta de hervir pieles de plátano para hacer sopa.

Norah intenta leer la etiqueta de la lata.

—¿Alguna de ustedes sabe qué es esto? —pregunta a las demás cuando vuelve a su barracón.

Todas las mujeres miran la etiqueta, pero sacuden la cabeza: no.

—Se la llevaré a la madre Laurentia; creo que está en holandés. Es importante que sepamos si es comestible o para un camión.

Norah corre al barracón de las monjas.

—¡Sí! —exclama la madre Laurentia—. Está en holandés y dice: «Aceite de palma roja». Es perfecto para cocinar... si tuviésemos algo que cocinar.

—También nos han dado arroz —le cuenta Norah—. Yo diría que podemos hacer arroz frito.

—Sí, y podríamos añadir algunas raíces o algo de verdura que encuentren, pero... —La monja profiere un suspiro.

—Pero ¿qué?

—Tal vez quieren plantearse guardar un poco de ese aceite para el hospital. Los malayos solían aplicarla en heridas y cortes infectados. Se ha demostrado que tiene propiedades medicinales.

—Como la miel.

La religiosa sonríe.

—Exacto, como la miel.

—Gracias, madre Laurentia, se lo diré al resto; estoy segura de que querrán compartir el aceite con el hospital. Les traeremos parte del arroz y el aceite en cuanto lo hayamos dividido.

Inspiradas por el aceite, las mujeres empiezan a preparar comidas muy básicas con el arroz, y mientras cocinan no paran de describir lo que harían con él «en casa».

—¿Sabes qué, Norah? —Ena está leyendo un número atrasado del *Camp Chronicle*.

—Pues no, ni siquiera me lo imagino —contesta su hermana.

—Creo que deberíamos relanzar la sección de recetas del *Chronicle*, para que las mujeres compartan sus recuerdos preferidos relacionados con la preparación de platos.

—¿No nos dará más hambre? —Norah tiene la vista clavada en la cazuela vacía que descansa en la cocina; ya han dado buena cuenta de las raciones de arroz que les corresponden ese día.

—Puede, pero también era una sección muy buena. Huevos con jamón, salir a cenar a restaurantes elegantes, pudin. Nos hará olvidar que no tenemos nada, ¿no te parece?

—Sin duda nos haría olvidar el campo, eso sí —opina Norah.

—El único problema es que no tenemos nada donde escribir las recetas para poder compartirlas —se lamenta Ena.

—Mmm, se me ocurre algo. La semana pasada, cuando fui a ver a Margaret, una mujer de su barracón exhibía un talonario de cheques que había encontrado en la maleta. Bromeaba diciendo que podía extender cheques con los que comprar comida para todos. Incluso se reía contando que su marido y ella tenían bastante dinero en su banco de Singapur para adquirir el campo y se preguntaba cuánto le pediría por él el sargento.

—Me habría encantado poder escuchar esa conversación, pero ¿qué tiene eso que ver con poner por escrito recetas?

—Creo que todas estuvimos de acuerdo en que los cheques no valían para nada, pero al dorso están en blanco: podrían tener el tamaño perfecto para escribir una receta. ¿Qué te parece?

—¡Me encanta! ¡Me parece perfecto!

Con el talonario de cheques donado amablemente a cambio de que su propietaria facilite la primera receta, Ena, Audrey y Norah deciden que un libro de cocina sería la mejor forma de compartir los recuerdos de comida deliciosa. Hablan con todo el mundo en el campo y piden platos nacionales emblemáticos.

El barracón de las enfermeras es el último de la lista. Una tarde las tres mujeres llaman a la puerta y les abre Jean. Las enfermeras que no están en el hospital o visitando a un paciente enfermo en algún barracón escuchan con interés.

—Así que quieren que les demos una receta que nos represente, ¿es eso? Un plato australiano único —recapitula Betty.

—Sí, el que quieran —contesta Ena.

—Bueno, pues solo hay un plato, ¿no es así, señoras? Siendo como somos todas australianas —asegura Vivian.

—No te atrevas a decir la pavlova —objeta Audrey mientras desafía con la mirada a tantas enfermeras como puede.

—¡Pues claro que es la pavlova! ¡Nosotros la inventamos! —defiende Betty.

—De eso nada. Ese postre es neozelandés; todo el mundo sabe que se inventó en Nueva Zelanda. Se creó en honor de la bailarina rusa Anna Pavlova, que por aquel entonces estaba de gira por el país —aclara Audrey, manteniéndose firme.

—Es posible que el nombre se lo pusieran ustedes, pero ese postre se inventó en Melbourne, ¿a que sí, Bully? —replica Betty, igual de combativa.

—Lo de Melbourne no lo sé, pero todo el mundo sabe que es australiana —confirma Vivian.

—Se inventó en Nueva Zelanda y se le dio nombre en Nueva Zelanda, así que el postre es neozelandés.

Norah y Ena observan el desarrollo del intercambio; los argumentos van de un lado a otro, como en un partido de tenis.

—¿Tú qué opinas, Norah? Es un plato neozelandés, ¿no? —pregunta Audrey.

—No tengo ni idea —responde la interpelada—. ¿No pueden decir que es de los dos países? ¿O elegir otro plato por el que no se peleen?

—Algún día esta discusión quedará zanjada —afirma Audrey, diciendo la última palabra cuando las tres se marchan.

Muchas inglesas son incapaces de facilitar las recetas de sus platos preferidos ya que, al fin y al cabo, eran sus cocineras quienes los preparaban. A Norah no le basta con leer las recetas y, un buen día, va al edificio de los soldados. No se mete debajo, sino que va a la parte de atrás, donde los japoneses tiran la basura, y encuentra papeles. Alisa las arrugadas hojas y forma un cuaderno atravesándolas y uniéndolas con un alambre.

Sentada tranquilamente en un rincón del barracón si llueve, o fuera, apoyada en la cerca trasera, si no llueve, Norah intenta imaginar cómo sería su vida en Malasia con John y fija un presupuesto, inventándose el precio que tienen las cosas. Asigna a su marido una cantidad de dinero para que compre un abono de temporada para el teatro o para un club deportivo al que quizá le gustara ir. Imagina lo que cuestan los periódicos, cuánto gastará en la carnicería, la panadería, en boletos de tren, en comer fuera de casa. Diseña la casa perfecta, pone precio a muebles y enseres, decide el color que quiere para las cortinas, para la alfombra. Reserva una cantidad mensual para comprar vestidos y zapatos nuevos a June, que no para de crecer, y, naturalmente, para matricularla en la mejor escuela. Norah crea un menú semanal, enumerando con precisión los ingredientes que se necesitan para preparar pato asado con relleno de manzana, *pâté de foie gras*, papas gratinadas, café y chocolate. Escapa de su prisión y huye a un mundo desconocido, que aparece con facilidad cuando cierra los ojos; imagina cada detalle de cada habitación, cada plato que hay en la mesa durante las comidas. Casi es como si a lo lejos estuviese oyendo a June practicar en el piano en el salón.

Con su pasión por lo doméstico, Norah pregunta si se puede poner al frente de la cocina. La escasez de leña para encender fuego ha dado como resultado que la cocina sea comunitaria y se comparta entre unos cuantos barracones. Cocinar en común suscita la necesidad de preparar la comida en común. Se forman grupos para que quienes escogen el arroz pasen el cereal ya libre de gorgojos a las que lo lavan. Quienes cortan verduras las entregan a quienes las cocinan. Otras llevan agua y recolectan leña; unas sirven y otras friegan. Incluso con tan poco que preparar y cocinar, las mujeres se presentan para desempeñar las tareas que les han sido asignadas.

—¿Me puedes pasar la carne, por favor? —pide Norah a Betty, que está retirando los insectos del arroz—. Hay que añadirla a las verduras y la salsa.

—Por supuesto, chef. Marchando un costillar de ternera de primera —responde Betty al tiempo que le da una pequeña cantidad de arroz en una hoja de plátano.

—Excelente. Y ahora, si tienes la bondad de poner la mesa. Utiliza la cubertería de plata, ¿quieres? Combina a la perfección con la porcelana fina. Yo serviré.

—Sí, chef. June, ¿te importaría ir a avisar al resto de que la comida se va a servir? —pide Betty.

June suelta una risita y se aleja dando saltos para volver con una fila de mujeres y niños, cada uno de los cuales lleva su pequeño cuenco o su hoja de plátano. Norah les sirve la porción de arroz y se sientan todos juntos a comer con las manos.

—¿Inchi, Inchi? ¿Dónde está, Inchi? —pregunta Ah Fat mientras corre hacia el barracón de la señora Hinch.

Una mujer, acostada bocabajo en el suelo y sufriendo con el calor, señala con indiferencia el jardín trasero antes de darse la vuelta y cerrar los ojos.

—Inchi, la necesito —dice Ah Fat cuando ve a la señora Hinch sentada debajo de un árbol al fondo del jardín.

—¿En serio? Y ahora ¿qué pasa?

—Venga conmigo, tenemos que hablar con las enfermeras.

—¿De qué?

—Venga conmigo, yo se lo diré.

Tendiéndole la mano a Ah Fat para que la ayude a levantarse, la señora Hinch lo conduce al barracón de las enfermeras. Nesta está en casa y la señora Hinch le dice que Ah Fat tiene algo que comunicarles.

—Adelante, diga lo que quiere decir —le indica la señora Hinch.

—Bien, Inchi. Tienen que hacer sitio para hombres. Capitán dice que se quedan con ustedes.

—¿Se puede saber qué está diciendo? —pregunta Nesta—. ¿Qué está diciendo, señora Hinch?

—¿Qué está diciendo? —La señora Hinch fulmina con la mirada a Ah Fat.

—Lugareños vienen para ser adiestrados y capitán dice que tienen que vivir aquí con ustedes.

—Bien, pues eso no va a pasar —asevera la señora Hinch.

—Inchi, sí. Los hombres vivirán aquí, con las enfermeras, mientras nosotros adiestramos.

La señora Hinch se yergue.

—Adiestrarlos ¿para qué?

—Para ser soldados, para vigilar a prisioneras como ustedes.

—¿Y si no los dejamos entrar? —pregunta Nesta.

—Entonces, ustedes van fuera. Comparten o viven fuera. —Ah Fat parece incómodo de verdad con la noticia que está dando. Suspira—. Lo siento, a mí tampoco gustan.

—¿Cómo que a usted no le gustan? —pregunta la señora Hinch, horrorizada.

—Lugareños. Prefiero ustedes, señoras.

—Pero ¿y si nos atacan? ¿Qué se lo impedirá, si vivimos en la misma casa? —objeta Nesta.

—No atacarán, nosotros los golpearemos.

—¿Cómo lo sabrán ustedes?

—Los golpearemos igual, no harán daño.

—Lo siento, Nesta, ¿qué podemos hacer para ayudar? ¿Quieren repartirse entre los demás barracones? —pregunta la señora Hinch.

—Convocaremos una reunión; quizá haya alguna manera de que podamos compartir el espacio, cederles un sitio o algo por el estilo —responde Nesta mientras intenta dar con una solución a este problema—. ¿Sabe cuántos hombres van a venir?

—Veinticinco hombres —contesta Ah Fat, desviando la mirada. Ya no es capaz de mirar a Nesta o a la señora Hinch.

—Me preocupa el supuesto adiestramiento que están recibiendo estos hombres —dice Jean a Nesta y algunas enfermeras más; están sentadas fuera una noche, tratando de disfrutar de la suave brisa y escapar unos instantes del abarrotado barracón, en el que hace un calor pegajoso.

—¿El adiestramiento? —observa Nesta—. ¿Qué hay del hecho de que tengamos que vivir con ellos?

A los lugareños les han dado madera, que han utilizado para levantar una pared que divide en dos el angosto espacio vital del barracón de las enfermeras.

—Yo tampoco quiero vivir con ellos, Nesta, pero no me gusta el trato que les están dando los soldados. Los golpean, les propinan bayonetazos. No es justo.

—Sé lo que quieres decir: si estarán aprendiendo

que así es como se ha de tratar a los prisioneros cuando ellos estén a cargo, ¿no? —pregunta Nesta.

—Supongo que lo averiguaremos pronto si empiezan a pegarnos —observa Betty—. ¿Alguien sabe cuánto tiempo se van a quedar con nosotras?

—La señora Hinch habló con el capitán y le dijo que de tres a cuatro semanas —contesta Nesta encogiéndose de hombros.

A la mañana siguiente, los gritos de los soldados en la calle sobresaltan a todo el mundo. Las enfermeras salen corriendo de su barracón y ven que los vigilantes indonesios persiguen y golpean a un grupo de mujeres y niños.

—¡Basta! ¡Basta, pedazo de animal! —chilla Nesta al hombre que da patadas a una mujer que ha caído al suelo. Lo golpea en la espalda y lo tira. Nesta ayuda a levantarse a la mujer antes de colocarse delante de ella. El lugareño intenta pegar a la enfermera, que se agacha y esquiva el brazo con facilidad. Se viven escenas de caos. Mujeres y niños gritan, los soldados se ríen, los indonesios vociferan.

—¡Vamos, señoras! —exclama Vivian—. Nosotras somos muchas más, ¡vamos por ellos!

Cuando el hombre que amenaza a Nesta voltea a ver qué está pasando, Nesta levanta los brazos y, gruñendo como un oso, arremete contra él. Cientos de mujeres airadas rodean a los indonesios. Tras decidir que tienen que poner fin a la situación, los soldados intervienen y se llevan a los hombres, que no vuelven al campo.

Por el campo se corre la voz de que Mary Anderson ha muerto.

—Es la primera de nosotras en caer —dice la señora Hinch a Norah mientras las mujeres se reúnen ante la casa de Mary para velarla—. La pobre no tenía nada que hacer, con tanta infección, tanta hambre.

—Deberíamos enterrarla inmediatamente. Este calor... —opina Norah.

—Primero me gustaría verla —replica la señora Hinch—. Hablamos después.

Norah y la señora Hinch entran en el barracón de Mary y van a la abarrotada estancia en la que sus moradoras están sentadas alrededor del cuerpo, que han cubierto con una sábana raída. La señora Hinch se arrodilla y cierra los ojos para rezar.

—Creo que tenemos que dejarla en la casa mientras nuestros captores deciden dónde y cómo enterrarla —explica Norah, ya fuera de nuevo.

—Y ¿cuánto tardarán en decidirlo?

—No lo sé, pero dudo que nos den una respuesta hoy.

—¿Me avisas en cuanto sepas algo? Las mujeres de aquí cuidarán de ella. Ah, mira, aquí está Nesta.

—Señora Hinch, Norah, cuánto lo siento —dice Nesta, y exhala un hondo suspiro—. Solo venía a presentar mis respetos y preguntar si hay algo que pueda hacer.

—Es muy amable. Cuidaremos de Mary hasta que el sargento nos diga qué podemos hacer para darle un entierro digno.

—No creo que deban mantenerla en la casa. Con este tiempo, las cosas no tardarán en volverse desagradables para todo el mundo —aconseja Nesta.

—Tiene toda la razón. ¿Y si la trasladamos a la escuela? Al menos allí circula el aire —sugiere la señora Hinch.

—Me preocupan las ratas, y esos perros salvajes que merodean por el campo de noche —aduce la enfermera.

—Estaremos pendientes para que no se acerque ningún bicho de esos —afirma Norah.

La escuela está cerrada, y trasladan a Mary al edificio cuya parte frontal está abierta. Durante el resto del día y toda la noche las amigas se turnan para ahuyentar a las ratas y a los ratones, a los que atrae el olor. Al día siguiente les conceden permiso para sacar a Mary fuera del campo, más allá de la caseta del guardia. Ah Fat les ha indicado que la dejen ahí hasta que haya un ataúd listo.

—Bien, pues eso no va a pasar —decide entonces Margaret—. La sacaremos, pero no estará sola ni un solo minuto hasta que la enterremos.

Fuera del campo, una vez más las voluntarias se turnan para velar a Mary. El día pasa, otra noche llega y se va, y todavía no hay ataúd.

A la mañana siguiente aparece Ah Fat cuando la señora Hinch está hablando con Norah y Audrey.

—Vengan conmigo, por favor —dice al grupo.

Las tres mujeres lo siguen fuera del campo, pasan

por delante de Mary y se adentran unos centenares de metros en la jungla hasta llegar a un pequeño claro.

—Les daremos algo para abrir un agujero; a todos enterraremos aquí —les comunica.

Al volver al campo para pedir más voluntarias, ven que junto a Mary han colocado un sencillo ataúd de madera. Todas ayudan a introducir el cuerpo de Mary en su última morada.

—Bien, ahora está protegida —dice la señora Hinch—. Ah Fat nos dará, esperemos, unas palas para despejar una zona y cavar una tumba. Vayan a comer y beber algo, y les avisaremos cuando se vaya a celebrar el entierro —indica la señora Hinch a las mujeres.

Al cabo de unas horas, con una tumba poco profunda ya abierta, Margaret dirige a una larga hilera de mujeres hasta el ataúd, donde seis de las amigas de Mary lo sujetan con delicadeza y cargan con él hasta la tumba. Norah y Audrey se acercan a Nesta y Jean, que han acudido en representación de las enfermeras, y miran cómo depositan el ataúd en la tierra.

—¿Dónde está Ena? —pregunta Nesta.

—Se ha quedado con June. Por más que hemos intentado protegerla a ella y a los demás niños, se han enterado de que alguien ha muerto y hemos pensado que era mejor que Ena se quedase con ella para que intentara explicarle lo que está pasando —contesta Norah.

Margaret lee pasajes de la Biblia. Algunas amigas de Mary hablan de la amistad que las unía, cuentan anécdotas de la vida que sabían que su amiga disfrutaba antes.

Margaret finaliza el breve servicio.

—Te damos las gracias, Mary, por todo lo que has sido y por todo lo que has dado. Descansa en paz ahora y eternamente. Fuiste, eres y siempre serás muy querida, y te echaremos mucho de menos. Que Dios te bendiga.

—Amén.

Las mujeres se turnan para cubrir la tumba de tierra con las manos.

17

Campo III
Octubre de 1943-octubre de 1944

El día de los Inocentes,* Kato desaparece de improviso y llega al campo un nuevo comandante con toda la pompa y ceremonia. Se trata del capitán Seki. El recién llegado exige que cada mujer y cada niño se presente ante él para hacerle una reverencia y rendirle homenaje. Va acompañado de Ah Fat.

Norah ve que toma asiento tras una mesita en la escuela y espera hasta que la llaman.

—Norah Chambers —dice, al cabo, Ah Fat.

Norah se acerca a la mesa, hace una reverencia y le entran ganas de reír en el acto. Es como si se estuviese presentando ante el rey de Inglaterra.

—Norah Cham... Chambers —repite Seki, moviendo afirmativamente la cabeza. Ella oye las risas de sus

---

* En los países anglosajones, entre otros, este día se celebra el 1 de abril. *(N. de la t.)*

compañeras de campo cuando al capitán le cuesta pronunciar su nombre.

Al final, Seki se levanta de su asiento y pronuncia un discurso prolijo e inconexo, que traduce un balbuceante Ah Fat.

—Oh, no —susurra Norah a Ena—. Otra vez no.

—¿Recortar las raciones? —exclama Ena mientras Ah Fat sigue divagando—. Y ¿tenemos que trabajar a cambio de lo poco que nos van a dar?

—Bueno, al menos nos devuelven un poco de tierra para que cultivemos algunas cosas —apunta su hermana.

—¿Vamos a plantar plátanos, tía Norah? —pregunta June agarrándole la mano.

—Me temo que no, tesoro mío, pero te encantan las espinacas, ¿no es así?

—Un poco —contesta la niña.

Tras amenazar con recortar la comida que les dan, se pone de manifiesto que Seki no sabía qué cantidad estaban recibiendo las mujeres hasta entonces. Ni de qué calidad. Las mujeres se percatan de inmediato de que en el arroz hay muchos menos insectos. Ahora les dan azúcar, sal, té, curry en polvo y maíz. Betty coincide con Norah en el punto de distribución.

—No puedo creer que nos estén dando azúcar —susurra Betty.

—Lo sé. Y mira el arroz —la insta Norah.

Betty echa una ojeada a su hoja de plátano.

—¡No se mueve!

—Vaya, Margaret se va a quedar sin una de sus ocupaciones; ya no hay gorgojos que quitar. Es todo un lujo.

—Otra forma de verlo es que acabamos de perder nuestra única fuente de proteína. Pero me puedo pasar sin ella.

—Creo que tenemos que advertir a todo el mundo que no diga nada de la comida de más. No queremos que Seki sepa que nos está dando algo que antes no recibíamos.

Pero, aunque ahora haya más arroz y azúcar, el recorte de las raciones de verduras es lo que más preocupa a las enfermeras: es lo que necesitan unos huesos en crecimiento.

Norah y Ena están en la entrada del campo, viendo pasar los camiones.

—Es bonito ver cómo se reúnen los amigos, ¿no? —observa Norah. De los vehículos bajan mujeres que se quedan aturdidas mirando a su alrededor. Algunas prisioneras corren al reconocer a sobrevivientes del *Vyner Brooke*.

—Pobres enfermeras —comenta Ena al ver que estas vuelven a su barracón afligidas—. Confiaban en ver a alguna amiga.

Norah sigue a las enfermeras con la mirada.

—Para nosotras tampoco habrá reencuentro —se lamenta—. La única persona a la que conocemos y que podría estar en la isla es John, y se encontraba muy enfermo.

—Norah, John es fuerte. Sé que está aquí, en alguna parte, esperando, igual que Sally.

—Y no sabemos dónde está Sally, o si consiguieron huir.

—Pues claro que lo consiguieron, Norah. Como ya hemos hablado, si algo malo le sucediera a cualquiera de ellos tú lo sabrías. Lo sabrías aquí —Ena se da unos golpecitos en el corazón.

—Y a ti, ¿qué te dice el corazón de Ken?

—Que está a salvo con nuestros padres, esperando hasta que nos toque reencontrarnos a todos, y mientras tanto...

—Mientras tanto continuaremos haciendo lo que estamos haciendo aquí: cuidar de June y seguir con vida.

—Y tú mantienes vivo el espíritu de cada mujer y cada niño de este campo. Y parece que ahora tienes un público nuevo al que entretener.

—No podría con esto sin ti.

—Para eso están las hermanas. ¿No tenemos suerte de estar juntas?

—Bueno —dice Norah al tiempo que se pone de pie—. Ahora tengo que ir a ensayar, que es la otra cosa que hace que sigamos adelante.

Norah se une a su orquesta en su ensayo bisemanal. La mejora de la comida del campo les ha devuelto la energía que necesitaban para prepararse de cara a la siguiente interpretación, que incluirá el *Bolero*, la difícil pieza que muchas consideran imposible aprender.

—Betty, ¿tienes un minuto?

Betty está a punto de salir para acudir al siguiente ensayo cuando dos enfermeras la abordan.

—Voy a ensayar, pero, díganme, ¿en qué les puedo ayudar? —pregunta a Win e Iole.

—Precisamente de eso te queríamos hablar: ¿podemos ir contigo?

—¿Alguna de las dos sabe leer partituras? —indaga Betty.

Las dos mujeres se miran.

—No —reconoce Iole.

—Da lo mismo, la mitad de la orquesta tampoco sabe. Vengan conmigo, estoy segura de que a Norah le encantará contar con ustedes.

Tal y como predijo Betty, Norah da la bienvenida a las dos enfermeras y se llena de júbilo al oír sus bonitas voces; su entusiasmo resulta alentador. Las cantantes holandesas superan en número al resto, y sus amigas siguen sin perderse ni un solo ensayo. Norah y Margaret han añadido una sonata de Mozart al repertorio; la brillantez con que Norah entiende la voz de sus amigas la ha llevado a cambiar el primer acorde de la sencillísima sonata de do a la bemol mayor. La melodía, cristalina como una campana, ahora se adecua a todo un abanico de voces femeninas. En el próximo concierto empezarán con Mozart, que les dará a las mujeres la seguridad que necesitarán para acometer a Ravel. Pero, primero, Norah tendrá que hacer más copias de la partitura del *Bolero* para las que saben solfeo, mientras dirige a las que no saben.

Norah pregunta a la hermana Catherina si sabe dónde podría conseguir papel y lápiz. En uno de los barracones una mujer saca de sus pertenencias el papel de carta con membrete de la compañía de su marido y dona alegremente a Norah unas cuartillas y unos cuantos lapiceros.

Norah y su orquesta se abren paso entre el público para acometer su especial interpretación.

—Dios sabe que necesitamos esto —comenta Norah a Ena desde la cabecera de la estancia. Ena también observa al público.

—Todo el mundo parece tan enfermo, está tan delgado —musita.

—Por eso lo necesitamos. Tenemos que creer que en este mundo aún existe la belleza.

Cuando el público se ha acomodado en sus asientos, aparece Ah Fat.

—Fuera, fuera, fuera —dice mientras aparta a las mujeres. Lo siguen Seki y algunos soldados—. Capitán Seki le gustaría escuchar el concierto —informa a Norah el intérprete.

—Por favor, dígale que es bienvenido. Deje que les traiga a ustedes dos unas sillas —ofrece Margaret, indicando deliberadamente que solo pedirá a un par de mujeres que dejen sus asientos en primera fila.

Cuando Ah Fat y el capitán se han sentado, este dice algo al intérprete para que lo traduzca.

—Empiecen.

Margaret se inclina.

—Damos la bienvenida al capitán Seki al concierto de esta noche.

Se inclina de nuevo.

—Esta noche la música será de Mozart y Beethoven. Y ¿cómo podríamos tener un concierto sin nuestro precioso *Largo*? ¿Se acuerdan de la primera vez que lo escuchamos? Ninguno de nosotros olvidará esa velada jamás. Esta noche, las increíbles músicas que tengo detrás de mí les van a regalar otra interpretación especial. Cuando Norah empezó a tararearme la canción, su bella voz me conmovió hasta tal punto que me quedé sin palabras. Sin embargo, era difícil, y le dije que no se podía hacer. —Se ríe y continúa—. Todo el mundo pensó lo mismo. ¿Creen que ella hizo caso? No, por supuesto que no, porque palabras como «no se puede hacer» no forman parte del vocabulario de Norah Chambers. Todas sabemos que es la primera en ofrecerse voluntaria para desempeñar las labores más sucias, más escatológicas, si se me permite decirlo. —Margaret espera a que las risas cesen antes de continuar. El capitán Seki frunce el ceño—. En fin, que no me hizo caso, ni a mí ni a las cuarenta y cuatro mujeres a las que están a punto de escuchar, porque sabe que podemos hacer cualquier cosa cuando nos lo proponemos. La última pieza que se interpretará esta noche es del maravilloso compositor Ravel: su evocador y complejo *Bolero*.

Cuando Margaret ocupa su asiento, el aplauso se vuelve extático. Norah deja que tanto ella como las integrantes del coro disfruten de él. A continuación levanta las manos para pedir silencio y dice:

—Gracias, y ahora démosle al capitán algo para recordar.

Las sonrisas contenidas del público se desvanecen cuando Norah se voltea hacia su orquesta y levanta el brazo derecho. Con un movimiento de su mano, las alegres notas escapan y flotan sobre el público, elevándose y alejándose a medida que las voces dotan de vida a la música.

Un aplauso cerrado reciben las últimas notas. Tras esperar a que gira a hacerse el silencio, pues quiere que todo el mundo escuche cada una de las notas que se cantan, Norah pasa a dirigir uno de los minuetos de Beethoven. No necesita voltear para saber que las mujeres se mecen. Mentalmente están en la pista de baile, llevan vestidos largos hasta los pies, van en brazos de sus amados. Norah cierra los ojos y se deja llevar por John; bailan en la exuberante hierba que crece en el jardín de su casa en Malasia. A su alrededor, la jungla, desde la que oye la llamada de un tigre a su compañera. Ve que Sally los mira desde la ventana de su dormitorio, cuando debería estar dormida.

La música termina demasiado pronto, el aplauso esta vez no es instantáneo. Norah voltea y ve a muchas otras mujeres que están como ella, con los ojos cerrados, en otro lugar y en otro momento. Es Seki quien aplaude primero, y el resto no tarda en sumarse a él.

Ena se acerca a Norah.

—Ha sido increíble, deberías haberlas visto; se estaban meciendo, moviendo. Ha sido precioso.

—Pensé que lo harían. Ha sido una buena elección. Recuérdame que le dé las gracias a Audrey por sugerirla. Y ahora vamos con el *Largo*.

Las estimulantes primeras notas remiten a las mujeres a la primera vez que escucharon a la orquesta, y esta vez no les afecta menos. Para muchas, esta música es mejor cantada que tocada con instrumentos; perciben la pasión en la voz de las intérpretes, la vibrante energía de sus emociones.

Cuando concluye, el aplauso es fuerte pero breve: el público está deseoso de escuchar lo que viene a continuación.

En el momento justo, Rita acomete el suave tamborileo de un redoble. Los gritos ahogados que profiere el público acallan las flautas, pero no por mucho tiempo: quieren escucharlas. Siguen los clarinetes, las arpas, después los oboes. Con el primer incremento de intensidad, Norah se lleva las manos al pecho: sus chicas no necesitan que ella las dirija cuando sus voces se unen y se funden. Aumentando progresivamente, el tempo resuena en el pecho de Norah, y lo único que puede hacer es observar maravillada a las mujeres que tiene enfrente. Ve la dicha que proporciona cantar a cada una de ellas mientras su mirada va de rostro en rostro; todas sonríen con los ojos diciendo «gracias por conseguir que haga esto».

Cuando la orquesta llega a las últimas, fuertes notas, Norah levanta el brazo de nuevo y la música cesa.

Es la primera vez que la orquesta grita entusiasmada, chilla y estampa los pies contra el suelo junto con el público.

Una vez más han escuchado algo tan mágico que las deja sin aliento.

Cuando se gira, Norah ve que el capitán Seki y Ah Fat también están de pie y aplauden con ganas.

Da la impresión de que Margaret tarda una eternidad en arrancar con el himno nacional. Mientras que las mujeres permanecen de pie, Seki y Ah Fat se sientan.

Tras cantar *Land of Hope and Glory*, las mujeres saben que deben permanecer donde están hasta que Seki se haya ido. Al final, el capitán se levanta y mira a su alrededor antes de decir algo a Ah Fat y hacer un gesto afirmativo con la cabeza a Margaret.

—¿Es todo? —pregunta Ah Fat.

—Sí, el concierto ha terminado por hoy.

El intérprete habla con Seki.

—Capitán Seki dice que le gustaría que canten una canción japonesa; cualquiera, pero japonesa.

Margaret llama a Norah y le comunica la petición. Intercambian unas palabras antes de que Margaret se dirija a Seki. Le dice, con una dulce sonrisa, que no conocen ninguna canción japonesa.

Se transmite el mensaje a Seki, que nuevamente conversa con Ah Fat. Una vez más, el intérprete traduce.

—Capitán Seki quiere que aprendan música japonesa e interpreten mañana por la noche.

—¡No! —exclama alarmada Norah—. ¿Cómo?

Al percibir la vehemencia en la voz de Norah, Seki

comienza a vociferar. Ah Fat traduce mientras el capitán despotrica.

—Aprenderá música japonesa o él la castigará —afirma, señalando a Norah.

—Por favor, dígale al capitán que, aunque conociera alguna pieza japonesa, no obligaré a mi orquesta o al coro a interpretarla. Quiero ser clara a ese respecto.

Ah Fat traduce a Seki, que grita algo más antes de dar media vuelta y marcharse con paso airado. Los soldados japoneses lo siguen deprisa.

—¿Qué ha dicho? —pregunta Margaret.

Señalando a Norah, Ah Fat responde:

—Vendrá aquí mañana por la mañana. Solo ella.

Cuando Ah Fat se marcha, Norah se ve rodeada en el acto por sus amigas, que se ofrecen a intentar buscar una pieza japonesa.

—No. Gracias, pero no, jamás actuaremos para ellos. No podemos impedir que acudan a los conciertos, pero no actuaremos para ellos. Les pido que me apoyen en esto.

—Pero te van a castigar; no sabes lo que te harán —objeta Margarethe.

Ena rodea a su hermana con los brazos.

—Creo que Norah lo sabe y no le importa. Debemos respetar sus deseos.

A la mañana siguiente, Norah, con medio campo detrás, se dirige al espacio central del campo, donde la esperan Seki y Ah Fat.

—¿Cantará música japonesa? —le pregunta Ah Fat.
—No.

Seki baja los brazos y los pega al cuerpo. Sin que sea preciso que le digan lo que tiene que hacer, Norah se yergue con las manos a los costados y la cabeza alta, y mira al frente.

—¿No has conseguido hacer que cambie de opinión? —pregunta Nesta a Margaret. Ambas mujeres se han sumado al gentío para apoyar a su amiga.

—Ni lo intenté.

Cuando Seki se aleja, Ah Fat advierte a las mujeres.

—El resto, lejos. Si alguna se acerca, se une a ella. ¿Entendido?

Norah sonríe y mira a las mujeres que la rodean.

—Vuelvan a sus barracones y pónganse a resguardo del sol; estaré bien.

Poco a poco, la mayoría de las mujeres se van. Ena, Margaret y las cuarenta y cuatro integrantes de la orquesta se quedan.

—Dejaré aquí a dos enfermeras todo el día y les daré indicaciones para que la ayuden si creen que es necesario —dice en voz baja Nesta a Margaret.

El sol es despiadado, como si su único objetivo fuese poner de rodillas a Norah, que se tambalea, da traspiés, pero no cae al suelo.

—¡No, Ena! —Nesta sujeta por la cintura a Ena para que no vaya con su hermana.

El sol de la tarde es implacable.

Ena se siente desfallecer.

—Lo sé, lo sé —se lamenta.

—Nos golpearán a todas si vas con ella. Tenlo presente. Una de ustedes dos necesitará estar en condiciones para ocuparse de June cuando esto termine —razona Nesta, soltando a Ena—. Por cierto, ¿dónde está ahora la niña?

—Con las holandesas —contesta Ena—. No quería que viese así a Norah.

—O a ti —añade Nesta con una débil sonrisa.

Los soldados rotan desde el lugar que ocupan a la sombra. Dos enfermeras están presentes en todo momento, preparadas para reaccionar si llegaran a creer que la vida de Norah puede peligrar. Cuando esta se dobla sobre sí misma, respirando con dificultad, Ena acaba abordando a un soldado.

—¡Dejen que se vaya! —pide—. Se lo suplico, es mi hermana y la están matando.

Ena recibe un sonoro golpe por el intento, que la tira al suelo. Audrey se planta a su lado en el acto para ayudarla a levantarse.

Norah alza la cabeza y se yergue despacio, dolorosamente, intentando sonreír con los labios agrietados, quemados por el sol.

—Estoy bien, estoy bien —asegura.

Cuando el sol se desliza por detrás de la colina, Ah Fat va hacia Norah.

—Se puede marchar.

El intérprete ni siquiera se ha dado la vuelta cuando Norah cae al suelo. Nesta corre donde ella, seguida por Ena y Audrey y las enfermeras Betty y Jean.

—Déjala así un minuto —pide Nesta a Ena, que intenta levantar a Norah—. Tenemos que examinarla y hacer que beba un poco de agua.

Audrey tiene listos una cubeta, una taza pequeña de hojalata y un trapo.

—Incorpórala con cuidado —indica Nesta a Ena.

Sentándose tras su hermana, Ena la acomoda entre sus brazos con delicadeza, sosteniéndola con el cuerpo. Nesta agarra el trapo y le echa un poco de agua. Mientras se lo coloca en la frente a Norah, Jean le inclina la cabeza y a continuación le vierte agua en la boca despacio. Norah intenta beber con avidez, pero Jean se la retira.

—Despacio, Norah, despacio. Ya estamos contigo.

Margaret aparece y, tras arrodillarse junto a Norah, le toma la mano con ternura.

Norah le dedica una pequeña sonrisa.

—No podía dejar que ganaran.

Margaret solloza.

—Ay, mi querida niña. Mi querida, querida niña.

—Me he despertado esta mañana, Margaret; me iré a dormir esta noche y me despertaré mañana —murmura Norah.

Sintiéndose con fuerzas de nuevo, Norah intenta ponerse de pie. Ena y Nesta le sujetan cada una un brazo, se lo pasan alrededor del cuello y medio caminan, medio la llevan cargando hasta su barracón. Al entrar, las rodean todas las mujeres que viven en él. Cada una le ha reservado una parte de su cena. Nesta utiliza una pequeña cantidad del preciado aceite de palma roja para mitigar las quemaduras que tiene en el rostro Norah, y prescribe con claridad que descanse todo el día siguiente.

Seki no vuelve a mencionar la música japonesa.

18

CAMPO III
OCTUBRE DE 1943-OCTUBRE DE 1944

Norah, Ena, Audrey y algunas mujeres más están acabando de despejar el terreno que hay fuera del campo, preparándolo para plantar. Les han permitido cultivar verduras y hortalizas de nuevo. A las mujeres les sorprende ver a un joven oficial japonés que va hacia ellas con un saco y lo vacía en el suelo.

—De capitán Seki, para que planten —aclara con una pequeña sonrisa.

Ninguna hace ademán de examinar lo que hay extendido en el suelo. Salvo Audrey, que decide ir a mirar de cerca.

—Gracias —responde, inclinándose ligeramente.

—Para sembrar, preparar comida —dice el oficial con orgullo.

Audrey agarra e inspecciona unas cuantas plántulas.

El oficial da unos pasos atrás para que las demás mujeres se atrevan a acercarse.

—Frijoles —dice una—. Crecerán deprisa.

—Y camote —señala otra—. Tenemos que plantarlas cuanto antes.

Al ver que las mujeres por fin aceptan lo que les ha ofrecido, el oficial se marcha.

—Bueno, pues ya sabemos cómo lo vamos a llamar, ¿no es así, señoras? —dice Audrey.

—¿Cómo?

—Plántula.

Trabajando desde las cinco de la mañana hasta las seis de la tarde, siete días a la semana, las mujeres por fin tienen listo el fértil terreno. Han fabricado utencilios rudimentarios con ramas. Labrar ese suelo endurecido por el sol resulta agotador. Los camotes, las zanahorias y la tapioca solo crecerán si se las riega a diario, pero tienen la sensación de que el pozo se halla a kilómetros de distancia y, todavía muy débiles, las mujeres han de hacer multitud de viajes de un lado a otro. De vez en cuando, Plántula camina con ellas, musitando palabras de ánimo.

Entonces, sin previo aviso, las tormentas azotan el campo.

—Pero si todavía no es época de monzón, ¿no? —le dice Norah a Ena.

—No, es demasiado pronto.

La lluvia torrencial y el fuerte viento arrasan muchas de las plántulas, pero la preocupación inmediata es el daño que han sufrido los tejados de paja de los barracones. La hermana Catherina se convierte en una experta techadora. Descalza, con el hábito subido alrededor de los muslos y la larga toca ondeando tras ella, la monja va de barracón en barracón efectuando arreglos y reparando los enormes agujeros de los tejados con viejos tapetes de juncos. Tras salvar a las enfermeras de que la lluvia las ahogase una noche, la hermana acepta la invitación de compartir la taza de té vespertino, un brebaje hecho con semillas, arroz quemado y cualquier otra cosa que puedan conseguir las chicas.

—¿Cómo es que nunca se ha caído por un tejado? —pregunta Blanche.

La hermana Catherina se ríe.

—He estado a punto, pero no lo sé, puede que alguien —mira al cielo— vele por mí.

—Si alguna vez veo un largo brazo extendido desde el cielo para sujetarla, empezaré a creer —asegura Jean.

—Nunca la veo trabajar en el huerto —observa Betty—. ¿Prefiere los trabajos masculinos?

—Solo me gusta comer los frutos del huerto —contesta la hermana Catherina—. Prefiero ser de utilidad en otro lugar: arreglar cosas, dar clase a los niños. Es algo bueno que tiene este campo: todas trabajamos en lo que mejor se nos da. Ingresé en el convento cuando era muy joven; he pasado los últimos años enseñando con compañeras maravillosas y, naturalmente, con la madre Laurentia, pero nunca he visto una hermandad como la que tenemos aquí.

—Bueno, no sé, tenemos nuestras cosas, ¿no, señoras? —replica Betty.

—Sí, pero ¿acaso hay alguna persona en este sitio a la que no ayudarían, a la que no defenderían, por la que no lucharían?

—Probablemente tenga razón. Hermana, ¿sabe qué?, creo que debería usted dedicarse a la política cuando salgamos de aquí; es usted muy diplomática —afirma Blanche.

—No lo veo muy probable. ¿Saben que yo quería entrar en la Marina? No entendía por qué, solo por el hecho de ser mujer, no podía ser marinera —comenta indignada la hermana Catherina.

—¿De verdad quería ser marinera? No sé de ninguna mujer que esté en la Marina, a no ser como enfermera, claro está —señala Betty.

—Bueno, pues creo que ese día llegará, solo que probablemente yo no lo veré.

Cuando se marcha la hermana Catherina, las mujeres hablan de la profesión que les habría gustado desempeñar si no hubiesen sido enfermeras.

—A mí se me daba bien arreglar maquinaria agrícola de cualquier clase; podría haber sido mecánica —cuenta Vivian.

—Bueno, en cierto modo lo eres, porque recompones a personas —la consuela entre risas Betty.

—Muy graciosa. ¿Y tú? ¿Siempre quisiste ser enfermera?

—No, la verdad es que no. Mi padre era contador. Yo cosía y hacía travesuras, y lo más importante que me inculcó mi familia fue que aportase siempre mi granito de arena, que ayudara a cualquiera y a todo el mundo. No sabía lo que iba a hacer con mi vida, y ese es el motivo de que ya fuese una señora mayor cuando empecé la formación, a los veintinueve años.

—Y sigues siendo una señora mayor —bromea Jean.

—¿Qué me dices de ti? ¿Llevabas la enfermería en la sangre?

—Creo que la pregunta más importante es si alguna soñaba con ser médica, ¿no? —pregunta Jean.

La pregunta devuelve a la realidad a las enfermeras, que sacuden la cabeza.

—Bueno, esperemos que, cuando regresemos a casa y le contemos al ejército lo que hemos estado haciendo, se den cuenta de que las mujeres podemos ser médicas o enfermeras capaces de tratar a los pacientes, no solo de cuidarlos —afirma con vehemencia Vivian.

Cuando llegan las lluvias monzónicas, lo que plantaron empieza a crecer con fuerza y las zanahorias no tardan en asomar en el suelo; las bonitas hojas verdes saludan a las mujeres mientras trabajan. Bajo la tierra las mujeres distinguen el anaranjado intenso de una zanahoria lista para ser recolectada. Llaman a Plántula para preguntarle si pueden empezar a cosechar. El risueño oficial les dice entusiasmado que pedirá permiso, y se aleja a buen paso.

Vuelve al poco tiempo con Ah Fat detrás. Las mujeres entienden perfectamente el mensaje: la comida que han plantado y cuidado no es para ellas, sino para alimentar a los nobles oficiales japoneses.

Cuando reciben la noticia, las mujeres del campo se reúnen en el espacio central. La señora Hinch se abre camino entre la multitud hasta situarse delante. Allí está la pequeña caja a la que Seki se encarama de vez en cuando para efectuar sus comunicados.

—Ayúdame a subirme, Norah —pide.

Tras auparse profiriendo un gruñido, la señora Hinch recupera su orgullo y mira a su público.

—Silencio, por favor —pide con su serena y clara voz, y cuando la señora Hinch habla, los demás escuchan—. Bueno, ya han oído todas la noticia. Por lo visto, la verdura que tanto nos ha costado cultivar no es para nosotras. Si no les importa esperar aquí, creo que es hora de que vaya a hablar con nuestro capitán. Norah, si tienes la bondad de ayudarme a bajar.

Profiriendo un gemido y un gruñido, la señora Hinch se baja de la caja con ayuda de Norah.

—Ven conmigo, Norah. Veamos lo que tiene que decir ese hombre.

La señora Hinch y Norah se encuentran con Ah Fat a la puerta del despacho del capitán.

—Inchi, ¿qué hace aquí?

—Exijo ver al capitán Seki.

—¡No, no! No puede ver a capitán.

—Vamos, Ah Fat, apártese, voy a ver al capitán y usted no me lo va a impedir.

El intérprete se hace a un lado y deja que las mujeres entren en el despacho. Seki está sentado a su mesa, pero se pone de pie de un salto cuando las ve avanzar con Ah Fat pisándoles los talones de mala gana, a sabiendas de que tendrá que traducir.

—Capitán Seki, no tengo más remedio que protestar. Nos han informado de que las verduras que las mujeres han plantado y cuidado en las circunstancias más horrendas no son para ellas. Si no son para ellas, ¿para qué se han estado prácticamente matando?

A Ah Fat le cuesta traducir; a todas luces intenta encontrar la forma más diplomática de transmitir su mensaje. Cuando cree que Ah Fat ha terminado de hablar, la señora Hinch continúa antes de que Seki pueda decir algo.

—Resulta imperdonable que haya dado gato por liebre a esas mujeres, por así decirlo, que haya dejado que creyeran que sus esfuerzos serían recompensados con un poco de comida decente, para variar. Nos están matando de hambre. Bien, ¿qué tiene usted que decir?

En un primer momento, Seki se queda pasmado al ver cómo le habla la señora Hinch. Aunque no la entiende, es evidente que le está planteando alguna exigencia, y se siente muy ofendido.

Cuando Ah Fat termina de traducir, llega el momento de que hable Seki.

—El capitán quiere saber de dónde es —pregunta el intérprete a la señora Hinch.

—Soy una orgullosa ciudadana de los Estados Unidos de América.

Se hace patente que Ah Fat no se ha dado cuenta de que la señora Hinch no es inglesa ni australiana.

—¿Americana? —musita al mismo tiempo que Seki grita:

—¡Americana!

—Sí, americana. ¿Se puede saber qué demonios le pasa? Y ¿piensa dejar que las mujeres se coman la verdura que han cultivado?

—¡No! ¡No! ¡No! —responde el japonés.

Ah Fat echa deprisa a las mujeres de la habitación mientras Seki continúa despotricando.

—Americanos son muy malos —le dice Ah Fat a la señora Hinch—. Están haciendo mucho daño a Japón.

—Vaya, esa sí es una muy buena noticia —asevera ella—. Puede que salgamos de una vez de este dichoso sitio.

—¡No intenten robar comida, Inchi! —advierte Ah Fat mientras las mujeres salen del recinto—. Si lo hacen, recibirán golpes.

Cuando Norah y la señora Hinch vuelven al espacio central, esta se desinfla un poco.

—Ay, querida, aunque me alegra saber que América está ganando esta guerra, me preocupa que el hecho de ser americana haya empeorado la situación.

—Es posible —reconoce Norah—, pero no creo que tuviese intención de darnos la comida.

Sin necesidad de que se lo pida, Norah le tiende la mano a la señora Hinch para ayudarla a subir a la caja.

—Lo siento mucho, pero he fracasado en mi propósito de lograr que el capitán nos deje comer lo que han cultivado. Al parecer, nunca estuvo destinado a nosotras.

Las mujeres reaccionan con enojo, expresando la injusticia con gritos. La señora Hinch levanta la mano para pedir silencio.

—Señoras, me temo que también tengo una advertencia: no intenten tomar nada; el capitán ha dejado claro que todo aquel al que sorprendan «robando» su comida será castigado con dureza. No me cabe la menor duda de que hará cumplir su amenaza. Lo siento mucho.

Norah ya ha levantado la mano para ayudarla a bajar.

A Norah le ha costado recuperar la energía que tenía antes de que la castigaran a permanecer de pie al sol. Su orquesta ha sido el tónico perfecto. Han pasado algunas semanas desde el último concierto, el que tuvo tan fatídicas consecuencias para ella. Ena y Audrey la raptan una tarde y la llevan de vuelta al barracón holandés, donde sus cantantes la esperan. Tras un ensayo que es más diversión que práctica seria, Norah vuelve a su barracón animada. Cuando ve a Margaret, le dice que es hora de que den otro concierto. Le sorprende la reacción apagada de su amiga.

—¿Qué ocurre?

—Lo siento, querida, Ah Fat ha dejado claro que, a partir de ahora, los conciertos tendrán que contar con la aprobación del capitán Seki. Le pediré a la señora Hinch que hable con él mañana, pero no sé qué dirá.

—No es justo, lo único que hacemos es cantar. ¿Qué mal puede hacer eso a alguien? De hecho es justo lo contrario.

—Seki no consiguió lo que quería, y creo que esta es su manera de castigarnos. Pero intentaré convencerlo. Déjalo en mis manos.

Al cabo de dos días, la señora Hinch está en la cocina con Norah cuando escucha la familiar e irritante llamada de «Inchi, Inchi, ¿dónde está?» de Ah Fat.

—Cielo santo, ¿qué será esta vez? —se pregunta Norah en voz alta.

La única respuesta de la señora Hinch es un fuerte suspiro que oyen todas las mujeres del barracón.

—Inchi, Inchi —llama de nuevo el intérprete desde la sala de estar.

—Será mejor que vaya —la insta Norah.

—Supongo que sí. —La señora Hinch respira hondo unas cuantas veces antes de ir despacio a la habitación—. ¿A qué viene tanta urgencia, Ah Fat?

—Inchi, vengo a decir que capitán dice sí al concierto, está bien.

—Como debe ser.

—Pero también está muy molesto; no entiende por qué quieren cantar las mujeres cuando hay una guerra y pasan hambre y están enfermas.

—Precisamente por eso cantamos. Dígaselo al capitán, por favor, ¿quiere?

Abatido e intimidado, Ah Fat se marcha, desalentado porque a todas luces creía que la buena noticia lo convertiría en un héroe para «Inchi».

—Por fin una buena noticia —observa Norah—. Una pequeña victoria, ¿no le parece, señora Hinch?

—Eso parece.

En el siguiente concierto, el aplauso de las mujeres cuando Norah y su orquesta se dirigen a su puesto, frente al público, es interminable. Están de pie, desesperadas por demostrarle a Norah lo mucho que aman, agradecen y valoran su valentía al desafiar a sus captores.

Norah voltea hacia las mujeres con las lágrimas corriéndole por las mejillas. Se siente abrumada. Ahora frente a su orquesta, teme que las mujeres no vayan a ser capaces de cantar, ya que ellas también están llorando.

Margaret susurra a Norah:

—¿Quieres que empiece yo y te pase después la batuta?

Lo único que puede hacer Norah es asentir y contestar en voz queda.

—Sí, por favor.

—¿Con qué quieres arrancar?

—Con Beethoven.

Margaret se sitúa de cara a la orquesta, que entiende en el acto lo que está pasando.

—Beethoven —anuncia.

Norah se aparta para que dirija Margaret, y por primera vez se convierte en una observadora, ve cómo interpretan sus cantantes. Desde donde está también puede observar al público. Su emoción tiene un poderoso efecto en ella, y le cuesta respirar con normalidad. Cuando finaliza el minueto, Norah se suma al aplauso que el público dedica a la orquesta.

Margaret hace una amplia reverencia antes de extenderle la mano a Norah para que continúe. Norah se sitúa ante las mujeres y los aplausos son estruendosos. Recompuesta, se gira y se lleva un dedo a los labios.

Cuando se reanuda el concierto, Norah, de espaldas al público, no se percata de que los soldados rodean el lugar. Las integrantes de la orquesta, las únicas conscientes de su presencia, hacen caso omiso de ellos, como auténticas profesionales. Al finalizar el concierto, convienen deprisa en que nadie mencionará a Norah la presencia de los soldados: quieren que se le permita disfrutar de esa velada y que sienta el amor y la gratitud que le profesan todas. A lo largo de los días siguientes, al comprobar que no hay represalias por parte del capitán, Norah empieza a relajarse.

Sin embargo, cuando llega el siguiente concierto, todas saben que será el último. No se ha anunciado, pero ¿cómo van a continuar cuando apenas se tienen de pie después de trabajar todo el día? Tanto al coro como a la orquesta les cuesta ensayar. Norah sabe que las largas y duras jornadas las dejan con poca energía para cantar, pero también sabe lo importantes que son los conciertos para las mujeres.

Para Norah esa velada es distinta. Ve que las mujeres intentan cantar con toda su alma, pero nada puede ocultar el hecho de que están agotadas y empiezan a perder la esperanza.

19

Campo III
Octubre de 1943-octubre de 1944

—Tenemos que hablar con el capitán sobre la violencia —dice Nesta a la doctora McDowell mientras la ayuda a contener la sangre que mana de la herida de otra víctima.

Los soldados japoneses no toleran que cada vez sean menos las mujeres que acuden a trabajar. Toda mujer a la que se sorprende caminando por el campo durante el día, a menos que esté desempeñando algún trabajo, recibe un golpe cuya fuerza la tira al suelo, y a menudo necesita atención médica.

—Vamos a tener que hablar con la señora Hinch.

Las dos mujeres dejan lo que están haciendo cuando oyen que se acercan botas pesadas. Tres soldados han entrado en el hospital y se han desplegado en abanico entre las pacientes.

—¿Qué quieren? ¿Qué están haciendo aquí? —les pregunta la doctora McDowell mientras va hacia ellos.

—Demasiadas mujeres aquí, tienen que ir a trabajar —le grita un soldado.

—Están enfermas, ¿cómo van a trabajar? Mírelas —tercia Nesta.

El hombre mira de soslayo a una mujer que pugna por incorporarse, asustada por la repentina aparición de los soldados.

—Esta, a trabajar.

Antes de que la doctora McDowell o Nesta puedan objetar, el soldado golpea con fuerza a la mujer. Al verlo, los otros soldados comienzan a golpear a las demás pacientes de inmediato.

—¡Paren! ¡Paren ahora mismo! —grita la doctora McDowell abalanzándose sobre los hombres—. No se atrevan a entrar en este hospital y atacar a las pacientes. Y ahora ¡fuera!

—¡Váyanse! —exclama Nesta, ahuyentándolos.

—Nos iremos, pero volveremos mañana para inspección. Castigaremos a las mujeres que puedan trabajar —asegura, y hace una señal a sus compañeros antes de dar media vuelta para marcharse.

—Esto tiene que parar —opina Nesta mientras la doctora y ella corren a buscar a la señora Hinch.

Nada más salir del hospital, Nesta ve que la señora Hinch, de hecho, va corriendo a su encuentro.

—¡Lo he oído! Iba a venir a verlas. Díganme, ¿qué ha pasado? —pregunta jadeando la señora Hinch.

Cuando Nesta termina de contar lo sucedido, la señora Hinch gira sobre sus talones.

—¡Déjenlo en mis manos! —dice.

Regresa poco después; su ya habitual expresión de indignación le ha desaparecido del rostro.

—Aunque parezca mentira, el capitán ha coincidido conmigo en que los castigos, como él los llama, han ido demasiado lejos. A partir de ahora, solo se disciplinará a aquellas mujeres a las que se vea comportándose mal. Argüí que nadie se está comportando mal, que solo intentamos seguir vivas. Confiemos en que les diga a los soldados que depongan su actitud; de lo contrario, ya puede ir contando con que volveré a visitarlo. Siento no poder haber hecho más.

—Gracias, señora Hinch. Todas sabemos cómo nos defiende, y se lo agradecemos —contesta la doctora McDowell.

—Les contaré a las enfermeras que ha ido a ver usted al capitán y les advertiré que estén alerta —añade Nesta.

—Señoras —la señora Hinch se dirige a las mujeres que se han reunido en el espacio central del campo para oír lo que les tiene que decir—. Puesto que los pozos se han secado por completo, tenemos permiso para salir del campo y utilizar la bomba de agua que hay fuera.

—Gracias a Dios —comenta Norah—. Iré ahora mismo, pero solo puedo cargar con una cubeta.

—Iremos juntas —se ofrece Ena.

—No, Ena. Tú quédate con June, te necesita. Me preocupa mucho que pueda enfermar, y eso es lo que pasará si sigue así. Cuéntale un cuento, canta si tienes la energía. Es importante que sepa que siempre estamos con ella.

—Voy yo contigo —dice Audrey.

Mientras caminan en dirección al pozo, dan alcance a Betty y Vivian, que se dirigen al mismo sitio. Las mujeres paran de vez en cuando para arrancar matas y raíces.

—No hay mucho que sacar —observa Audrey.

—Bueno —responde Betty—, hace unos días cocinamos las raíces de esta misma planta; no sabían demasiado mal y nadie se puso malo, así que creemos que es segura.

—¿Ven alguna más? Estamos desesperadas por conseguir algo para June —cuenta Norah.

De la cubeta que lleva, Vivian saca unas cuantas raíces alargadas, gruesas y con tierra y se las da.

—Toma estas para June. Encontraremos más, no te preocupes.

De vuelta en el barracón con el agua, Norah y Audrey retuercen y parten en trozos las raíces y las introducen en agua hirviendo junto con unos granos de sal. Aunque lleva un tiempo, se acaban ablandando. Ambas mujeres se llevan una cucharadita del caldo a los labios y declaran que «no está mal».

Norah da de comer a June despacio.

—Es la mejor sopa de raíces que he comido en mi vida —asegura la niña, relamiéndose—. Gracias, tía Norah y tía Audrey. Les dejo un poquito.

—Queremos que te la tomes toda, pequeña —dice Audrey.

—No, no puedo. Estoy llena. Por favor —dice entregándoles el cuenco.

—¡Dentro! ¡Dentro! —gritan los soldados corriendo por el campo y pegando a cualquier mujer o niño que se interponga en su camino mientras intentan que todo el mundo entre deprisa en los barracones.

—¿Son aviones? —exclama Norah mirando al cielo—. ¿Aviones de los aliados?

—¡Los veo! —asegura Ena—. Mira, allí, sobre los árboles.

Norah distingue las siluetas por encima de los altísimos árboles de la jungla. Sin embargo, es la explosión que sigue la que siembra el pánico en el campo.

—¿Dónde está June? —pregunta Norah. Las dos hermanas estaban dentro cuando el cielo empezó a retumbar y salieron para unirse al resto.

—¡No lo sé! —contesta desesperada Ena—. Fue a jugar a uno de los barracones holandeses, pero no sé a cuál.

Fuera, los aparatos siguen cruzando estruendosamente el cielo. Se vive una escena caótica: las mujeres saludan como locas, meten ruido y lanzan ovaciones para llamar su atención y, mientras tanto, sus captores corren en todas las direcciones, gritándoles que entren.

Norah y Ena corren hacia los barracones holandeses, que se encuentran en el otro lado de la calle.

Cuando salen del primero, dos soldados van hacia ellas blandiendo los fusiles y ordenándoles que vuelvan dentro.

—La encontraremos cuando esto termine —grita Norah mientras esquiva una bayoneta.

En ese preciso instante, en el campo se oye el más insólito de los sonidos: una sirena antiaérea.

Las mujeres y los niños esperan en los barracones hasta que la sirena deja de sonar. Poco a poco empiezan a salir para buscar a los niños y las amigas que faltan.

Norah y Ena encuentran a June toda alborotada; les cuenta con orgullo que ha visto un avión y describe una y otra vez el sonido de la explosión que han oído todos.

En su barracón, Margaret y la señora Hinch efectúan un recuento; alguien les recuerda que las tres mujeres que faltan están en el hospital.

Cuando cesa la sirena, todas las enfermeras corren de vuelta al hospital para ver cómo están sus pacientes. Se reúnen para cruzar unas palabras deprisa.

—¿Se habrá acabado todo? ¿Creen que nos van a liberar? —pregunta Betty con nerviosismo.

—No sé lo que significa, confiemos en que sea así —les dice Nesta.

—¿Y si intentamos hacerle alguna señal al piloto? —sugiere Vivian.

La doctora McDowell interviene:

—No creo que sea buena idea —tercia—; la jungla es demasiado densa, y les garantizo que si la ve algún soldado, se meterán en un lío.

Mientras están charlando, la señora Hinch entra en el hospital.

—Acabo de hablar con el capitán —informa.

—¿Y? —inquiere Nesta.

—Cuando suene la sirena, todo el mundo tiene que entrar en el barracón más cercano y quedarse dentro. Tiene intención de ordenar que condenen las ventanas de inmediato y se castigará a todo aquel al que encuentren fuera o vean asomado a una ventana.

—Será mejor que corramos la voz —apunta la doctora McDowell.

Al día siguiente las enfermeras Ray y Valerie cometen el error de abrir la puerta para echar un vistazo fuera. El momento no podría haber sido más inoportuno: un soldado las ve e irrumpe en el barracón, donde todas sus moradoras, apiñadas, se encaran con él.

—¿En qué puedo ayudarlo? —le pregunta Nesta.

—He visto dos mujeres fuera. —Mueve la mano e indica—: Tienen que venir conmigo.

Las enfermeras no se mueven.

—No sé de qué me habla, oficial. ¿Podría identificar a las mujeres que cree haber visto?

—Vi dos: o salen o todas castigadas.

El soldado se lleva la mano a la pistola, respirando pesadamente, con una expresión cruel.

Las dos enfermeras dan un paso adelante: Ray y Valerie no permitirán que castiguen a sus amigas por el error que han cometido ellas.

Nesta se coloca a su lado y se inclina profundamente.

—Sentimos haber infringido las normas; no lo volveremos a hacer.

Nesta no ve la mano hasta que se estrella en su rostro y la lanza contra las enfermeras que tiene detrás, que la sostienen.

Tras sacar a las dos culpables a empujones, el oficial se las lleva.

Al cabo de unas horas Ray y Valerie regresan al barracón.

—Nos llevó con Seki —cuenta Ray.

—¿Les hizo daño? —pregunta Nesta.

—Todavía no, pero mañana tenemos que ponernos al sol. Como Norah. Sin sombrero —dice Valerie.

A la mañana siguiente las enfermeras dan a Ray y Valerie sus raciones de agua, que ellas intentan rehusar.

—Necesitan todo el líquido que puedan beber; las dos saben lo que hace la deshidratación al cuerpo —les recuerda Jean.

—Pero nos orinaremos encima si bebemos todo esto —aduce Ray con una risita.

—Prefiero que se orinen encima a que les fallen los riñones —dice Jean.

Las enfermeras se dirigen hacia el espacio central, donde el seco suelo se encuentra a pleno sol. Seki, acompañado de Ah Fat, va hacia las dos enfermeras que están allí con la cabeza gacha.

—Voy a hablar con él —susurra Jean a Nesta.

—¿Crees que es buena idea?

—Ray está conmigo desde que llegamos a Malasia

y sé una cosa de ella que no sabe nadie: tiene un problema cardiaco. Lo descubrimos cuando contrajo malaria al principio de nuestra estancia allí.

—Está bien, mira a ver qué puedes hacer, pero no te arriesgues a unirte a ellas. No creo que sea lo que quiere Ray.

Con la cabeza baja, Jean va despacio al encuentro de Ah Fat y Seki, que observan su avance con curiosidad.

—¿Qué quiere? —le pregunta Ah Fat.

—Con todos mis respetos, me gustaría pedirle al capitán que no castigue así a la enfermera Ray. Tiene una dolencia cardiaca y permanecer tanto tiempo al sol sería muy peligroso para ella.

Ah Fat traduce y la respuesta de Seki, como de costumbre, es prolija y pomposa. La traducción del intérprete es más sucinta.

—No.

Ray, que ha oído la conversación, dice:

—No te preocupes, estaré bien.

Las enfermeras las acompañan cobijándose en cualquier sombra que pueden encontrar. A lo largo de toda la mañana Norah, Margaret y otras mujeres les llevan agua cuando los soldados no miran. Cuando el sol llega a su cénit, se hace patente que Ray se encuentra mal.

La señora Hinch y la doctora McDowell suplican a los soldados que la dejen marchar. Sus peticiones son rechazadas.

Al ver que Ray trastabilla, consigue mantener el equilibrio, pero acto seguido se tambalea de nuevo, todas las mujeres exclaman:

—Dejen que se vaya.

Ray no tarda en caer al suelo, y es evidente que no se va a levantar.

—¡Vayan por ella! —pide la señora Hinch mientras se abalanza sobre la enfermera inconsciente.

Ahora todas las enfermeras corren hacia ella, junto con la doctora McDowell. Los soldados japoneses están cerca, con las bayonetas en ristre y apuntándolas, pero, al darse cuenta de que las mujeres los superan en número, las dejan pasar. La doctora McDowell examina brevemente a Ray antes de indicar a las enfermeras que la carguen y la lleven al barracón.

—Iré con ellas —dice Jean a Nesta—. Tú cuida de Val.

Valerie sigue de pie, rodeada de sus amigas durante toda la tarde, hasta que el sol se pone.

—Vamos, ya basta. Vamos por ella —decide Nesta. Se apresura a sujetar a Val, que se desploma en sus brazos.

Cuando la llevan al barracón, la enfermera está inconsciente. Nesta y Vivian se ocupan de ella. Jean ha llevado a Ray al hospital; su estado reviste la suficiente gravedad como para que quiera que la doctora McDowell cuide de ella.

Margaret llama a la puerta, que está abierta, y asoma la cabeza.

—Sé que es una pregunta estúpida, pero ¿hay algo que pueda hacer?

Nesta se levanta e indica a Margaret que se acerque a la enfermera, que sigue inconsciente y tiene el cuerpo entero y la cabeza cubiertos por paños mojados; solo se le ve el rostro.

—Gracias, Margaret. Salvo que se las ingenie para sacarnos a todos de aquí —responde sarcástica—, lo cierto es que no hay mucho que se pueda hacer. Cuidaremos de Val. Está recuperando el pulso con normalidad, aunque, quemaduras del sol aparte, necesitará unos cuantos días para recuperarse del golpe de calor.

A los ojos de Margaret aflora una mirada del todo compasiva.

—¿Y Ray?

—Jean la ha llevado al hospital; pasará allí la noche.

—Norah y su equipo les están preparando la cena para que no tengan que preocuparse de hacer fuego y cocinar. Vendrán en breve.

—Ay, Margaret, ni me acordaba de que las enfermeras tienen comer. —Nesta hace una mueca de dolor y agotamiento—. ¿Qué me pasa? Se supone que estoy al frente de ellas.

Margaret le aprieta el brazo.

—Enfermera James, eres una jefa de primera. Estoy segura de que ninguna de tus amigas ha pensado en sí misma hoy. La cena no tardará en llegar.

—Bueno —comenta Norah a Audrey—, creo que ha cambiado algo. —Han pasado dos semanas desde que aparecieron los aviones, y las dos mujeres van camino de la bomba de agua.

—Yo también lo creo —conviene Audrey—. Los soldados están asustados, y eso es bueno y malo al mismo tiempo.

—Malo porque es más probable que desahoguen su rabia con nosotras.

—Y bueno porque tal vez nos liberen pronto —añade Audrey.

—Por lo menos, ahora los ataques aéreos solo se lanzan por la noche. —Han llegado a la bomba, y Norah llena la cubeta—. Lo que significa que podemos venir aquí por el día.

Informan a la señora Hinch de que hay correo para algunas mujeres. Al oír la noticia, las enfermeras convienen en que es muy poco probable que vayan a recibir algo de casa. Nesta se ofrece a hacer la fila para comprobar si algún sobre lleva el nombre de alguna enfermera, y que así no tengan que ponerse todas en fila con las demás mujeres.

El proceso de esperar a que los soldados revisen cuidadosamente el correo con ayuda de la señora Hinch lleva mucho tiempo, o al menos lo parece, al tener que aguantar de pie con todo el calor del mediodía.

—He venido a ver si hay alguna carta para las enfermeras. —Por fin le ha llegado el turno a Nesta en la larga fila.

La señora Hinch esboza una sonrisa afectuosa.

—Hay correo para Betty, Wilma y Jean. Me temo que para usted no hay nada, querida.

—Gracias, iré a buscarlas —responde Nesta al borde de las lágrimas. Lo que daría en ese momento por tener noticias de su madre.

Betty solloza al ver su nombre en el sobado sobre. Es la letra de su madre y la carta es de hace dos años. Se va con la carta al barracón y la sostiene en la mano sin abrirla. Ver la cara de sus compañeras y amigas, todas desesperadas por saber algo de sus respectivas familias, es demasiado para Betty, que sale, va al rincón más apartado del jardín y se esconde detrás de un árbol para leer la anhelada carta. Cuando regresa ya ha oscurecido. Cuenta a todo el mundo que no hay noticias de la guerra: es evidente que le dijeron a su madre lo que podía y no podía escribir.

En el barracón de Norah y Ena, las hermanas ven que algunas compañeras leen y releen las cartas que han recibido de casa.

—Qué felices parecen todas, ¿no? —susurra Ena a Norah.

—Sí —coincide Norah mientras intenta disimular, por su hermana, su propia desilusión.

—No contaba con recibir noticias de nadie. Ken y nuestros padres probablemente estén prisioneros, como nosotras —dice Ena, incapaz de dejar de mirar a las mujeres que leen atentamente sus cartas.

—Es verdad, pero ¿y Barbara? —A Norah se le quiebra la voz. Daría cualquier cosa por saber cómo está Sally—. Me pregunto si habrá intentado escribirnos.

—Norah, Sally está a salvo con ella; es solo que no sabemos dónde están y tampoco sabemos lo que le habrán dicho a Barbara de nuestro paradero.

—Tienes razón, desde luego. No pretendo parecer desagradecida, y me alegro mucho de que esté llegando correo.

Las raciones se retrasan y las mujeres empiezan a ponerse nerviosas; se reúnen en pequeños grupos junto a la cerca. A algunos vendedores locales se les ha permitido que visiten el campo de nuevo, y ofrecen alimentos frescos a todo el que pueda pagar por ellos.

Norah se acerca a Betty, que está andando de acá para allá, no muy lejos.

—¿Tú crees que van a llegar? —le pregunta.

—Bueno, nadie nos ha dicho que no vaya a ser así —contesta la enfermera, profiriendo un suspiro—. Pero, si lo piensas, recibimos raciones ayer, pero no anteayer, así que es posible que solo nos vayan a dar de comer cada dos días.

—O sea, nos matan de hambre prácticamente, luego nos dan lo suficiente para que recuperemos parte de nuestras fuerzas y acto seguido nos privan de la comida de nuevo. ¿Crees que podría formar parte de un plan malvado?

—Prefiero pensar que no, pero quizá tengas razón. ¿Cómo se encuentra June? ¿Come lo suficiente?

—Define «suficiente» —responde Norah entristecida—. No está peor que los demás niños y sí mejor que la mayoría de los adultos. Algunas madres holandesas le dan un poco de lo que compran a los lugareños.

—Ay, ojalá tuviéramos dinero o joyas o cualquier cosa con la que pudiésemos comerciar. Mira que tener la mala suerte de acabar en un barco bombardeado.

—Puede que lo hayamos perdido todo, pero conservamos la vida, ¿no es así? Muchos otros la perdieron. —Durante un instante Norah recuerda aquel día terrible y el horror de ir a la deriva en el mar sin saber si alguien los ayudaría—. Lo siento, Betty —se apresura a añadir—. No era mi intención parecer insensible, ni tampoco recordarte a las enfermeras que perdieron. Sé que fueron muchas las que zarparon con ustedes y no están aquí hoy.

—Nos acordamos de ellas todos los días —reconoce Betty con voz queda. Le vienen a la memoria viejas amigas a las que tal vez no vuelva a ver.

—Nunca se sabe —dice Norah mientras acaricia el hombro de la joven enfermera—. Quizá las encontraran y estén prisioneras en alguna parte, como nosotras.

—Es posible, sí —reconoce Betty no muy convencida.

Cuando la enfermera se aleja, afligida, Norah se arrepiente de haber mantenido esa conversación. La vida ya es bastante dura a diario como para que le recuerden a uno a los seres queridos que ha perdido.

Jean y Vivian caminan hasta el rincón más alejado

de la cerca, donde los lugareños comercian con las prisioneras. Ellas no tienen nada que ofrecer, pero los tratos que se efectúan captan su atención. Su proximidad se ve recompensada cuando una holandesa les da dos camotes.

—Madre Laurentia, ¿quería verme? —pregunta Nesta tomándole la mano. Le han pedido que se pase por el barracón de las monjas y ahora observa con atención a la madre superiora, en busca de alguna señal de enfermedad.

—Estoy bastante bien, enfermera James, no hace falta que me mire así —afirma la religiosa con una sonrisa antes de sacar un sobre de un bolsillo oculto en el hábito—. Me gustaría darle esto, para usted y sus enfermeras.

Nesta mira el sobre que le ofrece la monja.

—¿Qué es?

—Dinero, querida. ¿Por qué no van a poder comprar un poco de comida de vez en cuando ustedes, que tanto hacen por esta comunidad desesperada?

—No puedo aceptar su dinero, madre, seguro que ustedes lo necesitan —rehúsa Nesta mientras mira con anhelo el sobre.

—No es mío, si eso hace que le resulte más fácil aceptarlo. El capitán Seki me lo entregó ayer: es de la Cruz Roja holandesa y, si bien es cierto que va destinado a mis compatriotas, no veo que ellas estén privadas de él, como es el caso de ustedes.

Nesta se sigue mostrando reacia a agarrar el sobre.

—Sinceramente, no creo que mis amigas lo vayan a aceptar, sabiendo que pertenece a alguien que también lo necesita. Se lo dio a ustedes su gobierno.

—¿Qué puedo decir para convencerla? —La monja sigue ofreciéndole el sobre, igual de testaruda que Nesta.

La enfermera se para a pensar. No quiere ofender a la madre Laurentia. Piensa en sus amigas, en el hambre que tienen, sus fuerzas mermadas, sus esperanzas cada vez menores de recuperar la libertad. También ha visto las cosas que se pueden comprar: huevos, fruta, pescado seco, galletas.

—Si lo acepto, será con una condición —decide, al cabo.

—Lo que sea.

—Solo accederemos si se trata de un préstamo, que devolveremos en su totalidad cuando salgamos de este sitio.

—De acuerdo.

De ese modo, Nesta se guarda el sobre profundamente agradecida.

—Hola, señoras —saluda alegremente la enfermera cuando entra en el barracón.

—¿Por qué estás tan contenta? —pregunta Ena con aire sombrío—. En esta tanda hay más gorgojos que arroz.

—Estoy contenta porque tengo algo para ustedes. La madre Laurentia nos ha prestado un dinero que ha recibido de la Cruz Roja holandesa. Queremos compartir la comida con ustedes y con los demás pasajeros del *Vyner Brooke* que llegaron con las manos vacías.

—Pero me figuro que te lo habrán dado para las enfermeras —dice Norah levantándose a toda prisa. Con la comida tan cerca, no sabe cuánto podrá seguir negándose a aceptarla educadamente.

—No tienen nada, Norah. Desde luego que vamos a compartir lo nuestro con ustedes —insiste Jean.

Ena también se levanta.

—¡Gracias! Ojalá pudiera decir algo más, pero ahora mismo estoy tan preocupada por June, y por el resto de la casa, que cualquier cosa que podamos comer será vital —dice con desesperación.

Llega al campo otra tanda de correo, y Betty abre nerviosamente la segunda carta que recibe. En cuestión de segundos está llorando y sale del barracón al jardín a la carrera. Nesta y Jean van tras ella.

—Betty, ¿qué ha pasado? ¿Son malas noticias? —le pregunta Nesta.

Entre sollozos, Betty le da la carta a Nesta.

—¿Estás segura de que quieres que la lea?

Betty asiente.

—¿De quién es? —pregunta Jean a Nesta cuando esta empieza a leer.

—¡Cielo santo! Es de Phyllis. —A Nesta le tiemblan las manos.

—¿Phyllis P? —pregunta Jean, que intenta echar una ojeada a la carta.

—¡Lo consiguieron! ¡Llegaron a casa! —dice Betty sollozando.

Algunas enfermeras han salido a ver cómo está su amiga. Todo el mundo sabe que recibir malas noticias es peor que no recibirlas.

—¡Chicas! Betty ha recibido una carta de Phyllis P. El resto lo consiguió, su barco llegó a casa —les dice Betty.

Al momento, todas las enfermeras están en el jardín, abrazándose y llorando. Saber que las amigas y compañeras que salieron de Singapur un día antes de que ellas emprendieran su fatídico viaje se encuentran a salvo en casa supone un profundo alivio para todas.

—Voy al hospital a contárselo al resto —dice Nesta al tiempo que le devuelve la carta a Betty—. Comparte esta carta, es justo lo que necesitamos.

La carta circula ávidamente entre las enfermeras. Todas están deseando leer por sí mismas las palabras para asimilar de verdad la noticia. Betty ve que Blanche se aferra a la carta mientras solloza en silencio. Va en busca de Nesta.

—Prometí a Blanche que, si ella no recibía una carta antes de que a mí me llegara otra, le compraría un pastel. ¿Está muy mal por mi parte que pida un poco de dinero para comprarle un pastel de luna?

—¿Un pastel de luna? Y ¿de dónde vas a sacar ese dulce chino?

—Una holandesa me contó que solo compra pasteles de luna a los comerciantes. Mientras que todas las demás compran verduras, fruta o arroz, ella solo quiere esos pasteles.

Nesta se acerca al cajón de la cocina en el que guarda el dinero que le dio la madre Laurentia y le da dos billetes a Betty.

—Este día hay que celebrarlo, mira a ver qué te dan por esto.

Betty vuelve y enseña entusiasmada lo que ha adquirido: cuatro pastelitos de luna, cada uno del tamaño de una pelota de golf, y dos galletas. Nesta y ella toman los dulces y un cuchillo y van fuera con las demás.

Justo cuando las enfermeras se están llevando a la boca las últimas y deliciosas migajas, la señora Hinch aparece en el jardín.

—Querida, cuánto lo siento... —empieza.

—¿Qué ocurre? —pregunta Nesta mientras traga el último bocado.

—Malas noticias, me temo. Han vuelto a prohibir a los vendedores que vengan.

Nesta exhala un suspiro para sus adentros.

—Bien, señoras —dice a sus enfermeras—, al menos hemos disfrutado de estos pasteles de luna.

—Y sin gorgojos —añade Jean.

20

Campo III
Octubre de 1944

—La mitad de ustedes abandonará el campo mañana —anuncia Ah Fat. Escasos minutos antes, Seki había convocado una reunión del campo—. Y, enfermeras, la mitad de ustedes se irá mañana; estén listas.

Al oír la noticia, Nesta aborda a Seki y Ah Fat cuando dan media vuelta para marcharse. Los soldados la apuntan con los fusiles en el acto. Impertérrita, Nesta se acerca al capitán y le dirige una mirada furibunda.

—No nos dividiremos —le informa—. O nos vamos todas o nos quedamos todas.

Seki echa a andar, pero cuando Ah Fat va a seguirlo, Nesta lo agarra por un brazo.

—Por favor, pídale que no nos separe —suplica.

—Capitán Seki ha decidido. La mitad de las enfermeras se va mañana. —Después el intérprete baja la cabeza—. Lo siento —se disculpa.

Esa noche las enfermeras se quedan hablando hasta altas horas de la madrugada. Sentían tan cerca su liberación..., y ahora les preocupa que no las encuentren nunca.

Sin embargo, desarrollan un plan de emergencia por si se ven obligadas a separarse, y deciden quién irá en qué grupo. Es evidente que Nesta y Jean quedarán en grupos separados.

La tarde siguiente sesenta mujeres, incluidas la mitad de las enfermeras, Norah, Ena, Audrey y June, suben a un pequeño camión y se marchan con las escasas pertenencias en los brazos.

El sol se ha puesto cuando llegan a la desembocadura del río. Les ordenan subir al barco que espera. Cuando empiezan a acomodarse, los soldados señalan a seis mujeres que tienen que desembarcar, entre ellas Betty. Otro camión de mayor tamaño ha llegado al embarcadero y ordenan a las mujeres que lo descarguen y trasladen la carga al barco. Hay sacos de comida, cajas de porcelana fina, libros, plata, sillas; a todas luces, las exquisitas pertenencias de un propietario adinerado. También hay docenas de ataúdes.

—Es preciso que encontremos una forma de ayudarlas —susurra Norah a Audrey—. No es justo que las seis tengan que hacer todo el trabajo.

—¿Qué se te ocurre?

—Aquí viene Betty con una caja. Me acercaré a ella y cuando esté a punto de subirla, la apartaré y lo haré yo.

—Pero ¿y si te ven? —se preocupa Audrey, que no está muy segura del brillante plan de Norah.

—Al menos tengo que intentarlo. Si sale bien, lo puedes hacer tú con otra. No con la hermana Catherina, está claro, pero seguro que para ellos somos todas iguales, aparte de la hermana.

Norah va hacia Betty justo cuando esta se acerca a la zona de almacenamiento con una caja pesada. Cuando se agacha para dejarla en el suelo, Norah la mira y le hace una señal. Betty flexiona las rodillas para dejar la caja y Norah susurra:

—Quédate agachada.

Cuando Norah se levanta y echa a andar hacia la rampa, se ve cara a cara con un soldado furioso, que le grita que se quede donde está. El hombre se gira hacia Betty, que sigue en cuclillas entre las cajas, y le indica con el fusil que se levante y siga trabajando. La enfermera pasa por debajo del fusil que mueve el soldado.

El revuelo se oye en el embarcadero y, cuando el soldado voltea para contarles a los demás lo que acaba de pasar, Norah aprovecha la distracción para subir a bordo de un salto y correr hacia la seguridad que ofrece la multitud de mujeres, donde se une a Ena y June.

—¿Qué ha sido eso? —pregunta Ena.

—Nada. Ya sabes cómo son —contesta Norah.

Las mujeres y los niños pasan la noche fondeados en el embarcadero. Cuando el sol ha salido por completo, el barco comienza su lenta travesía río abajo. El aire no se mueve, está cargado de humedad y merma su energía. Pasan horas antes de que salgan de la desembocadura y entren en el estrecho de Banka. El olor a agua salada y una ligera brisa suponen un consuelo para las exhaustas mujeres.

Inclinada sobre la borda, Jean comenta en voz baja mientras mira al mar:

—Aquí es donde se hundió el *Vyner Brooke*.

Una por una las enfermeras buscan las manos de sus amigas.

—Y esa es la isla de Banka —añade Jean.

—La masacre... —empieza Betty, pero no es capaz de decir más. Basta con imaginarlo; no es necesario que hablen de ello.

Las enfermeras se juntan y recuerdan a las amigas que cayeron. Ven las playas de la isla y se preguntan qué bahía fue testigo de su asesinato.

Ya ha oscurecido cuando el barco echa el ancla frente al muelle de Muntok. Un junco maloliente se detiene junto al barco y ordenan a las mujeres que suban a él. Las obligan a bajar a la bodega, donde el suelo está cubierto por tres centímetros de queroseno. Después les lanzan sus pertenencias. Cuando se oye una sirena antiaérea, cierran de un portazo la trampilla de la bodega. A oscuras, con el fuerte olor a queroseno, las mujeres vomitan y pugnan por respirar. Se desploman en el charco de líquido aceitoso.

—Que todo el mundo intente mantener la calma, por favor —pide Jean.

—Nos estamos ahogando —se lamenta una voz en la oscuridad.

—Vamos a morir —dice otra.

—Tienen que mantener la calma. Intenten respirar

más despacio. Es la única manera de limitar la cantidad de gases que inhalamos. Por favor, traten de hacerlo —insta Jean.

—Pero los niños... —implora una mujer, desesperada.

—Que las madres ayuden a sus hijos; tienen que conseguir que respiren a su ritmo. Despacio, despacio, despacio.

Pronto los llantos cesan.

—¿Te encuentras bien, June? No te veo —susurra Ena.

Respirando entrecortadamente, June consigue decir unas palabras.

—Estoy bien, tía Ena, pero no me gusta el olor.

—Lo sé —contesta Ena mientras busca la mano de la pequeña—. Vamos a respirar juntas, ¿quieres? Despacito: uno, dos, tres. Seguro que ya no queda mucho.

—Si me permiten la sugerencia, no hablen —aconseja Jean—. Reserven la energía y respiren superficialmente por la nariz.

Horas después el junco topa contra el muelle y la trampilla se abre. Las mujeres están mareadas y demasiado débiles para poner un pie delante del otro. Los soldados las ayudan a salir de la bodega. Tiradas en el muelle como si fuesen sacos de arena, a duras penas se tienen en pie. Se apoyan las unas en las otras para iniciar el largo camino que las separa de la dársena. Por primera vez desde que las hicieron prisioneras, agradecen ver los camiones que esperan.

Tercera parte
Los últimos días de la guerra

21

Campo IV
Noviembre de 1944-marzo de 1945

—Nesta, Vivian, ¡aquí!

Nesta y Vivian ven que Norah, Ena, Audrey y June van corriendo hacia ellas.

—¡Por fin han llegado! —exclama Norah sintiendo algo parecido a la dicha. La gente del campo está a punto de reunirse.

—¿Saben dónde están Jean y las demás enfermeras? —pregunta Nesta.

—En el hospital, esperándonos. Venga, les echaremos una mano. June, cielo, ve corriendo al hospital y diles que Jean, Nesta y las demás han llegado —pide Ena.

—Voy, tía Ena. —June se adelanta para transmitir el importante mensaje.

—¡Por fin! —grita Jean abrazando a Nesta—-. Espera a ver los barracones.

—Ya me lo imagino: goteras en el tejado, sin ropa de cama —aventura risueña Nesta.

—¡Qué va! Son edificios nuevos. Enormes. Hay sitio para unas cien personas.

—Y lo mejor es —añade Betty, que se suma a ellas y le echa un brazo por los hombros a Nesta— que hay colchonetas con suficiente espacio alrededor para acostarse sin darle a la persona de al lado. ¿No es increíble?

Llevan a Nesta al centro del campo, donde le enseñan la amplia cocina, junto con dos cocinas más con pequeños fogones. Los barracones donde dormirán, de madera, son luminosos y están bien ventilados, un cambio importante con respecto al último campo.

—Este sitio es mejor —opina Nesta, relajándose por fin—. ¿Retretes?

—¡Baños! —corrige Betty—. Baños en toda regla. Y... espera a oír esto...: nueve pozos de cemento.

—¿Agua limpia? —pregunta Nesta—. Esto bien podría salvarnos la vida.

Al cabo de unos días el número de prisioneras aumenta cuando al campo llegan doscientas inglesas. Entre ellas hay algunas jóvenes indoholandesas bien vestidas. Los soldados las llevan hasta unos barracones pequeños que se hallan en la ladera de la colina, fuera del campo. Todo el mundo tiene claro que son el nuevo «entretenimiento» de los oficiales japoneses. Cada día las mujeres ven los platos de carne, verdura y arroz que les llevan a estas chicas a sus barracones.

En cuestión de días los nueve pozos se quedan vacíos. Nesta se queja a la señora Hinch de que las enfermas no se pondrán bien si, aparte de todas las demás cosas, se deshidratan. La señora Hinch exige reunirse con el capitán Seki, y Ah Fat las acompaña a Nesta y a ella al nuevo despacho del comandante.

La señora Hinch entra hablando en la habitación; están por encima de las formalidades.

—Las instalaciones constituyen una mejora, y estamos agradecidas. Sin embargo, los pozos no sirven para nada; no queda ni una gota de agua en ninguno.

—Las mujeres están enfermas y sedientas —añade Nesta—. Necesitamos agua urgentemente.

Seki escucha lo que Ah Fat traduce. Tras la larga respuesta, el intérprete se inclina ante Seki antes de voltear hacia la señora Hinch.

—Capitán dice que vendrá más agua cuando llueva.

—¿C-Cuando... llueva? —balbucea Nesta.

—Y ¿cuándo será eso? ¿Puede darnos un parte meteorológico fiable? —espeta la señora Hinch—. Esto es ridículo.

Ah Fat ni siquiera se molesta en traducir. Seki sonríe a la señora Hinch y después a Nesta.

—¿A qué viene esa risita? Esto no tiene gracia, Ah Fat.

Este ni siquiera intenta disimular su bobalicona sonrisa.

—Inchi, Inchi, estoy bromeando. Capitán Seki no es monstruo. Dice que pueden buscar agua en el arroyo cercano.

A la señora Hinch no le hace gracia, y a Nesta tampoco. Controlando su genio a duras penas, se muerde el labio inferior, saluda con la cabeza a los dos hombres y sale como una exhalación.

Norah y Nesta se suman a una hilera de mujeres que llevan todo lo que han podido encontrar para ir por agua, creando un sendero a través de una jungla rebosante de colores vivos; la vegetación tropical exhibe los exuberantes tonos rojos, púrpuras y anaranjados que caracterizan gran parte de ese paisaje. Flores silvestres igual de luminosas tapizan el suelo por el que caminan.

—Cuánta belleza —comenta Norah a Nesta.

—Y lo único que queremos es agua —contesta la enfermera—. Cambiaría todas estas flores por una llave de agua.

Bajando por un pequeño barranco encuentran un sonoro riachuelo. Norah y Nesta se miran y siguen a las demás mujeres, que se están quitando la ropa y se lanzan a la fría agua. Después de refrescarse se sientan en piedras cercanas y se lavan el pelo con arena que sacan del lecho del arroyo.

—Qué bueno es seguir vivo —observa Nesta.

—¡Y no tener sed!

Cuando vuelven al campo, aseadas y con los recipientes llenos de agua, Nesta se detiene a recoger un ramillete de flores silvestres.

—Señoras —la señora Hinch ha convocado una reunión del campo para transmitir el último decreto de

Seki—. Me han comunicado que tenemos que formar equipos de trabajo para desempeñar una serie de cometidos alrededor del campo.

—¡Ya tenemos cosas que hacer! —exclama una voz—. Limpiar los retretes, la calle, los barracones.

—Bien, pues ahora hay más. Quieren que levantemos una cerca de alambre de espino alrededor del hospital. También hay que recoger leña y apilarla cerca de las cocinas y llevar arroz a los cobertizos. ¿Alguna voluntaria?

Nadie contesta hasta que, después de un momento, Norah levanta la mano.

—Yo ayudaré —se ofrece.

—Yo también —se suman Audrey y Ena a la vez.

Norah abriga dudas de que su idea de ayudar a levantar la alambrada de espino haya sido muy sensata. Como no tienen guantes que les protejan las manos, el trabajo es lento mientras aprenden a afianzar el alambre sin cortarse los dedos.

—Supongo que hay un lado positivo —menciona Ena mientras se chupa la sangre de un dedo en el que se ha hecho un corte—. Nos dan más raciones.

—Cierto —coincide Audrey—. He oído que en el menú había tiburón.

—Y Seki incluso nos ha dado más aceite —agrega Norah.

El tiburón frito, las verduras variadas y el arroz, todo ello acompañado de abundantes tazas de té, hermana a las mujeres. Por primera vez en su vida, Nesta abre la boca para incitar a cantar a las enfermeras. Pocos versos después todas las mujeres del campo están cantando *Waltzing Matilda;* sus voces se oyen calle arriba y calle abajo.

Nesta está trabajando en el hospital cuando la puerta principal se abre de golpe. Al levantar los ojos, ve que Vivian y Jean entran con un cuerpo inerte.

—¡Es Betty! ¡Está inconsciente! —exclama Vivian.

—Tráiganla aquí —pide Nesta señalando un rincón tranquilo de la sala—. Acuéstenla en el suelo y la pasaremos a una cama cuando podamos.

La doctora McDowell se une a las enfermeras para examinar a Betty.

—Necesitamos agua y trapos; tenemos que bajarle la temperatura deprisa.

Vivian y Jean corren a buscar lo que hace falta mientras Nesta y la doctora McDowell desvisten a la pobre Betty.

—Esta agua está caliente, caray; necesita agua fría —se lamenta Vivian cuando vuelven con agua del pozo.

—Sí, pero no hay otra —replica la doctora—. Esto es lo que tenemos, le sacaremos el mayor partido posible. Y ahora empapen los trapos y dénmelos.

—¿Te puedes encargar tú, Nesta? —pregunta Vivian antes de dirigirse a Jean—. Tú agarra una cubeta y vente conmigo.

Antes de que Nesta pueda poner algún pero, Vivian le da una cubeta a Jean, agarra otra ella ella y las dos salen corriendo para ir al arroyo.

—Por favor, dígale al capitán Seki que hay una fiebre que se está propagando deprisa por el campo. Para mejorar, las mujeres tienen que comer mejor. ¿Por qué nos ha vuelto a recortar las raciones? —A la señora Hinch le cuesta trabajo formular la pregunta. El tiburón y las verduras llegaron igual de deprisa que desaparecieron. Han vuelto al arroz con gorgojos. Nesta la acompaña en esta audiencia con el capitán Seki. Está a su lado, y no es capaz de contenerse más.

—Hemos de hacer frente a los hechos —dice—. Hay mujeres que están a punto de morir y tenemos que prepararnos. Solo díganos cómo.

—Todo lo que reciben es regalo de los japoneses. Agradezca la comida, Inchi —dice Ah Fat antes de voltear hacia Seki para transmitirle los mensajes.

Tras una respuesta sucinta, Ah Fat se aclara la garganta.

—Capitán Seki sabe que muchas mujeres están muy enfermas y morirán. Dice que quiere que las entierren fuera del campo; hay un pequeño lugar allí, nosotros tenemos cajas para meterlas, pero lo hacen ustedes.

—Naturalmente que lo haremos nosotras. ¿Nos podrían dar las herramientas necesarias para cavar las tumbas? Y necesitaremos madera para hacer cruces —presiona la señora Hinch.

—Capitán Seki les dará un machete para cavar y encontrará madera para que hagan cruces.

—¿Un machete? De poco nos va a servir. Si fuésemos a abrirnos camino por la jungla nos vendría de perlas, pero ¿cómo vamos a cavar en ese suelo que está duro como una piedra con un cuchillo?

—Les daremos dos machetes. Es todo, ahora fuera, Inchi.

Sin tener la consideración de inclinar levemente la cabeza ante el capitán, la señora Hinch y Nesta salen a buen paso del despacho de Seki.

—Señora Hinch, ¿qué está pasando? —Audrey intercepta en la calle a las dos mujeres.

—Acabamos de mantener la conversación más dura que recuerdo haber tenido con alguien. La pobre Nesta se ha visto obligada a decir en voz alta que hay mujeres que van a morir muy pronto, y que tenemos que prepararnos.

—Habrá sido espantoso —se solidariza Norah—. Pero tiene razón. Acabamos de estar en el hospital y Jean nos ha dicho que hay unas cuantas mujeres por las que temen no poder hacer nada más.

—Inchi, Inchi, ¡espere! —llama Ah Fat mientras corre hacia ellas.

—Por favor, no. Ese hombre es lo último que necesito ahora mismo —dice la señora Hinch antes de voltear hacia Ah Fat y espetar—: A menos que tenga alguna buena noticia que darme, váyase, se lo ruego.

—Inchi, tengo esto para usted —responde, y le ofrece dos cuchillos largos, parecidos a un machete.

La señora Hinch los agarra de malas maneras, le da la espalda y se aleja. Norah y Audrey se apresuran tras ella.

—No puedo decir lo que me siento tentada de hacer con estas dos armas en las manos, pero lo estoy pensando —dice la señora Hinch con una pequeña sonrisa.

—Nosotras lo haríamos por usted, señora Hinch, no tiene más que decirlo —le asegura Audrey.

—Gracias. Sin embargo, me los han dado para que haga otra cosa con ellos.

—¿Para qué son? —se interesa Norah.

—Esto es lo que nos han dado para que cavemos tumbas —aclara Nesta—. No hace falta que lo digan, ya sé que no son nada prácticos, pero es todo lo que nos dará Seki. También hemos pedido madera para hacer cruces.

Audrey y Norah se miran.

—Dénoslos y nosotras nos encargaremos de preparar el cementerio. Pediremos que nos ayuden, pero será nuestra responsabilidad. ¿Le parece bien? —propone Norah.

La señora Hinch frena en seco y mira a ambas mujeres.

—¿Están seguras? No sé si esto será algo a corto plazo o a largo plazo. Es mucho que dar, y mucho que pedir por mi parte.

—Deje que hagamos que sea una cosa menos por la que tenga que preocuparse usted —responde Audrey.

Durante un momento el legendario porte de la señora Hinch flaquea; la voz se le quiebra cuando, tras dar un machete a cada una, dice:

—Gracias. Es mucho lo que han dado a las mujeres

de este campo las dos, con su voz y ahora... ahora con esto.

En cuestión de días mueren tres mujeres y Audrey y Norah han cavado tumbas poco profundas fuera del campo, en una zona en la que crecen flores silvestres. Fiel a su palabra, Seki ha proporcionado madera para que las mujeres hagan pequeñas cruces.

Norah y Audrey están sentadas en pequeños taburetes de madera delante de un fuego vivo. Sufren el calor de las llamas mientras calientan al rojo vivo sendos destornilladores oxidados para grabar con ellos en las cruces el nombre de las fallecidas. Aunque la tarea requiere tiempo y resulta agotadora, valoran este último gesto que pueden dedicar a las desafortunadas mujeres que han sucumbido a la enfermedad. Junto a la tumba, la madre Laurentia y la hermana Catherina se ocupan de los servicios, y en los túmulos, con sumo cariño, se depositan flores.

La señora Hinch convoca una reunión con Margaret, la madre Laurentia y Nesta.

—Mañana es Navidad; me han comunicado que habrá cerdo para acompañar el arroz. Por cerdo, tengo entendido que nos darán dos animales pequeños que tendremos que preparar y cocinar.

—Por favor... Por favor, no me diga que primero tenemos que ma-matarlos —balbucea la madre Laurentia.

—No lo creo, pero no lo sé con seguridad. Sin embargo, si nos los dan vivos, no tendré ningún problema en sacrificarlos. Hay demasiadas personas entre los nuestros que están demasiado enfermas y hambrientas para andarnos con remilgos ahora, ¿me equivoco, enfermera James?

—No se equivoca, y yo la ayudaré si lo necesita —responde Nesta.

—Lo que necesitamos es que aquellas que tengamos más fuerzas pasemos la mañana preparando los fuegos; hará falta leña en abundancia, ya que me figuro que llevará algún tiempo asar un animal entero.

Cuando las tres cocinas están abastecidas de leña, se encienden los fuegos, que no tardan en arder con fuerza. Ya es media mañana cuando llegan tres soldados: dos con los animales (por suerte ya muertos) y el otro con un saco de arroz. Tras dejar los lechones en la mesa, sacan la bayoneta y les cortan las patas para llevárselas.

—Bien, tendremos que arreglárnoslas con unos cerdos sin patas —comenta la señora Hinch mientras se remanga para preparar la carne que han de cocinar.

El sol ya se ha puesto cuando las mujeres y los niños salen de sus barracones para comer. El ambiente es apagado, ya que más prisioneras están muriendo, y este año la Navidad no se celebra con regalos. Las mujeres han llevado las sillas de los barracones y ahora están sentadas en el espacio central del campo mientras esperan con impaciencia la llegada de la comida.

El olor a lechón asado es el único tema de conversación.

Margaret llama a algunas integrantes del coro original, que avanzan con ella al centro de la reunión.

—Sé que todas pensamos que no hay ninguna razón para cantar, que este día no tiene nada de alegre para nosotras. Hoy no tengo la menor intención de pronunciar un sermón; el momento para hacerlo pasó hace tiempo. Sin embargo, si nadie tiene nada que objetar, podríamos cantar un villancico o dos mientras esperamos por la comida, ¿qué les parece?

Nadie tiene nada que objetar; de hecho, alrededor de la mesa se ven pequeñas sonrisas, si bien son los niños los que se muestran más entusiasmados.

—Empezaremos con *Noche de paz* —indica Margaret a las mujeres del coro.

Suenan las primeras notas mientras ella baja despacio el brazo que había levantado. El público se suma al coro en una sentida interpretación del más querido de los villancicos. Las voces de los derrotados, famélicos, enfermos y exhaustos resuenan en el campo. Todavía no han acabado con ellos.

Cuando continúan con *Adeste fideles*, se acercan tambaleándose pacientes del hospital, con ayuda de Nesta y sus enfermeras, y unen a la música sus voces débiles y broncas.

Cantan el emotivo estribillo de *Land of Hope and Glory* una vez más mientras por fin se sirve la comida.

Cuando empiezan a cantar, el capitán Seki aparece y permanece al margen de la reunión, un pequeño gesto de respeto con la canción de la que en su día el capitán Miachi pidió un bis.

Mientras dan buena cuenta de la cena de Navidad, Audrey ve que Ena pasa parte de su comida al plato de June. Demostrando un sentido común y un ingenio impropios de su corta edad, June distrae a Ena señalándole algo o a alguien para devolverle la comida.

—¿Qué les pareció que Seki se presentara esta noche? —pregunta Audrey a Ena y Norah.

—No me sorprendió —contesta Norah—. Por lo visto le encanta esa canción, igual que a Miachi, lo cual es, cuando menos, extraño.

—Antes hablé con la madre Laurentia y me preguntó si la orquesta vocal iba a volver a actuar —comenta Ena.

—¿Qué le respondiste? —le pregunta su hermana.

—No supe qué decir. Aduje lo difícil que era ensayar, que nadie tiene energía. Ojalá podamos hacerlo, pero, si soy realista, no creo que vaya a pasar.

—Me encantaría que volviésemos a reunirnos, pero creo que la orquesta tuvo su momento. Así y todo, no dejemos que ese pensamiento nos arruine la noche y lo especial que ha sido este día —les dice Norah a las dos.

—Creo que algún día volveremos a cantar; quiero pensar que no ha sido la última vez que oímos a Ravel —afirma Audrey mientras sonríe a sus dos mejores amigas.

El año 1945 empieza sin celebraciones; ahora las mujeres entierran a muchas amigas a diario. Casi todas las enfermeras tienen malaria, y dependen del resto para que las cuiden. Ena contrae la denominada fiebre de Banka. Norah y Audrey la llevan al hospital, con June tomada fuertemente de la mano de su tía favorita.

—Nos ocuparemos de ella —les asegura Nesta, que por suerte no tiene malaria.

—¿Qué podemos hacer? —suplica Norah—. Haré cualquier cosa.

—Si pueden traernos agua fría del arroyo, nos ayudará a bajarle la fiebre. Y, por supuesto, una comida de tres platos ayudaría bastante a acelerar su recuperación —responde Nesta, probando con un toque de humor.

—Le daré mi ración —dice Audrey.

—Y yo la mía —asegura June.

—Sé que le quieres dar tu comida, pequeña, pero estás creciendo y necesitas todo el alimento que te podamos dar —objeta Norah.

—Ya soy mayor, tengo ocho años.

Norah mira hacia otro lado deprisa, reprimiendo un sollozo.

—Sí, mi vida, ya eres mayor, pero las niñas mayores también necesitan comer, ¿de acuerdo?

—June, ¿qué bien le harás a la tía Ena si te tiene que cuidar a ti cuando mejore? —le plantea Nesta—. Le daremos toda la comida que podamos. Tú te puedes quedar con ella y cambiarle los paños mojados; será de gran ayuda.

—Tengo que ir a un sitio, ¿pueden cuidar de ella? —pregunta Norah a Audrey y June.

—¿Dónde tienes que estar que sea más importante que aquí? —indaga Audrey.

Pero Norah ya se ha marchado; la puerta del hospital se cierra tras ella.

Se acerca deprisa a la cerca de alambre de espino, echa un vistazo a su alrededor y, al no ver a ningún soldado cerca, se desliza por debajo y corre agazapada hacia los barracones de la colina. Hacia donde viven las mujeres que entretienen a los oficiales japoneses.

Llama a la puerta del primer barracón al que llega. Como nadie contesta, abre con cautela.

—Hola, ¿hay alguien aquí? —pregunta Norah.

Cuando entra, una mujer sale de la cocina.

—¿En qué puedo ayudarte? —le pregunta.

Norah empieza a balbucear.

—Es mi hermana, está muy enferma, ¿sabes? Necesita comida y a nosotras no nos dan bastante, pero tengo que ayudarla. Es mi hermana, la mejor hermana que se puede tener... y... —Norah no termina la frase al ver la expresión de perplejidad en el rostro de la mujer.

—Tu hermana está enferma, ya lo entiendo, pero ¿cómo te puedo ayudar? No soy médica. Soy...

—No, no, no te estoy pidiendo que la vayas a ver.

—Entonces, ¿qué quieres de mí?

—Comida. A ustedes les dan de más, mucha. Hemos visto que se la traen. Solo quiero un poco. Para mi hermana, te lo suplico.

—¿Cómo te llamas? Yo soy Tante Peuk. —Tante sonríe y Norah abriga esperanza en el acto.

—Soy Norah, Norah Chambers, y mi hermana es Ena.

—Encantada de conocerte, Norah.

—Perdona por mi rudeza, pero estoy desesperada. Si pudiera conseguirle algo de comida, tal vez tendría una oportunidad.

—¿Desde cuándo eres prisionera de los japoneses?

—Desde febrero de 1942.

—Oh. Lo siento, eso es mucho tiempo. Sí, tengo comida de más. ¿Me la puedes pagar con algo?

—¿Qué? ¿Pagar? No... No tengo dinero. Si lo tuviera, no estaría aquí. Tengo la ropa que llevo puesta, eso es todo. ¿De verdad no vas a darme una comida que podría salvarle la vida a mi hermana porque no te puedo pagar?

Tante Peuk baja la vista a la mano izquierda de Norah.

—¿Y eso?

Norah levanta la mano y ve su anillo de boda. Suspira, es el único recuerdo que tiene de John. Ahora le queda grande, amenaza con caérsele del dedo enflaquecido.

—¿Mi alianza?

—¿Quieres comida para tu hermana o no?

Norah juguetea con el anillo antes de quitárselo. Lo besa y se lo entrega a Tante Peuk.

A lo largo de la siguiente semana, Norah da a Ena pequeñas cantidades de verdura y pescado seco con su ración de arroz. Cuando la fiebre por fin remite, Ena recupera poco a poco las fuerzas. Audrey le ha preguntado repetidamente de dónde ha sacado la comida, pero Norah no es capaz de contarle que ha vendido su alianza. Al ver que su hermana mejora, Norah no se arrepiente de haberse desprendido de ella. Sabe que John lo entenderá y la aplaudirá por hacer lo correcto, lo único que podía hacer. Un anillo se puede sustituir; una hermana, no.

Durante el primer mes de 1945 mueren setenta y siete mujeres. Es preciso despejar más terreno alrededor del cementerio para dar cabida al creciente número de ataúdes. Una cadena humana de veinte de las mujeres más fuertes acarrea los féretros desde el campo hasta la tumba.

—¿Cuánto va a durar esto? —pregunta Norah. Audrey y ella pasan la mayor parte de los días delante del fuego, grabando nombres y fechas en las pequeñas y deformes cruces antes de clavarlas en el duro suelo.

—Dios quiera que no mucho más —contesta Audrey—. Sé que estas cruces honran a nuestros muertos, pero es una ocupación espantosa, terriblemente triste.

—Bueno, las enfermeras son las que tienen el peor trabajo —opina Norah—. Las que no han caído enfermas están cuidando de todo el mundo.

—Y acaban de perder a la enfermera Ray, la primera de ellas que muere.

—Es horrible, ¿no crees? Después de pasar aquel

día bajo el sol. Estoy segura de que no ayudó precisamente a combatir lo que quiera que haya acabado matándola.

—Su uniforme está listo. —Nesta se ha ocupado personalmente del uniforme de Ray. Lo ha oreado bien, ha humedecido las manchas y las ha restregado.

Sin tiempo para llorar su muerte, las enfermeras comienzan a ponerle el uniforme a Ray.

—Es la primera vez que nos ponemos el uniforme desde que nos capturaron —comenta Betty. La ropa les cuelga del cuerpo demacrado—. Me alegro de que hayamos podido conservarlo.

—Ray recibirá todos los honores —asegura Nesta—. El ataúd no es gran cosa, pero nuestra amiga cuenta con el respeto del ejército australiano. —La voz se le quiebra cuando seis enfermeras se adelantan para llevar a Ray hasta su última morada en el cementerio—. Una última cosa. —Deposita en su pecho un ramillete de flores silvestres.

Las enfermeras se alinean detrás de las portadoras del féretro e inician su lenta marcha hacia la tumba.

—Miren —señala Vivian, incapaz de contener las lágrimas: la calle está llena de prisioneras que forman un pasillo, firmes como guardias de honor, mientras la procesión camina hacia las puertas del campo. Incluso los soldados se quitan la gorra cuando las mujeres se acercan. Tanto la madre Laurentia como Margaret esperan con sendas Biblias en la mano. Docenas de mujeres se suman a ellas junto a la tumba.

Una enfermera da un paso al frente y, con una Biblia prestada en la mano, comienza a leer:

—«Ya no tendrán hambre ni sed, y el sol no caerá más sobre ellos, ni calor alguno».

El bello y breve servicio termina, y Norah y Audrey comienzan a echar tierra sobre la tumba, pero Nesta las detiene.

—Gracias, pero nos encargaremos nosotras: es lo último que podemos hacer por ella.

—¡Nesta, Nesta! No sé si voy a poder seguir —asegura Betty, que sale corriendo al jardín, donde su amiga se está tomando un pequeño descanso a la sombra. Betty se desploma entre sollozos.

—¿Qué ha pasado? Háblame, ¿estás enferma?

—Es Blanche —contesta Betty, deshecha en lágrimas—. No soporto no poder ayudarla. Prácticamente me salvó la vida, a mí y a tantas otras personas, cuando estábamos en el mar. No es justo.

Nesta la abraza y pide a una de las otras chicas que salga a sentarse con Betty antes de correr hacia Blanche. Se arrodilla junto a la enferma y le toma la mano con delicadeza.

—Lo siento muchísimo —se disculpa Blanche—. Debería estar en pie, ayudando.

—No pasa nada. Estoy aquí, estoy contigo.

Blanche abre los ojos.

—Nesta, ay, Nesta. ¿Te importaría decirle al resto que odio ser una carga?

—Mi querida Blanche, tú no eres ningún estorbo.

Lo único que tienes que hacer es descansar y recuperarte.

—Estoy tardando demasiado.

—Mejorarás cuando estés lista, y hasta entonces cuidaremos de ti.

—No voy a mejorar, Nesta.

Nesta ahoga un grito al fijarse en los ojos apagados y llorosos de su amiga, cuya temblorosa mano sigue sosteniendo. Ahora entiende por qué Betty está tan afligida. Nesta se tiende en la cama y abraza a Blanche, cuyo cuerpo sufre convulsiones mientras ella intenta combatir los guturales sollozos que sacuden su consumido cuerpo.

—Chsss —musita Nesta—. Estoy contigo, no me voy a ir a ninguna parte.

Ha oscurecido cuando Betty despierta con suavidad a Nesta.

—Nesta, despierta. Blanche ya no está con nosotras. —Blanche parece dormida y más en paz que nunca—. Hay un ataúd preparado —añade Betty—. La enterraremos por la mañana.

—Y flores, le encantan las flores.

—Las recogeremos a primera hora.

Nesta estira las doloridas extremidades. Todas las enfermeras se encuentran presentes, abrazadas, llorando con suavidad. Otra más ha muerto en ese desolado campo, sin recuperar la libertad.

Betty y Nesta caminan delante del féretro, con la cabeza alta, mientras se dirigen al cementerio. Las últimas palabras de Blanche son una pesada carga sobre sus hombros. La noche anterior, las enfermeras se desahogaron y repitieron esas últimas y dolorosas palabras: la disculpa de Blanche por tardar tanto en morir, el no querer ser un estorbo. Expresaron con vehemencia la ira hacia sus captores, pero al final, exhaustas y afligidas, se quedaron dormidas, abrazadas unas a otras.

Ena, Norah y Audrey ayudan a las enfermeras a cubrir la tumba de Blanche con tierra de la jungla. Muchas han ido a recoger flores silvestres y el túmulo no tarda en cubrirse de vivos colores.

—Vete a casa, yo bajaré al arroyo a tomar agua fresca. Audrey y yo tenemos muchas cruces que hacer hoy —musita Norah a Ena cuando van de regreso al campo.

—¿Quieres que vaya yo? —pregunta Ena—. A menos que quieras pasear.

—El paseo no me vendrá mal antes de pasarme el día entero sentada delante del fuego y, de todas formas, tienes que ir a ver cómo se encuentra June. Esta mañana estaba muy callada; me preocupa que tenga fiebre.

Norah agarra una cubeta y baja al riachuelo. Unas mujeres se están bañando, otras llenando cubetas, latas de queroseno, cualquier cosa que les pueda servir de recipiente.

Tras meterse con cuidado en el arroyo para llenar la cubeta, Norah percibe un movimiento con el rabillo del ojo en la colina. Una mujer sube tambaleándose. Tropieza, cae al suelo. Avanza a gatas hasta su barracón, se levanta y empuja la puerta, se desploma en el umbral. Norah la reconoce: es Tante Peuk, la mujer a la que compró comida para Ena.

Norah cruza el riachuelo y sube la colina. Tante Peuk está tendida en el suelo. Norah se agacha a su lado.

—Agua, agua —pide la mujer.

Norah recuerda que lleva una cubeta y vierte un poco de agua con la mano en los labios de la chica antes de ayudarla a meterse en la cama.

Cuando está acomodada, Norah ve que tiene comida: mucha más de la que comen Norah, June y Ena en una semana. Echa lo que le queda de agua en una jarra, y la deja junto con un vaso al lado de la cama de Tante.

—Vendré mañana a ver cómo estás —promete Norah antes de marcharse. Da la impresión de que Tante se ha quedado dormida—. Y traeré más agua.

22

Campo IV
Abril de 1945

—No podemos trasladarnos de nuevo, no lo haremos, ¿me oye? —asegura la señora Hinch al capitán Seki. Norah ha insistido en acompañarla para proporcionarle apoyo moral. No cabe duda de que la señora Hinch está cansada de enfrentarse al capitán sola.

—Capitán dice que harán lo que les ordena —replica Ah Fat sin rodeos tras un largo monólogo de Seki.

—Empecemos de nuevo, ¿quiere? —La señora Hinch no se marchará antes de decir todo lo que tiene que decir—. Hemos oído rumores de los soldados de que nos van a trasladar otra vez. Por favor, dígame que no es verdad. La próxima vez que salgamos de aquí será cuando los aliados irrumpan en este sitio para liberarnos.

Ah Fat mira a la señora Hinch y después a Norah, que le sonríe. Seki gruñe, instando a Ah Fat a que diga algo, pero incluso la señora Hinch sabe que no le contará al capitán su firme convicción de que los prisioneros serán liberados.

—Capitán dice que lo siente, pero dejarán el campo dentro de cuatro días. Digan a las mujeres que se preparen.

—¿Que se preparen? ¡No lo dirá en serio! —estalla Norah—. ¿Qué hay de las enfermas? ¿Las que están medio muertas de hambre? Agonizamos. ¿Cómo espera que nos trasladamos si muchas ni siquiera se pueden levantar? Y ¿adónde nos vamos?

—Capitán dice que llevarán a las enfermas, pero se van. No puede decir dónde. Es todo.

La señora Hinch se pone las manos en la cintura y da un paso más hacia la mesa de Seki, lanzándole una mirada furibunda. El capitán se levanta despacio para sostener su mirada. Ella da media vuelta y sale echando humo del despacho, con Norah corriendo para darle alcance.

Ah Fat sujeta la puerta antes de que dé un portazo.

A lo largo de los días que siguen, Norah se toma algún tiempo para visitar a Tante Peuk; le lleva agua y le corta fruta, y se siente satisfecha al ver que la mujer está mejorando. Norah no le ha contado al resto lo de esas visitas, ya que si lo hace tendría que explicar cómo la conoció. No desea confesar a Ena que vendió su anillo de boda para adquirir comida.

—No voy a poder venir a visitarte más —dice Norah a la joven mujer—. Mañana dejamos el campo.

—Siento oír eso. ¿Adónde las llevan?

—No lo sabemos, pero no podré volver; tenemos a demasiadas personas enfermas.

—Ven a sentarte a mi lado, Norah —pide Tante Peuk mientras da unos golpecitos en la cama.

Norah le toma la mano a la joven.

—Nunca te olvidaré. Le salvaste la vida a mi hermana.

—Y tú a mí. Creo que estamos en paz. Ve con tu familia, anda —dice Tante, y da un abrazo a su amiga.

—Nesta, ¿puede venir un momento, por favor? —pide la hermana Catherina.

Las mujeres estaban preparadas a las seis de la mañana, como les ordenaron. Se quedaron esperando con el calor y la intermitente lluvia a que llegaran los camiones, que entraron en el campo cinco horas después. Primero subieron las camillas y después las mujeres. Una vez más se dirigieron a toda velocidad hacia el muelle de Muntok, donde empezó su pesadilla. Allí había amarrada una pequeña lancha motora, lista para llevarlas al barco que aguardaba.

Y ahora la lancha se dirige hacia el barco cargada de mujeres mientras Nesta y las demás enfermeras esperan en el muelle a que vuelva.

La hermana Catherina está arrodillada junto a una paciente en camilla.

—¿En qué puedo ayudar?

—Creo que ha muerto, ¿le importaría comprobarlo?

Nesta examina deprisa a la mujer y profiere un suspiro.

—Está en lo cierto. Lo siento mucho. ¿La conocía?

—Sí. No sé qué hacer. —La hermana Catherina sostiene la mano de la difunta.

—Cuando regrese la lancha, la subiremos a bordo. Creo que lo único que podemos hacer es darle sepultura en el mar desde el barco.

Cuando la motora vuelve, Nesta y la hermana Catherina suben a bordo el cuerpo, y la hermana Catherina se coloca a su lado.

La cubierta del barco se llena de pacientes en camillas, y la mayoría de las mujeres se encuentran apiñadas bajo cubierta, soportando el asfixiante calor.

Cuando el barco inicia su travesía, Nesta reúne en cubierta a las enfermeras que están en condiciones de trabajar.

—Creo que las mujeres que están aquí arriba se tienen que turnar con las de abajo para que a todo el mundo le dé el aire.

—Estoy completamente de acuerdo —conviene Jean—. El único problema será convencer de que hagan lo correcto a las que se han hecho fuertes aquí arriba.

—Seguro que todo el mundo verá que no hay alternativa, aparte de que sea lo correcto —insiste Nesta—. Para empezar, examinaremos a todo el mundo en cubierta y bajo cubierta para ver quién requiere atención con mayor urgencia. Subiremos a todos los niños que podamos.

—¿Nesta? —llama la hermana Catherina acercándose a las enfermeras—. Veo que el espacio es un problema, así que ¿por qué no celebramos el entierro antes de que salgamos del estrecho? De ese modo tendremos un poco más de sitio aquí arriba.

Nesta nota que se le humedecen los ojos. Al mirar a la joven monja, le aflige que esa muchacha amable y, sí, angelical tenga que ayudar a bajar un cadáver por el costado de un barco que avanza por el mar.

—Gracias, hermana. Creo que somos bastantes para llevar a cabo el entierro.

Las enfermeras se dividen en dos grupos: uno para examinar a las mujeres y los niños que están bajo cubierta y el otro para hacer lo mismo en la cubierta. Nesta se suma a las que bajan a las bodegas, y Norah y Audrey van tras ella en el acto.

—¿Qué podemos hacer para ayudar? —se ofrece Norah.

—Gracias, señoras. Queremos subir a cubierta a los niños lo más deprisa posible y a cualquier mujer que corra un peligro grave. Las demás enfermeras están convenciendo a las que están en cubierta de que se turnen con las de abajo.

Por la tarde los turnos ya han empezado. Sin embargo, hay más muertes y más entierros en el mar. Cuando el barco fondea en la desembocadura del río Musi, todo el mundo está demasiado quemado por el sol y demasiado agotado por el calor para sentir alivio alguno. Todos saben que, si bien traerá consigo una brisa refrescante, la noche también vendrá acompañada de nubes de mosquitos.

—Parece que volvemos a Palembang —comenta Margaret. A su lado, June está dormida en el regazo de Ena, que le acaricia la frente con ternura. Ena tiene los pies y las piernas hinchadas debido al beriberi.

—¿Puedo ser sincera contigo, Margaret? —pregunta Ena haciendo una mueca de dolor mientras intenta encontrar una posición cómoda sin despertar a June.

—Claro, pero creo que adivino lo que vas a decir. Es lo mismo que estamos pensando todas.

—Empiezo a perder la esperanza. —Ena no mira a la cara a su amiga, consternada como está de tener que decir esas palabras en voz alta—. Tengo la impresión de que volver a la jungla otra vez acabará con nosotros. ¿Cómo nos encontrarán?

—Ojalá pudiera decir algo positivo de este traslado, pero no es así; a mí misma se me hace complicado —reconoce Margaret—. Lo único que podemos hacer es cuidarnos mutuamente, cuidar a los niños y...

—Por favor, no digas rezar.

—Eso precisamente iba a decir, querida mía. Es mi frase, ya sabes. Pero estoy segura de que no te importará que yo rece por todos nosotros.

—Rez... Confío en que lo hagas —responde Ena, y las dos mujeres consiguen esbozar una sonrisa.

Cuando amanece, el barco remonta el río Musi y después echa el ancla en el muelle de Palembang. Los soldados japoneses aguardan su llegada. Cuando las mujeres desembarcan, los soldados se hacen a un lado, sin ofrecer ayuda alguna. Es una estampa deprimente. El muelle no tarda en llenarse de camillas con enfermas y moribundas, de cuerpos que esperan para ser enterrados y de mujeres exhaustas y famélicas. Al final los obligan a cruzar una vía férrea y detenerse en una zona herbosa, donde les dan un poco de agua.

Pasan unas horas durante las cuales las mujeres dormitan y despiertan, dormitan y despiertan, hasta que un tren llega a la estación. Las camillas y las fallecidas ocupan los vagones de ganado; al resto se le ordena subir a los de pasajeros. Allí pasan la noche, encerrados en compartimentos donde no sopla el aire, con las ventanillas cerradas a piedra y lodo.

—Por fin —dice Nesta bostezando. Los prisioneros despiertan con el sonido que emite el tren al arrancar. Sale una nube de vapor y el tren inicia su recorrido.

Horas después, tras avanzar retumbando por el campo y dejar atrás pequeñas comunidades, llegan a la aldea de Loebok Linggau.

Nesta se levanta con el resto y aporrea la puerta para que los dejen salir.

—¡Dentro! ¡Dentro! —ladra un soldado mientras apunta a la ventanilla con su fusil.

—¿Cuánto tiempo? —pregunta Nesta.

Pero los soldados se alejan de las mujeres y las dejan en el tren, donde soportan otra sofocante noche.

—Señoras. —Nesta llama a sus enfermeras para comunicarles que siete de las pacientes que estaban en camilla han muerto durante la noche—. Morirán más aún si no nos dejan salir pronto.

Justo cuando las palabras salen de la boca de Nesta, reciben la orden:

—¡Fuera! ¡Fuera!

Y los prisioneros bajan y los cuentan, una y otra vez.

—¡Número mal! —vocifera un soldado.

—Eso es porque durante la noche ha muerto gente —informa Nesta con toda la rabia que es capaz de expresar.

Al cabo, ordenan que se suban a los camiones que esperan y los conducen al interior de la jungla por carreteras por las que apenas caben los vehículos.

Cuando por fin se detienen, Nesta está en la trasera de un camión ayudando a calmar a las pacientes de las camillas con nada más que palabras. Nota una mano en el brazo y, al voltear, ve fuera a Norah, con la preocupación escrita en los ojos.

—Nesta, tienes que venir, deprisa. Es Margaret.

Jean aparece junto a Norah como por arte de magia.

—Yo me ocupo de esto, Nesta. Tú ve con Margaret —dice Jean, y se sube al camión para ocupar su lugar.

Abajo, junto a otro camión, un nutrido grupo de mujeres se ha reunido alrededor de la debilitada Margaret Dryburgh. Las mujeres se apartan para dejar pasar a Norah y Nesta. Ena está sentada en el suelo, con la cabeza de Margaret en el regazo, mientras Audrey se lleva de allí con tacto a June.

—¿Desde cuándo está así? —pregunta Nesta.

—Dejó de hablar la primera noche que pasamos en

el tren —le contesta Ena—. Dije que quería ir a avisarles para que tú o una de las enfermeras la examinaran, pero ella dijo que no, que solo estaba cansada y necesitaba descansar. Esta mañana, cuando me desperté, Margaret casi no podía abrir los ojos.

Nesta le toma el pulso, toma su mano.

—Margaret, soy Nesta. ¿Podrías abrir los ojos? ¿Por favor? Solo un poquito.

Nesta siente que su amiga le aprieta ligeramente la mano. Lenta, dolorosamente, Margaret abre los ojos y mira a las mujeres que la rodean. Una sonrisa pequeña, radiante ilumina su rostro antes de cerrar los ojos por última vez.

A lo largo de la vía se oyen lamentos.

La señora Hinch baja a duras penas de su camión y corre hacia Margaret, abriéndose paso entre las mujeres que, arrodilladas junto a su querida amiga, lloran su muerte. Mira a Nesta, que sacude la cabeza. Por primera vez desde que la capturaron, la señora Hinch se permite llorar.

El nuevo campo, Belalau, es una plantación de caucho abandonada. Los barracones están destartalados y son fríos y húmedos; sin embargo, algunas mujeres sienten alivio al ver que un arroyo corta en dos el campo. Los que están más débiles ocupan los primeros barracones que se encuentran disponibles. Todos los demás, incluidos los que están en camillas, han de salvar una pequeña colina, bajar un barranco y cruzar un estrecho puente de madera para llegar a los demás barracones. Las enfermeras se quedan en el lado del arroyo, y hasta allí llevan el cuerpo de Margaret, que depositan respetuosamente en uno de los barracones.

Mientras Norah y Audrey se ponen a grabar el nombre y la fecha de la muerte en once cruces de madera para honrar a las mujeres que han perdido la vida desde que dejaron el barco, la duodécima cruz permanece en el suelo, desafiándolas a que empiecen a tallar el nombre de Margaret.

Ven que un reguero ininterrumpido de mujeres visita a Margaret. Se forma una fila a la puerta del barracón mientras esperan su turno para dar las gracias y decir adiós por última vez a la mujer que tanta alegría y tanta luz llevó a sus vidas en la jungla.

—No soy capaz —llora Norah mientras entrega la duodécima cruz a Audrey.

—Creo que deberíamos hacer esto las dos —opina Audrey con voz queda—. Tú deberías escribir su nombre al menos; eras su amiga más querida. Y yo me ocuparé del resto —propone, devolviéndole la cruz.

Norah hace un pequeño gesto de asentimiento. Sostiene el destornillador sobre las llamas vivas, sin apartarse del intenso calor, confiando en que el dolor físico que le inflige el fuego palie en parte la aguda punzada que siente en el pecho.

Audrey le retira la mano del fuego a Norah cuando el destornillador está al rojo. Norah despierta del trance en que se ha sumido, mira la cruz que sostiene en una mano y el destornillador en la otra.

Apoya delicadamente la cruz en las rodillas y empieza a grabar las letras despacio: M... a... r... g... Las lágrimas caen en las iniciales recién grabadas y chisporrotean.

Audrey le pasa el brazo por los hombros a su amiga, la estrecha con fuerza, ambas dando y recibiendo apoyo por la labor que están realizando.

Nesta sale de su barracón y observa a las dos mujeres. Las manos le tiemblan, la rabia que tiene dentro amenaza con estallar.

—¡Enfermera James! Enfermera James, ¿puedo hablar con usted? —La voz de la señora Hinch acalla el estruendo que resuena en la cabeza de Nesta.

—¿Qué? —espeta la enfermera, girándose—. Ay, señora Hinch, cuánto lo siento. No sé qué me pasa, no... —Vuelve la vista de nuevo a Norah, que sigue tallando la cruz de Margaret.

—¿Se encuentra usted bien? —se interesa la señora Hinch.

—La verdad es que no, pero ahora mismo eso no importa. ¿Necesitaba usted algo?

—Nunca pensé que volvería a hacer esto, pero he ido a ver al capitán para preguntarle dónde podemos ubicar un cementerio. Me han enseñado un pequeño claro al otro lado de la cerca y nos dejarán algunas herramientas. Pero lo que he venido a pedir es si me ayudaría usted a elegir el lugar perfecto para... para...

Nesta entiende lo que le quiere decir.

—Desde luego. Vamos ahora mismo, ¿quiere?

Nesta y la señora Hinch inspeccionan el claro. Cerca, unos plátanos proyectan una refrescante sombra hasta el centro del reseco espacio.

—¿Qué le parece ahí? ¿A la sombra de los árboles? —sugiere Nesta.

—Es un lugar perfecto, y estará rodeada de quienes la quieren.

—Me ocuparé de que caven las tumbas y... —Nesta hace una pausa para mirar a la señora Hinch—. ¿Las enterramos a todas al mismo tiempo? No sé si deberíamos celebrar un servicio aparte para... para... Me refiero a que somos muchos los que querremos asistir y es posible que algunos no tengan fuerzas para esperar mientras enterramos a todo el mundo. ¿Usted qué opina?

—Creo que la enterraremos a ella primero.

—Usted tampoco puede pronunciar su nombre, ¿verdad? —pregunta Nesta, que exhala un suspiro.

—Todavía no —reconoce su amiga—. La herida está demasiado abierta aún.

23

Campo V, Belalau
Abril de 1945-septiembre de 1945

—¡Inchi, Inchi! —llama Ah Fat. Nesta aminora el paso, pero la señora Hinch no—. ¡Inchi, Inchi!
Agarrando la mano de Nesta, la señora Hinch dice entre dientes:
—Nesta, le juro que un día... Pero hoy no. Hoy no.
Sin embargo, ahora Ah Fat corre junto a las dos mujeres y, al final, la señora Hinch se para y respira hondo unas cuantas veces antes de voltear hacia el intérprete.
—Váyase. Ahora mismo —espeta enérgicamente.
—Inchi, oh, Inchi, lo siento mucho. Señorita Margaret, lo he oído, lo s-siento mucho —balbucea Ah Fat mientras se enjuga las lágrimas con el dorso de la mano.
La señora Hinch lo mira fijamente; no se atreve a hablar. Luego hace un pequeño gesto de asentimiento, esboza la más escueta de las sonrisas. Por último se voltea y sigue andando. Nesta va tras ella,

—Usted sabe cuál es mi nombre de pila —le dice Nesta, para romper el silencio, más que nada.
—Por supuesto.
—Pero yo no sé cuál es el suyo.

La señora Hinch consigue sonreír más afectuosamente esta vez, antes de dejar a Nesta e ir hacia el barracón de la madre Laurentia.

Norah y Audrey se sitúan a la cabeza de las portadoras del féretro saliendo del campo tras la hermana Laurentia. A Ena, que todavía tiene las piernas hinchadas del beriberi, la ayudan la doctora McDowell y la hermana Catherina. La procesión avanza hacia el cementerio y ahora cada mujer y cada niño del campo que aún puede caminar se sitúa junto al sendero o va detrás. Los soldados se apartan en señal de respeto, quitándose la gorra. Ah Fat solloza abiertamente.

Bajar el ataúd a la poco profunda tumba es difícil y engorroso, y merma las pocas fuerzas que aún les quedan. Una vez que descansa en la tierra, la madre Laurentia empieza el servicio leyendo un poema escrito por Margaret Dryburgh: «El camposanto».

A continuación, Nesta pronuncia el panegírico.

—¿Cómo podemos demostrar nuestro agradecimiento a esta mujer que nos dio un propósito y una razón para vivir, aunque solo fuese para escuchar la increíble música que nos regalaba cada sábado por la noche? Ella nos devolvió la voz para cantar, con pasión y con orgullo, nuestros respectivos himnos nacionales. Margaret escribió obras de teatro, poemas y canciones y nunca dejó de pensar que podíamos sobrevivir todos, incluso cuando otros a nuestro alrededor perecían. Creó belleza allí donde solo prevalecían la enfermedad y la muerte y, ya sea nuestra vida larga o corta, nunca la olvidaremos... —Nesta carraspea, pero se da cuenta de que es incapaz de continuar.

Norah se adelanta y le toma la mano.

—Seguiremos mirando hacia al cielo aunque a nuestro alrededor no haya más que miseria y enfermedad. Ese es el mayor regalo que nos hizo a todos —dice, con los ojos brillantes.

—Me gustaría concluir este servicio —anuncia la madre Laurentia a la multitud—. A Margaret le gustaba mucho cantar *Land of Hope and Glory*, y no hay mejor canción que esa para unirnos todos ahora y recordarla.

Las aves alzan el vuelo desde los enormes árboles y describen círculos en el cielo cuando las mujeres cantan. No son las voces más potentes, y sin duda distan mucho del vigor que desprendían un año antes, pero así y todo las mujeres cantan con pasión. Hoy su corazón rebosa amor, y con eso basta.

Cada mujer quiere arrojar un puñado de tierra a la tumba. Una vez enterrada Margaret, cubren con hojas de plátano el túmulo entero. Cuando todo el mundo se aparta, Norah y Audrey clavan juntas la pequeña cruz en la tierra.

Margaret Dryburgh
21 de abril de 1945

Norah, agotada, se une a su hermana, que está sentada en el suelo junto al claro del cementerio. June se mete en medio.

Al introducir la mano en el bolsillo en busca de un pañuelo que no está ahí, los dedos de Norah se cierran en torno a un pequeño objeto metálico. Norah lo saca y mira sin dar crédito el anillo de oro que sostiene en la palma de la mano: su alianza. Recuerda el momento en que se sentó en la cama de Tante y esta la abrazó para despedirse.

Norah se tambalea de pronto, está a punto de desmayarse, pero siente el brazo que Ena le pasa por los hombros para sostenerla. Entre los brazos de su hermana, Norah se pone la alianza en el dedo.

—¡Inchi, Inchi! —Ah Fat corre detrás de la señora Hinch cuando esta y Norah regresan del arroyo con sendas cubetas medio llenas de agua; ninguna de las dos tiene fuerzas para cargar con un recipiente lleno. Hace semanas que llegaron al campo y, además de la enfermedad que hace estragos entre los prisioneros, caen lluvias torrenciales. No ven la hora de dejar de estar empapadas.

—¿Mmm? —rezonga ella.

—Capitán Seki quiere verla.

—Llevaremos el agua y luego iré al despacho.

—No, ahora. Deje el agua. Capitán quiere verla ahora.

—Nos veremos allí cuando haya llevado esta agua, Ah Fat —porfía la señora Hinch mientras se aleja con aire beligerante—. Ya tenemos poco poder y como están las cosas —explica a Norah—. Debemos conseguir nuestras pequeñas victorias cuando podamos.

Las mujeres llegan al edificio que hace las veces de despacho del capitán y descubren que Ah Fat las está esperando. Sentado a su escritorio, el capitán Seki se levanta cuando entran y habla con Ah Fat.

—Capitán dice que siente saber que señorita Margaret ha muerto. Le gustaba ella, le gustaba su música.

—Dele las gracias al capitán por sus palabras; se las transmitiré a las mujeres.

Ah Fat traduce. Seki hace un gesto de asentimiento y vuelve a sentarse.

—¿Eso es todo? —pregunta la señora Hinch.

—Sí, ahora se pueden ir.

—Sin embargo, tengo que hablar con el capitán de lo que está pasando aquí.

—Inchi, he dicho...

—¡No! —Norah da un paso adelante—. Necesitamos decirle al capitán que tenemos serios problemas. —El dolor y la creciente debilidad que siente quedan olvidados momentáneamente cuando empieza a cobrar seguridad—. Las lluvias monzónicas han inundado el campo. El arroyo ha engullido el puente, así que no podemos llegar a los barracones que están al otro lado. —Respira hondo, preparándose para continuar, pero la señora Hinch ya está hablando.

—Estamos enfermas y tan débiles que no podemos combatir ninguna infección. ¿Sabe usted que los ratones nos roen los dedos de los pies mientras dormimos? El viento ha levantado los tejados y la lluvia entra en los barracones... y... y...

—Y los soldados hacen sus necesidades riachuelo arriba y las inmundicias llegan al campo cuando el arroyo se desborda. —Norah termina la frase por ella.

Ambas mujeres jadean delante de Ah Fat y el capitán Seki. Ah Fat no se molesta en traducir.

—¡Ahora váyanse! —es todo cuanto dice.

—¡Concierto! ¡Concierto! ¡Fuera ahora! —vociferan los soldados recorriendo el campo.

—¿Qué pasa? —Norah le agarra el brazo a Ah Fat mientras este se suma a los gritos de los soldados.

—Capitán Seki las invita a un concierto —anuncia—. Como hacía señorita Margaret, nosotros haremos por ustedes. Fuera ahora.

Los soldados están ordenando a todo el mundo que suba la colina. Blanden palos largos y con ellos acorralan a las mujeres, obligándolas a caminar más deprisa.

—Rápido, rápido —las regañan.

Quienes viven donde empieza el campo corren barranco abajo y suben a duras penas la colina, ayudándose mutuamente. A los enfermos se les permite quedarse.

Los grandes árboles del caucho proporcionan sombra, y las mujeres miran a su alrededor y se sorprenden en un escenario idílico, desde el que se ve la exuberante prodigalidad de la jungla y el arroyo más abajo, que produce un melodioso tintineo al correr sobre un lecho de piedras. No llevan mucho esperando cuando el capitán Seki, encabezando un grupo de treinta músicos, se dirige hacia la ladera de la colina.

A lo largo de dos horas entretienen a las mujeres con un repertorio de valses alemanes y marchas. También las obsequian con la bella voz masculina de lo que las mujeres tienen la certeza de que es un cantante formado en Occidente. Durante un breve espacio de tiempo, las mujeres se abandonan a los ritmos, el entorno y el consuelo que les proporcionan las amigas que las rodean.

—Me pregunto qué habría pensado Margaret de esto —reflexiona Ena.

—Habría apreciado el talento, sin duda —responde Norah en el acto—. Algunos son músicos excelentes.

—Y tienen instrumentos de verdad. ¿Cuánto hacía que no oíamos instrumentos? —añade Audrey.

—Uy, no lo sé, lo que hizo Norah con su orquesta vocal fue increíble —apunta Ena con una sonrisa.

—Fue mejor que increíble. Yo volvería a escuchar esa orquesta en lugar de las interpretaciones originales sin dudarlo —asegura Audrey.

—No éramos malas, ¿no? —conviene Norah.

Junio y julio de 1945 pasan antes de que llamen a la señora Hinch una vez más para que acuda al despacho del capitán.

—No sé si habrá pasado algo —se pregunta en voz alta la señora Hinch mientras va hacia el despacho, acompañada de Nesta.

—¿Como qué? —inquiere esta.

—Los soldados actúan de manera extraña. ¿No los ha visto en grupos por el campo, discutiendo?

Nesta se para a pensar un momento.

—Supongo, pero, la verdad, estamos bastante ocupadas cuidando de todo el mundo.

—Capitán Seki, ¿en qué puedo ayudarlo? —pregunta la señora Hinch al capitán cuando Ah Fat las hace pasar al despacho.

—Capitán quiere que todas las mujeres, también las enfermas, vayan a la colina ahora. Por favor, vaya a buscar las mujeres.

La señora Hinch abre la boca para objetar, pero la cierra de nuevo.

—Está claro que algo pasa —deduce Nesta cuando salen del despacho.

—Ni me ha mirado a la cara, ¿se ha dado cuenta? —apunta la señora Hinch.

—Me preocupa más cómo vamos a reunir a todas —contesta su amiga, y lanza un suspiro—. Me refiero a que muchas están demasiado enfermas o débiles para salir de sus barracones.

—Ayudaré en lo que pueda, Nesta —se ofrece la señora Hinch, que añade—: Está preocupada por Norah, ¿verdad?

—Sí. Se le ha infectado mucho la pierna después de que le picaran las hormigas.

—No vamos a tener que ayudar solo a las enfermas. Todo el mundo está más que aburrido de oír los despotriques y las peroratas de Seki.

—Bien, pues tendremos que hacer lo que podamos, ¿no le parece? —decide la señora Hinch.

Al final Nesta ha de solicitar la ayuda de la doctora McDowell, Ena, Audrey y todas las enfermeras para que le echen una mano y logren convencer a las mujeres de que se reúnan.

Nesta ayuda a Norah a subir la colina, pues ya no es capaz de caminar por sí sola.

Cuando las mujeres están reunidas, llegan el capitán Seki, Ah Fat y unos cuantos soldados. El capitán saca pecho antes de lanzarse a lo que las mujeres creen que será otro discurso sin sentido, mientras rezan para que no tengan que marcharse otra vez. Cuando ha dicho lo suficiente, el capitán hace una señal a Ah Fat.

—Capitán Seki dice que la guerra ha terminado; ingleses y americanos estarán aquí pronto. Ahora somos amigos.

Si Seki espera que las mujeres prorrumpan en gritos de alegría, se equivoca. Las prisioneras no se mueven, se miran las unas a las otras sin entender nada. Seki no tiene su momento de gloria. Camina con furia por la colina, con los soldados y Ah Fat corriendo tras él.

Las mujeres se levantan lentamente y vuelven a sus respectivos barracones. Su estado de ánimo es sombrío. ¿Cuántas veces las pueden poner a prueba así? Si la guerra ha terminado, ¿dónde están sus liberadores? ¿Dónde está su refugio? Ninguna se imagina dejando ese sitio.

—¿De verdad está pasando? —pregunta Jean a Nesta cuando regresan a sus barracones. Sin ninguna prueba tangible de que haya cambiado algo, sabe tan bien como las demás enfermeras que debe continuar con sus quehaceres. Antes de que Nesta pueda decir algo, la puerta del barracón se abre de golpe.

—¡Deprisa, todo el mundo! —los insta la señora Hinch—. A las puertas. ¡Ahora mismo!

Nesta y Jean siguen a la señora Hinch hasta la entrada del campo, donde han llegado unos camiones de los que unos soldados descargan grandes paquetes de la Cruz Roja.

A Nesta le dan una caja que abre sin miramiento.

—¡No me lo puedo creer! —exclama—. Medicamentos, vendas.

Jean mete más la mano y saca un paquetito que desenvuelve: es una mosquitera. Se le saltan las lágrimas al frotar la sencilla tela entre los dedos.

—¿Cuántas vidas podría haber salvado esta mosquitera, Nesta? —pregunta.

—Y pensar que lo han tenido todo este tiempo —responde su amiga, lanzando un suspiro.

En los días siguientes llegan más entregas de paquetes de la Cruz Roja, más medicinas, y a las mujeres se les permite comer toda la fruta de los árboles que quieran. Se ven con regularidad aviones aliados en el cielo, y describen círculos cada vez más bajos para reconocer a las mujeres que los saludan desde la jungla.

Poco a poco, en grupos pequeños de dos y tres, Nesta, las enfermeras y las mujeres que están lo bastante fuertes para caminar ponen a prueba su libertad saliendo del campo, escapando al otro lado de la alambrada; después dan media vuelta y regresan: no tienen ningún otro sitio al cual ir.

—¿Tú lo crees, Nesta? ¿Crees que de verdad la guerra ha terminado? —balbucea Norah, demasiado débil para parecer entusiasmada. Sentadas en el improvisado hospital, Nesta le está retirando con delicadeza el vendaje de la pierna. Manchado de amarillo, la última vuelta se pega con fuerza a la piel de Norah.
—Bueno, si es así, lo que no sé es cómo nos van a sacar de aquí. La carretera es prácticamente inexistente y ninguno de nosotros puede caminar mucho.
—Me iré a gatas si es necesario. Tengo que encontrar a John y a Sally.
—Gatearé contigo si hace falta.
—¿Qué aspecto tiene? —pregunta Norah mientras a Nesta le cuesta despegarle la venda.
—No ha empeorado, es posible que haya mejorado ligeramente. Confiemos en que los medicamentos que ha enviado la Cruz Roja empiecen a surtir efecto pronto.
—¿Me estás diciendo lo que crees que quiero oír?
—No, Norah, jamás te haría eso. No parece que la infección se haya extendido desde ayer, y eso es bueno.
—Gracias, no pensaba que lo fueras a hacer.
La luz del sol penetra con fuerza cuando Betty abre

de golpe. Su silueta se recorta en la puerta del oscuro barracón.

—¡Hombres! —exclama jadeante—. Vienen hombres. Son británicos, Norah.

Esta se pone de pie de un salto.

—¿Te refieres al ejército? ¿Para sacarnos de aquí?

—No, no. Son prisioneros, como nosotras. Los han liberado de un campo cercano y por lo visto se dirigen hacia aquí. ¡Ahora! ¿No es increíble? Hombres, ¡nuestros hombres!

De inmediato, son conscientes de lo que significa esa noticia.

—¡John! —dice Norah—. Dios mío, ¿podría ser John uno de ellos?

—No lo sé. Eso espero, Norah. De corazón —asegura Betty.

—Véndame la pierna, Nesta, deprisa, y ayúdame a salir de este sitio. Viene hacia aquí, John viene. Lo sé.

—No te muevas; me daré prisa y después te ayudaré a salir.

Con sumo cuidado, Nesta aplica aceite de palma roja con moderación en la zona infectada de la pierna de Norah. Luego le dobla la rodilla con delicadeza, le apoya el pie en el suelo y le enrolla la venda limpia, remetiendo el extremo para que aguante en su sitio. En cuanto termina, la ayuda a levantarse y le pasa un brazo por la cintura para salir. Norah cojea y jadea debido al esfuerzo, ya que Nesta es mucho más baja que ella.

—Ay, Norah, estás tan débil —observa Nesta—.

Agárrate fuerte a mí; buscaremos un sitio para sentarnos.

Apoyándose en la pequeña enfermera, Norah sale al sol. Nesta la ayuda a sentarse contra la pared y después toma asiento a su lado.

—Esperaré contigo, si no te importa —propone, y Norah le toma la mano.

—Te voy a necesitar, amiga mía. De un modo u otro —responde Norah. Si John aparece, lo celebrará con Nesta, pero, si no, necesitará consuelo y un paño de lágrimas—. Viene hacia aquí, lo sé —repite Norah una y otra vez mientras busca la mano de Nesta—. Pero ¿y si no viene? Me refiero a que estaba tan enfermo, y han pasado tres años y medio..., y...

—Norah, escucha. —Nesta le aprieta la mano y ambas mujeres giran la cabeza hacia las puertas del campo. Un sonido sumamente extraño las ha hecho callar.

—Están hablando en inglés. —Oyen un murmullo grave de voces masculinas que serpentea hacia ellas—. Ya están aquí —musita Norah y acto seguido alza la voz—: ¡John! ¡John!

Nesta y Norah ven que en el campo entran dando traspiés hombres andrajosos y esqueléticos, a los que rodean las sobrevivientes inglesas mientras las monjas y todos los demás miran desde cierta distancia. Se oyen gritos de alivio y agotamiento cuando maridos y mujeres se reúnen. Alaridos de desesperación cuando se comunica a hombre tras hombre que su mujer y, en muchos casos, sus hijos no han sobrevivido. Niños asustados se esconden detrás de sus madres, recelosos de los hombres desaliñados que afirman ser sus padres.

Ena corre hacia el barracón y encuentra a Norah sentada fuera con Nesta. Las hermanas aguardan en silencio, agarradas con fuerza de la mano.

El flujo de hombres que entra en el campo va disminuyendo. Nesta estrecha contra sí a Norah mientras Ena pugna por no llorar. No está preparada para esto, no está preparada para encontrar palabras de consuelo si les comunican que John ha muerto. Nesta cierra los ojos, abrumada, ordenando a las lágrimas que amenazan con brotar que no lo hagan. Siente, más que oye, el susurro de Norah:

—Es John...

Nesta abre los ojos y ve al extraño que avanza trastabillando hacia ellas.

—¿Estás segura? —pregunta Ena. Está muy delgado y parece mucho mayor que John.

Norah abre los brazos mientras hace un esfuerzo por encontrar una voz que parece haber perdido.

—John, John —musita.

En ese momento, en ese lugar y ese segundo, da la impresión de que toda su miseria desaparece. El calor de la jungla, los mosquitos, la extenuación y la enfermedad, durante un instante todo ello se desvanece cuando una mujer ve que el hombre al que ama la mira a los ojos. La media sonrisa de la que se enamoró hace tantos años se ensancha despacio en el rostro de John mientras extiende las manos hacia ella.

—Dios mío, es él, es John —confirma Ena.

Nesta se levanta y se aparta un poco. Es una reunión familiar, pero no es su familia. Ve que los ojos de John se iluminan al contemplar a Norah. Se yergue cuan largo es y el cansancio que ha abierto tantos surcos en su rostro se borra.

John intenta correr, pero su cuerpo, como el de Norah, no es capaz de sustentar la dicha que siente. Se tambalea, tropieza y cae a escasa distancia de las hermanas. Después se levanta como puede y reúne todas las fuerzas que le quedan para poner un pie delante del otro.

—Dios mío, John, ¿qué te han hecho? —Norah llora.

Nesta no se molesta en decirle que ella está tan demacrada como él.

—No corras, querido mío —susurra—. No me voy a ir a ninguna parte.

Con un último impulso, John se desploma frente a Norah. Se abrazan y permanecen abrazados, para no despegarse nunca más. Separados estaban rotos, incompletos, pero juntos vuelven a estar enteros, o casi; todavía falta un miembro de su familia.

John ve a Ena sentada junto a su mujer y ahora la abraza también. Los tres sollozan.

Estrujado entre las dos mujeres, John envuelve con sus brazos a su esposa y a su cuñada, cada una de las cuales apoya un lloroso rostro en su hombro. Nesta también llora, y aunque no sabe quién es, John intuye que es una amiga de las dos mujeres.

—¡Tía Ena! ¡Tía Ena! —exclama June.

La conmoción sacude a John.

—¡Sally! ¿Es Sally? —grita.

—No, no es Sally, querido mío. Esta es June —aclara Norah.

—Pero ¿dónde está Sally? —John mira a su alrededor, intentando ver a través y más allá de la multitud de hombres y mujeres que se abrazan, se reconfortan.

Norah gira la cabeza con suavidad para mirar a la niña.

—No es Sally, Sally está con Barbara y los niños, ¿te acuerdas? —dice con voz queda—. June es una niña a la que, en fin, supongo que Ena ha adoptado. ¿Recuerdas cuando estábamos en Muntok, John, antes de que nos separasen? Había una pequeña agarrada a las faldas de Ena. Era June. Creemos que su madre murió cuando atacaron el barco, y ahora Ena y yo somos sus tías.

June se acomoda en el regazo de Ena mientras mira al desconocido que está sentado entre sus tías. John pugna por controlar su respiración mientras mira a la niña. Es más o menos igual de alta que su hija la última vez que la vio. La pequeña le sonríe y a John se le derrite el corazón. Alarga con cautela el brazo y le acaricia el pelo.

—Hola, June, ¿te acuerdas de mí?

—No.

—Este es John, el marido de la tía Norah —le explica Ena.

—¿Por qué me ha llamado Sally?

—La tía Norah y el tío John tienen una hija que se llama Sally; John creyó que eras ella.

—Ah, pues no lo soy, lo siento. Pero la encontrarás, no te preocupes, y yo encontraré a mi papá.

—Claro que sí, vida mía —dice Ena en voz baja mientras la abraza con fuerza.

Nesta está absorta contemplando a esa familia que vuelve a estar reunida. Es incapaz de moverse, incapaz de hablar al ver tanto dolor y tanta dicha delante. De pronto se siente muy mareada y se desliza por la pared.

Le tienden una mano.

—¿Nesta? ¿Te encuentras bien?

Frente a ella está Vivian, con los ojos humedecidos.

—¿Por qué no vamos a tomar una taza de té? Ahora incluso tenemos té de verdad.

Nesta agarra su mano y se levanta.

—Es hora de que descanses, enfermera James; has cumplido con tu deber, tu turno ha terminado.

Dejándose llevar por Vivian, Nesta mira a su compañera, su amiga, la que ha presenciado, vivido y sufrido mucho más que ninguna de las personas que están en ese lugar.

—Ha sido un turno condenadamente largo, Bully, condenadamente largo.

—Tres años y siete meses, pero ¿quién lleva la cuenta? —responde risueña Vivian.

La semana siguiente, el nerviosismo aumenta en el campo cuando dos jóvenes soldados holandeses y un oficial del ejército chino se dejan caer, literalmente, en paracaídas.

La señora Hinch, la doctora McDowell y Nesta se sientan con los visitantes.

—Somos la avanzadilla —les cuenta el oficial chino—. Los aliados estarán aquí pronto. Tengan un poco más de paciencia y las llevaremos a casa.

—Pronto, ¿cuándo? —quiere saber Nesta.

—En fin, nos encantaría quedarnos aquí y escuchar sus historias, pero la mejor manera de ayudarlas es regresando a la base e informando al cuartel general de que hemos dado con ustedes.

—Estoy completamente de acuerdo —afirma la señora Hinch—. ¿A qué distancia está su base?

—Estamos en Loebok Linggau.

—Ah, conozco ese sitio, es donde se detuvo el tren antes de que nos trajeran aquí.

—Sí, la vía férrea acaba allí, pero no podremos trasladarlos hasta que no demos con la manera de sacarlos a todos de la isla. Lo siento, pero el proceso podría tardar unos días. Sin embargo, ahora sabemos dónde están; les lanzarán suministros en paracaídas.

—¿Podría pedirle un favor? —pregunta Nesta.

—Por supuesto, cualquier cosa, si está en nuestra mano.

—¿Podría informar al ejército australiano de que han encontrado a sus enfermeras?

El oficial mira larga y fijamente a Nesta.

—¿Es usted enfermera?

—Del ejército australiano.

—Nos pondremos en contacto con ellos de inmediato.

Dos días después, tres hombres con uniforme del ejército entran en el campo. Son altos y jóvenes y están en forma, dos de ellos lucen sendas boinas con la insignia del ejército australiano.

Vivian irrumpe en el barracón de las enfermeras.

—¡Los australianos están aquí! Dios mío, ¡los australianos están aquí!

Antes de que alguien pueda reaccionar, dos jóvenes paracaidistas entran por la puerta. El tiempo se detiene cuando los hombres se fijan en lo esqueléticas y debilitadas que están las mujeres.

—¿Son ustedes las enfermeras? —inquiere uno; su voz es incapaz de ocultar la conmoción que siente.

Nesta da un paso adelante.

—Sí, señor. Somos enfermeras del ejército australiano. Yo soy la enfermera James.

—Enfermeras, yo soy Bates y él es Gillam. ¿Se encuentran...? ¿Se encuentran todas bien?

—Ahora que están ustedes aquí, sí. ¿De verdad son australianos?

—Lo somos, y nuestra prioridad es sacarlas de aquí. En casa hay mucha gente que quiere saber si siguen con vida.

—Seguimos vivas, pero por poco —responde Jean—, y hemos perdido a muchas de las nuestras. ¿Solo han venido ustedes dos?

—En realidad somos tres; hemos venido con el comandante Jacobs, de los paracaidistas sudafricanos. El comandante ha ido en busca de la oficina de administración japonesa.

Todo el mundo presta atención a Bates, el oficial que está hablando, de modo que en un primer momento nadie repara en que Gillam respira con pesadez, aprieta los puños y posa la mano derecha en el revólver que lleva en la cadera.

—¡Sargento! ¡Mire a estas mujeres! —estalla de pronto.

—No pasa nada, Gillam. Ahora estamos aquí, con ellas.

Antes de que alguien pueda decir algo, Gillam sale corriendo del barracón.

—¡Los voy a matar! —grita.

Las enfermeras, con Bates a la cabeza, salen detrás de él. Gillam ha sacado el revólver y va hacia un soldado japonés. Se abalanza sobre él, lo derriba y después lo levanta de malas maneras para llevarlo con otros dos soldados que ha visto.

Bates pregunta a Nesta dónde está la oficina de administración japonesa y acto seguido sale disparado del barracón. Irrumpe en el despacho y sorprende a Seki, que está hablando con el comandante Jacobs asistido por Ah Fat.

—Señor, hemos encontrado a las enfermeras australianas —informa Bates—, pero son esqueletos andantes. Y Gillam ha perdido la cabeza, señor. Amenaza con disparar a los soldados. Será mejor que salga usted deprisa, porque lo veo capaz de cumplir su amenaza.

Jacobs sale a la carrera con Bates. Van hacia un nutrido grupo de personas que observa en silencio a Gillam. Este se pasea frente a una fila de soldados japoneses a los que acaba de reunir y ha puesto de espaldas a la cerca de alambre de espino. Grita y profiere imprecaciones ante sus rostros petrificados y sigue blandiendo el revólver. El comandante Jacobs se acerca despacio.

—Gillam, Gillam, escúcheme, hijo —dice con calma—. No lo haga. Este no es el momento. Recibirán su castigo, pero no será usted quien se lo inflija. Guarde el arma, sea un buen chico.

Gillam mira a su superior y después a los soldados.

—Sargento, baje el arma, es una orden.

Gillam se enfunda el revólver despacio.

—Los odio con toda mi alma —escupe a los soldados.

Bates se gira hacia Nesta.

—Lo llevaré a su barracón. ¿Podrían ocuparse de él sus enfermeras? Necesito hablar un minuto con el comandante.

—Claro.

—Dígame, enfermera, ¿cuántas son ustedes? Me refiero a aquí, ahora mismo.

—Veinticuatro.

—Pero eran un grupo de sesenta y cinco, ¿me equivoco?

—Ya no.

Se hace un silencio largo.

—Gracias, enfermera.

El gentío se dispersa cuando Gillam y las enfermeras regresan a su barracón. Bates vuelve a la oficina de administración con Nesta.

—Comandante, me gustaría que enviara usted una solicitud urgente al cuartel general australiano.

—Desde luego, Bates. Escriba el mensaje y haré que lo transmitan desde la sala de operaciones de este campo.

—¿Sabe cuántas mujeres hay en el campo? —pregunta Bates.

—Alrededor de doscientas cincuenta —responde Nesta—. Antes éramos más...

Bates asiente y, tras agarrar la libreta y el lapicero que le ofrece Ah Fat, escribe:

ENCONTRADAS ENTRE 250 REPITO 250 PRISIONERAS BRITÁNICAS EN EL CAMPO DE LOEBOK LINGGAU STOP ENFERMERA NESTA JAMES Y OTRAS 23 SUPERVIVIENTES DEL CUERPO DE ENFERMERÍA DEL EJÉRCITO AUSTRALIANO PARTE DE UN CONTINGENTE DEL AANS* EVACUADO DE MALASIA EN EL VYNER BROOKE STOP EN VISTA DE SU PRECARIO ESTADO DE SALUD SE SUGIERE PROCUREN ORGANIZAR TRANSPORTE AÉREO DIRECTAMENTE A AUSTRALIA DESDE AQUÍ CUANTO ANTES STOP RECABANDO DETALLES DE LA MASACRE DEL AANS

---

* Australian Army Nursing Services, Cuerpo de Enfermería del Ejército Australiano. *(N. de la t.)*

EN LA ISLA DE BANKA PARA POSTERIOR TRANSMISIÓN

Tras leer el cable, el comandante Jacobs sacude la cabeza entre asombrado y furioso.

—Esto es increíble —comenta.

—Y, sin embargo, ha sucedido —asegura Nesta.

—Gracias, señor, enfermera. Vamos al barracón de las enfermeras, donde las compañeras de la enfermera James se están ocupando de Gillam. Y nosotros que pensábamos que veníamos a ocuparnos de ellas...

—Bates consigue esbozar una pequeña y tensa sonrisa.

—Una ironía del destino, sargento —afirma el comandante—. Iré a buscarlo cuando llegue el momento de marcharnos; es mucho lo que tenemos que planificar.

—Enfermera James —empieza Bates mientras regresan al barracón—. Han sucedido muchas cosas mientras ustedes han estado prisioneras en la jungla.

—Ya me lo imagino —contesta ella—. Pero hemos ganado, y eso es lo más importante, ¿no?

—Sí, pero el precio ha sido demasiado alto. —Bates toma aire—. Los americanos han lanzado dos bombas atómicas sobre Japón, poniendo fin de forma efectiva a la guerra.

—¿Bombas atómicas? —repite vacilante Nesta—. Pero son... son...

—Catastróficas para los que tenían la mala suerte de vivir en Hiroshima y Nagasaki.

Nesta nota que un escalofrío le recorre la espalda.

Bates le pone una mano en el hombro.

—La guerra es un asunto feo, enfermera James.

Lo único que puede hacer ella es asentir.

Un día después de que se marcharan Gillam, Bates y el comandante Jacobs, un avión que vuela bajo aparece sobre los árboles y deja caer en paracaídas cajas de suministros en el campo.

—Esta contiene medicamentos. ¡Llévenla al hospital, deprisa! —grita alguien.

—Y hay mucha comida. ¡Un festín! —anuncia otra mujer.

—En esta hay un mensaje.

Una caja de gran tamaño, reforzada con listones de madera adicionales, está separada del resto.

Betty llega corriendo hasta ella y empieza a leer.

—«Horneado con amor esta mañana por los cocineros de la Armada Real Aus...» —Betty se arrodilla y se abraza a la caja, sollozando. Otra enfermera termina la frase por ella.

—«Horneado con amor esta mañana por los cocineros de la Armada Real Australiana.»

Abren la caja.

—Dentro hay otro mensaje. Dejen que se los lea —se ofrece Jean. Al ver lo que dice, se muerde el labio. Esto le va a costar—. «Esta mañana, los cocineros del *HMAS Warrego* y del *HMAS Manoora* se enfrentaron a la tripulación de ambos barcos cuando intentó entrar en el comedor para participar en la preparación de esta pequeña muestra de gratitud, respeto y amor a las valientes mujeres y los niños que han sobrevivido en la jungla de Sumatra. Por favor, acepten y disfruten estos *scones* con mermelada de fresa y nata. Las llevaremos a casa, señoras, a todas y cada una de ustedes. Capitán de corbeta Leslie Brooks.»

La comida —fruta, verdura, carne, huevos— se examina en detalle, se sirve y se pasa entre las mujeres. Es todo cuanto necesitan para alimentarse y empezar a recuperarse.

Se instalan mesas en el campo con precisión militar; los *scones*, la mermelada y la nata se distribuyen entre los prisioneros. Los hombres y las mujeres callan mientras disfrutan de este regalo. Aseguran que son los mejores *scones* que han comido en su vida.

—¿Esto qué es? ¿Vege... Vegemite? —pregunta una inglesa mientras sostiene en alto un pequeño tarro de un denso jarabe café oscuro.

Las enfermeras lanzan un grito de alegría y corren a ver el tarro.

—Huele fatal —confirma la inglesa tras lograr desenroscar la tapa y llevárselo a la nariz.

Las enfermeras meten los dedos en el tarro y luego se los llevan a la boca mientras emiten ruiditos complacidas.

—¿Así es como lo comen?

Entre gemido y gemido una enfermera responde:

—Sí. O sea, no. Normalmente lo untamos en una rebanada de pan tostado o sin tostar.

—¡Aquí hay pan! —exclama alguien—. Vamos a ver cómo sabe.

Norah va al barracón de Nesta y las enfermeras, y las encuentra atareadas arreglando los uniformes, preparándose para marcharse.

—Van a estar impecables —asegura Norah.

—Bueno, hemos lavado los uniformes y los hemos remendado en la medida de lo posible —dice Nesta—, pero no nos quedan bien.

—Es porque hemos perdido mucho peso —aduce Jean.

—Yo no voy a remendar el agujero de bala del mío —les dice Vivian—. No quiero olvidar nunca lo que pasó.

En el barracón se hace el silencio un instante, hasta que Nesta se levanta para abrazar a su amiga, y una por una las enfermeras sonríen a Vivian, le dan una palmadita reconfortante en el brazo y le ofrecen unas palabras de consuelo.

—¿Quieres que le eche un vistazo a esa pierna?

—Por favor —contesta Norah—. Creo que está mejor, pero me sigue costando moverme.

—Vamos al jardín —sugiere Nesta.

La enfermera ayuda a Norah a recorrer los pocos pasos que la separan de la puerta trasera. Arrima una silla y Norah se deja caer en ella.

—Quiero cambiarte el vendaje. —Nesta se saca del bolsillo un rollo de vendas de un blanco luminoso y apoya el pie de Norah en su regazo con suavidad. Esta hace una mueca de dolor.

—¿Cómo se siente John? —se interesa Nesta mientras retira el vendaje de la pierna. Exhala un suspiro de alivio al comprobar que la infección se está curando.

—Mucho mejor. Con ganas de volver a casa para ver a nuestra hija.

—Me alegro por ti, pero las echaré de menos, a ti, a Ena y a June.

—Ay, Nesta, no sabes cuánto nos vamos a acordar de todas ustedes. De todo lo que han hecho por las mujeres —afirma Norah.

—Ojalá no tuviéramos que despedirnos —se lamenta Nesta mientras coloca la nueva venda. Le da una palmadita en la pierna a Norah—. Listo.

Norah le toma la mano.

—Lo digo de verdad, Nesta. Han hecho que este sitio sea soportable. Y Margaret...

Las mujeres guardan silencio al recordar a su querida compañera.

—La llevaremos en el corazón. Siempre —asegura Nesta mientras ayuda a levantarse a su amiga. Las mujeres se dan un largo abrazo y después Nesta ayuda a Norah a volver a su barracón.

Ena y John acomodan a Norah junto al túmulo en el que está clavada la cruz de madera de Margaret, con su nombre grabado con todo el cariño del mundo por Norah y Audrey.

—No le gustaría que llorásemos por ella —opina Ena.

—No le gustaría, pero me da lo mismo. ¿Cómo me voy a despedir de la mejor mujer que he conocido sin llorar su pérdida? —replica Norah, que apenas puede controlar las lágrimas.

Ena también está llorando. Ninguna de las dos intenta secarse las lágrimas; las dejan caer sobre la tierra, sobre Margaret. A John le aflige verlas tan tristes. Se siente fuera de lugar en ese sitio, y sin embargo aquí está. Si quiere llegar a conocer a Margaret, aunque sea mínimamente, es preciso que comprenda hasta qué punto la querían las dos.

—Ha venido Nesta —musita John.

Norah y Ena levantan la cabeza. Nesta está algo aparte, las ve afligidas y no quiere importunarlas. Norah le da la mano y la enfermera se une a ellas. Las tres se abrazan.

Al cabo de un rato, Norah le dice a Nesta:

—¿Te importaría despedirte por mí de... de las amigas que han perdido? Lo siento mucho, pero no puedo caminar hasta donde están enterradas.

—Por supuesto. Y lo entenderán, claro está. Celebraremos un pequeño servicio por ellas al atardecer, aquí. No sabemos cuándo nos vamos, pero podría ser pronto, y tenemos que despedirnos mientras podamos.

—¿Puedo unirme a ustedes? —pregunta Ena.

—Gracias, Ena, nos gustaría mucho que lo hicieras.

Cuando el sol se pone, las enfermeras sobrevivientes, Ena, la señora Hinch, la doctora McDowell, la madre Laurentia y la hermana Catherina se reúnen en el cementerio, cada una con un ramillete de flores en la mano. Van despacio de tumba en tumba, Nesta pronuncia cada uno de sus nombres y la madre Laurentia bendice unas vidas vividas y segadas antes de tiempo.

Esa noche, tendidas en el suelo mientras esperan a que el sueño las transporte a otro lugar, las enfermeras oyen que llaman con suavidad a la puerta.

—Enfermera James, ¿puedo hablar con usted un momento?

Nesta abre la puerta y ve a la señora Hinch. Cuando sale, esta la agarra del brazo para llevarla aparte.

—Deprisa. Hay una llamada para usted en el edificio de administración.

—Un segundo —pide Nesta mientras mete la cabeza en el barracón—. Vuelvo dentro de un minuto. ¡Tengo una llamada! —Cierra la puerta, no sin antes oír grititos alegres e ilusionados.

La señora Hinch acompaña a Nesta a la oficina y se queda a su lado cuando ella toma el teléfono.

—Hola, soy la enfermera James.

—¡Hola, enfermera James! Es un placer oír su voz. Soy el teniente Ken Brown, de la Fuerza Aérea Australiana. Me reuniré con ustedes mañana en Lahat, desde donde las llevaré a Singapur. Me han ordenado que le pida que sus enfermeras estén listas a las cuatro de la mañana. El comandante Jacobs estará allí con un camión que las llevará a Loebok Linggau, donde subirán a un tren que las conducirá al aeródromo. Enfermera James, ¿está usted ahí? ¿Me ha oído?

—¡Sí! Oh, sí. Gracias, muchas gracias. Estaremos preparadas.

—Enfermera James, no me dé las gracias, soy yo quien debe dárselas a usted. —La voz del hombre está empañada por la emoción—. Gracias a usted y a todas las valientes enfermeras a las que conoceré mañana por lo que su supervivencia significa para el pueblo australiano. Son ustedes nuestras heroínas.

Nesta cuelga y recibe el abrazo de la señora Hinch.

—Deje que la acompañe a su barracón.

—Me encantaría, así podremos despedirnos. Aunque no sé cómo despedirme de usted, señora Hinch. Ha hecho tanto por nosotros, por todos, no solo por las enfermeras.

—Nesta, llámame Gertrude. Mi nombre de pila es Gertrude.

Las dos mujeres vuelven al barracón de las enfermeras agarradas del brazo. Cuando entra, la señora Hinch se ve ante un mar de rostros expectantes.

—Señoras, ha sido un privilegio y un honor conocerlas. Vayan con Dios.

Nesta le da un último abrazo.

—Dios te bendiga, Gertrude, eres única. Nunca te olvidaré.

—Ni yo a ti, enfermera Nesta James.

Nadie intenta dormir. Hay escasas pertenencias que guardar, uniformes que inspeccionar y ponerse y, por supuesto, nerviosismo al volver a casa por fin.

Las luces del campo iluminan los barracones en la oscuridad mientras las mujeres se preparan para el traslado final. Al salir a los que serán sus últimos instantes en ese «hogar» húmedo de la jungla, resuena en la noche un aplauso ensordecedor. Ovaciones y silbidos hienden el aire. Mujeres y hombres forman un pasillo hasta donde aguardan dos camiones con el motor encendido.

—¿Cómo se han enterado? —pregunta una enfermera.

Antes de que alguien diga algo, Nesta responde:

—¡La señora Hinch!

—¿Me llamabas, enfermera James? —La señora Hinch, sonriente, da un paso adelante—. Aunque probablemente prefieren desaparecer al amparo de la oscuridad, no podíamos permitir tal cosa. Tal vez haya mencionado que se marchaban hoy, pero el resto es cosa de ellos. —Abre los brazos para abarcar a todo el campo.

La madre Laurentia, la hermana Catherina y la doctora McDowell se adelantan y abrazan a cada una de las enfermeras.

—Todavía tengo su Biblia —recuerda Betty a la hermana Catherina.

—Quédesela.

—Nunca las olvidaré —dice la médica a las enfermeras—. Hemos sufrido y perdido, pero habríamos perdido muchas más vidas sin la entrega que han demostrado a su profesión.

Para cuando las enfermeras llegan a los camiones, después de abrazar y decir adiós a tantas mujeres, el sol ya asoma sobre los árboles. Ena y John, que sostienen a Norah, son los últimos de la fila.

Cuando las enfermeras se acercan, John le tiende la mano a Nesta.

—Aún me quedan muchas cosas por oír de usted y de lo que ha hecho por mi esposa y por todas las mujeres aquí. Quiero que sepa que siempre estaré en deuda con usted. Mi agradecimiento no basta, pero es todo cuanto tengo ahora mismo. Le doy las gracias de todo corazón.

Nesta asiente, incapaz de decir nada. Mira a Norah, que asimismo asiente; tampoco puede hablar. Nesta extiende un brazo y le acaricia con ternura la cara, enjugando sus lágrimas.

—Voy a decir algo, es preciso que lo haga —dice Ena—. Enfermera James, Nesta, querida amiga, pasaré el resto de mi vida hablando a todo el que conozca de las increíbles enfermeras australianas a las que tuve el privilegio y el placer de conocer una vez en un país muy lejano y de su pequeña y enérgica jefa. Me salvaron la vida, han salvado tantas vidas, y pagaron el mayor precio que se puede pagar cuando perdieron a sus compañeras. Nos volveremos a encontrar.

—Ya no soy hija única, en ustedes ahora tengo dos hermanas —consigue decir Nesta—. Las dos han dado tanto a tantas... Lo siento mucho. Me cuesta mucho hablar. Las quiero a las dos. Hasta que volvamos a vernos.

Conteniendo las lágrimas, Nesta permite que la ayuden a subir a un camión. Las acompañan fuera del campo mientras siguen elogiándolas y diciendo adiós. Después enfilan un angosto sendero que se adentra en la jungla y se alejan.

Dos días después de que las enfermeras dejen el campo, Ah Fat comunica a Norah, Ena, June y John que ellos también se van.

—Para variar no es usted el proverbial agorero, Ah Fat —dice la señora Hinch al intérprete.

—¿Agorero?

—Agorero, sí. ¿No conoce la palabra siendo tan buen intérprete? Un agorero siempre es portador de malas noticias.

—Pero la noticia es buena —insiste Ah Fat—. Se van a casa.

—Ah, da lo mismo —responde la señora Hinch con una sonrisa—. Hoy ni siquiera usted me puede poner de mal humor.

—Gracias, Inchi.

Tras recoger sus cosas, las mujeres se presentan, junto con docenas de otros hombres y mujeres enfermos y heridos, para subir a los camiones que las llevarán a Lahat. Los hombres y mujeres restantes, incluidas todas las monjas holandesas, acuden a despedirlos.

—No me quiero ir sin usted —dice Norah a la hermana Catherina.

—No pasa nada, pronto nos llegará el turno. Al final todos saldremos de este sitio —la tranquiliza la monja—. Lo que ha hecho para salvar el alma de tantas personas nunca caerá en el olvido, yo me aseguraré de que así sea. Usted y la señorita Dryburgh nos dieron esperanza cuando no la había, ustedes dos recompusieron nuestras atormentadas cabezas y dieron a nuestros cuerpos el alimento emocional que necesitábamos para despertar al día siguiente.

—¿Mmm? ¿Has recompuesto cabezas atormentadas? —pregunta John a Norah, perplejo por la presencia de la monja con su pesado hábito.

—Usted debe de ser John; he oído hablar mucho de usted. No se imagina cuánto me alegro de conocerlo, aunque sea en este lugar.

—Se refiere a este lugar dejado de la mano de Dios, ¿no, hermana?

—Yo no utilizaría esas palabras. De hecho, diría que la presencia de Dios adoptó aquí la forma de su mujer.

—Por favor, hermana, todos aportamos nuestro granito de arena —afirma Norah—. ¿Cómo podría olvidar la noche que pasamos agarrando el tejado de nuestro barracón mientras una tormenta amenazaba con llevarnos a todas? Cuando la vi subida ahí arriba, con el hábito ondeando al viento, pensé que era usted una bruja.

—Y, sin embargo, subió usted conmigo. Lo que yo recuerdo es a usted riendo a carcajadas por lo absurdo de lo que estábamos haciendo.

—Y yo recuerdo el lenguaje que utilizó usted, palabras que jamás pensé que le oiría a una monja.

—En fin, Norah, aquella noche nos vimos tan al límite que, en cierto modo, el lenguaje malsonante parecía apropiado.

—¿Le importaría contarme qué hizo mi mujer,

aparte de arriesgar la vida subiéndose a un tejado en medio de una tormenta? —inquiere John.

La hermana Catherina se ríe.

—Fue el regalo de la música, que nos hizo sin esperar nada a cambio, en nuestros momentos más sombríos, lo que todas recordaremos. Por desgracia, no tengo palabras, malsonantes o no, para decirle hasta qué punto marcó la diferencia su mujer.

—Es verdad, John —asegura Ena—. Lo que Norah y Margaret hicieron al crear coros y orquestas fue mucho más de lo que cualquiera de nosotras podía haber imaginado. Jamás volveré a escuchar música sin que piense en este sitio y en las personas que estuvieron en él, incluida usted, querida hermana. Nunca la olvidaremos.

—Los camiones han llegado, es hora de irse —advierte la monja con suavidad.

Norah, Ena y Catherina se abrazan. John reúne fuerzas y carga en brazos a su mujer con delicadeza. No le cuesta demasiado, prácticamente no pesa nada. Ena agarra a June, que le echa los brazos al cuello y se acurruca contra su pecho, y suben al camión.

La señora Hinch recorre la hilera de mujeres; unas se abrazan, otras comparten breves recuerdos del tiempo que han pasado juntas. Cuando llega hasta Norah y Ena, parece que le faltan las palabras, quizá por primera vez.

—¿Por qué no viene con nosotros? —pregunta Ena.

—Me iré cuando se vaya la última persona, antes no —responde su amiga.

—No sé qué decirle —tercia Norah.

—Bueno, son muchas las cosas que les quiero decir a las dos, pero nada podrá expresar de verdad lo que siento. Nos hemos reído y hemos llorado, hemos querido y hemos perdido, pero seguiremos llevando en nuestro corazón el recuerdo de quienes no emprenderán este viaje con nosotras. No las olvidaré mientras viva, y teniendo en cuenta que he conseguido salir de esta, pretendo que sea durante mucho tiempo.

—Es usted única de verdad, señora Hinch —afirma Norah.

—Igual que tú y tu hermana. No creo haberlo mencionado antes, pero me llamo Gertrude. No me importó lo más mínimo que se me llamara señora Hinch, por pretencioso que sonase, porque nunca me ha gustado mi nombre, ni tampoco Gertie. —La señora Hinch estrecha a Norah, que sigue en brazos de John, como buenamente puede y a continuación, de la misma manera, a Ena, que sostiene a June—. Vayan con Dios —concluye.

Después llega el momento de decir adiós a Audrey, a la que las hermanas verán en Inglaterra. Norah y ella se abrazan en silencio, recordando los momentos pasados delante del fuego, grabando los nombres de los muertos en cruces de madera.

Cerca aguarda al ralentí un vehículo abierto, y los ingleses e inglesas que quedan se ayudan a subir a la caja del camión. Una vez arriba, todas las mujeres voltean para mirar el campo por última vez, intentando entender cómo han sobrevivido, cómo recordarán el tiempo que han pasado allí. ¿O sencillamente quieren olvidar? Algo que todas saben es que en ellas se ha operado un cambio. Han transcurrido más de tres años y medio. Las han puesto a prueba, han vivido fracasos y éxitos.

El camión se aleja lentamente.

Apenas han iniciado el viaje cuando oyen la música.

—Ayúdame a incorporarme, John —pide Norah.

—¡Santo cielo! ¡Norah, mira! —exclama Ena.

El conductor frena cuando la canción cobra fuerza. Es la música de Norah.

John y Ena sientan con cuidado a Norah de modo que pueda ver desde la trasera del camión. John la acomoda en su regazo para que esté más elevada mientras contemplan juntos la hilera de monjas.

—¿Qué están haciendo? —quiere saber John.

Las voces de las monjas holandesas, acompañando al camión, acompañando a Norah, rindiendo homenaje al papel que ha desempeñado en su supervivencia, se alzan para entonar el familiar sonido del *Bolero*, la tan querida —e incluso tan odiada, debido a su complejidad— interpretación vocal de la obra maestra de Ravel. Norah solloza sin pudor.

—¿Eso es lo que les enseñaste, Norah? —pregunta John con la voz temblorosa al ser consciente de la magnitud de lo que está escuchando, al comprender que la mujer que tiene entre sus brazos es la destinataria del increíble homenaje—. Es Ravel... El *Bolero* de Ravel —balbucea. El camión reanuda la marcha lentamente y las últimas notas del *Bolero* los siguen desde el cautiverio hacia la libertad—. Vida mía, nunca te he amado más de lo que te amo en este momento —susurra John.

Epílogo

Última actuación

Durante dos días las enfermeras navegan bordeando el litoral australiano, viendo por primera vez desde hace casi cuatro años el país que dejaron atrás. Se hallan en cubierta cuando entran en el puerto de Fremantle, en Perth. El viaje ha sido largo hasta llegar ahí. Desde Lahat volaron a Singapur cuando el sol se ponía como una llamarada roja. Nesta miraba por la ventanilla cuando volaban bajo sobre el estrecho de Banka. Vio playas que le resultaron familiares, palmeras y el verdor exuberante que un día les dio la bienvenida y después se convirtió en su prisión. Todas las enfermeras interrumpieron las nerviosas conversaciones al ver el puerto ahora lleno de buques de guerra aliados. Cuando aterrizaron en Singapur, las llevaron directamente al hospital para someterlas a un reconocimiento médico completo y luego subieron al barco con el que regresarían a casa.

Ahora Nesta se mueve entre sus enfermeras.

—¿Te encuentras bien? —pregunta a cada una de ellas.

—No —es la respuesta que obtiene una y otra vez.

—Estoy aquí si me necesitas.

Nesta encuentra un rincón tranquilo en el otro lado del barco y observa los barrios de las afueras de Perth, que se deslizan ante sus ojos. Mientras contempla las olas, recuerda la vez que entró en ese puerto con Olive Paschke, que más adelante sería enfermera jefe. Las dos estaban nerviosas, entusiasmadas por hacer esa escala en Perth.

—Deberías estar aquí conmigo, Olive, a mi lado, ahora que volvemos a casa —grita al viento, a las gaviotas que planean alrededor del barco—. Y no estás, y no creo que pueda ir a casa sin ti. —Ha perdido a tantas personas. Pero no a todas, no a las queridas amigas que han realizado esa larga travesía con ella. Nesta recuerda el rostro del doctor Rick, sonriéndole durante los largos turnos de noche. Se pregunta si lo volverá a ver.

—Nesta, Nesta, estamos atracando. ¡Hemos llegado! —exclama Jean.

—Ya voy. —Nesta sale de su ensimismamiento. Se toma un momento para secarse los ojos, centrarse y poner una sonrisa en los labios. Oye las ovaciones del muelle mientras aseguran el barco.

Tras unirse a las demás y ver a los miles de personas que las reciben con banderas y flores, espera con impaciencia a que bajen la pasarela. Por segunda vez en unas pocas semanas, la primera persona que las saluda es la coronel Sage, su enfermera jefe.

—Bienvenidas a casa, enfermeras. Salieron de Australia para cumplir con su deber y regresan siendo heroínas, habiendo logrado mucho más de lo que cabía esperar de ustedes. Les quiero contar lo que ha sucedido hoy aquí. Esta mañana la emisora de radio local ABC anunció que volvían a casa y pidió que si alguien tenía flores de sobra en sus jardines podía, si lo deseaba, dejarlas en el hospital al que están a punto de trasladarlas a ustedes. —La coronel Sage hace una pausa para recomponerse—. No ha quedado una sola flor en ningún jardín de la ciudad de Perth. La fila de hombres y mujeres que quieren dejar sus ramos en el hospital es kilométrica, todas las salas están a rebosar. Tengo entendido que incluso están colgando flores en el techo. Es un pequeño gesto de muchas personas que se suman a nosotros para darles las gracias por el servicio que han prestado. Gracias por haber cumplido con su deber con sus amigas y compañeras que no han regresado a casa con ustedes. No serán olvidadas nunca.

Alguien exclama:

—¡Bravo!

Las enfermeras voltean y ven al gobernador general del estado de Australia Occidental. En las manos sostiene el ramo de flores de mayor tamaño.

—Señor, permítame que le presente a la enfermera Nesta James.

El gobernador entrega las flores a Nesta.

—Bienvenidas a casa —dice con una sonrisa radiante.

De vuelta en Singapur, Norah, John, Ena y June son inseparables. Una tarde, mientras las hermanas dormitan en camastros en los jardines de su hotel, John ve a un hombre que se les acerca. Lleva del brazo a una anciana que camina con la ayuda de un bastón.

—¡Santo cielo! Norah, Ena, ¡despierten!

—¿Qué ocurre? —pregunta Norah abriendo despacio los ojos. June, dormida en brazos de Ena, se despierta cuando su tía se incorpora de golpe.

—¡No! —exclama Ena.

Andando lentamente hacia ellos va Ken, el marido de Ena, con Margaret, la madre de las hermanas.

—¡Mamá! —grita Norah mientras Ena se levanta para ayudar a Norah a ponerse de pie.

Ken sostiene con firmeza a Margaret, que va trastabillando hacia sus hijas. Quiere correr a los brazos de Ena, pero no puede soltar a la anciana. Los cuatro chocan, Norah acomoda con cuidado a su madre en la hierba para que se puedan abrazar. Se miran unos a otros; todos tienen los ojos llenos de lágrimas. Ken y Ena se abrazan, sollozan, se ríen.

John carga en brazos a una sorprendida June y se une a ellos. Presentan a Ken a la niña, que se ve envuelta en un abrazo familiar. Poco a poco se ayudan a levantarse y vuelven a las sillas, bajo el árbol. Solo después de sentarse Ena formula la pregunta:

—¿Y papá?

—Cuánto lo siento, queridas mías —contesta Margaret, y las lágrimas vuelven a rodar por sus mejillas—. Falleció unos días después de que nos trasladaran a Changi. Estaba muy enfermo, no habría sobrevivido. Me alegro de que se fuera deprisa.

Ena y Norah ahora se abrazan, anegadas en llanto. Unas hijas que lloran la muerte de un padre del que no pudieron despedirse.

—¿Estuvieron en el campo de prisioneros de guerra de Changi? —pregunta John.

—Sí, nos internaron alrededor de una semana o dos después de que se fueran. Éramos miles. Sigo sin saber cómo logramos sobrevivir —cuenta Ken.

—Yo sí sé cómo sobreviví —afirma Margaret.

—Es usted una mujer fuerte —asegura John.

—Tal vez, pero el único motivo por el que no estoy muerta es que Ken no permitió que muriese. Sacrificó sus raciones, arriesgó su vida para comerciar con los lugareños, se llevó las palizas cuando lo sorprendieron y me decía cada día que teníamos que vivir lo suficiente para ver a mis hijas de nuevo. Ena, tu marido es la razón de que hoy yo esté aquí.

—Usted también me salvó a mí cuando enfermé —le dice Ken—. Me llevó agua, comida; nos salvamos mutuamente.

—No le hagan caso, hijas. Cuidarlo una semana no se puede comparar con lo que él hizo por mí durante tres años y medio.

Norah y Ena se miran y en ambos rostros aparece una ancha sonrisa.

—¿Por qué sonríen? —pregunta Ken.

—Creo que vamos a disfrutar compartiendo anécdotas, aunque será mejor que algunas nos las callemos. Sin embargo, imagino que hay un tema que todos apreciaremos y es el del amor de la familia —contesta Ena.

Al cabo de un día o dos, un oficial británico acompañado de un hombre demacrado, vestido de civil, los aborda en los jardines.

—Disculpe, ¿es usted Ena Murray?

—Así es. ¿En qué puedo ayudarlo?

—Este es el señor Bourhill. Por desgracia ha estado internado en Changi, pero creemos que han estado ustedes cuidando de su hija June.

Al oír su nombre, la niña deja de comer y mira a los dos hombres, si bien no da muestras de reconocer a ninguno de los dos. Tanto Norah como Ena se ponen de pie. June se levanta de un salto y se esconde detrás de Ena.

—Soy el padre de June —asegura el desconocido—. Las subí a su madre y a ella a bordo del *Vyner Brooke* y el gobierno australiano se ha puesto en contacto conmigo para comunicarme que mi hija sobrevivió y está con ustedes. ¿Es ella, la que se esconde ahí detrás?

Ena jala a June con delicadeza. El hombre se acerca a la niña y se arrodilla frente a ella, pugnando por contener las lágrimas.

—June, mi querida June, soy papá.

June se aferra a la mano de Ena.

—Te pareces tanto a tu madre. ¿No te acuerdas de mí, tesoro?

—¿Dónde está mamá? —pregunta la pequeña.

—Mamá... Mamá... —El hombre no es capaz de hablar.

—Ha sufrido mucho, señor Bourhill —le cuenta Ena—. Está traumatizada.

—Lo sé, lo entiendo. June, ¿te acuerdas de cuál era tu juguete preferido? Era un perrito de peluche, lo llamabas Mr. Waggy y solías moverle el rabito.

—¿Mr. Waggy? ¿Dónde está Mr. Waggy? —pregunta June, que parece confundida, dolida y asustada al mismo tiempo.

—No te podías ir a la cama sin él. Si no lo encontrabas, teníamos... teníamos que buscarlo por toda la casa hasta que estaba a salvo contigo en la cama.

—Mr. Waggy iba en el barco, lo perdí.

—No pasa nada, tesoro. Te compraremos otro Mr. Waggy cuando volvamos a casa.

—¿Por qué no vamos a dar un paseo? —sugiere Ena—. Solo nosotros tres.

—Ha sido muy buena idea por parte de Ena lo de llevárselos de aquí —aprueba Margaret cuando ya se han ido.

—Ken, probablemente ya te hayas dado cuenta de lo unida que está Ena a June. Le romperá el corazón que la niña se marche, pero si ese es su padre, es lo que va a pasar —dice Norah.

—Lo sé, he intentado no pensar en ello cuando las veía juntas. Yo mismo le he tomado mucho cariño y empezaba a pensar que iba a formar parte de la familia.

Poco después, June vuelve corriendo.

—He encontrado a mi papá, me quiere llevar a casa con él. ¿Voy, tía Norah?

—Sí, tesoro. Deberías ir con tu papá, te quiere mucho —contesta Norah, mordiéndose el labio. Es un momento feliz para la niña, no debe confundirla con sus lágrimas.

—¿No me echarán de menos la tía Ena y tú?

—Ay, tesoro mío, no sabes cuánto te vamos a echar de menos. Todos los días, todo el tiempo.

—¿Pueden venir a vivir con mi papá y conmigo?

—No, pero no dejaremos de vernos. Iremos a visitarte y tú podrás venir a visitarnos. ¿Qué te parece?

—¿Lo prometes?

—Lo prometo.

Norah y John han emprendido el largo viaje a Inglaterra y después a Belfast para reunirse con Sally, que, como saben ahora, está a salvo con la familia de John. La hermana de John va a buscarlos al aeropuerto y a continuación los lleva a casa para que esperen a Sally cuando salga de la escuela. A la niña le han contado que los padres de cuya muerte la informaron han sobrevivido y han venido a verla.

Ahora los padres de Sally se encuentran en casa de la hermana de John, en la sala de estar, esperando impacientes a que su hija vuelva de la escuela.

Norah casi no se puede contener. Da vueltas por la sala de estar, se sienta, se levanta de nuevo y da más vueltas.

—¿Crees que nos reconocerá, John? ¿Crees que se alegrará de vernos? —pregunta una y otra vez.

—Vida mía, somos sus padres, claro que se alegrará —la tranquiliza John—. Puede que esté un poco confusa y se sienta un poco insegura, pero ya verás como todo sale bien. ¿Por qué no te sientas conmigo?

Norah se sienta, pero los dos se levantan deprisa cuando oyen que se abre la puerta.

—Hola, mamá, ya hemos llegado —dice una voz adolescente. Se oye una mochila que cae al suelo.

—Estamos aquí —responde la hermana de John.

Un muchacho desgarbado entra con parsimonia mientras Norah y John esperan en silencio a la niña cuyos pasos oyen. El chico mira a los demacrados desconocidos y los saluda con la cabeza y un educado «hola».

Cuando entra, Sally se detiene un instante y mira fijamente a Norah y a John. Después va con su tía y le sujeta la mano. Ahora tiene doce años, y es más alta y su rostro más lleno, pero Norah siente que el corazón le va a estallar. Sigue siendo su pequeña.

—Hola, Sally —saludan John y Norah.

—Hola —responde la niña, sin moverse.

—Sally, estos son tus padres, están a salvo. En casa, mi amor —dice su tía.

—No pasa nada, Sally, sé que debemos parecerte unos desconocidos —empieza John—. Hace mucho tiempo que no nos ves y estoy seguro de que hemos cambiado; tú, sin duda, has cambiado. Ahora eres una muchachita preciosa.

—Sally —dice Norah—. Soy yo, mamá.

Sally se esconde detrás de su tía y asoma la cabeza para mirar a esos desconocidos que amenazan con trastocar la vida que lleva allí. La última vez que los vio era una niña pequeña; dentro de unos meses será una adolescente.

Norah da un paso adelante y se pone de rodillas frente a Sally.

—«Duérmete, duérmete, duérmete, mi niñita, duérmete, duérmete, duérmete, mi bebé» —canta Norah.

Poco a poco Sally se acerca a ella, soltándose de la mano de su tía. Da un paso más. Norah ve en los ojos de su hija que los reconoce. Abre los brazos y Sally da otro paso. Cuando se abrazan, Norah nota que está temblando. Separa a su hija para poder verle la preciosa cara. Sally pronuncia una palabra:

—¡Mamá!

Nota de la autora

Nesta Gwyneth Lewis James, Nesta, nació el 5 de diciembre de 1903 en Carmarthen, Gales, hija única de David y Eveline James. Nesta y sus padres emigraron a Australia cuando la niña tenía nueve años y se instalaron en la pequeña población rural de Shepparton, en el estado de Victoria. Se formó en el Shepparton Base Hospital antes de pasar al Royal Melbourne Hospital, en Melbourne. En busca de aventuras, trabajó de enfermera en una mina a las afueras de Johannesburgo, Sudáfrica. El 7 de enero de 1941 se incorporó al Cuerpo de Enfermería del Ejército Australiano. La destinaron a Malasia con el 2.º/10.º Hospital General Australiano y, en febrero de 1941, era la segunda de la enfermera jefe Olive Paschke. La capturaron los japoneses el 12 de febrero de 1942 y recuperó la libertad el 11 de septiembre de 1945. Siempre que la entrevistaban y le preguntaban cuánto había durado el cautiverio, Nesta insistía en que no estuvo en el campo tres años y medio, sino tres años y siete meses. Cuando volvió a casa, pasó doce meses en el hospital por problemas de salud persistentes relacionados con las enfermedades tropicales que contrajo en Indonesia, que la persiguieron durante el resto de su vida. En 1946, Nesta viajó a Tokio para testificar en los juicios por crímenes de guerra que se celebraron en esa ciudad. Dejó el ejército en 1946 y regresó a su ciudad natal, Shepparton, para cuidar de su madre. Allí conoció a Alexander Thomas Noy, con el que se casó. Nesta murió en 1984, a los ochenta años, en Melbourne. No tuvieron hijos.

Vivian Bullwinkel nació el 18 de diciembre de 1915 en Kapunda, Australia Meridional, hija de George y Eva Bullwinkel. Tenía un hermano llamado John. Tras formarse como enfermera en Broken Hill, Nueva Gales del Sur, empezó a trabajar en el Hamilton Base Hospital, Hamilton, Victoria, antes de pasar al Jessie McPherson Hospital de Melbourne. En 1941, Vivian intentó alistarse en la Real Fuerza Aérea Australiana, pero la rechazaron por tener los pies planos. Tras incorporarse al Cuerpo de Enfermería del Ejército Australiano, Vivian fue adscrita al 2.º/13.º Hospital General Australiano y enviada a Malasia en septiembre de 1941. Dejó el ejército en 1947 tras dar testimonio de la masacre de la playa de Radji en un juicio por crímenes de guerra. Posteriormente fue directora de enfermería del Fairfield Infectious Diseases Hospital de Melbourne. En 1977 contrajo matrimonio con el coronel Francis West Stratham. Consagró su vida a la enfermería y recaudó fondos para un monumento conmemorativo que se erigió en la isla de Banka y se descubrió en 1992. Vivian murió en julio del 2000, a los ochenta y cuatro años.

Agnes Betty Jeffrey, Betty, nació el 14 de mayo de 1908. Fue enfermera del 2.º/10.º Hospital General Australiano junto con Nesta. Betty unió fuerzas con Vivian para abrir el centro Australian Nurses Memorial Centre en Melbourne, en 1949. Betty, que llevaba un diario secreto mientras estaba prisionera, relató sus vivencias en la novela *White Coolies*, que posteriormente serviría de inspiración a la película *Camino al paraíso*.

Margaret Constance Norah Hope, Norah, hija de James y Margaret Hope, nació en 1905 en Singapur, donde su padre era ingeniero. Educada en un internado de Aylesbury, Inglaterra, se formó en la Real Academia de Música de Londres, donde estudió piano, violín y música de cámara y tocó con la Orquesta de la Real Academia de Música de Londres bajo la dirección de sir Henry Wood. Se casó con John Lawrence Chambers en 1930, en Malasia. Su única hija, Sally, nació en 1933. Cuando los japoneses invadieron Malasia, la familia se dirigió a Singapur. Allí subieron a Sally, de ocho años de edad, a un barco en compañía de Barbara, hermana de Norah, y sus hijos Jimmy y Tony. Barbara y los niños vivieron un tiempo en Perth, Australia Occidental, hasta que el marido de Barbara, Harry Sawyer, que había huido a Sri Lanka, organizó su traslado a Sudáfrica. Los abuelos paternos de Sally, en Irlanda, supieron que la niña se había salvado y enviaron a alguien en su busca. En 1944, con una acompañante, Sally viajó hasta Fintona, en el condado de Tyrone, Irlanda del Norte, para vivir con la familia de John. Tras ser liberados y reunirse con Sally en Irlanda, Norah y John se instalaron en la isla de Jersey. Sally se unió a ellos cuando concluyó su educación en Irlanda, y allí es donde vivió Norah hasta su muerte, en 1989. Lamento profundamente tener que escribir que Sally, la querida y estupenda mujer a la que tuve el honor de conocer, con la que hablé y me reí, falleció el 4 de mayo de 2023. Su hijo Séan mantiene vivo el recuerdo de sus padres y abuelos.

Ena, hermana menor de Norah, nació en 1909 y se casó con Kenneth Scott Murray. Su papel de *madre* de la pequeña June se menciona numerosas veces en testimonios y relatos de otras prisioneras, como también que a menudo era la primera en ofrecerse voluntaria para limpiar y vaciar letrinas que rebosaban; una de las maravillosas personas que se ocupaban de realizar este sucio y nauseabundo cometido. Tras ser repatriados desde Singapur en el barco *Cilicia*, Ena y Ken llegaron a Liverpool el 27 de noviembre de 1945. Después se instalaron en Jersey, donde Ena vivió treinta y siete años, hasta su muerte, en 1995.

Margaret Dryburgh nació en Inglaterra. Hija mayor del reverendo William y Elizabeth Dryburgh, se formó como maestra y, posteriormente, como enfermera antes de que las misiones la llevaran a China en 1919. Unos años después se trasladó a Singapur, ciudad de la que huyó el 12 de febrero a bordo del *Mata Hari*. Capturado por la armada japonesa, el capitán entregó a los pasajeros, mujeres y niños en su mayor parte, un día después. Margaret mantuvo viva la esperanza en los campos con sus obras de teatro y sus poemas, pero, por desgracia, murió antes de que los liberasen, a los cincuenta y cinco años.

Audrey Owen nació en Nueva Zelanda y en 1942 trabajaba para la YWCA, la Asociación Cristiana de Mujeres Jóvenes, en Singapur. Repatriada en avión desde esta ciudad a Australia el 14 de octubre de 1945, Audrey volvió inmediatamente a Nueva Zelanda. Tras irse a vivir a Inglaterra, mantuvo la amistad con Norah y Ena durante el resto de su vida. Cuando le preguntaron por su cautiverio, Audrey contestó: «Allí me encontré a mí misma».

La hermana Catherina, una de las tan solo once sobrevivientes de entre las veinticuatro monjas dedicadas a la enseñanza a las que internaron en un campo de prisioneras con la madre superiora Laurentia, dudó de su vocación tras recuperar la libertad. Sin embargo, cuando asimiló su liberación, regresó al convento y a Java.

La señora Hinch (Gertrude) nació en Estados Unidos (posiblemente en Milwaukee) en 1890 o 1891 y fue la primera extranjera no misionera que llegó a ser directora de la Escuela Anglo-China de Singapur (1929-1946). Capturada junto con su marido cuando intentaban escapar de Singapur en el *Giant Bee*, fue prisionera desde febrero de 1942 hasta su liberación en septiembre de 1945. Durante este tiempo su marido estuvo internado en el campo de prisioneros de guerra de Changi, en Singapur. Su hija Kathleen, tras ser repatriada con su familia a Milwaukee, estudió en un internado de Toronto, Canadá. La señora Hinch y su marido regresaron a Singapur, donde reabrieron la Escuela Anglo-China. Murieron en 1970, con escasos meses de diferencia.

Carrie Jean Ashton, Jean, nació en 1904 en Nairne, Australia Meridional. Tras formarse como enfermera en Hobart, Tasmania, se incorporó al Cuerpo de Enfermería del Ejército Australiano y en 1941 se trasladó a Malasia con el 13.º Hospital General Australiano. Regresó a Australia cuando liberaron los campos y murió en 2002, a los noventa y siete años.

June fue la única hija de A. G. y Dorothy Bourhill. Su madre figuraba en una lista como «desaparecida en el mar» con posterioridad al hundimiento del *Vyner Brooke*. Los japoneses capturaron y mantuvieron prisionero a su padre en Singapur. Tras reunirse padre e hija, regresaron a Australia a bordo del transatlántico *Tamoroa*, de la compañía Shaw, Savill and Albion, en el que llegaron a Perth el 11 de octubre de 1945. Su padre llevó a la joven June a Inglaterra a visitar a Ena y Ken unas cuantas ocasiones. Siendo ya adulta, June se estableció en Irlanda. Siguió formando parte de la *familia* de Ena y Ken durante el resto de su vida y asistió al funeral de Ena, como recuerda el hijo de Sally.

La doctora Jean McDowell era médica en Selangor,

Malasia. La repatriaron desde Singapur en el barco *Cilicia* con Norah, Ena y sus respectivas familias.

El capitán Seki, comandante del campo, fue condenado a quince años de cárcel por la brutalidad con que trató a los prisioneros. Dicha condena fue posible en parte gracias al testimonio que dieron Nesta y Vivian en su juicio.

El capitán Orita Masaru, del 229.º Regimiento de la 38.ª División del Ejército Imperial Japonés, que ordenó la masacre de la isla de Banka, pasó a ser prisionero de guerra de la Unión Soviética tras la rendición de Japón. Después de tres años de cautiverio fue repatriado a Japón, donde lo acusaron de cometer crímenes de guerra. La víspera del juicio se suicidó.

A una edad avanzada y con la salud debilitada, una de las enfermeras que se encontraban presentes cuando las cuatro valientes se ofrecieron voluntarias para ir al club de oficiales develó la verdad subyacente a este increíble acto de valor. Tras confirmar que todas las presentes juraron sobre una Biblia no revelar jamás el nombre de las cuatro enfermeras, no rompió la promesa. En las declaraciones y testimonios, en el caso de Nesta y Vivian cuando testificaron bajo juramento en Japón en el juicio a altos mandos japoneses, todas las enfermeras se mantuvieron fieles a su palabra: ninguna enfermera sufrió abuso sexual. Todas honraron la promesa que habían hecho, llevándose los nombres a la tumba. Descansen en paz.

En japonés enfermera es *kangofu*.

Setenta y seis mujeres holandesas, británicas y australianas murieron en Muntok. Sus amigas les dieron sepultura en tumbas poco profundas que cavaron las propias prisioneras bajo árboles fuera del campo.

A Australia no llegó ninguna postal de las enfermeras.

Nesta pidió al gobierno australiano que devolviese a la Cruz Roja holandesa el préstamo efectuado por la madre Laurentia.

Recibieron «menciones honoríficas» la teniente Jean Ashton, la capitán Nesta James y la capitán Vivian Bullwinkel. Este honor premia a un miembro de las fuerzas armadas cuyo nombre figura en un informe oficial, escrito por un oficial superior y enviado al alto mando, en el que se describe un acto valiente o meritorio realizado frente al enemigo.

El comandante Jacobs comentó: «La moral de las mujeres en el momento de su liberación era mucho más alta que la de los hombres en sus campos. Tal vez las mujeres fuesen más flexibles o poseyeran más recursos internos que los hombres, ya que daban la impresión de haber soportado la dureza del cautiverio con más estoicismo».

La bienvenida que se brindó a las enfermeras en Perth fue abrumadora. En cuestión de días pudieron regresar a sus hogares y les dijeron que eran libres para continuar con sus vidas. Los psicólogos del ejército aconsejaron a familiares y amigos que no preguntaran a las prisioneras por la experiencia vivida, que fingiesen que el cautiverio no había existido. Para muchas de las enfermeras, el regreso a casa entrañó tristeza y sensación de soledad. Dormir solas en una habitación no les proporcionaba la sensación de confort con la que soñaban cuando dormían juntas sobre el frío suelo de cemento. Las pesadillas y los recuerdos persiguieron a muchas, además de la mala salud que arrastraron tras los años pasados sufriendo privaciones y enfermedades.

Las sobrevivientes inglesas regresaron a Gran Bretaña en el mismo buque de transporte de tropas que los soldados. A diferencia de la bienvenida que se dio a los hombres, para ellas no hubo grandes celebraciones cuando llegaron: se pidió a familiares y amigos que no acudieran al barco cuando atracó. La prensa no cubrió ni reconoció la valentía y la resiliencia de un grupo de mujeres ciertamente increíble.

Más adelante se ofrece un listado con el nombre de todas las enfermeras australianas, no porque su historia o su sufrimiento fuesen más importantes que los de otras mujeres de numerosos países, sino porque sus nombres merecen ser conocidos. A continuación, una lista muy sucinta de otras mujeres que participaron muy significativamente en la historia, pero cuyas experiencias he atribuido a otras con el fin de simplificar el relato.

Señora Brown y su hija Shelagh	Alette, Antoinette y Helen Colijn
Mamie Colley	Cara Hall
Molly y Peggy Ismail	Doris y Phyllis Liddelow
Mary Jenkin	Dorothy MacCleod
Dorothy Moreton	Ruth Russell-Roberts
Elizabeth Simons	Margot Turner

No he contado esta historia para que se recuerde a las mujeres que estuvieron internadas en los campos de prisioneros de guerra japoneses en Indonesia. He contado esta historia para que se les conozca. ¿Cómo se puede recordar a alguien de quien nunca se ha oído hablar? Sus vivencias deberían estar junto a las de todos los prisioneros de guerra, ya que su sufrimiento no fue menor. Debería reconocerse y honrarse su valor a la hora de cuidar de las mujeres que perecieron y de su propia supervivencia.

Ahora que las conoces, recuérdalas.

Cuando se escribe cualquier novela basada en hechos y personajes históricos, el mayor desafío siempre es qué incluir y qué dejar fuera, un reto que no fue menor en este caso. Cada una de las más de quinientas mujeres y niños con los que vivieron, lloraron, se rieron, cantaron y de los que se despidieron Nesta y Norah tiene un lugar en esta historia. Al final todo se redujo a las dos familias en las que me he centrado, que compartieron generosamente su tiempo, sus memorias y sus recuerdos: las primas de Nesta en Cardiff,

Gales; y Sally y Séan, hija y nieto de Norah respectivamente. A aquellos a quienes no se menciona y a sus familias, les ruego que acepten este relato de Nesta y Norah como si fuese el de todos los demás.

Estoy en deuda con los esfuerzos, pasados y presentes, realizados por el centro conmemorativo Australian War Memorial para archivar manuscritos y testimonios de las enfermeras australianas. Me han proporcionado gran cantidad de información relativa a los prisioneros, tanto femeninos como masculinos, del Ejército Imperial Japonés en el sudeste de Asia.

BIBLIOGRAFÍA

Jeffrey, Betty, *White Coolies* (Angus & Robertson, 1954)
Manners, Norman, *Bullwinkel* (Hesperian Press, Victoria Park, 1999)
Shaw, Ian, *On Radji Beach* (Pan Macmillan Australia, 2010)
Warner, Lavinia & Sandilands John, *Women Beyond the Wire* (Arrow Books, 1982)

Miembros del Cuerpo de Enfermería del Ejército Australiano que embarcaron en el *Vyner Brooke* el 12 de febrero de 1942

No llegaron a tierra, desaparecieron en el mar

Enfermera Louvima Bates
Enfermera Ellenor Calnan
Enfermera Mary Clarke
Enfermera Millicent Dorsch
Enfermera Caroline Ennis
Enfermera Kit Kineslla
Enfermera Gladys McDonald
Enfermera jefe Olive Paschke
Enfermera Jean Russell
Enfermera Marjorie Schuman
Enfermera Annie Trenerry
Enfermera Mona Wilton

Asesinadas en la isla de Banka

Enfermera Lainie Balfour-Ogilvy
Enfermera Alma Beard
Enfermera Ada Bridge
Enfermera Flo Casson
Enfermera Mary Cuthbertson
Enfermera jefe Irene Drummond
Enfermera Dorothy Elmes
Enfermera Lorna Fairweather
Enfermera Peggy Farmaner
Enfermera Clare Halligan
Enfermera Nancy Harris
Enfermera Minnie Hodgson
Enfermera Nell Keats
Enfermera Jenny Kerr
Enfermera Ellie McGlade
Enfermera Kath Neuss
Enfermera Florence Salmon
Enfermera Jean Stewart
Enfermera Mona Tait
Enfermera Rosetta Wight
Enfermera Bessie Wilmott

Fallecidas en cautiverio

Enfermera Winnie Davis
Enfermera Dot Freeman
Enfermera Shirley Gardam
Enfermera Blanche Hempsted
Enfermera Gladys Hughes
Enfermera Pearl Mittelheuser
Enfermera Mina Raymont
Enfermera Rene Singleton

Regresaron a casa

Enfermera Jean Ashton
Enfermera Jessie Blanch
Enfermera Vivian Bullwinkel
Enfermera Veronica Clancy
Enfermera Cecilia Delforce
Enfermera Jess Doyle
Enfermera Jean Greer
Enfermera Pat Gunther
Enfermera Mavis Hannah
Enfermera Iole Harper
Enfermera Nesta James
Enfermera Betty Jeffrey
Enfermera Pat Blake
Enfermera Violet McElnea
Enfermera Sylvia Muir
Enfermera Wilma Oram
Enfermera Chris Oxley
Enfermera Eileen Short
Enfermera Jessie Simons
Enfermera Val Smith
Enfermera Ada Syer
Enfermera Florence Trotter
Enfermera Joyce Tweddell
Enfermera Beryl Woodbridge

Gracias por su sacrificio, señoras. Hicieron del mundo un lugar mejor.

Posfacio de Kathleen Davies y Brenda Pegrum, familiares de Nesta

Nesta Gwyneth James era prima de nuestro padre por línea materna. El padre de Nesta, David James, dejó Aberdare, en Gales del Sur, y el entorno minero de la familia para trabajar de contador. Se casó con Eveline de Vere Lewis, de Llansteffan, un pueblo del estuario del río Tywi, en Camarthenshire, donde Nesta, hija única, nació en 1903. La familia emigró a Australia cuando Nesta era pequeña y nuestro padre los despidió en la estación de tren y posteriormente mantuvo correspondencia con Nesta a lo largo de los cincuenta años siguientes.

Para Nesta era importante su origen galés. En 1963, su marido y ella visitaron Gales. Se quedaron en Aberdare con la familia del padre de Nesta y pasaron dos días con nuestro padre en Cardiff. Fue entonces cuando Kathleen la conoció, y lo que recuerda es lo pequeña que era. Su marido, en cambio, medía más de un metro ochenta. Nuestro padre y Nesta hablaban en galés.

Nesta fue enfermera durante once años en el Royal Melbourne Hospital. Se incorporó al Cuerpo de Enfermería del Ejército Australiano en 1941. Nuestro padre se había alistado voluntariamente en la Primera Guerra Mundial junto con dos de sus hermanos, de modo que apoyó la decisión de Nesta y vivió con angustia su captura por parte de los japoneses. El padre de Nesta murió en 1942, pero los japoneses retuvieron la carta que le escribió su madre para comunicarle su defunción, de manera que Nesta no supo de su fallecimiento hasta 1945. En 1955 Nesta, que por aquel entonces tenía cincuenta y un años, se casó con Alexander Noy. Vivieron en la zona agrícola de Shepparton, igual que la familia de Nesta cuando emigró a Australia.

Nesta y Alex solo llevaban casados once años cuando Alex murió. Entonces Nesta se trasladó a Melbourne, donde vivía nuestra sobrina Debra, que había emigrado con sus padres cuando era pequeña. Debra recuerda que Nesta y su querido Yorkshire terrier Nikki acudían a todas las comidas de Navidad. Las conversaciones nunca se centraban en las vivencias de Nesta cuando fue prisionera de guerra. Tal vez Nesta nunca sacase el tema, pero la propia Deb, que entonces era adolescente, tampoco sabía qué preguntas formular. Debra cantaba a menudo con Nesta mientras su madre preparaba la comida y su padre y su hermano estaban fuera.

Nesta murió en 1984, a los ochenta años. Debra recuerda que su madre contaba que falleció debido a complicaciones físicas derivadas de los años que pasó siendo prisionera de guerra. Brenda no llegó a conocerla, pero no hace mucho su hija Amanda y ella escucharon la entrevista que grabó con Nesta el Australian War Memorial. Se quedaron impresionadas con la capacidad de Nesta de narrar con tanta claridad sus vivencias durante la guerra.

Kathleen Davies y Brenda Pegrum
Cardiff, Gales
Septiembre de 2023

Posfacio de Séan Conway, nieto de Norah

Margaret Constance Norah Hope, mi abuela Norah, hija de James y Margaret Hope, nació en 1905 en Singapur, donde su padre era ingeniero. Se casó con John Lawrence Chambers, ingeniero civil, en 1930 en Malasia. Sally, su única hija (mi madre), nació en 1933. La familia vivió en Malasia hasta que el ejército japonés asoló el Pacífico en 1941. Huyeron a Singapur y, dado que John estaba en el hospital, muy enfermo, y Norah quería quedarse con él, el matrimonio, desesperado, subió a Sally, que a la sazón tenía ocho años, junto con la hermana de Norah, Barbara, y Jimmy y Tony, los hijos de esta (y primos de Sally), a un barco con destino a Australia. John y Norah se vieron obligados a escapar poco después, ya que Singapur cayó en manos de los japoneses. Se unieron a multitud de hombres y mujeres desesperados en el buque mercante *Vyner Brooke*, que fue bombardeado y se hundió frente a la costa de Indonesia. Norah y John sobrevivieron y lograron llegar a una isla indonesia donde los capturaron soldados japoneses. Los separaron y pasaron el resto de la contienda en campos de prisioneros de guerra en Indonesia. El relato de Norah cobra vida en *Unidas por el sol naciente*.

Mi madre, Sally, pasó la guerra con la familia de su padre en Irlanda, país al que viajó en barco cuando su tía Barbara y sus primos Jimmy y Tony se reunieron con el marido de Barbara, Harry, padre de Jimmy y Tony. Sally creyó que era huérfana hasta algún tiempo después del Día de la Victoria sobre Japón, ya que, al ser prisioneros de guerra, sus padres estaban incomunicados en los campos. Después de reunirse con Norah y John al término de la contienda, la familia se trasladó primero a Glasgow y más adelante, en 1948, a Londres, antes de asentarse en Jersey, donde vivían Ena y Ken, hermana y cuñado de Norah. Sally, que trabajaba de azafata de tierra en la compañía aérea BOAC, conoció a mi padre, Patrick, ingeniero de vuelo, en el aeropuerto de Heathrow, cuando este efectuaba una escala, y tras un breve periodo en Sunningdale, Berkshire, se trasladaron a Sídney, donde estaba destinado mi padre, que trabajaba con Quantas. Después mi padre comenzó a trabajar para la compañía Middle East Airlines, en el Líbano, donde nací yo. Tras vivir un tiempo en Irlanda, nos mudamos a Jersey, donde vivían mis abuelos.

Norah era una música de gran talento, formada en la Real Academia de Música. Tal y como relata Heather en su novela, Margaret Dryburgh y ella crearon una «orquesta vocal» para las mujeres internadas en los campos de prisioneros de guerra japoneses con el objeto de mantener la moral alta. Norah escribió las partituras musicales que cantaban las mujeres en trozos de papel que rescataba, efectuando de memoria los arreglos de las composiciones para las voces. Nunca se desprendió de las partituras para la «orquesta vocal» que creó en los campos y, tras su muerte, en 1989, esas partituras pasaron a mi madre, Sally. Recuerdo a Norah como una abuela estupenda, que intentó enseñarme a tocar el piano (antes de que se interpusiera la guitarra), y pasaba mucho tiempo con ella y con mi abuelo John, que era menos extrovertido que mi abuela, pero tenía un gran sentido del humor.

Por desgracia, mi madre, Sally, falleció en mayo de 2023. Fue una mujer brillante, divertida, cariñosa y cercana hasta el fin de sus días, y no habría podido tener una madre mejor, o un padre mejor.

Séan Conway
Jersey
Septiembre de 2023

Arriba: Las tres hermanas Hope. De izda. a dcha.: Ena, Barbara y Norah en Malasia, c. 1935.

Abajo: Norah Chambers (de soltera Hope), Malasia, c. 1940.

Arriba: De izda. a dcha.: John Chambers (marido de Norah), James Hope (padre de las hermanas Hope) y Kenneth Murray (marido de Ena) en Malasia, c. 1936.

Derecha: Norah y Sally en Malasia antes de que la guerra lo cambiara todo, c. 1939, cuando Sally tenía seis o siete años.

Izquierda: Sally de pequeña en Malasia, c. 1934, jugando con su *amah* (niñera) mientras su padre, John, mira.

Arriba: Sally con su padre, John, a salvo y felices en Jersey, después de la guerra; principios de la década de 1950.

Derecha: Las 24 enfermeras sobrevivientes cuando llegaron a Singapur después de ser liberadas. Nesta es la primera por la izquierda de la primera fila.
Reproducción por cortesía del Australian War Memorial, ref. n.º 044480.

Izquierda: Las 24 enfermeras sobrevivientes a su llegada a Australia. A Nesta, la quinta por la derecha de la segunda fila, la tapa un enorme ramo de flores. Vivian es la segunda por la derecha de la segunda fila.
Reproducción por cortesía del Australian War Memorial, ref. n.º P01701.003.

Abajo: Son muy pocas las fotos que pude encontrar de Nesta. Esta es una de ellas, tomada cuando recuperó el uniforme, c. 1945.
Reproducción por cortesía de la State Library Victoria, colección de manuscritos de Australia, nº de identificación: YMS 16139.

Derecha: Nesta y su marido, Alexander Noy, c. 1963.

Partitura escrita a mano del *Bolero* de Ravel, con arreglos y transcripción efectuados de memoria por Norah Chambers, para ser cantado por la orquesta de voces de las mujeres.

Partitura escrita a mano del *Largo* de la Sinfonía del Nuevo Mundo, con arreglos y transcripción efectuados de memoria por Norah Chambers, para ser cantado por la orquesta de voces de las mujeres.

Agradecimientos

«¿Conoces la historia de las enfermeras australianas a las que los japoneses hicieron prisioneras de guerra durante la Segunda Guerra Mundial?», me preguntó hace unos años mi querida amiga y editora Kate Parkin. Cuando reconocí que la educación que había recibido en Nueva Zelanda no me había proporcionado esa información, mi amiga me sugirió que investigara un poco. Sus palabras fueron: «Ahí hay una historia que es preciso contar a un público nuevo». Como de costumbre, Kate sabía de lo que hablaba. Con su respaldo y su aliento, me puse a «investigar». Kate, no tengo palabras para expresar la gratitud y el amor que te profeso, no solo por darme a conocer esa historia, sino por tu amistad y la de tu maravilloso marido, Bill Hamilton, que tan importante es para mí. Me apoyan como escritora y se ocuparon de mí cuando me recuperaba del COVID lejos de mi familia.

Durante la etapa temprana de mi labor de documentación, mencioné a una antigua compañera la historia que me estaba planteando contar, y ella me dijo que su prima era una de esas enfermeras; se llamaba Nesta James. Así que, para empezar, quiero dar las gracias a nuestro mutuo amigo Jan McGregor, que nos invitó a comer a ambas, por la oportunidad de ponerme al día contigo, Deb Davies, y de que tu familia me enviase todo tipo de documentación para arrancar la historia de Nesta. Posteriormente, pasar tiempo contigo y con tus primas, Kathleen Davies y Brenda Pegrum, en Cardiff, Gales, fue apabullante. Escuchar la historia de tu familia y de la vida de Nesta en particular supuso un recurso increíble para mí. Les doy las gracias a las tres de corazón.

Si en un primer momento sopesé contar la historia de las enfermeras australianas, me intrigó una inglesa que asimismo iba a bordo del *Vyner Brooke*: Norah Chambers. Todo cuanto leía de Nesta incluía a la increíble, talentosa y trabajadora Norah. Contar la historia de las enfermeras y dejar fuera a Norah, su hermana Ena y sus mejores amigas Margaret Dryburgh y Audrey Owens habría sido contar solo la mitad de la historia. Gracias al talento de mi documentalista, Katherine Back, dimos con la hija de Norah, Sally Conway, y con su nieto, Séan Conway, que vivían en la isla de Jersey. Pasar tiempo con Sally, escuchar las historias de sus padres y sus recuerdos de cuando era una niña y se vio obligada a huir de los japoneses y a separarse de sus padres, es un recuerdo que atesoro. Gracias, Sally, de todo corazón por ser tan afectuosa y cercana. Acompañando a su madre, su increíble hijo Séan ayudó a Sally y le refrescó la memoria cuando a ella le fallaba y, más adelante, nos proporcionó los valiosos documentos y fotografías que se incluyen en este libro. Estaré en deuda contigo eternamente, Séan, gracias.

La inconformista Margaret Stead es mi correctora, editora, querida *hoa* (amiga), compañera de viaje, guardaespaldas, mánager y colega. Te pido disculpas por obligarte a beber unos tragos de *slivovitz* cuando fuimos a Eslovaquia, pero lo que eres capaz de hacer con ese licor en tus *brownies* de chocolate hace que merezca la pena, ¿no te parece? Gracias por ir conmigo a Jersey cada vez que visitábamos a Sally y Séan, y a Cardiff para ver a la familia de Deb y Nesta; gracias por tomar mis palabras y hacer que esta escritora quede bien; pero, sobre todo, gracias por tu amistad. Nos esperan más aventuras.

Ruth Logan es una persona a la que todo el mundo necesita en su vida y muy pocos tendrán. Una mujer extraordinaria que fue a París para cuidar de mí en un hotel mientras pasaba el COVID; me llevaba comida todos los días; me hacía compañía todas las tardes, arriesgando su propia salud, para asegurarse de que me encontraba bien, y, cuando dejé de dar positivo, me llevó de vuelta a Londres. Este es solo un ejemplo de Ruth yendo mucho más allá de su función de directora de derechos de autor en Bonnier Books. Añadamos a esto el pequeño detalle de que también es la persona que se encarga de llevar mis novelas a numerosos países fuera del Reino Unido para que lectores de más de cuarenta y cinco idiomas puedan llegar a conocer a Lale, Gita, Cilka, Cibi, Magda, Livia, y ahora Nesta y Norah. No la apodan Halo porque sí. Gracias, querida amiga.

A la cabeza de la mejor editorial del Reino Unido se encuentra una mujer que siempre está disponible para mí, que apoya todo cuanto escribo y quiero escribir: se llama Perminder Mann, es directora ejecutiva de Bonnier Books UK y le agradezco mucho que siga sacando tiempo para mí en su increíblemente movida y ocupada vida, ofreciendo aliento y respaldo a un gran número de escritores.

Ayudando a Ruth, la cual, como bien sé yo, canta sus alabanzas, se encuentra su equipo de derechos de autor: Ilaria Tarasconi, Stella Giatrakou, Nick Ash, Holly Powell y Amy Smith. Son maravillosos. Agradezco más de lo que puedo expresar por escrito sus esfuerzos por que mis palabras se difundan por el mundo.

Francesca Russell, directora de publicidad; Clare Kelly, responsable de publicidad; Elinor Fewster, responsable de publicidad de Zaffre: a ustedes, que hacen que salga al mundo y llegue a los lectores y editores, mi más sincero agradecimiento. Que sepan lo mucho que me gustan las increíbles experiencias que me proporcionan.

Blake Brooks, jefe de marca de Zaffre, trabajas de manera incansable para que siga en el candelero, para que mi página web siempre esté actualizada y estupenda. Sin ti no existiría en las redes sociales. Muchas gracias a ti y a la maravillosa Holly Milnes por ayudar a todas las horas del día y de la noche a esta australiana analfabeta digital.

En Zaffre hay un equipo responsable de llevar *Unidas por el sol naciente* hasta ustedes, los lectores, y es preciso que se reconozca su talento: las fabulosas integrantes del equipo editorial Justine Taylor, Arzu Tahsin y Mia Farkasovska; el director de arte Nick Stearn; los miembros del equipo de ventas Stuart Finglass, Mark Williams, Stacey Hamilton y Vincent Kelleher, el responsable de producción Alex May, por nombrar solo a unos pocos.

Sally Richardson y Jennifer Enderlin, de St Martin's Press en Estados Unidos, acepten esta historia basándonos en una hoja y media de notas garabateadas. Agradezco profundamente que me apoyen y crean en mi capacidad de escribir la novela que confiaban que les podía dar. Que sigan animándome a escribir las historias que quiero contar es muy importante para mí.

Al resto del equipo de St. Martin's Press les hago llegar mi más sincero agradecimiento: les daré las gracias de manera individual en la edición norteamericana.

Por último, pero no por ello menos importante, existe un pequeño equipo de amigos increíbles en Sídney que siempre están al otro lado del teléfono para mí, que ríen y lloran conmigo, encabezados por la fantástica Juliet Rogers, directora ejecutiva de Echo Publishing; su mano derecha y publicista Emily Banyard, y la excelente Cherie Baird. Su talento y sus conocimientos permiten que lectores de Australia y Nueva Zelanda tengan acceso a mí; llevan hasta ellos nuestros libros. Mi más profundo amor y agradecimiento.

A los integrantes de Allen & Unwin Australia, gracias por el increíble papel que desempeñan en la distribución de mis libros por toda Australia y Nueva Zelanda.

Benny Agius me apoyó y trabajó conmigo en mis cuatro primeras novelas, y sigue siendo mi querida amiga, mi *life coach*, la que me hace reír. Eres única de verdad; gracias por estar en mi vida y hacer que sea mucho mejor con tu sentido del humor, tus sensatas palabras y tus sabios consejos.

Saben lo que significan para mí. Saben que nada de lo que escribo significa nada sin ustedes, sin su apoyo y su amor incondicionales: mi familia. Ahren y Bronwyn, Jared y Bec, Dea y Evan, y las cinco mejores razones que tengo para levantarme cada día: Henry, Nathan, Jack, Rachel y el adorable Ashton.

Carta de la autora

Queridos lectores:

Muchas gracias por elegir *Unidas por el sol naciente*. A lo largo de mi carrera de escritora he tenido la suerte de poder conocer a algunas personas increíbles y de hablar con ellas. Gracias a la lealtad, la ayuda y el apoyo de ustedes, los lectores, he podido compartir las historias de Lale y Gita, de Cilka, de Cibi, Magda y Livia. Ahora tengo el gran honor una vez más de poder narrar un episodio que la historia ha pasado por alto: el relato de Norah y Nesta y las increíbles mujeres y niños que sobrevivieron en los brutales campos de prisioneros de guerra japoneses durante la Segunda Guerra Mundial. Hacía tiempo que quería contar esta historia, de la que había oído hablar de niña y, en particular, la historia de las enfermeras australianas que se ofrecieron voluntarias para ir a la guerra que se estaba librando en el Pacífico y asistir a los soldados aliados que luchaban contra los japoneses. Desde los días en los que trabajaba en el departamento de trabajo social de un concurrido hospital, siempre he sido consciente de la labor que desempeñan las enfermeras —a menudo tan poco valorada— y quería encontrar la manera, sobre todo después de la pandemia, de rendir homenaje a lo que hacen estas mujeres.

Durante la etapa temprana de la documentación, mencioné a una antigua compañera, Deb Davies, lo que me planteaba contar. Deb me puso en contacto con dos miembros de su familia: Kathleen Davies y Brenda Pegrum, que viven en Cardiff, Gales, y me conmovió enormemente lo que me contaron de su familia y de la vida de Nesta. Qué mujer más increíble. Kathleen y Brenda revivieron a Nesta: esta australiana de origen galés, rebosante de energía pese a su metro cincuenta escaso, peleó cada día de los tres años y siete meses que pasó en cautiverio para sobrevivir y para mantener con vida —y con una sonrisa— a las mujeres y niños que estaban con ella. Era valiente, fuerte, dura, amable, cariñosa y sumamente risueña. Ha sido un enorme privilegio averiguar cosas de ella y contar su historia.

Es para mí un gran placer compartir este relato desgarrador, edificante y alentador con ustedes, lectores. Si quieren saber más cosas de lo que tengo ahora mismo entre manos o de mis anteriores novelas, *El tatuador de Auschwitz*, *El viaje de Cilka*, *Las tres hermanas* e *Historias de esperanza*, pueden visitar www.heathermorrisauthor.com/heathers-readers-club y unirse a mi club de lectores. Inscribirse no les llevará mucho tiempo, no hay trampas ni costos, y los nuevos miembros recibirán un mensaje exclusivo mío automáticamente. Mi editorial en Inglaterra, Bonnier Books UK, protegerá la confidencialidad de sus datos personales y no los revelará a terceros. No les enviaremos montones de correos basura; tan solo estaremos en contacto de vez en cuando con novedades interesantes sobre mis novelas, y se pueden dar de baja en cualquier momento. Y, si desean participar en una conversación más amplia sobre mis libros, escriban una reseña de *Unidas por el sol naciente* en Amazon, en GoodReads, en cualquier otro establecimiento virtual, su blog y redes sociales, o hablen de esta novela con amigos, familiares y grupos de lectura. Compartir sus pensamientos ayuda a otros lectores, y yo siempre disfruto escuchando lo que experimentan otras personas al leer mis libros.

Muchas gracias de nuevo por leer *Unidas por el sol naciente*. Espero que, si no lo han hecho ya, también les interese leer *El tatuador de Auschwitz*, *El viaje de Cilka* y *Las tres hermanas*, y descubrir la fuente de inspiración de estos libros a través de una serie de relatos de las personas extraordinarias a las que he conocido, las increíbles historias que me han contado y las lecciones que podemos aprender todos en *Historias de esperanza*.

Con cariño,

HEATHER

Créditos de las imágenes

Música y fotografías de Norah Chambers y su familia, cortesía de Seán Conway
Fotografía de Nesta James y su esposo Alexander Noy, cortesía de Kathleen Davies y Brenda Pegrum
Imagen YMS 16139 reproducida por cortesía de la colección de manuscritos de Australia de la biblioteca State Library Victoria
Imágenes 044480 y P01701.003 reproducidas por cortesía del Australian War Memorial

Ilustración del mapa, Jake Cook

NOTA: El editor quiere agradecer las autorizaciones recibidas para reproducir imágenes protegidas en este libro. Se han realizado todos los esfuerzos para contactar con los propietarios de los *copyrights*. Con todo, si no se ha conseguido la autorización o el crédito correcto, el editor ruega que le sea comunicado.